U0869477

中国上古神话演义 之三

# 尧舜禅让

什方子 著

河北出版传媒集团
河北教育出版社

**图书在版编目（CIP）数据**

中国上古神话演义之三尧舜禅让 / 什方子著. -- 石家庄：河北教育出版社，2018.7（2022.10 重印）

ISBN 978-7-5545-4397-9

Ⅰ. ①中… Ⅱ. ①什… Ⅲ. ①长篇小说－中国－当代 Ⅳ. ①I247.5

中国版本图书馆CIP数据核字(2018)第147371号

书　　名　中国上古神话演义之三 尧舜禅让
作　　者　什方子
策　　划　刘相美
责任编辑　石　姮
封面插图　李　楠
装帧设计　于　越
出版发行　河北出版传媒集团
　　　　　河北教育出版社　http://www.hbep.com
　　　　　（石家庄市联盟路705号，050061）
印　　制　保定市铭泰达印刷有限公司
开　　本　787mm×1092mm　1/16
印　　张　20
字　　数　241千字
版　　次　2018年7月第1版
印　　次　2022年10月第4次印刷
书　　号　ISBN 978-7-5545-4397-9
定　　价　38.00元

版权所有，翻印必究

# 序

◎李廷贵

什方子先生的著作《尧舜禅让》《鲧禹治水》我认真拜读完，收获很大，感慨良多。

书中的人物众多，形象生动，语言简练，特色浓郁。

其一，引经据典，资料丰富。描写尧、舜、禹时代，需要翻阅许多古籍，引用许多文献。书中自先秦、两汉魏晋到宋元明清的许多典籍都有涉猎，如《诗经》《尚书》《世本》《礼记》《山海经》《太平御览》《太平广记》《帝王世纪》《蜀王本纪》《吕氏春秋》《大载礼记》《史记》《汉书》《楚辞》《列子》《淮南子》《左传》《论衡》《水经注》，等等；对于古代思想家的著作也多处引用，如《庄子》《孟子》《荀子》《韩非子》等；甚至对一些地方志也参考选录，如《隆尧县地名考》和《广湖南考古略》等。足见作者眼界之宽阔和着墨之辛苦。

其二，神仙济济，各显神通。此书是描述我国上古时代“人神”传说的。书中的“神仙”各有岗位、各显神通，但却有共同之处，即从事劳动生产、建功立业。他们个个诚心为民效劳，大公无私，除恶务尽，从善如流。读罢此书，使我们感到，无论“人”也好、“神”也好，他们都勤谨敬业、奉献社会。他们夜以继日活跃在生产第一线，为大众的生存和温饱而辛勤操劳。书中这些神，跃然纸上，历历在目，十分亲切。

其三，民风淳朴，引人入胜。自尧、舜、禹开篇起，就提倡和完善“五典”，即父义、母慈、子孝、兄友、弟恭，讲究和谐家族邻里、与人为善、四海一家。舜回答尧的一段话，道出了初祖们的胸怀和抱负："自黄帝用兵以来，颛顼、帝喾继之，不断用武力剪除群雄，用怀柔政策安抚夷、蛮、戎、狄，使天下渐现统一景象。陛下勇武仁厚，威加海内，德施边陲，四夷宾服，万国来朝，功盖天下，可作为一代明君圣主垂范千古，切不可过度自责也。依臣看来，四夷祸乱在当前以至今后很长时期内，是在所难免的。值得欣慰的是，四夷之中，已有不少有识之士向往统一大业，并为之尽力而为；一些部落也开始推行朝廷法规，逐渐融入中原社会。这些都是陛下的英明决策所产生的效果，是本朝优于前朝者也。""根本的方法是实施教化，开启民智，推行陛下所崇尚的敬天爱民、仁义孝悌等理念，用以扭转眼下渐渐兴起的骄奢淫逸、见利忘义之风气。"以上治世理念，在先秦典籍《尚书》中屡屡提及，一直延续几千年，是中华文化的精华。

其四，纵横捭阖，万国一统。古代中国，有"万国""万邦"之称。中原之外，"夷""蛮""戎""狄"布于四围。"东夷""西戎""南蛮""北狄"等称谓，展现了中华大地部落众多、民族复杂，也说明了中华文化之多元、多彩、丰富，风俗习惯之迥异、美妙、迷人。

总之，作者视野宽阔、采撷丰富，上至天庭、下至海底，遍及东南西北，收天下万物于书中，故事跌宕，情景迷人，捧读之，令人激动，发人深省。

中国是文明古国，是举世公认的泱泱大国，在"历史悠久、文采丰富"的内容中，就有"人与神"的众多英雄和光辉业绩。轩辕氏黄帝、神农氏炎帝、九黎氏蚩尤帝，功盖天庭，声震寰宇；而大禹治水、舜耕历山和伯益作井等功业，榜样突出，万世传唱；至于尧舜禅让、苗山"箫韶"和"嫦娥奔月"等传说，则感人至深，代代缅怀。这些中华大地上永不泯灭的故事，在书中都有感人至深的描写和独到的诠释，读来津津有味，读者不妨捧卷一读。

（作者曾任贵州民族学院代理院长、贵州省苗学研究会会长）

# 自 序

◎什方子

本书讲的是史前三皇五帝的事儿。“三皇”有几种说法，较普遍的组合是伏羲、女娲和炎帝；“五帝”也有多种组合，以《史记·五帝本纪》中的说法流传较广，即黄帝、颛顼、帝喾、帝尧和帝舜。三皇五帝时间跨度很长，为了缩短篇幅，使作品更具可读性和趣味性，我选择了神话传说资料密集的两个时段，也是中华民族形成中的两个重要时期，历时十一年写成“中国上古神话演义”四部书稿。

史前的时空不是空白，但没有文字记载，只留下一些支离破碎的神话和传说。神话是历史的影子，它传递着某种信息，是远古社会的密码。我们现在即使不能破译，也不应把它们忘却或任其淹没在信息爆炸的现代社会里。正是抱着这种心态，我参考学者们的研究成果和考古发现，把散落于古籍中的神话传说编撰成故事，保持其原汁原味，奉献给读者，并试图以此勾勒出传说史的大致脉络。古今学者对三皇五帝时代众说纷纭，对神话传说的解释也多有歧义。在梳理这些不同见解的过程中，我也不免浮想联翩，对某些重大事件，如涿鹿大战和鲧、禹治水等事件和人物，都在书中融入了一些自己的看法，正所谓“愚者千虑，必有一得”是也。如果说这部书中所描写的事件和人物都与历史相符合，那就太过奢望了，因为它所依据的资料毕竟是神话和传说。但我希望这些故事能令读者感兴趣，在你匆匆赶路时，驻足回望一眼人类来路的尽头，了解一下那里可能发生的事情，不无益处。须知，现实总是定位在历史的长河中，向后看得越远，向前看得也就更远。

书中涉及的重要人物及事件的出处，有的作了注解，可供读者查阅研究。另外，我还选择了几篇写作随笔附在书后，希望能与有兴趣的人士磋商。我辈不是专家，有所见解不敢妄称一家之言；但作为一己之见，总是无大妨碍的。很多东方人对自己的祖先都有着宗教般的信仰，我们进入神话传说世界去追寻祖先的踪迹，一睹其圣德和风采，也算是一场虔诚的朝圣之旅吧！

书中离奇的情节、曲折的故事，并不是作者的“玄幻”功夫，而是神话传说本身固有的精彩。神话传说言简意赅，涉及面广，涵盖了中华文明各个领域的萌芽阶段、初始状态。本人自知学识浅而欠博，很难说把这些神话给读懂了，因此，书中的错误是在所难免的，恳切希望读者给予指正。

（什方子，本名田占坤，中国作家协会会员，1944 年出生于山东冠县，早年就读于西安交通大学，酷好文史，多年来致力于中国上古时期历史文化的研究，历时 10 年撰写“中国上古神话演义”系列小说，包括《雄起洪荒》《三祖归一》《尧舜禅让》《鲧禹治水》四部，为中国人修复自己的神话谱系。）

# 开头的话

上古有“三皇五帝”之说，伏羲、女娲和神农氏，是公认的“三皇”组合。后世也有把女娲排除在外，而以燧人氏取而代之的，笔者以为有性别歧视之嫌，不敢苟同。至于“五帝”，太史公司马迁早有定论，《史记》开篇就是《五帝本纪》，从黄帝、颛顼，到帝喾、唐尧、虞舜，不仅姓名和帝号言之凿凿，而且家谱都续好了，竟是一脉相承！

《五帝本纪》中有关帝系传承的资料取自西汉人编纂的《大载礼》，后来的注家对帝王家谱又进行了充分发挥。单说黄帝的曾孙帝喾高辛，是五帝当中事迹最少但神性最高的一位古帝王。“高辛……生而神异，自言其名曰俊。”[1] 俊者，即是《山海经》中屡屡提到的上帝帝俊，帝俊亲自下凡，做了一任人间帝王。帝喾娶了四位妻子，分别是有邰氏姜嫄、有戎氏简狄、陈锋氏庆都和娵訾氏常仪。姜嫄的儿子稷是周朝的祖宗，简狄的儿子契是商朝的祖宗。稷和契都是本书中的人物，后文我们会讲到。庆都的儿子尧，是书中的主人公；而常仪的儿子挚，则是尧的前任帝王。另外，《史记》中还明确记载，舜和大禹以及秦朝的先祖伯益，都是黄帝的孙子颛顼的后代。这样算下来，黄帝部落集团经过阪泉和涿鹿两次大战，就延承了从五帝到夏、商、周、秦近三千年的帝王功业，不可不为盛矣！

汉代儒者拼凑和杜撰的这幅五帝谱系图，是为当时皇帝推行的

[1]《初学记》引《帝王世纪》：“高辛……生而神异，自言其名曰俊。”《帝王世纪集校》第一：“帝喾生而神异，自言其名曰‘俊’。”（“俊”没有单人旁，暂代。夋 [qūn]，帝俊也作帝夋。俊，通假。）

儒家主流意识服务的，是为鼓吹帝王世袭制制造舆论根据的，政治性很强，因此虽然矛盾重重、漏洞百出，却仍然大行其道。至于司马迁为什么将其原封不动地拿了过来编入《史记》，考虑到他的处境，我们也不便深究。但这么一来，《大载礼》中描述的帝系图就被镀金了，俨然以信史的身份流传古今。虽然自东汉以来，学者们就开始对这幅帝系图进行质疑、批驳，但直到现在，还是有人把它当作经典，津津乐道，好像华夏祖先只有轩辕黄帝一家，而曾为天下共主的炎帝一族，以及创造了灿烂文化的东夷蚩尤一族，竟统统被边缘化了。

由于绝大部分有关先秦帝王故事的文字记载，都被秦始皇一把火烧掉了（据说李斯在阿房宫里保存了部分孤本文献，又被项羽的一把火烧光了），致使后世研究者无法另外拉出一个令人信服的上古帝系图来。于是，疑问仍然是疑问。

《诗经》是我国最早的一部诗歌总集，是西周初年至春秋中叶的先民发自内心的吟唱。《商颂·玄鸟》云“天命玄鸟，降而生商”，说名字叫作契的商朝先祖，是一位名叫简狄的女子吞了颗燕卵而怀孕生下的。而周人则认为，其祖后稷是姜嫄踩了巨人的大脚印而有孕生下的。殷商和周人在追溯自己的祖先时，都没有提到赫赫有名的帝喾。这绝对不是他们的疏忽大意，最大的可能是，他们认为帝喾和他们的先祖没有什么关系，或者，也许他们根本就没有听说过帝喾这位帝王。

司马迁是位严谨的学者，史学鼻祖。虽然他录自《大载礼》的上古帝系图破绽百出，但全盘否定他讲述的上古故事，是不明智的。近代的疑古学派引经据典，把《史记》讲的上古传说史驳得体无完肤、一无是处。一时间，上古传说史也真的只剩下了聊胜于无的传说了。但是，有个国学大师叫王国维，硬是从殷墟出土的甲骨文中查出了商王朝的世系，竟和《史记·殷本纪》中的记载相差无几！此举再次维护了史学泰斗司马迁的信用度，使如今研究上古传说史的学者们，都不得不认真捧读《五帝本纪》。

我们这部书是以神话的方式向读者交代上古传说史，以上是不得不说的话。笔者认为，《五帝本纪》中的古帝王都应该是存在的，但说他们都出自黄帝一族恐怕是非常勉强的。当时社会正处于从以血缘关系为纽带的部落联盟，向以地域划分的国家转变时期。即使黄帝征服了炎帝和蚩尤，号为天子，也只是在所谓“万国林立”的部落之林中确立了霸主地位。当时并没有建立起一整套国家机器进行统治，诸侯们大都不服从王命，各行其是，并通过相互侵伐进行兼并、争霸。我认为黄帝之后的颛顼和帝喾，并非黄帝子孙相传，而是在万国中原逐鹿中出现的共主。颛顼族落生活在冀、鲁、豫交界一带，应属于东夷集团范畴；帝喾“自言其名曰俊”，史学家说，这个“俊”字像蹲着的一只鸟，正是东夷诸族崇拜的鸟图腾。也就是说，黄帝族进入中原百年之后，东夷的颛顼族和帝喾族又东山再起，相继取得霸主地位。

尧舜时代一直被后世描绘成君王贤达、万国和合的理想社会、大同世界。那是华夏实现统一的前奏，是一个国家雏形初现东方大地的时代。近代的研究者发现，尧舜时代的天下并不太平。除了公认的水、旱等自然灾害之外，从古书的字里行间，还隐约流露出朝廷中的权力之争和部落间的征战杀伐。备受推崇的尧舜禅让之说，也并非那么如歌如醇、平和美满，而是留下了各种势力残酷斗争的烙印。大概也正是由于不寻常的天灾人祸，才有“天将降大任于斯人”之机缘，孕育出尧、舜、禹等一大批华夏明星，永远被后世传颂。他们是幸运的。但也有不幸者。如射日的羿和治水的鲧，虽然做出了惊天地、泣鬼神的事业，却身后寂寞，直到如今。

我们已经无法在历史迷雾中得知上古时代的真相，只好把神话传说中的粒粒珠玑翻出来细细玩味，从中找出一些蛛丝马迹，编织出想象中的上古画面。颛顼大帝威名显赫，但只有两项事迹较为突出，一是《淮南子》中提到的战胜共工，二是实行“绝地天通”工程。

所谓“绝地天通”，就是派两位大臣重、黎，分别为掌管天地四时之官，天神不得随意降地，地祇不得自由升天，使天上地下互不干扰，各得其序。近人研究说，实际上是颛顼推行了一场宗教改革，实行了政教分离的体制。相对于颛顼来说，继任者帝喾虽然名气很大，却没有什么值得宣扬的干货。鉴于这两位帝王任期内的传说资料很少，笔者不敢随意杜撰，只好一笔带过。在这部书中，我们重点探讨流传广泛的尧舜禹时代。

# 目 录

CONTENTS

# 寒宫怨女

东海之外、大荒之中有一个岛国。国中有一处温泉，一年四季热气腾腾、云蒸雾绕，因此叫作汤谷。汤谷中间有一株扶桑树，扶摇直上三百余里。这里就是太阳出生的地方，叫羲和国。羲和国的主人叫羲和，通过自由恋爱成了东方天帝帝俊的妻子。当初，羲和驾着太阳车在太空中旅行，陆续收养了九个流浪的太阳做儿子，取名金乌，在汤谷进行训导和教养。因此，羲和也被称为太阳神或太阳之母。

每天，羲和在汤谷里给儿子们洗完澡，送他们到扶桑树上，然后护送其中的一个儿子值日巡天。在途中，他们要经过九州七舍，共十六个地方；每个地方都标有从早到晚不同时刻的名称。羲和把儿子送到一个叫悲泉的地方，目送他独自进入虞渊（这是最后一站，也就是太阳落山的地方），才驾着空车摸黑返回汤谷。她的行程排得满满当当，忙得不亦乐乎，就连丈夫帝俊来这里探亲，也没时间多陪一会儿。儿子们分享了她对丈夫的感情，而帝俊却似乎受到了冷落，来的次数越来越少，后来干脆就不再光顾了。

羲和对帝俊的态度变化有所觉察，但因为痴迷于自己的事业，生活里又有一群顽皮的儿子热热闹闹的，就没有放在心上。直到有一天，她才确实感受到了冷暴力的残酷。

蚩尤和伯夷父、颛顼为躲避追捕，误登东海大蟹，漂洋过海来到羲和国。蚩尤身上携带有神兵天弩，见扶桑树上立着九只金乌，突然九箭齐发，直取金乌。金乌受此一惊，一头扎进汤谷里，再也不肯出来。

羲和等了多日，汤谷里也不见动静，只好把东海龙王禺号请来帮忙。禺号立即命令下属在东海范围内进行地毯式搜索，并传檄北海、西海及南海龙王协查。禺号又亲自进汤谷探察，过了许久才钻出来：“您的儿子们都不在汤谷里。”

“他们跑到哪里去了呢？”

“据初步报告，东海范围内尚未发现他们的踪迹。”

“难道会跑到邻海去吗？”

“如果是那样，倒也好办了，但可能性不大，我的兄弟们迟早会发现他们。”禺号说，“汤谷深不见底，直通东海大壑，我担心他们已经沉入大壑。”

“东海大壑也在你的管辖区里，你担心什么呢？”羲和问。

“上神有所不知。”禺号说。他是天庭老臣，面对帝俊曾经宠爱的姑娘，不知该如何称呼，只好尊为上神。“人说天外有天，就是在天帝管辖的天空之外，还有多层天界，据说有九重之多；这海洋也和天空一样，水下有水，据说最深处竟有九千九百余仞。而老臣能力所及，也不过到水下两千仞出头。”

“深海区的统治者是何方神灵？”羲和不甘心，还想找找关系拯救自己的儿子们。

“目前天上、地下以及水中的神仙都没有到过深海区，由于偶然原因沉没其中的神仙，如今都没有返回来。每日里只闻惊雷滚滚，有时火山会突然爆发，只是不知是谁人主使。我看少爷们回来的可能性极小，还望上神多多保重。”

羲和用了很长的时间才慢慢淡忘了失子之痛，接下来便是无法排遣的寂寞。她给帝俊发去邀请信息，都被帝俊以公务繁忙为由婉拒。她也不好前往天庭，因为那里没有她的宫室，万一帝俊外出，或没有时间接待，连落脚的地儿也没有。帝俊日理万机，又有那么多的新欢排着队等着关爱，确实很难挤出时间来招呼她。羲和的判断是对的。

羲和本是一位热情似火、豁达开朗的姑娘，当她终于明白了自己的尴尬处境后，便恢复了本性，驾起太阳车，重新开始了漂泊太空的生活，自由自在地寻找自己心中的梦想去了。但是，儿子们的命运，始终是她割舍不了的牵挂。

羲和的妹妹常羲[1]，却走上了完全不同的人生道路。当初，常羲驾驶月亮艇在太空行走，跟着姐姐羲和糊里糊涂地也成了帝俊的一位妻子。她收养了十二个月亮女儿，个个乖巧听话，一年十二个月，轮流值夜，给昏黑的人间带来光明。常羲不像羲和那样光芒毕露、咄咄逼人，她的沉静和娇羞人见人爱。应该说，帝俊对常羲的爱超过了所有的女人。开始接触时，几乎天天约会，好像政事也不重要了；后来，坚持每月跑来一次，那时月亮正圆，正是常羲春心荡漾的时候；再后来，就只有每年一次的会面了，因为帝俊还要照顾天上地下那些妻妾。

帝俊每年一次驾临广寒宫，选在秋高气爽、万家欢庆丰收的时刻，此时广寒宫张灯结彩，分外辉煌。帝俊和常羲，也完全没有“相见时难别亦难”的伤感，和牛郎织女的鹊桥会相比，别是一番喜庆气象。对帝俊来说，他天天做新郎，夜夜伴新娘，原本就没有存下相思之苦，到这里来，不过重温一下旧梦，或者，仅仅是为了尽一下男人的责任而已。常羲是一位清心寡欲的女子，虽然寂寞难耐，但特别害怕同陌生人打交道。当初如果不是搭姐姐的车嫁给帝俊，恐怕现在还是独身一人呢。

有一年的中秋月圆时，帝俊爽约，没有移驾广寒宫，让苦等一年的常羲，从头凉到脚心，整个广寒宫突然变成了一座寒气袭人的冰窖。帝俊那天晚上确有公务在身，因为他要到下界去幽会一位姑娘，借她的身体为人间孕育一位君王。

但帝俊并没有忘记和常羲会面的事，他派自己的卫士长去向常羲说明情况，并表示歉意。

从此以后，帝俊好像越来越忙了，一年一度的中秋之约，大都无法实现了。常羲一次又一次盼到的，只是那位前来道歉的卫士长。

[1]《山海经·大荒西经》：“有女子方浴月。帝俊妻常羲，生月十有二，此始浴之。”

有消息说，帝俊可能亲自下凡去做了一任人间帝王，他的元神经常不在身上，即所谓魂不附体。更有人说，人间“五帝”之一的高辛氏帝喾，就是上帝帝俊的凡身，因为他一生下来就会说话，“自言其名曰‘俊’”。

帝俊的这位卫士长叫羿[1]。羿原是伏羲狩猎时的一只雄鹰，在八卦坛下久经熏陶，化成人形。伏羲每次出猎，都要带上心爱的小女儿宓（fú）妃，羿就变作雄鹰，充当宓妃的坐骑。宓妃情窦初开，整日里与羿相处，累积下深厚的感情。一日，宓妃跟随伏羲到洛水打猎，见水光潋滟，青山倒映，煞是好看，便让羿贴近水面飞行，近距离欣赏山水谐趣。不料乐极生悲，当他们来到一处深潭时，水底突然冒出一道水柱，将他俩卷进潭中。羿奋力钻出水面，发现已不见了宓妃。羿水性不佳，大声呼唤向伏羲求救。

伏羲撒下他那张用蜘蛛丝结成的大网，也没能把宓妃打捞上来。他掐指一算，平静地说：“这里是宓妃的人生驿站。她成熟太早，性情难以自制，应该遭受一段感情上的曲折和磨难。”

伏羲虽然这么说，可羿仍然陷入深深的自责。他不仅是因为对不起主人，很大程度上，也因为自己失去了一位无可替代的红粉知己。他辞别伏羲，在洛水岸上的深山里结庐修炼，并练就了一身好水性，希望能在水里找到宓妃。直到有一天，上帝召他去天庭服役，羿才不得不恋恋不舍地离开洛水。

羿身高臂长，深目隆准，身披一件栗色斗篷，块块胸肌丘壑分明，力大善射，乃天上人间第一射手。他不管走到哪里，都会引起女人们的驻足回眸，怦然心动。由于那段刻骨铭心的经历，宓妃的影子时刻珍藏在他的心里，出现在他的梦里。在宓妃的光环下，他眼里的仙女们个个黯然失色，大有“曾经沧海难为水”之意。羿就是这样陪伴着并不存在的宓妃，目不斜视地走在美女如云的仙界里。

帝俊好像十分了解羿的内心世界，把后宫私事都放心地交给他

[1]《山海经·海内经》：“帝俊赐羿彤弓素矰，以扶下国，羿是始去恤下地之百艰。”

办理。羿感激帝俊的知遇之恩，事事用心，况且帝俊的女人们都是羿的粉丝，处理她们之间的纠纷得心应手，给帝俊减少了许多麻烦。

出于责任，羿每年都要到广寒宫走访两次，给常羲送来必要的物品。他知道，处于失宠状态下的女人很需要得到安慰。但他不善言辞，也不适宜说过多的话，只能默默地尽可能地提供一些服务。

常羲明显地憔悴了，饮食减少，懒于梳妆，只是呆呆地遥望天边。她的月亮女儿都长大了，都有了自己的交际圈，除了每人每年一个月的值班时间，其余都是假期，早不知跑到哪儿去疯了。偌大一个广寒宫，一年四季冷冷清清，竟像是一座冰雕玉砌的坟墓。这情景，让羿看了，也不免唏嘘不已。

羿找来忘忧草之类的草药，试图治疗常羲的抑郁症。他见一些孤独的贵妇人，常靠豢养宠物调节枯燥的生活，寻找寂寞中的情趣，于是给常羲抱来了一只玉兔。羿教玉兔学会捣药，从此广寒宫里回荡起击打乐的旋律。

笼罩在广寒宫的悲凄气氛飘散了，看着玉兔滑稽可爱的动作，常羲的脸上有时也会绽放出灿烂的笑容。她仍然每天都在痴情地等待着、企盼着，但她盼望的不再是帝俊，她甚至不希望帝俊出现在这里。她期待的是羿，那个很有魅力而又极具责任心的男人。

天边飞来一片乌云，在蓝天红霞的衬托下飘然而至。那是羿的大斗篷变作的翅膀，长期以来，常羲对这幅画面已是再熟悉不过了。今天羿的提前到来，令常羲心中欣喜若狂，但表现在她的脸上，只是一丝不易觉察的蒙娜丽莎式的微笑。

羿没有进宫，他把一支千年灵芝交给迎出门外的玉兔，和常羲隔窗对望。他已经有过和宓妃相处的经历，早就从常羲的眼神里读出了这位痴情女人心灵的诉求。他发现自己也变了。他从常羲的处境中经常联想起宓妃的命运。宓妃现在怎样了？她会不会也像常羲一样孤独无助？在羿的梦里，伴随着宓妃的身影，经常会有常羲的面孔闪出画面。羿觉察到，他已经开始把对宓妃的思念，转移到活生生的常羲身上。

他是来向她告别的。他不敢走近她。两人的心已靠得很近，只要有谁在这层窗户纸上捅破一个小孔，感情的闸门一旦打开就会山洪般地爆发，一发不可收拾。常羲名义上还是帝俊的妻子、自己的主母，羿不想伤害对自己有恩的主人。

“我要到人间去了，您多保重。”他没说原因，因为他怕控制不住自己，不敢多说一句话。

“多长时间？”她没问原因，因为对她来说那并不重要。

“无法预测。”

常羲不再说话，两行热泪无声地流淌。

“您保重，我回来会来看您的。”羿说完，扭头就走。他无法忍受她的眼泪，必须赶快离开。

“等一等！”常羲大声说，声调都变了。她从来没有大声说过话。

羿浑身一激灵，然后慢慢回过头来。

不料常羲若无其事地说：“你还没有告诉我什么时候动身呢。”

“就这几天。”羿说完，等她继续问话。

常羲摆摆手和他再见，然后转身离开窗前。

羿这次差事是帝俊直接派遣的。东海羲和国附近有一位水神，八首八面，虎身十尾，名字叫作天吴。它是天帝帝俊派来保护羲和的，同时也负有监视羲和的责任。时日一长，天吴为羲和的热心肠所感染，成了她的好朋友，对羲和的行踪，天吴多有隐瞒不报。羲和出走后，天吴帮她守摊，还不时向天庭报告平安。

一日，汤谷里忽然传出震耳欲聋的轰鸣，热浪翻腾，继而水柱冲天而起，一只金乌冲出水面。它不登扶桑，也不排次序，径自飞上高空，时间不长，又返回来，依旧钻入汤谷。以后几天，总有一两只金乌出出进进，时间有长有短。天吴找不到羲和，自己又不知如何处置，只好如实报告天庭。

天帝闭目养神，默默推演，已知就里。他召来羿，说："羲和出走，九日重出，下方时局有变。自蚩尤天弩射日后，人间只有一日当空，因此也出现了一人君临天下、万国谐和的局面。自黄帝以下，从少昊、颛顼到帝喾，都是智慧强悍的部落酋长，或以武力征服诸侯，或以仁德惠顾下民，皆得统治之法。如今帝喾已死，他的儿子挚，弱而昏庸，难以继承万国盟主的重任。帝喾氏族行将衰微，各路诸侯必然奋起争霸，重演中原逐鹿故事。下方不宁，天庭难安。如今只好派你到人间行走一遭，驱逐九日，以正民心；扫灭群雄，匡扶真命天子，确保玉宇一统。此乃大功一件，事后再回天庭听封。"

帝俊又拿出一张彤弓、一支银箭，箭尾上系着一根丝线，若有若无，叫素矰。箭射中目标后，就会自动返回。帝俊告诫羿说，彤弓素矰是天庭最高级别的武器，用后务必完好交回国库。羿诺诺连声，择日下凡去了。

只这一去，便使人间生出无数惊天动地的事来。

## 少年诸侯

今邢台市隆尧县境内有一座尧山，它远离西边的太行山，孤独地矗立在一望无际的华北大平原上。四千年前，站在尧山之巅极目远眺，进入视野的是烟波浩渺的大陆泽。由于天高地阔、水天荡荡，人们把此地称为唐，意为空旷广大之貌也。大陆泽畔、尧山周围，居住着一个擅长制作陶器的部落，史称陶唐氏，世代过着农耕、渔猎、放牧生活。尧山的得名，源于五帝之一的帝尧。在称帝之前，他曾在这里做过唐国的国君，位列诸侯。历史上，隆尧县也曾被命名为广阿县、唐县和尧山县。[1]

尧的母亲叫庆都[2]。在山东鄄城县一个叫谷林的地方，有尧墓葬。当地谚语云："尧帝墓葬八百处，只有谷林是真身。"庆都的墓葬，就在离尧墓几公里远的地方。尧母庆都这个人物，看来不是杜撰出来的。接下来关于她的故事，就带有神话色彩了。

太行山麓生活着一个伊祁氏家族，庆都姑娘是其中的一员。因为驻地附近有一座由赤色岩石裸露的山丘，格外醒目，故名之为丹陵。伊祁氏是当地名门望族，道德世家，庆都在这里受到良好的教育和熏陶，出落成一位身材标致而又聪明贤淑的大姑娘。一日，庆都到大陆泽畔采摘菱角，忽见一片赤云遮住夕阳，化作一条赤龙翻滚而来，很快笼罩在自己头顶上。她顿感如吃了迷魂药一般，进入一个梦幻世界，和一位威仪堂堂的男子优游嬉戏。

当庆都回到现实世界时，已是日落西山。从此，她感觉已有胎气在身。怀胎十四个月后，生下一个男孩，取名放勋。他就是后来被尊为"五帝"之一的帝尧。尧是他死后朝廷官员给他起的谥号。也有学者说，夏商之前还没有谥号一说，尧本来就是他的名字。这些学术上的分歧，我们姑且不去管它。反正后世人们都称他为尧，放勋之名几乎已经被人们忘记了。又因为尧最初在陶唐氏部落做过

---

[1]《辞源》"唐"条：广大，浩荡。

又，王充（汉）《论衡·正说》："唐、虞、夏、殷、周者，土地之名。尧以唐侯嗣位，舜从虞地得达，禹由夏而起，汤因殷而兴，武王阶周而伐，皆本所兴昌之地，重本不忘始，故以为号，若人之有姓矣。说《尚书》谓之有天下之代号，唐、虞、夏、殷、周者，功德之名，盛隆之意也。故唐之为言荡荡也……"

又，（清）《唐山县志碑记篇》："唐山故隶邢郡，其西北有山隆起，曰'尧山'。山之巅旧为尧庙，相传为尧始封之国。"

又，《隆尧地名考》："刘邦……于此地初置广阿（今旧城）、象氏二县。"（广阿之名取意于地貌广大平衍、河渠纵横。古时"阿"通"河"，史有广河之称；象氏则以"舜帝象尝居此"之传说而得名。）

[2]《太平御览》卷八〇引《帝王世纪》："帝尧陶唐氏，母曰庆都氏，祁姓也。"

首领，因此也称陶唐氏，史称唐尧。为方便起见，我们也以唐尧呼之。

伊祁氏是黄帝后裔。黄帝的二十五个儿子中，有十四人得姓，其中就有祁姓。古籍记载，黄帝和嫘祖的儿子青阳（或曰玄嚣）被封于泜水[1]。这个古泜水，应该是位于邢台市以北约40余公里的泜河，它从太行山一路走来，经尧山脚下，注入大陆泽。我们不妨认为，唐尧的母亲所在的祁姓部落，就是玄嚣的后代。那么，唐尧的出身就归在黄帝一族了。

有位名叫有黄的巫师曾随神巫巫咸学艺，擅长卜筮，已是神仙之体，经常往来于诸侯国之间，颇有声望，人们敬之如神。一日，有黄忽然造访丹陵，径直找到庆都，给唐尧算了一卦，卦辞曰：潜龙勿用。

“什么意思？”庆都问。

“尧是个龙种。这事只有天知地知，你知我知。”有黄说，“他天资灵异非常，过早张扬开去，容易招致魔障，需要潜伏起来以待天时。”

“那么把他藏到哪里去呢？能藏得住吗？”庆都担心地问。

“你把他交给我吧，十二年后还你个诸侯。”有黄神秘而又肯定地说。

庆都毫不犹豫地把唐尧放到有黄怀里，跪在地上连连叩首。当她立起身来时，发现有黄和她的儿子已经无影无踪了。

大陆泽水下有一纵贯南北的裂隙，深不可测，人传有暗河可通渤海，常有海怪水妖之类流窜到内陆水面，兴风作浪。这年，泽中又出现一头怪物，似蛇非蛇，似兽非兽，在水中推波助澜，在陆地上行走也十分迅捷，凶猛异常，时常窜上岸来掠食猪羊。尧山下有一个诸侯国叫陶唐之丘，深受其害，一时人心惶惶，日夜惊惧，有的已经举家迁往他处避难。陶唐氏国君带领猎户对怪兽

[1]《大载礼记今注今译·帝系第六十三》：“黄帝居轩辕之邱，娶于西陵氏之子，谓之嫘祖，氏产青阳及昌意。青阳降居泜水，昌意降居若水。”

进行多次围捕，都被它逃脱了，反而伤了数人。他感到年老力衰，无力保护自己的子民，遂生退隐之心。当时的部落和氏族首领已经开始流行世袭，但国君遍视几个儿子，感到没有一个堪当重任，于是下令说，有谁能带领民众消除水怪之患，他便让贤。有多位勇士，其中包括唐侯的儿子，自告奋勇站出来一试身手，结果都以失败告终。国君只有以衰老之体苦撑局面，以待时机。

有一位真人复姓务成，单名一个昭字，人称务成子，在云梦山归藏洞修心养性、收徒授业。唐尧从四岁开始，就被有黄送到这里拜务成子为师，闭关修炼。稍长，拜赤将子舆习练射艺。务成子又引导他踏遍名山，访问得道高人，探求大道运行、阴阳消长以及吐纳功夫等诸般奥秘。经过十余年的修炼，唐尧已经达到其仁如天、其知如神的境界，小小年纪已成为文武兼备的泱泱大家。[1]一日，务成子对唐尧说："你有慧根，却没有仙缘。天降斯人，是指望你用德政来治理人间的。但自黄帝以来，武备已成为统治天下必不可少的手段，而弓矢是兵器之首，射技是强者必备之术。如今我建议你去大麓拜访射神狐父，若能得到他指点一二，便可技压群雄。"务成子想想又说，"你若能从大麓活着出来，可验证你十年的修炼成果，也可验证你上应天命。"

唐尧谨遵师嘱深入大麓腹地。一个月后，他被有黄搀扶着回来了，整个人骨瘦如柴，眼窝深陷像个骷髅，只是口中反复不停地念叨着什么。唐尧说，他一头扎进大麓，在一个岩洞里避雨时见到了一位老人，浓密的白发、胡须和眉毛一拖到地，把整个人都遮掩起来，活脱脱像一尊石笋。老人念过"去来不了时，上下无非空"两句口诀后，便真的变成了石笋，只见一缕青烟飘出洞外。以后的事他一概忘记了，只是牢牢地记住了这两句口诀。有黄补充说，他在大麓结庐修行，偶感心动，出门散心，发现唐尧倒在狐仙洞外，

---

[1]（汉）司马迁《史记·五帝本纪》："帝尧者，放勋。其仁如天，其知如神。就之如日，望之如云。"

蜷缩成一团，于是救他走出大麓。

“你遇到的就是射神狐父，相遇就是有缘，能从大麓活着出来就是命系于天。”务成子对唐尧说，“口诀含义深奥，耐人回味，但狐父既是射神，口诀的实际用处大抵与射艺有关，时时念诵，融入血液、意念，定有奇迹显现。”他接着又说道，“你调息调息身体就下山吧。为师从近日起要闭关八八六十四载，以后请有黄大师关照一下吧。”

“三五年内我还行，以后也要随巫咸祖师炼制不死药去了。”有黄对唐尧说，“你大难不死，必有后福。我赠你八个字：‘敬天礼神，尊贤爱民’，只此而已。”

“也请师父给弟子最后赠言。”唐尧请求说。

务成子说：“我的赠言也是八个字：‘天下为公，有容乃大’。”

“弟子谨记教诲，终生不渝。”唐尧给二人磕头说。

一日，唐尧经过陶唐之丘，得知水怪为患，地方不宁，便揭下榜文，前去拜见唐侯。

“小伙子，你用什么办法驱除水怪？”望着这位身体长大、风度翩翩的年轻人，唐侯疑惑地问。

“水怪怕火，须用火攻。”唐尧如此这般简单明了地说出围猎方案。

唐侯大喜，立即把用于调兵遣将的符契交给唐尧，说：“你要是一举成功，符契就不用交回了。王冠和象征国王权力的钺也在这里等着你来领取。”

深夜，水怪潜出水面，爬上西岸。不过，今夜靠近水畔一带却不见猪羊的踪影，它一直跑到西山脚下，才找到露天栖息的羊群。当水怪叼起一只肥羊准备返回水泽时，才发现来路上已被人们撒下遍地干柴，熊熊烈焰形成一堵火墙，截断了它的退路。这时人们点燃火把，举着长矛鱼叉从南北两面夹攻上来，喊声震天。水怪望见大火，心中早已惧怯，掉头向没有火光的西山冲去。猎户们事先在山脚下支起一张用粗麻绳结成的大网，指望一举将水怪生擒活捉，不想水怪的冲力极大，竟撞破大网，一路狂奔，一头撞进对面的山体里。

山石间有一个被草木掩蔽的山洞，洞口不大，深不见底。人们发现，洞口外有一张怪兽蜕下的紫色兽皮。为减少伤亡，唐尧决定独自一人进去擒拿水怪。他一手举火把，一手提鱼叉，在洞中摸索前行。越往里走洞穴越大，绕过一块巨石，面前豁然开朗，此时他已经站在一个宽敞的大厅里。在火把的照耀下，周围各式各样的钟乳石光怪陆离、熠熠生光，令人眼花缭乱，目不暇接。本来提心吊胆的唐尧，一下被眼前的景观震撼了，他似乎忘记了危险的处境，竟兴致勃勃地欣赏起来。

这里像是一个地下博物馆，似是而非的山川景物、飞禽走兽，给人以丰富的想象空间。在众多写意式的造型中间，有一匹形象逼真的白马，引起了唐尧的注意。这匹马比真马稍大，浑身雪白，耳似削竹，眼眶里镶嵌着两粒宝石，精光闪闪。马背上湿漉漉的，还微微散发着热气。唐尧大为惊奇，失声说道："这不是一匹真马吗？难道是那只怪兽变的吗？"

话音刚落，白马果真动作起来。只见它鼻子里喷出一股湿汽，既而"咴儿咴儿"叫出声来，摇头摆尾，并在尧身上磨蹭起来。尧大喜过望，翻身上马。白马踢踏着四蹄欢快地嘶鸣。

唐侯和他的臣民们焦急地注视着洞口。此时，忽见唐尧身跨白马冲出岩洞，如一道白光在大地上划过。人们惊叫着、呼喊着尾随而来。白马冲进大陆泽，又一幅景象出现了，惊得人们目瞪口呆：白马变成了紫色的水怪，载着唐尧在浩渺的云水间踏波冲浪，往来奔走，犹如神龙风驰人间。

人们匍匐在地，迎接唐尧骑马归来。唐尧给他的白马取名为骊龙，因为它是一条紫色的龙变成的。唐侯准备在太庙举行祭典，请巫师有黄主持，决定把唐国君主的位置让给唐尧。唐尧推让说："我只是想为民除害，不是奔王位来的，也没有当一国君主的心理准备。我得到了一匹宝马，已是意外收获，不能再接受您的美意了。”

唐侯说：“本王以王位相让，也不是一时心血来潮。因为年老力衰，我已经不能保护国民安居乐业，早就有意退位，只是没有找到合适的可以以国相托的人选罢了。”

唐尧说:“您的儿子们皆已长大成人,为什么不传位给他们呢？”

唐侯说：“老大颇有计谋，射艺也可，但包容不足，恐难使各氏族首领信服；其他儿郎，还在其次。他们皆可作为鹰犬以供驱使，只是不堪胜任国君之责。你是上天给陶唐氏派下来的君主，连水怪——不，是蛟龙，都跑出来给你当坐骑，定是圣贤一般的人物，如此天机岂能错过？”

“陶唐氏子弟众多，自是不乏能人贤士。您不在本族内遴选国君传人，而直接让给我这个外族人，怕会招来族人的非议吧？”唐尧不无疑虑地说。

唐后说：“当初黄帝有子二十五人，可见子孙众多。但他单单把帝位传给了颛顼。颛顼是什么人？颛顼的母亲是东夷竹山氏姑娘淖子。淖子嫁给昌意（黄帝的儿子——作者注）后，头一胎便生下颛顼。当时不少氏族都实行杀长子的习俗，因为头胎往往是姑娘婚前男友的孩子，不是丈夫亲生，也就是和本氏族没有血缘关系。而颛顼不但没有被杀掉，反而继承了黄帝的帝位。为什么？因为黄帝关心的是整个天下的安宁，而不是黄帝一族，也就是北狄人的荣衰。后来事实证明，颛顼果然使黄帝的事业得到发扬光大。我没有黄帝的胸怀，我不会把我的王国让给东夷人或西戎人，但你所在的伊祁氏和我陶唐氏同为黄帝子孙，尚在五服之内，把国君之位让给你，有何不可？请不要推辞。”

唐尧说：“既然君主之意已决，恭敬不如从命。我先试一试吧，若不能胜任，再让位给贤者。”

此时有黄道：“自黄帝统合万国以来，各诸侯国的王位轮替都要上报天子，以求承认。在让位之前，是否先派使者朝见天子？”

唐侯说：“在颛顼、帝喾执政之时，每逢大事，诸侯们都要去觐见天子；地处边远的侯国，也都在天子巡狩时禀报国事，征得天子首肯。如今天子帝挚，自继承帝喾王位后，五年不出王城，诸侯们难得一见。看来他也无心过问万国事物，我们就不要打扰他了吧！不然，传位之事又不知会拖到何时。”

“也好，那就事后再报告吧。”有黄道。

## 北巡八狄

排在“五帝”第三位的帝喾高辛氏，史书上说他“聪以知远，明以察微。……仁而威，惠而信，修身而天下服”，赞美之辞无以复加。就是这么一位英明的天子，在人生的暮年却犯了糊涂，让一个懦弱无能的儿子帝挚接替了皇位。是没有贤良的人可以托付重任吗？不是。据记载，除帝挚外，帝喾还有八位有才能的儿子，世称“八元”；他的胞族颛顼也留下八位才子，世称“八恺”。这十六位贤人均为氏族首领，享誉诸侯。帝挚是帝喾最年轻的一位妃子娵訾（jū zī）氏常仪所生，莫非是由于宠爱年轻的妃子而选择了她的儿子吗？这是后世帝王经常犯的毛病。也有人说，娵訾氏是蚩尤后裔邹屠氏的一支，后来邹屠氏东山再起，在帝喾晚年凭势力把帝挚推上接班人的位子。我们无法知道当时的宫闱内幕，但可以确定的是，帝喾在培养接班人问题上的抉择的确是一个败笔。

其实史书上对帝挚并没有过多的贬低，只是说他“不善”，解释为微弱；或曰“不著”，就是不够出类拔萃。从黄帝到颛顼和帝喾，虽然在各部落之间进行了不断的统一活动，但并没有建立起完整的国家机器，有效地统治从中原到四夷的所谓诸侯。以血缘关系为纽带形成的部落诸侯们，时服时叛，中华大地仍然处于万国林立的割据状态。处于霸主地位的所谓天子，对诸侯的主要管理方式就是不断地到各地去巡狩，接受顺从者的觐见和进贡，威慑和征服不朝不贡者，并调停部落间的摩擦。黄帝终年“迁徙往来无常处，以师兵为营卫”，可见辛苦之极。自幼在宫廷长大、生性懦弱的帝挚，登基五年来没有走出去进行巡视活动，致使诸侯对中原朝廷逐渐疏远，开始离心离德，有些干脆闹起独立来。

帝挚手下有两位大臣，叫左监郡和右监郡，是专门负责监视四方诸侯动态的，并兼管观察日月运行。一日，名叫和伯的左监郡风尘仆仆地从北方赶来，报告说，北方的天空时常可见二日并出。人们谣传，天下将有多位天子临朝执政。受此影响，北狄八个部落蠢蠢欲动，兼并战争即将发生。“陛下应该效法先王，到北方进行巡狩，向‘八狄’宣示朝廷威仪，及时化解它们之间的摩擦，才可保持北方平和的局面。”和伯奏道。

“狄人都是黄帝的族人，我知道有赤狄和白狄。”帝挚问道，“你说的八狄，指的是赤狄还是白狄？”

“诚如陛下所说，”和伯答道，“赤狄和白狄包括大大小小数十个部落王国。臣说的‘八狄’，是对北方狄人部落的统称。当然，它们当中势力比较强大的有七八个部落，只要把它们控制住，其他部落就自然安生了。此行宜早不宜迟。”

“眼下正是隆冬季节，北方更是冰雪覆盖，天寒地冻，长途跋涉，如何使得？”帝挚面有难色。

“当年先帝们巡视四方，都遵循相应的时令。春季东临沧海，观岛夷出海捕捞；夏季南下交趾，与南蛮同披烈日炎天；秋季西到流沙，携戎羌共赏中秋圆月；冬季巡狩北方，与八狄首领驰马围猎。此时到北方行走，方显示中原天子泽被天下、威加海内的恢宏气宇，令狄人望而生畏，不敢轻举妄动。”说起先帝，和伯侃侃而谈，情绪有点激动。

“自先帝上次巡狩北狄以来，到现在总有六七年了，也的确该去走动走动了。”帝挚说，“但近来我身体有些不适，一时不能成行，能否委派个特使代替我走一遭？”

“如果非派特使不可，最好选一位实力较强的侯国君王，方使狄人不敢小觑。”和伯据实奏报，“但近两年来，不少诸侯已经怠慢朝贡，我怕他们不会从命。况且，中原诸侯和八狄首领之间都多多少少有些瓜葛，难以沟通，即使勉为其难，怕也无甚收效。”

帝挚沉吟良久，说：“唐国君主尧，继任后多次派使者前来觐见，对朝廷忠诚有加，不如委派他作为朝廷特使，北巡‘八狄’。唐国地处冀州，距狄人较近，来往也方便些。”

“陛下所论极当。”和伯说，“唐尧家族和农耕氏族通婚，早已融入中原。但他毕竟与‘八狄’同宗同祖，容易取得狄人的信任，是比较合适的人选。臣已年老力衰，行动不便，我的次子和叔自幼跟随老臣到北方观天测日，对那里的风土人情较为熟悉，就让他陪特使前往吧。”

东夷、南蛮、西戎、北狄是中原人对四方边远地带族落的称谓，素有九夷、三苗、七戎、八狄之说。八狄原是北方游牧民族，经过“阪泉之战”和“涿鹿之战”，轩辕黄帝分别战胜炎帝集团和蚩尤东夷集团，入主中原，八狄也随之南下。在黄帝时代，狄人是中原朝廷的拥护者、支持者，势力迅速扩张。到了颛顼、帝喾执政时，东夷以及炎帝（如祝融氏）等农耕族落又开始强盛起来，一部分狄人通过通婚和交往，逐步融入农耕民族。还有一部分狄人拒绝融合，于是受到排斥和孤立，开始向北方转移。到帝挚时，八狄人丁仍然繁盛，分布在太行山两侧以及东到辽河、西到贺兰山的北方广大地区，在中原和渤海海滨也多有他们的聚落。狄人中的鲜虞氏曾经进入中原地带，此后，在酋长姮（héng）先的率领下向北回迁，落脚在一个叫中山的地方，号称中山王。姮先不甘心丧失他的祖先在中原曾经有过的优势地位，处心积虑地想把狄人联合起来，夺回中原霸主。但在帝喾的强势统治下，大多数狄人酋长都在帝喾巡狩时跑去觐见、进贡，表示效忠。姮先孤掌难鸣。帝喾死后，继任者帝挚暗弱，使姮先重新燃起振兴八狄的欲望。但是，姮先老矣。令他十分遗憾的是，虽然有几房妻室，却没有给他生下一个儿子，只有一位散宜氏女子生下一个女儿，取名姬丹，人们呼为中山公主。中山公主聪明机敏，体态窈窕，曾受异人传授武艺，善弄一张弹弓，百发百中，族中的男子个个不是她的对手。其时氏族和部落的酋长大都实行世袭制，中山王完全可以传位给女儿，但怕她过于任性，难以承担起振兴狄人大业的责任。再者，他是个男权主义者，也不愿在自己手中眼看着部落复辟、重新回到女人当权的时代。如果从本族子弟中选一个人继任酋长，又担心中山公主不服，引发内乱。一天，中山王对公主说："孩子，你长大了，父亲一辈子的心事你也清楚，今天我想和你商量件事儿。"

"父亲朝思暮想的，不就是到中原去争霸主吗？"姬丹一语道破他的心事说，"过去父王总是说，时机不到，不可轻举妄动，现在时机到了吗？"

"帝挚执掌天下已经快四年了，还不出来巡狩，诸侯已经出现离心倾向。"中山王分析说，"近年来又屡见多个日头在空中出没，这是天下大乱、群雄并起的征兆。我看进取中原的时机已经到来了。不过我也老了，怕是力不从心了。"

"父亲老了，还有女儿我呢！您坐在家里指点指点，外面的事就交给女儿来办吧。"姬丹说，"再说，凡事要顺从天意，不可固守成规，一意孤行。"

"我相信女儿是最棒的。"中山王说，"但是，你想过没有，中原逐鹿、争霸天下，是世上最为艰辛危险的事业，也不是一朝一夕可以实现的。我想给你找个能干的搭档，你看怎样？"

"搭档？到哪里去找？怎么个找法？"姬丹感到新奇地问。

“当年九淖国让美女淖子，也就是颛顼的母亲，通过比武选择丈夫，从而也选出了国中酋帅，她的儿子颛顼最终也登上天下宝座。爸爸想效仿九淖的做法。”

“这个故事我知道。”姬丹说，“但是，女儿不愿像淖子那样，让不管什么样的男人都进入我的闺房来试婚。”

“当然，当然，这都什么时代了。”中山王说，“爸爸想通过海选的方法来进行，不需要你出面。最后胜出者，你招他做丈夫，我封他做酋帅。”

“那要看我喜欢不喜欢。”姬丹在婚姻上有自己的原则，坚持说，“要是个牛头马面什么的，你封你的酋帅，我可不认他是老公。女儿是散宜氏家族的人，在我们家族里，女人可以随意选择自己喜欢的男人，不受任何人支配，包括自己的母亲。”

“这我知道，到时我会尊重你的意见。”中山王仍然信心满满地说，“我就不相信，万里挑一选出来的男人，还能打动不了你的心。”

“既然如此，那就有劳父亲啦！”姬丹说，“这种事儿可不适合女儿家抛头露面，我可要出远门打猎去了。”

“听说从北面跑来一只怪兽，异常凶猛，你要小心点儿。”中山王叮嘱道。

“我正想捉住它为民除害呢！”说完，姬丹便收拾行囊，带上几名女兵，打马驰向林海雪原。

中山王发出邀请，八狄各氏族纷纷响应。既得美人又得江山，有这样的好事，谁不愿意试试运气呢？从公子王孙到平民百姓，成群结伙地从四面八方赶来。

最先到达中山城的是来自长狄部落的漆芒。长狄部落居住在中原腹地的长丘，几十年前曾与鲜虞部落通婚，是友好睦邻。鲜虞部落北迁中山后，两家少有往来，此次受到邀请，大喜过望。刚刚继承王位的漆芒，踌躇满志，连夜北上，希望能把中山公主娶到手，实现长狄和鲜虞两大部落的联合，南北呼应，称霸中原。漆芒身高二丈，背上长弓比平常要长出一倍，羽箭像标枪一般粗壮。他的随行人员也个个身高体壮，龙行虎步。中山王一见大喜，说："贤侄仪表不亚当年乃父，真个是威风八面，堪比黄帝时的力牧大将军了。"

"愚侄自幼拜东夷神射手学艺，稍有所得，在中原常与高手比赛，胜时居多。与力牧将军倒是无缘竞射。"漆芒从容对答，不乏自信。

"好哇，"中山王赞叹道，"我八狄有你这样的好男儿，复兴有望，老朽我也死而无憾了。"

"伯父身体康健，乃我辈之万幸，有用侄儿处，漆芒当效犬马之劳。"漆芒顿一顿又说，"有一事禀报：来时听说朝廷要派特使北巡八狄，如果让他在大会期间闯入中山，怕会对八狄部落的联合产生不利影响。您看……"

"一定要阻止他们北行。"中山王坚定地说。

"好咧，这事就交给侄儿来办吧！"漆芒高兴地说。

雪后初晴，大地红妆素裹。唐尧与和叔策马踏雪行进。一路上，和叔向唐尧详细介绍了狄人部落的情况，以及最近的动向。接近中山地界时，和叔对唐尧说："我们二人势单力薄，为防不测，不如咱俩互换一下身份，遇到紧急情况，也可掩护你及时脱身，然后再见机行事。"

唐尧与和叔互换衣冠，把符节交给和叔，继续策马前行。

一群长人步兵奔走如风，转眼而至。为首的大汉斜挎长弓，背插羽箭如矛，威风凛凛，正是漆芒。

"来人止步，报上名来。"漆芒断喝一声，犹如晴天打了个霹雳。

"天子特使。你们是哪个部落的？如此气势汹汹，究竟是来觐见的，还是来劫道的？"唐尧以随从身份厉声问道。

"咱家是长狄酋帅漆芒。你说是天子特使，有何凭证？"

和叔缓缓举起碧玉制作的符节，光彩夺目。

唐尧大声喝道："天子特使驾到，还不下马迎接！"

“看起来像是个真玩意儿。”漆芒诡谲地笑道，“嘿嘿，你就是帝挚的特使了？”

“不错。”和叔反问道，“这里是中山国界，你长狄来此地干什么？”

“我是专门来抓你的。”漆芒不由分说，把手一挥叫道，“弟兄们！现在已经验明特使正身，给我抓活的！”

漆芒从背后拔出两只羽箭当双枪，不由分说，一个箭步朝和叔冲来。他的士兵紧随其后，如狼似虎地涌上前来。要知道，那长狄人立起身来，竟同唐尧骑在马上一样高低，步行作战，动作灵活，着实不可小觑。

唐尧拔剑在手，他的坐骑骊龙昂首长啸，声震长空，大汉们吃了一惊，几乎跌坐在地，连漆芒也不由地倒退一步。趁此机会，和叔不慌不忙，从怀里掏出一只日晷，那是和氏家族测影观时用的工具。那日晷只有手掌大，和叔迎风一晃，立刻变作斗笠般大小。晷针做剑，叫作日晷剑；晷盘做盾，叫作日晷盾，原来是一副得心应手的兵器。日晷剑是件宝器，本有奇异功能，但和叔非万不得已不愿拿它杀人，只是用其上护其身，下护其马，漆芒将士一时也难得手。唐尧有骊龙助威，一把剑神出鬼没，长狄们不敢近身搏击，只是围着他们团团打转。

围攻多时，仍不能抓到这个特使，漆芒大怒。他把几十只羽箭当投枪，一股脑砸向和叔，竟如暴风骤雨一般。只见和叔的日晷盾缓缓旋转，幻化成无数光圈，无声地把投枪逼落尘埃。此时，忽见一彪人马呼啸而来。漆芒大叫：“援兵到了！弟兄们，围住他们，不要让他们跑了！”和叔见状不妙，在骊龙屁股上狠拍一剑，大叫：“快走！”骊龙腾空而起，踏着长狄战士的脑袋突出重围，载着唐尧飞奔而去。

漆芒命少数战士去追赶唐尧，他亲率众人继续围攻和叔。和叔忽然把盾牌抛在空中，盾牌闪闪发光，晃得漆芒等人晕头转向。

和叔趁机夺路突围，收回盾牌，朝着与唐尧相反的方向逃去。

漆芒回过神来，大吼一声："追！"众人呼啦啦飞奔直追。有人说长狄是飞毛腿丁零部落的一支，也有人说他们的氏族与防风氏联姻，总之，是个善于奔跑的部族。只见大汉们甩开双脚，竟如奔马一般，和叔快马加鞭，也难以摆脱漆芒的追击。

和叔策马绕过一棵大树，一只猿猴忽然从树上坠下，恰好落在马背上。和叔灵机一动，连忙脱下衣冠，给猿猴穿戴好，然后滚鞍下马，隐身在草木丛中。

追兵呼啸而过。

和叔从隐身处探出头来，从容地沿着原路往回走。当他走到大树下时，一只猿猴忽然落在他的肩头。只见它头顶冠冕，身披长袍，正是那位援救他的恩公。

和叔大喜，既而又感到惊愕："您是哪里来的仙猿啊？"

"怎么，和仲，你连老夫的神猿都不认识了？"洪钟般的声音传来。一位老人鹤发童颜，目光灼灼，犹若闪电，安详地立在山包上。

"在下是和叔，和仲是我哥哥。老伯您是……"和叔诧异地说。

"甘蝇。"[1]

"甘蝇？莫不是隐居在祁连山的神射师祖甘蝇？"和叔边说边上前施礼。

"正是老夫。"甘蝇说，"不过，我可不敢妄称师祖。我的师父狐父，是黄帝时代的仙人，眼下还收了个关门弟子呢。他才是射界祖师爷。"

"祁连山号称小昆仑，哥哥曾随家父赴祁连山测日观天，他说在那里遇到不少神仙，还特别提到您。"

"和仲想随我学习射艺，你的父亲不同意，命他专心致志学

[1]《列子·汤问》："甘蝇，古之善射者，彀弓而兽伏鸟下。弟子名飞卫，学射于甘蝇，而巧过其师。"又，《吕氏春秋·听言》云："蜂门（逢蒙）始习于甘蝇。"

测日。”

“我们是司天世家，和羲氏一同主管测日制历。家父把我们哥俩分别送到西方和北方，是准备让我们接班的。”[1]

“你们哥俩完全像一个人一样，如有丝毫区别，也逃不过老夫的双眼。”甘蝇感慨老天造物的神奇，说道。

“连家父也分不清老大和老二，这成了他的心病，因此，总不让我们在一起。”和叔说，“您从祁连山来到太行山，有什么事需要我效劳吗？”

“我应邀去中山参加一场赛事，离开场还有些日子，顺便浏览一下太行风光。”甘蝇也不客气，说道，“想必你对这一带熟悉，就给我当一回向导吧。”

“中山王在搞比武招亲嫁女，您老也感兴趣吗？”和叔奇怪地问。

“哈哈！老夫是颛顼时代的子民，求偶的激情、争霸的野心，早就灰飞烟灭了。有两名小徒受他们的族人推荐，前来参与其事，我是来看他们比赛的。刚才长狄追杀你这个朝廷臣子，是否与八狄集会有关？你若还想混进去看热闹，就改扮成我的随从吧！哈哈哈……”甘蝇爽朗地大笑，底气十足，的确有神仙气派。

和叔心想，说不定这个老神仙什么都明白，他也许是个保护伞呢。

---

[1]《尚书·尧典》：“（帝尧）乃命羲和，钦若昊天，历象日月星辰，敬授人时。”马融（汉）说：“羲氏掌天官，和氏掌地官，四子掌四时。”

# 中山公主

唐尧一口气跑出好远，见甩掉了追兵，才放慢速度，一边注意周围的环境，一边思考去向。不多时，忽听身后喊声又起，除了健步如飞的长狄，还夹杂着马兵。唐尧大惊，打马狂奔。骊龙放开四蹄，尽情驰骋。跑了半日，唐尧感到人马已有些疲惫，于是在河边驻足，饮马小憩。

忽然北岸传来一阵喊叫声，只见一队人马正在追杀一名骑枣红马的女子，奔马踩踏沙滩上的水波，溅起阵阵浪花。那女子手持弹弓，发发命中冲在前面的敌骑。但敌人仍然紧追不舍。

河崖上响起一声虎啸，声音未落，套马索凌空而降，套在枣红马的脖子上。枣红马受到惊吓，猛然停下，前蹄腾空，险些把姑娘掀下马来。

忽见一人披发虬髯，身跨斑斓猛虎，一双虎爪拽着套马索，哈哈大笑："美人，我已经找你好几天了，今日幸会，跟我做压寨夫人去吧！"

"你们是什么人，竟敢在光天化日之下劫持我中山公主！"[1]姑娘大声呵斥。

"本王是来自漠北的猃狁（xiǎn yǔn）。听说中山王要比武招婿，我没有收到请帖，不好贸然前往，只好采取这种简捷的方式委屈公主了。哈哈哈……"猃狁王狂笑道。

猃狁王正在得意忘形，不料迎面飞来两粒弹子，被砸了个满脸

[1]（北魏）郦道元《水经注・瓠子河》："城阳城西二里有尧陵。……陵东城西五十余步，中山夫人祠，尧妃也。"

花。猃狁王大怒，飞身从河崖上跳下，直扑中山公主。公主滚鞍下马，躲开猃狁的虎爪。两人在河滩上一个猛扑，一个躲闪，搅作一团。猃狁王发出阵阵虎啸，中山公主也不时惊惧地尖叫。猃狁王的随从也都跳下马来，围成一圈，个个弯弓搭箭，以防公主逃走。

正在危机之时，一条赤龙裹挟着巨浪从南岸涌来。猃狁王等人还没有反应过来，就已被波涛冲倒，淹没在浪花里。等波浪退回，猃狁们从地上爬起来，才发现包围圈中已不见了姑娘的踪影，只见一男一女共骑一匹白马踏上对岸。原来是唐尧英雄救美，驾驭骊龙冲过河来，把中山公主救出了虎口。

兵卒们急急扯弓放箭，已是鞭长莫及，飞矢纷纷落入水中。唐尧继续打马飞奔，身影渐小。猃狁王从身后摘下弓来，左手如托泰山，右手如抱婴儿，弓弦响处，飞矢破风而去。

中山公主紧抱着马颈，背后紧贴着唐尧热乎乎的胸膛，男人的气息在她的耳鬓回荡。忽然，唐尧浑身一阵抖动，随即用双臂勒住公主的腰，上半身紧紧压着她的背。公主老大不快。莫非刚刚逃出虎口，又遇上了色狼？现在，她厌恶救了她的这个男人，因为他乘人之危。公主产生跳马逃跑的想法，但耳边风声呼呼作响，奔马风驰电掣，不容她稍有动作。

来到一个宽阔的山谷。公主打猎时常经过这里，附近有个秘密山洞，也是她休息和过夜的地方。白马放慢速度，开始小步慢跑。公主见时机已到，用力掰开唐尧的双手，推开他的身躯，敏捷地跳下马来。这时，意想不到的事情发生了。只见唐尧一头栽下地来，背上还插着一支长长的羽箭！白马“咯噔”一下站在当地。公主惊呆了，一时不知如何是好。白马骊龙“咴儿、咴儿”连声呼叫，低下头来舔舐唐尧的伤口。

唐尧中了猃狁王的飞箭。白马骊龙不愧是神驹，它叼住箭杆从唐尧体内拔出，只见血如泉涌。唐尧大叫一声，又昏厥过去。中山公主哭叫着用手去摁伤口，鲜血在她的指间溢流。白马甩掉羽箭，伸出长舌，在伤口上舔舐不停，不一时，竟然把血止住了。中山公主破涕为笑，搂着马头喃喃地说：“你是一匹龙马，你的唾液就是龙涎，是包治百病的仙药呢！”

公主捡起那只飞箭，发现箭杆上刻着三个字：龙齿箭。

朔风呼啸，黑云滚滚而来，又要下雪了。中山公主背着昏迷的唐尧，脚步蹒跚地朝山洞走去。她感到身上这个男人特别重，但她心甘情愿地承受着，与他同行。

山洞火塘里的余火尚存。中山公主把唐尧放在铺着兽皮的地榻上，用手试一下他的鼻息，发现呼吸正常，始感放心。于是添柴加薪，吹燃塘火，洞中大亮。只听得唐尧微弱地呼唤：“水，水。”公主大喜，忙拿葫芦给他喂水。唐尧喝了几口，把头一歪，又昏睡过去。白马骊龙又给唐尧舔舐了一回伤口，钻到暗处，了无声息地变成石马隐藏起来。

中山公主放好洞口的栅栏，那是为防止野兽进洞伤人安置的。公主用手帕沾上水，擦拭唐尧满是泥污的头面。映入她眼帘的，竟是一张少年英俊的脸！公主大为惊奇，夹杂着母性慈爱的复杂感情油然而生。一阵冷气从洞口袭来，唐尧打了个寒噤，把身躯缩成一团。公主连忙添柴加薪，把火弄旺，然后慢慢躺下身去，侧卧在唐尧身旁，敞开衣襟，把胸脯紧靠在他的后背上，用体温安抚他瑟缩的身体。两颗心一快一慢地呼应着，演奏着无声的旋律。中山公主遐思翩翩，享受着从未有过的满足。

公主是中山王的掌上明珠，从小任性妄为，少有约束。公主嗜好射猎，不管是春夏秋冬、风霜雨雪，她都要往山林跑。中山王希望她能像男儿一样闯天下，对她的野性放纵有加。为保护女儿的安全，中山王给她选派了两名贴身护卫，分别命名为天视和地听。她们是一对孪生姊妹，各具一种特异功能。天视视力极佳，即所谓千里眼是也；地听听力超常，即所谓顺风耳是也。姊妹俩总是同行同止，从不分离，只要彼此不能相见，她们的特异功能就消失了。这次出猎，照例是三人同行。只因公主惦记着比武招婿那档子事——毕竟它关乎着国事和个人的终身大事，不由她不上心，于是吩咐天视和地听回中山城探听消息。二人走后，公主在雪地上发现了怪兽的足迹，一路跟踪寻觅，结果遭遇猃狁那帮强人。令她感到万分庆幸的是，这次危难，使她结识了这位骑着龙马的翩翩少年……

她累了，搂着唐尧昏昏入睡。她梦见一条蛇钻入怀里，吓得大声呼叫，但喊不出声来，手脚也动弹不得，硬生生给吓醒了。怀里没有蛇，只有依然呼呼大睡的少年。此时已是次日黄昏，他们睡了整整一昼夜。

“在我的梦里，他怎么是条讨厌的蛇呢？……在十二属相中，蛇又称为小龙，难道他是未来的真龙天子？我们狄人都是披发左衽，而他的头发是束起来的，又穿着对襟衣服，看来像个中原人，他跑到这里来干什么？”中山公主恍恍惚惚，呆呆地望着这位陌生少年发怔。

“不管是什么人，他都是我的救命恩人。”公主心想，轻轻地吻了一下唐尧的额头，又放下身来轻轻地抱住了他。

洞口传来鸟语声。中山公主知道是天视、地听回来了，轻轻爬起身来，脱下身上的裘皮大衣给唐尧盖上，然后轻轻吻了一下他的额头，感到体温正常，才踮着脚尖跑到洞口，吊起栅栏。

“洞里还有一个人的鼻息声，他是谁？”刚见面，耳朵特灵的地听劈头就问。

“嘘……小声点，一个受伤的人在睡觉。这事以后再详细讲，先给我说说中山城里的情况。”公主把她们拉到洞外，着急地说。

“各部落参赛的人差不多有一半都赶到中山城了，国君要小姐回去，陪这些先到的贵宾打猎观光，也好联络联络感情。”天视报告。

“事先都说好了的，不需要本姑娘出面，怎么又变卦了呢？”中山公主有气地说。“大臣们的公子小姐都闲着没事儿，让他们陪去好了。”

地听补充说："选手们也要求公主接见。见到您的玉容，说不定会使他们争破头呢。"

"那我就更不能提前亮相了，还是留一点悬念吧。"公主想想又说，"要不，把我哥哥放齐请来代我陪同客人，也算是给父王有个交代。还有别的大事吗？"

"中原朝廷派特使巡狩八狄，有些部落首领想去觐见，也有的主张把他们赶回去。"天视说。

"父王什么意见？"公主问。

"老大王也主张把特使赶回去，不让他与各部落头人接触。"地听说，"但长狄、犬戎几个部落首领坚持要把特使抓起来，等八狄联盟成立时，用他的鲜血祭旗。"

"这有点忒狠了。"中山公主不满地说，"两国交兵尚且不斩来使，何况是朝廷派来的特使！长狄他们为什么要这么干呢？"

"这几位部落头头各有野心，早就想攫取八狄霸主地位。"天视分析说，"对他们来讲，要达到目的，必须破除两道障碍：一是狄人对中原朝廷的依附倾向。如今仍然有相当多的氏族、部落愿意做中原朝廷的附属国。因为地处偏远，既不需要向朝廷进贡贵重物品，也不用服劳役，还可以受到保护，免受邻近的大国欺凌。如果在中山大会上杀掉特使，所有参加赛会的氏族、部落都难逃干系，肯定会被朝廷列入黑名单。也就是说，八狄部落一下就被长狄等绑架到了他们的战车上，从此断绝八狄对中原朝廷的依附关系。"

"很血腥，也很卑鄙。亏他们想得出来。"公主厌恶地说，"那么，他们要破除的第二个障碍呢？"

"八狄内部豪强自己。"地听接着说，"因为八狄盟主只有一个，而势在必得的部落首领却有多个。"

"父王一心想借召开赛会的机会推举盟主，成立八狄联盟，难道只是一个美好的愿望？"公主失望地说。

"恐怕从此会拉开八狄争霸战的序幕，首先受到冲击的就是我们中山国。”天视不无忧虑地说。

公主打了个冷战。地听连忙脱下大衣，要给公主披上。

“中山公主，快穿上你的裘衣，外面冷。”一个声音从洞中传来。唐尧跌跌撞撞地走出洞口。

中山公主忙不迭地迎上去搀扶他，关切地问：“你醒啦，伤口痛得厉害吗？”

“好像不怎么疼了。你给我涂什么灵丹妙药了？”唐尧给公主披上大衣，摇晃一下肩膀，轻松地说。

“没有啊，”公主说，“只是白马舔舐过几次伤口。我怀疑你这匹马是条龙。”

唐尧说：“你的眼力不错，它的确是大陆泽中一条骊龙变来的。”

“他是什么人？”天视插话问。

“他是我的救命恩人。”

“你也救了我一条命，咱俩扯平了。”唐尧打断公主的话说道，“我们算是患难之交吧！”

“嗯，称得上是生死之交。咱们进洞说话吧。”公主说。

天视、地听忙活着烤鹿肉，并拿出一葫芦果酒。中山公主不时割块鹿肉给唐尧，和他一人一口就着鹿肉喝酒。

“睡眠是养伤的好方法，鹿肉可是大补佳品啊，你要多吃些。”公主关切之情溢于言表。

“承蒙中山公主关照，我的身体恢复得很快。”唐尧感激地说。

“看你不像是本地人，怎么一醒过来就知道我是中山公主呢？”公主诧异地问。

“我听朋友介绍过中山国的情况。”唐尧回答。“在冰天雪地中狩猎的漂亮姑娘，除了中山公主，怕找不到第二个人。当然，天视、地听除外。”

天视见他俩如此亲密，自然想到了小姐的婚事上，看似不经意地问道：“先生家住什么地方啊？家中都有什么人呀？”

“大陆泽畔，有母亲在家。”唐尧啃着一块骨头，不介意地答道。

“哦，那么说，你还没有成亲呀？”天视神秘地对公主一笑，继续打问，“到中山来是路过呀还是找人呀？”

唐尧一怔，似乎刚刚想起自己的使命。他放下鹿肉，擦擦嘴说：“我还没有来得及自报家门呢！我是朝廷特使，是奉天子之命前来巡视八狄诸侯的。”

“什么？你是特使？”天视、地听吃惊地跳起来，几乎异口同声地说。天视亮起正在用来割肉的剑，地听抓起一根带着火苗的拨火棍，虎视眈眈地对着唐尧。

公主刚啜一小口酒，一下喷出来，瞪着唐尧怔怔地说：“你，……你说什么？你是特使？”

见三个女人如此景象，唐尧先是一怔，随后“扑哧”一笑，说：“对，我的确是天子特使。我倒要问问，中山国笑迎八方客人，为什么单单对一个朝廷特使怒目相视呢？”

天视：“我们狄人聚会，不希望中原朝廷干预。”

“八狄部落都是天子治下、朝廷属国，眼看着一场弱肉强食的惨剧就要发生，朝廷岂能熟视无睹？八狄列强窥视中山已久，你们不仅不防，反而引狼入室，中山王国危在旦夕，天子又岂能坐视不管？”唐尧发觉自己太过激动，对公主苦笑一下说，“你看，我是个伤病患者，又是你的生死朋友，不会对你构成威胁，还是让她们放下武器吧！”

天视、地听尴尬地笑笑，又开始继续手中的活计。

“你说中山危在旦夕，不会是耸人听闻吧？”公主把酒葫芦递给唐尧，疑惑地问。

“长狄正在全民武装，整装待发，不管漆芒比武招婿能否成功，都会乘机占据中山，作为称霸八狄的根据地；犬戎国牧群大批东迁，开始吞并、要挟一些弱小部落；鬼国等实力较强的部族，也在不遗余力地扩充势力范围，备战八狄霸主争夺战。中山王筹备的赛事，给他们提供了一个极好机会，因此趋之若鹜。”唐尧侃侃而谈，公主与天视、地听不断地交换眼色，面色骤变。

“你这些消息是从哪里听到的？”天视问。

“我的随从和叔讲的。”

“和叔？他人在哪儿？”天视着急地问。

“我俩被长狄冲散了，他生死未卜。”唐尧回答。

公主插话：“难道就是那个观天测日的和叔吗？”

“肯定是他。”地听说，“他在八狄地面上到处游走，才能得知这些消息。”

“我经常与和叔讨论天象，以为他只是一个研究历法的巫者，没想到当上了朝廷命官。我得去打听一下他的下落。”天视着急地说。

“你俩快去吧，如果和叔被长狄扣押了，先不要妄动，赶快回来想办法营救。”

天视、地听走后，中山公主如释重负地说：“好了，中山国三个重要的女人已经被朝廷特使俘虏了，你可以安心养伤了。”

“没想到和叔在八狄还交了不少朋友。”唐尧说。

“她俩何止是和叔的朋友，怕是把心都交给他了。”公主颇有感触地说，“女人哪，要是盯上了一个心仪的男人，把什么大事都丢到脑后了。”

公主扶唐尧躺下，给他盖上裘皮大衣，仔细端详起这张年轻的脸。

“公主还没看清楚天朝特使的真面目吗？”唐尧打趣地问。

“我真的觉得你不像是个朝廷特使。”公主认真地说。

“为什么？”唐尧问。

“特使应该是个德高望重、足智多谋的老者，至少也应该是个长出了胡须的人。”公主说，“你满脸稚气未脱，说话也好像刚刚变声，天子怎能派一个年少的公子哥儿来担当如此既复杂而又危险的使命呢？”

“天子诏命唐侯担任特使时，可能他并不知道唐侯是个少年郎。”唐尧说。

“你是唐侯？”公主惊异地问，“那唐侯不是个七旬老酋长吗，怎么换成你了？”

“说来也真是个奇遇，都是白马骊龙帮的忙。”唐尧简要地讲述了他的经历，又说，“对了，把你救出来也是白马骊龙。”

中山公主被唐尧的经历所折服，心情激动地说：“白马和你都是真龙，都被我撞上了。”说完，她情不自禁地一口亲在他的唇上。

## 悬空射侯

天视、地听上气不接下气地跑回来，公主迎出洞口。

“犬戎国酋长鼻子王带人搜过来了，远远听他们说话，像是在寻找天朝特使的。”天视说。

公主果断地说：“走，迎上去，把他们引开！”

“慢！”唐尧从洞中走出来，边说边给公主披上大衣，“我正想去见中山王，跟他们走好了，正好借机会接受诸部落首脑的朝觐。”

“不行！”中山公主说，“他们会把你杀掉。”

“我是天子特使，是来巡视八狄的，哪有躲避诸侯的道理？”唐尧坚持说，“生死由命，命是上天给的；但使命必须由自己来完成，躲不过的。”

“这里是中山国，本公主要为天子特使的安全负责，请你也尊重我的使命！”公主不由分说，把唐尧拉回山洞，又亲吻他一下，柔声说，“等你养好伤，我请所有部落的头头觐见你，让你显尽特使风光，好吗？骊龙，跟我走！”

白马骊龙“咴儿、咴儿”地叫着钻出来，舔舔唐尧的手，随公主走出山洞。

中山公主与天视、地听向东方急驰，然后又调转方向从斜刺里去截鼻子王。那鼻子王头面上凸显着硕大的狗鼻子，坐下是一只黄牛般大小的巨犬。他的部下全都披着各种花色的狗皮，奔跑起来四肢着地，快如奔马。鼻子王突然停下，嗅嗅周围的空气，说：“这里的味道还是一男一女一骑，女人似乎是中山公主，我见过她一面，依稀记得。”

几只野鹿奔来，中山公主和天视、地听紧追不舍。鼻子王弯弓搭箭，只听“嗖嗖”声响，两只奔鹿应声倒地。

“中山公主，久违了。咱们还是有缘哪，今天又见面了！”鼻子王大声喊叫。他曾到中山国向公主求婚，被公主当面婉拒。

“好箭法！原来是鼻子王啊。”公主故作惊讶地问，“你来这里干什么？”

“比武娶亲啊！本王岂能错过这样的好机会？如果这次我胜出，公主可得痛快点答应，不要再伤本王的自尊了。”鼻子王有点伤感地说。

“你的鼻子很灵，怎么耳朵不好用啊？”公主打断他的话说，“我问的是，你不在中山城里准备比武，跑到这里干什么来啦？”

“回公主的话，本王是在寻找朝廷派来的人。我嗅着他的味道一路走来，中间忽然冒出一个女人的味道，有点似曾相识。”鼻子王用力吸几下鼻子，忽然发现了什么，大声嚷嚷起来，“哎呀，这个女人真的就是公主，你怎么和朝廷来人混在一起啦？”

“你胡说什么呀！”公主顺手把一个荷包投给鼻子王，“这才是我的味道，你好好闻闻。”

一股香气扑面而来。鼻子王狠命地吸了两口，打了两个喷嚏，满口赞道：“好香，好香！”

“我问你，”公主幸灾乐祸地问，“刚才嗅到的是这种味道吗？”

鼻子王扭动脖子嗅了一圈，忽然惊呼："哎呀，怎么全成了公主一个人的味道？那个男人的味道怎么没有啦？"

"好个鼻子王，想给姑奶奶制造绯闻啊！"中山公主得理不让人，红颜生怒，喝道，"你得把刚才的话吞回去。"

鼻子王并不理会公主的叫骂，仔细打量手中的荷包，似乎有所发现，嘀咕道："这不是公主的宝贝'逆风十里香'荷包吗？本王的鼻子被荷包的香味包围了，一个月内再也嗅不到别的味道了。上当啦！上当啦！"他懊恼一回，忽然想起了什么，转忧为喜，扬一扬荷包，不怀好意地叫道，"这是公主抛给我的定情物吗？本王笑纳了！哈哈哈！"边说边把荷包塞进怀里。

公主用荷包迷惑了鼻子王，保护了唐尧的藏身之地，正在庆幸自己的得意之作，没料到鼻子王竟然赖下了荷包，并以此要挟，一时慌了手脚，气急地说："还给我！快还给我！"

"整个中山国都要归我了，你也是我的了，一个荷包算什么？等你坐到我怀里，自然会还给你！"鼻子王得意忘形地笑道。

公主怒不可遏，举起弹弓劲射。鼻子王知道她的弹弓厉害，早已将身体后仰，紧紧贴在巨犬背上，掉头就跑，嘴里说道："一家人不打一家人，本王找老丈人讨嫁妆去喽！"

公主催马赶上，只听"轰"的一声响，巨犬放出一股臭气，熏得人马喘不过气来。中山公主心情沉重地回到山洞。如果说，她对唐尧的警告还心存幻想的话，那么鼻子王的无理，就使她感受到了切实的威胁。她向唐尧提出，要回去劝说中山王停止比武招亲活动，打发各路人马撤出中山国。

"不可。"唐尧说，"中山王如果食言，就会失信于八狄，犬戎、长狄等国就会以此为借口侵占中山国。不如还是让他继续按计划进行，到时我出来搅局。"

"你？你有什么办法？"中山公主不放心地问。

"这样的比赛漏洞很多，届时见机行事，总会有办法的。"唐尧自信地说，“要把军队掌握好，一是维持好赛场秩序，二是做好戒备，防止外族偷袭。”

“好吧，我听你的。”公主也想不出好办法，只好说道。她命天视、地听去见中山王，约定好比赛日期，并通知公主的哥哥放齐，暗中布防军队。

平顶山一面是缓坡，其他三面都是断崖绝壁。山顶宽阔而平坦，是个美丽的空中牧场。一到冬季，草地被积雪覆盖，犹如一座茫茫玉山，徜徉在蓝天白云之间。比武招婿赛场就设在平顶山牧场。日上三竿，人们从四面八方涌来，熙熙攘攘，热气腾腾。各氏族、部落的图腾旗帜插在四周，迎风飘荡。中山王在中山公主和几位长老的陪同下，骑马绕场巡视一周，见诸事已备，发话说：“国技以射艺为先，男儿以挽强弓为能。此次比武，射艺为唯一比赛项目，最后胜出者，不论王子王孙，还是平民百姓，老夫都将兑现诺言，以国事相托，并作为小女招婿之首选。”中山王扭头看看公主，见她表情淡然，无所表示，于是大声宣布开始。

比赛采取了中原地区常用的射侯程式。侯即箭靶，是之后历代箭靶的雏形。最早发明侯的人叫阿殳（shū），是神农天子的孙子。所谓射侯，是天子考核下属方国首脑能力的一种方式，在一定的距离内，能够射中侯上红心者，就赐给侯的称号，这个方国才能称为侯国。这种封侯方式不知始自哪代，消于何年，反正到了春秋战国诸侯争霸时期，那些诸侯们就不需要取得射侯的考试资格了。

由于参赛的选手众多，为加快进度，赛场的一端并排摆下十只侯。这些侯都是用横断的圆木做成，中间涂个红心。选手所用的箭杆上刻有自己的名字，凡射中红心者，便取得下一轮比赛的资格。第一轮射程是三百步，比赛下来，已有一多半选手被淘汰出局，加入观众行列。第二轮射程增加到八百步，一阵控弦声过后，飞矢纷纷脱靶，只有十几支羽箭中侯，场上一片欢呼。

接下来，场地上只摆下一只侯，射程延伸到一千二百步。已晋级到第三轮的选手人人逞勇，个个用心，但羽箭一个接一个地落下尘埃，场上发出阵阵惋惜声。选手们心有不甘地滞留在场地上，近距离观看最后两位少年的表演。其中一位身穿红衣，来自赤狄，名叫逢蒙；另一位身穿白衣，来自白狄，名叫飞卫，二人都是射艺大家甘蝇的徒弟。逢蒙和飞卫相互会心地一笑，同时挽弓搭箭。人们只见两支羽箭流星般破风疾驰，双双插在靶心。

欢声雷动。

中山王大喜："自古英雄出少年，此言不差。二位小英雄，你俩的射技都是一流的，但冠军只有一位，本王只把荣誉的桂冠戴在冠军头上。你俩继续分出个高下吧！"

逢蒙一声不吭地转身迈出十步，一箭飞出，正中红心。

飞卫不甘示弱，在逢蒙立足处又迈出十步，扭身劲射，也中红心。

逢蒙又走出五步，向飞卫抱拳致意，说："师兄，小弟我只想当个第一，别的高官美女等好处都让给你，你就别与我争啦，好吗？"

飞卫从逢蒙身旁走过，也迈出五步，说："师父不是说过吗，学艺不能老想着当诸侯，比赛也不是为了争第一。通过公平比赛，可以调整心态，修炼性情；此时万人瞩目，氛围激昂，正是切磋技艺的大好时机，我俩岂可错过？"说罢一箭又中红心。

就这样，逢蒙和飞卫一递一射，或五步或十步，距离箭靶越来越远。会场上欢呼声一波接一波，观众为他们的神技所震撼，也强烈地期待着冠军的产生。

此时有一个人已经感到不耐烦了，他就是鼻子王。鼻子王自恃身怀绝技，对前面几轮短射程比赛不屑一顾，只等最后出场，一箭定局，一鸣惊人，不想两位小将玩起来没完没了，占尽场上风头。鼻子王大感不快，于是抢将出来，大叫："行啦，行啦，再磨蹭下去日头都要下山了！让大爷我来了结吧！"他大踏步走到赛场尽头，让脚后跟贴近悬崖边，然后射出一箭，正中红心。

"哇！"会场上发出一阵冲击波很大的惊叹声。

逢蒙、飞卫不服气，也立在悬崖边上各射一箭。两只箭都触到了红心，怎奈已是强弩之末，双双滑落靶下。他们向鼻子王一抱拳，说了声“佩服”，遗憾地退下。

“哈哈哈！”鼻子王狂笑，“中山公主，现在已经没有谁再来和我争第一了，你瞧瞧……”他骄傲地跺一跺脚下的悬崖绝壁。

场上出现骚动。原来，自鼻子王主政犬戎国以来，经常干些以大欺小、以强凌弱的勾当，在八狄中口碑极差。人们担心他夺冠后野心膨胀，给邻近部落造成更大的威胁。

“鼻子兄，小弟还没有射呢。”从观众堆里站起来一位巨人，手持大弓，背插长箭，巍巍走到鼻子王身旁。他就是长狄人漆芒，原来是坐在地上观看比赛的。

“你，……你怎么才跑出来？”鼻子王有点扫兴地问。

“小弟也想兜底拿个第一，没想到鼻子兄一下子把人给逼到了悬崖边上，我只好争个并列第一了。”漆芒边说边转身劲射，只听“砰”的一声响，标枪似的箭头没入靶心，箭杆犹在嗡嗡作响。

“好！”中山王情不自禁，带头叫好，欢呼声惊天动地。

“好是好，可是我们只要一名酋帅，选谁呀？况且公主也只有一个……”一位长老说。

“那该怎么办呀？”中山王意识到问题的严重性，求救似的望望公主。

公主左顾右盼，好像没有听见他们的对话。

这边中山王陷入尴尬，那边正在激烈争吵。只听鼻子王叫道：“你想干什么？”

“见个面，分一半。”漆芒不卑不亢地说，“不瞒老兄，小弟想把部族从中原迁到北方来，中山是个理想的落脚地，我来比武，就担负着族人的委托，还请鼻兄谅解。”

“这样吧，”鼻子王沉吟道，“公主归我，中山的牲畜和国库钱财作为嫁妆，再挑选些青年男女陪嫁到犬戎，其余都留给你，可以了吧？”

“鼻兄好大度，”漆芒冷笑道，“你让我的族人到这里喝西北风啊？我的战士正在国中待命，恐怕他们不接受这个方案。况且，小弟对公主仰慕已久……”

“哼，我的人已在百里之外游弋，饮马射猎，招之即来，不信咱就试试！”鼻子王气哼哼地说。

他们的争吵声越来越大，惊动了有点儿耳背的中山王。他问：“他俩在吵什么？”

“在争论如何瓜分中山国。”一位长老回答。

“还有您的女儿。”公主不温不火地补充。

“岂有此理！本王还没有裁判谁是冠军呢！”中山王大为不满地说，“再说，我只是想聘个冠军当酋长，并没有说把中山国送给谁呀？”

“裁判？怎样裁判？谁能裁判？”长老的语气里透露着惊慌，“听口气，他们早就想吞并中山了，我们引狼入室啦！”

“来人！把他们给我轰出去！”中山王大怒。

会场一阵骚动。

“慢！选手乘兴比赛一场，岂能没有冠军？我来裁判裁判。”观众中间冒出一个人来，头戴狐皮帽，身穿鹿皮衣，唇上一抹黑黑的胡须，远远地向中山王抱拳致意，径直走向悬崖。

“他是什么人？”中山王问。

“不管是谁，且看他如何评判。”公主打断中山王，全神贯注地注视着小胡子，暗暗握紧弹弓。

小胡子走近鼻子王和漆芒，大咧咧地说：“二位别吵啦，不然动手打起来有伤和气，还是通过公平竞赛分出高下吧。”

漆芒没有好气地说：“赛？还能怎么赛？”

“我看你的臂力游刃有余，即使再把射程延长一些也会中的。”小胡子认真地说。

“你胡说什么，都到这份上了，还能怎么延长？”鼻子王跺一跺脚下的悬崖，不屑地说，“能延长本王早就延长了，还轮得到他！”

“看来还得我来给你们示范一下。”小胡子站到漆芒和鼻子王中间，脚后跟紧靠悬崖，然后把手伸向漆芒，“借你的弓箭一用。”

漆芒把弓箭递过去，二人满怀好奇地盯着他。

小胡子挽弓搭箭，目视前方，说：“请二位看我的脚下。”

只见他的脚徐徐向后移动，脚后跟已经悬空。

“怎么样？射程超过你俩了吧？”

鼻子王和漆芒惊得说不出话来。

“怎么，还不够吗？那就再退点。”小胡子轻松地说着，脚板继续向后滑动。最后，只剩下十个脚趾搭在岩石上，身体整个悬空，还缓缓地上下颤悠着。漆芒和鼻子王不由自主地惊叫：“行啦！行啦！不要再退啦！”

弓弦砰然作响，长箭脱弦，犹如一道电光飞向靶心，只听得“咔嚓”一声响亮，箭靶从中间裂作两半。

“哗……”全场爆发出疾风暴雨般的掌声、欢呼声，经久不息。

再看那射箭人，兀自手持长弓在绝壁上优哉游哉。

## 猃狁王[1]

鼻子王如梦初醒，忽然问道：“阁下是人还是神？”

小胡子“哈哈”大笑，一把扯掉胡须，压低声音、戏谑似的说：“你的鼻子不灵啦？我就是你们联手追捕的人，请暂时保密。”

“朝廷特使？”漆芒小声念叨一句，忽然大叫，“就是他！就

[1]《史记·匈奴传》：“唐虞以上有山戎、猃狁、荤粥，居于北蛮。”

是他！”

不错，这人的确是化了装的天子特使唐尧。

鼻子王不声不响，当即使出一个扫堂腿，指望把唐尧一举扫下悬崖。唐尧身轻如燕，早已腾空而起，在鼻子王的头上轻轻一点，落在地上。鼻子王一腿扫空，失去平衡，整个身躯滑落山崖，双脚蹬空，只有左手紧紧扣住岩石边，右手胡乱抓挠，呜哇大叫。这边，漆芒趁唐尧立足未稳，居高临下，两只鹰爪抓向他的头颅。唐尧听得耳后掌风袭来，扭身闪过，顺手用长弓迎上。漆芒一把抓住弓弦，尽力一扯。唐尧紧拽着弓臂不放。长弓拉开，圆如满月。两人较起劲来。

漆芒冷笑：“你还想与我比力气，下去吧！”他猛然发力，想连人带弓甩将起来，把这位特使丢进山沟里。

“谢谢你的弓，还给你吧！”看来唐尧是不情愿和这个大个子比蛮力，就在漆芒爆发之际，他突然撒手，长弓以千钧之力撞向漆芒。漆芒侧身猛地一闪，巨大的身躯失去平衡，轰然倒地。更糟糕的是，漆芒的上身已经悬空，探出悬崖。长长的头发顺着岩壁垂下，被鼻子王当成救命稻草，一把抓住，用力拖拽。漆芒的身体开始下滑。他两眼望着无底深渊，毛骨悚然，用力掐住鼻子王的手腕，恨不得把它剪断，同时气急败坏地大叫：“放开，快放开我！”

“请哥们儿拉兄弟一把吧！比赛第一名让给你，我当第二，什么好处都不要了，行吗？”鼻子王死皮赖脸地恳求。

“眼看性命难保，要那个第一还有什么用？快松开，咱们就要同归于尽啦！”漆芒面临死神的威胁，发出撕心裂肺的嚎叫。

以上的情况只是发生在一瞬间，连唐尧也没有反应过来。漆芒的嚎叫，使他猛然意识到惨剧就要发生，当即跳将起来，扑在漆芒双脚上，紧紧压住。漆芒停止下滑，险情消除，唐尧惊出一身冷汗。

“你们不照我说的去做也罢，也不应该跳崖呀！”唐尧想让大家放松一下，开了句玩笑。

“我算服你了，”漆芒央求道，“快把我拖离这鬼地方吧！”

“还有我呢，”鼻子王哭着说，“我发誓归附中原朝廷，再也不闹腾了，快把我拉上去吧！”

“这叫悬崖勒马，不失为聪明之举。”唐尧吩咐漆芒抓牢鼻子王，他抱起漆芒的双腿，硬是把两个家伙拖离了险境。

当人们围拢来时，发现三人趴在地上“呼哧”“呼哧”喘粗气。

“怎么啦？发生了什么事？”中山公主第一个跑过来，急急地发问。

“二位仁兄为了美人不要命，争相悬空较射，不慎落崖，差点连我也被拖下深渊，好险哪！”唐尧爬起来，边拍打衣服边说。他有意给两位败将留点面子。

“多亏了这位特……”漆芒想说特使，被唐尧轻轻踢了一下，忙改口说，“这位先生特别卖力，把我俩拉了上来……”

“对，对，是他救了我俩，要不我们早就葬身谷底了。”鼻子王抢着说，“本王甘拜下风。”

长老评论说：“这位后生的最后一射，身悬绝壁，已达到无我、无箭、与大道浑然一体的境界，乃是最上乘的射艺，更兼其人道德高尚，是位难得的人才。”

中山王说：“请壮士报上名来！”

“伊祁氏放勋。”唐尧回答。他之所以不愿暴露特使身份，一是因为天子的符节不在身上，二是眼下还没有必要。

“好哇，祁姓是黄帝赐给他的儿子们的十四姓之一，乃狄人中的高贵氏族。帝王世家，名将之后，果然不同凡响。”中山王看看公主，问道，“闺女，找个这样的小伙儿做相好还可以吧？”

“父王做主，女儿怎好推辞？还算凑合吧！”公主说罢，与唐尧相视一笑。

“中山国比武大会圆满结束。”中山王发话道，“我宣布，本王即刻辞去兼任的酋长一职，特聘本届比武大会冠军、伊祁氏放勋为中山国酋长！”

全场沸腾了。鼻子王从怀里摸出香包，偷偷塞给唐尧，小声说：“拿去吧，你才配用。”

落日余晖灿烂，彩霞半天。人们堆起柴火，准备篝火晚会，庆祝大会胜利闭幕。

一只信鸽在上空盘旋而下，落在鼻子王肩上。鼻子王取下丝绢一看，脸色骤变，急忙爬起身来。

“什么事？”唐尧问。

“猃狁游骑趁我国中空虚，抢走了不少牛羊和女人。”鼻子王向中山王一抱拳，“国中有事，不能奉陪，多有得罪，改日再来谢罪。”他说罢，与随从急急忙忙离开会场，引起一阵慌乱。一些来自北部的酋长们，担心部落受到猃狁的抢掠，也匆匆招呼本部人马，准备回去。

眼看庆祝晚会就要流产，中山王束手无策，急得团团转。

唐尧感到是正式亮相的时候了，于是脱下裘皮大衣，甩掉狐皮帽，露出一身中原装束，高声说：“我是朝廷特使，来这里和大家一同商议抵御猃狁大计，请少安毋躁。”

猃狁就是黄帝时被大将力牧赶到漠北的荤粥（xūn yù）部族。自那时以来，曾几次窜回来进行骚扰，都被中原朝廷派大军赶了回去。朝廷还组织八狄进行联防，使小股猃狁游骑无机可乘。近来，猃狁发现朝廷虚弱，八狄涣散，认为有机可乘，于是又派遣人马南下，对八狄部落进行骚扰，以试探朝廷的反应。危机之时人们听说朝廷特使在此，立即安静下来，听唐尧说话。中山王闻言先是一惊，随即镇静下来，问道：“你是朝廷特使，有何为证？”

“有天子符节为证。”唐尧正在琢磨说辞，忽然从人群里传出一个熟悉的声音。定睛观看，只见一位老者鹤发童颜，长髯齐胸，双手捧着符节，飘飘然走上前来。

中山王问：“你是何人？”

老者扯下发套和长髯，原来是位生气勃勃的年轻人。

“和叔？”天视、地听首先惊叫起来。人群里也随即发出“和叔”“巫师”的呼叫声。

唐尧紧走几步迎上去，紧紧握住和叔捧着符节的双手。

“我的确是和叔，朋友们又见面了。不过，我现在的身份是天子特使随从。”和叔见漆芒发呆，冲他点点头，戏谑地说，“当时我冒充特使骗了你，现在该重新验明正身了。”

中山王知道和叔是位道行高深的巫师，见他把天子符节交到唐尧手上，且惊且喜，连忙上前跪接。

中山王验过符节，恭恭敬敬地还给唐尧，高声讲道：“我宣布，既然天子特使也是个八狄子弟，本王决定把中山军政大权全部委托于他，并希望八狄各部落尊他为盟主，共同抗击外敌。”

“同意，同意！”大个子漆芒举起双手表示赞同，与会者纷纷响应，掌声、欢呼声响彻云天。

中山王办事倒也干脆，转身对唐尧说：“好了，闺女和城池、民众都交给你了，没我的事儿了，你说几句吧。”

唐尧也不推辞，发话说：“作为天子特使，我的第一项任务是封侯。按照程序，部落首领必须通过射侯考核，才能取得被封侯的资格。眼下情况紧急，本特使决定把刚才比赛的成绩拿来作为封侯的依据。凡是在第一轮较射中过关的部落首脑，都被封为侯，你的部落称为侯国。至于没有中侯的，以后择日补射。凡封侯者，可以直接面见天子，会盟诸侯，本国的权益受到朝廷的保护，当然也有义务参与朝廷组织的活动。”

众人欢呼雀跃。对于四夷部落来说，能够被天子封侯是梦寐以求的事，没想到这位特使如此大方，办事效率如此之高，看来，很快他们就能拿到天子赐给的符契了。

月光洒在雪地上，与熊熊篝火交相辉映，黑夜如同白昼。人们尽情地狂欢。忽然，一阵狂风不期而至。紧接着，一只猛虎咆哮着闯进惊慌的人群。虎背上有一个人。

“来的是什么人？报上名来。”中山王厉声喝问。

“猃犹王。”

人群一阵骚动。十几名卫士拔剑出鞘。唐尧镇定自若，静观其变。

“猃犹王？你来干什么？”中山王问。

“公主不是在比武招婿吗，我来试试运气。”

“我们这里是八狄聚会，你猃犹远居漠北，不在邀请范围，请回吧！”中山王说，企图把他打发走。

“我猃犹的祖先荤粥，本是姬水姬姓的一支，与轩辕黄帝同宗同族。因此可以说，我猃犹也属狄人族类，怎能被拒之门外呢？”

猃犹王振振有词，竟让中山王一时不知如何回答，只好说：“比赛已经结束，你来迟了。”

“来迟是因为没有接到通知，并非本王之过。我要求与最后胜者一试高低，不然难消心中遗憾。”猃犹王亮出底牌。

“不行！”中山王立即否决。

“看来公主是招了个草包夫婿，不敢出来对阵，是吧？哈哈哈！”猃犹王口出狂言，“天下有谁敢面对我的追风龙齿箭呢？”

“哦，原来你就是追风龙齿箭的主人。”唐尧从箭囊里抽出一支箭，递给猃犹王，说，“那么说，这支箭是你射出的啦？”

“那是当然。”猃犹王不无得意地说，“本人的追风箭是用龙齿骨磨制而成的，异常珍贵，从不外借他人。”

“你暗箭伤人的能耐在下已经领教过了。”唐尧不温不火地说，“还会些别的本事吗？”

“本王跨虎射箭，纵横大漠南北，吃遍万家牛羊，还需要别的本事吗？”猃犹王大言不惭地叫嚣。

“好，今天咱们就切磋骑射。”唐尧说，“我让你先射三箭，射人不射马，如果射中了，我把冠军头衔让给你；如果射不中，我要射你三箭，可否？”

“这条件对我猃狁有利，算你仁义，小心啦！”

两人一个骑马，一个骑虎，背向而驰。按事先约定，猃狁王跑出百步之后，才开始射出第一箭。这一箭力道十足，距离又近，唐尧不敢大意，急忙俯身，羽箭从耳边呼啸而过。唐尧刚刚直起身来，第二箭又到，只见他一个铁板桥，仰身贴在马背上。羽箭蹭着鼻尖飞过，被唐尧伸手抓个正着。

猃狁王的第三箭，选在唐尧驰近悬崖、勒马回身时射出。由于双手拽着缰绳，又怕身体失衡，唐尧无法采取躲闪或用手抓箭等防卫措施，只好施展绝技，张口咬住箭头。“哇！”在场的人们总算松了一口气。

唐尧这次作为天子特使，不想给八狄人一个赳赳武夫的形象，就没有把自己的弓箭带在身上。如今只好从漆芒那里借来一弓一矢，再加上手中缴获的两只羽箭，进入第二阶段的比赛。猃狁王三箭不中，才知对手着实不好对付，不敢大意，打虎狂奔。当听到第一声弓弦响时，他急忙俯身虎侧，回头张望，却不见羽箭飞来。面对人山人海的观众，猃狁王忽然来了兴致，也想展示一下自己空手抓飞矢的拿手好戏。于是，他转身一百八十度，倒骑在猛虎身上，眼睁睁地盯着对手。只见对面大弓开合，三支羽箭竟然齐齐飞来。一支在上，直取眉间；两只在下，飞向两肋。作为骑射行家，猃狁王清楚地知道，能够射出三箭齐飞的人绝对是个射艺高手，不仅手法极快，而且每一箭发射的力度要拿捏得十分精确。要是别人遭遇这样的组合箭法，不死也要受到重创。不过，他猃狁王还是有办法对付的。

说话之间，猃狁王突然仰面倒下，双手齐出，捞到下面的两支飞矢；而上面那只标枪似的长箭，则流星般地从眼前飞过。猃狁王庆幸他的成功。不管怎样，总算打了个平手，没有在公主面前丢脸。当他正要欠身坐起时，突然一股不可抗拒的力量把他抛起，又结结实实地砸在雪地上。

猃狁王一骨碌爬起身来，眼前的景象让他大吃一惊：那只标枪似的长箭深深地垂直插在雪地上，兀自发出嗡嗡的振动声；猛虎的前爪扎在雪中，虎头顶在露出地面的箭杆上，呜呜哀啸。

“折风箭？”他的脑海里闪现出一种神奇的射技。

猃狁王很有见识，这的确是唐尧的绝技折风箭。它的得名，是因为能使羽箭在风驰电掣中突然折转方向，使敌人防不胜防。

人们都没有见过折风箭这种射法，还以为是猃狁王在搞什么花样，因此场上鸦雀无声。

“射得好！好个折风箭！”场外传来一声洪钟般的喝彩声。

众人循声望去，原来是一位老者坐在树墩上，手拈花白胡须开心地笑。

“不好，我的追风箭遇上了折风箭，看来是真的败在他的手下了。”猃狁王想到这里，突然跨上虎背，挥弓连连敲打坐骑。那虎咆哮如雷，就地卷起一阵狂风，腾空而起。

“猃狁要逃啦！”众人齐声喊叫，个个弯弓搭箭，射向猛虎。猃狁王抡动套马索，羽箭纷纷落地。那虎凌空飞跃，所向披靡，跨越深涧，蹬上对面的山岗。猃狁王回身高叫：“中山王听着，明年春暖花开之时，本王要率领大军来中山为您祝寿，让小姐等着我。不然……”

说到这里，只见他右手一扬，一箭呼啸而至，“咔嚓”一声响过，中山国大旗旗杆拦腰折断。

众人大惊失色。唐尧从地上拔起那只长箭，搭在弓上，瞄准远处的猃狁王用力一扯，只听“嘣”的一声响，弓弦绷断，箭落尘埃。

猃狁王哈哈大笑：“你虽然身怀绝技，但无良弓可用，终究不能胜过我的追风箭，怎配与公主同眠共枕？还是让给我吧！哈哈哈……”

# 诱敌入瓮

当年，唐尧被巫师有黄送去学艺之后，适逢天子帝喾到北方巡狩，在名门望族伊祁氏家族落脚。唐尧的母亲庆都有幸被选去陪侍天子。帝喾有意与北方部落联姻，以促进中原与边远地带的交流，巩固朝廷对天下的控制，于是聘庆都为贵妃，带回帝都高辛。帝喾驾崩后，庆都在皇室渐受冷落，备感孤独，思乡之情越来越浓。听说唐尧被封为唐侯，就以回乡探亲为名告别帝都，来到大陆泽畔的唐国。因为此时唐尧已受命北巡八狄，不在国中，庆都就直接回到伊祁氏家里暂住。

这天，巫师有黄突然前来造访，邀庆都一块儿北上寻找唐尧。

“与其漫无目的地去找，还不如在家等他回来，你着急什么呀？”庆都不以为然地说。

“昨夜我夜观天象，发现在北方的天空上一颗新星闪闪发光，于是袖课一卦。”

“卦辞呢？”庆都好奇地问。

“现龙在田，利见大人。”有黄神秘地一笑，说道，“我曾对你讲过‘潜龙勿用’的卦辞含义。”

“你是说，这颗新星就是我儿放勋？”庆都惊喜地追问。

“不错。当今之世，真龙之身别无二人。”有黄肯定地说。

“那你告诉我，卦辞‘现龙在田，利见大人’是什么意思？”庆都迫不及待地说。

“大吉大利。”有黄说，“唐尧潜修十几载，承载天地灵气，广纳世间精华，集仁、勇、智、信于一身，如今终于要初试牛刀、崭露头角了。不过，时事艰难，需要我们去帮他一把，现在就该动身了。”

唐尧见有黄携自己的母亲找到中山，大喜过望。引见中山王、中山公主等人后，母子二人彻夜长谈，畅叙离别情状，彼此倾诉思念之情。第二天，唐尧安顿好庆都，嘱咐中山公主陪伴照顾，便向有黄详细汇报了当前面临的形势，请教对策。

“击败猃狁的入侵，是争取八狄、稳定北部边境的首务。猃狁部落人人精于骑射，擅长快速奔袭，来去如风，飘忽不定，在战术上必须避其所长、攻其所短，方有胜算把握。”有黄说。

有黄的师父巫咸，是黄帝时代的十巫集团之首，曾辅佐黄帝先后战胜炎帝集团和以蚩尤为首的东夷集团，平定天下。有黄不仅习得巫咸八卦神算妙术，而且通晓天文地理，熟知兵策战阵。他与唐尧等人研判了一套克敌制胜的方案，然后又独自一人去游历四方，享受他的闲云野鹤般的生活了。临走时扔下一句话：“不要指望我，需要我时自然有我。”

唐尧以天子特使的身份统率这次战争。他召开诸侯大会，命令诸侯们回自己的王国动员备战，打造所需兵器装备，按战术要求操练士卒。公主的兄长放齐被任命为巡检使，负责督办进度。另派天视、地听打探猃狁的动向，随时报告。布置完毕，唐尧在和叔的陪同下，离开中山，前去拜访甘蝇。他们沿途一路巡视诸侯国和部落，考察武备现状，指点战车制作。

甘蝇没有返回祁连山，而是受邀在一个白狄部族课徒授业。一日，冰河初开，野草泛绿，唐尧与和叔遇见飞卫和逢蒙在水边玩耍，每人怀里抱着一头刚出生的牛犊。

“二位小英雄，你们在这里干吗？”和叔问。

“放牛。”飞卫指一指不远处的一群黄牛。

“放牛？你们是学艺的人，不练骑射，在这里放牛做什么？”唐尧诧异地问。

“不放牛哪来牛肉和牛奶呀？”逢蒙回答说，“师父说我们正在长个头，要多吃牛肉、喝牛奶。”

二人一边回答，一边不停地把牛犊举起放下，嘴里还念叨着：“七十一，七十二……”

“甘蝇师父在哪里呀？”和叔问。

“呶，翻过山梁就看到了。……哎呀，牛走远啦！”飞卫说罢，和逢蒙抱着牛犊去追赶牛群。

翻过山梁是一条宽阔的河谷地带，一个由土墙和壕沟围起来的村落坐落在坡地上。甘蝇正在教一群少年练习射箭，见和叔陪唐尧走下山梁，便打发孩子们去玩耍，径自朝他们走来。唐尧快步迎上，说：“那天由于一时不得脱身，没有给前辈送行，今日约了和叔，特来拜访。”

“老夫也想与你见上一面，因此没有远行。我问你，你的射艺是谁传授的？”甘蝇直截了当地提出心中的疑问。

“赤将子舆。不过折风箭法是狐父传授的。”唐尧回答。

“这两位都是对射艺有精到研究的神仙。”甘蝇说，“好了，你以后不要再称呼我前辈了，咱们是一个辈分，叫我师兄好了。”

“前辈你……”

“甘蝇我也是狐父的徒弟。我再问你，”甘蝇问，“你在哪里见到的师父？传授折风箭时他对你说什么了吗？”

“大陆泽。”唐尧回答说，“师父念了两句口诀后就变成了石笋，灵魂飞升了，其他什么都没有说。”接下去唐尧想随口念叨口诀，被甘蝇打断。

“你得到了折风箭技艺的全部，而且是绝版。”甘蝇说，“但是你却无法授徒。因为你是在大陆泽这个死亡之地拜师的，又是师父亲传，这是后人再也没有机会得到的。看来，折风箭怕是要失传了。”

“师父没有传授给您折风箭法吗？”唐尧问。

“我追随师父多年，只是无缘进入大陆泽狐仙洞听师父面谕口诀，所以只学到了一些皮毛。”甘蝇说，“这也是天意使然。”

唐尧说：“听说狐父还修炼了一种更神奇的射法，您知道吗？”

“游龙箭。它可以在极远处或极高的空中自动搜索目标，是折风箭的最高境界。”甘蝇拿出一张紫色硬弓，说，“这张龙角弓是师父送给我的，小巧而力量巨大，也是一件稀世之宝。现在转送给你，算是我的见面礼。”

“听说您有一张神弓，只要控一控弦，不用射箭就能使猛虎俯伏在地，难道就是这张弓吗？”和叔边说边抢先接过来好奇地拨弄拨弄弓弦，发出“嗡嗡”的响声，又顺手递给唐尧。

“这张弓本来没有伏虎的功能，只是以前虎满为患，我用它射杀的虎太多，所以在野兽界引起轰动，相互传言，闻其声即丧胆失魄，俯伏不动。”甘蝇接着说，“如今我早就不射猎了，更不参与尘世的纷争，每日里只是指点指点徒弟，以免射艺失传，这张弓也就很少使用了。”

唐尧仔细把玩，发现弓把、弓臂和弓弦都不知是什么材料，制作精巧，总共不过一臂之长，小巧玲珑，的确是件无价之宝。

“唐尧受之有愧，却之不恭。”唐尧说，“这样吧，我把它命名为甘蝇伏虎弓，以记载它的辉煌经历和对您的思念。”

“你继续修炼折风箭，就有可能练成游龙箭，不妨试试看。”甘蝇鼓励说。

唐尧茅塞顿开，深深一揖道：“多谢师兄指教。”

之后唐尧修成了“游龙箭”，射出的箭能够像游动的龙一样追踪目标，就是受了甘蝇一句话的启发。因此，唐尧视甘蝇如师父。

唐尧向甘蝇告别，突然又想起一件事，说：“师兄，我有一事不明：飞卫和逢蒙都是练武的好苗子，且射技出色，您为什么不让他们习练骑射，而打发他们去牧牛呢？”

“你没问他俩吗？”甘蝇问。

“他们说是为了吃牛肉、喝牛奶。”和叔说。

“对，孩子们正在长身体。我让他俩各食一粒健力丸，牛肉、牛奶是平时必须满足的食物。”甘蝇问，“他俩没有再告诉你们什么吗？”

“他俩每人抱着一个牛犊，反复举起，还不停地报数，好像比赛一样，再也顾不上回答我们了。”唐尧回答说。

“好，好，这两个孩子都想争天下第一，谁也不让谁。”甘蝇对徒弟的勤学苦练表示赞赏，“……噢，对了，我让他们在打煞力气。”

“用举牛犊练习臂力？”和叔有点不以为然。

“对，每天不少于一百次。”甘蝇说，“他们要抱着这个牛犊，坚持三年，一天也不许间断。”

“哎呀，牛和人一块儿长大，不需要三年，他们就可以轻而易举地把一头黄牛抛过头顶了！”唐尧惊叹。

“没错。”甘蝇说，“到那时，你的手下会增添两员猛将。”

天视、地听来报，猃狁人马正在横渡大漠，前部已开始在阴山、青山一带集结。唐尧命传檄北部游牧部落，及早赶上牛羊，向南运动，以避猃狁之锋锐；临近诸侯国要给他们的游牧和生活提供必要的帮助。在猃狁出没的地方，要坚壁清野，使之抢无所抢，诱其南下深入险地，择机决战。

在中山国比武大会之前，猃狁王就只身窜至大漠以南，对中原王朝和八狄进行了秘密考察，燃起南征八狄的雄心。回到漠北以后，他到各部落游说鼓动，说：“我们的祖先原本生活在大漠以南。那里有广阔的草原、肥沃的农田，还有繁华的城郭和成群的女人。回去吧，不要在这极北的大荒之地像野兽一样生活了，大漠南面才是我们的安身立命之所。如今，那里的部落一盘散沙，中原朝廷自顾不暇，正是我们打回去的大好时机。这样的机会百年不遇，千万不能错过呀！”

在猃狁王的鼓动下，各部落纷纷响应，争先恐后开始南征，指望捷足先登抢占一块好地盘。横渡大漠的人马在阴山之阳集结，猃狁王按部落把战斗人员编成前、后两军和一支先锋部队。先锋部队和前军上路后，猃狁王亲率作为主力的后军，浩浩荡荡朝八狄腹地太行山方向杀来。

且说先锋大将熏支狼率部逢山开路、遇水搭桥，一路挺进，并没有遇到像样的抵抗，但也没有缴获到多少牛羊。这些以打猎为生的部落，本来就没有携带军粮的习惯，从来就是取粮于敌。但他们每人都有两匹或多匹战马，如果弄不到军粮，骑手们就不得不杀马果腹。几天下来，他们已经吃掉了不少战马，行进速度也放慢下来。

远处山坡上飘动着一片白云。稍近些才发现，原来是一群白马，只有一位白袍少年在挥鞭牧马。先锋熏支狼见状大喜，高声叫道："承蒙上天眷顾，有人给我们送军饷来了。弟兄们，冲啊！"他的话还没说完，早有性急的战士打马冲向马群。

牧马少年不是别人，正是甘蝇的大徒弟、白狄之子飞卫。飞卫见敌骑冲来，"嗖、嗖、嗖"一连飞出三箭，跑在前面的三名骑手应声落马。只见他连甩几声响鞭，群马腾跃，向右边的谷口奔去。

熏支狼大叫："他就一个人，不要怕，跟我追上去！"说罢，一马当先赶去。

群马奔腾，荡起冲天的沙尘。飞卫单骑断后，每见敌骑追近，便连发三箭，或是射人，或是射马，总是箭无虚发。熏支狼坐骑接连毙命，不敢靠近，但又舍不得放弃眼看就要到嘴的肥肉，依然尾追不舍。他跳上最后一匹备用战马，气急败坏地嚎叫："他的箭快用完啦，冲上去给我抓活的！"

到了这份上，熏支狼好像不是为了缴获马群解决军粮，而是要抓住眼前这位白袍小子，将他碎尸万段，以泄心头之恨。至于先锋官的既定任务，早就被他忘得一干二净。这一下正中飞卫下怀。他的任务，就是牢牢拽住猃狁先锋部队的牛鼻子，把它引离主战场，牵进已经专门为它设置好的包围圈。猃狁王临时拼凑起来的前军和先锋部队，是两支杂牌军，一群乌合之众，没有受过必要的训练。带队的将领，都是临时指定有关部落的酋长充任，习惯了我行我素。猃狁王的前军统帅叫粥支罴，继熏支狼之后也中了唐尧的调虎离山计，被一位红袍小将、赶着一群红马引向另一个分战场。这位红袍小将，就是甘蝇的二徒弟、赤狄之子逢蒙。

猃狁王亲自统领的后军，是他的主力，也是他的嫡系部队。其骨干力量全由猃狁部落子弟组成，是猃狁王为完成南征大业打造多年的一支精锐，其战士个个勇敢彪悍、精于骑射，而且军纪严明。当探马报告前两支部队先后脱离既定行军路线时，猃狁王没有吃惊，反而呵呵大笑，说："让他们随心所欲地追逐猎物去吧！这两群渡过大漠的饿狼，定会把八狄地面搅个人仰马翻、鸡犬不宁，我们正好趁此机会攻城略地、开疆拓土，岂不妙哉！"说罢，继续麾军急进。

宽阔的河滩上，一大群黑压压的毛驴在游动。远远望去，牧驴人鹤立鸡群，像是个驼背巨人。见猃狁王的队伍开来，牧驴人吹起尖利的口哨，拔腿就跑。毛驴们也一窝蜂地跟着他飞奔。见有送上门的贡品，岂有不收之理？猃狁王鞭梢一指，早有几十匹快马箭一般冲出去，大队人马随即跟进。

驼背巨人大步流星，竟然赛过奔马。他边跑边吹口哨，驴群像被施了魔法一般，越跑越快。骑手们弯弓放箭，连一只毛驴也不曾伤着。猃狁王冷笑一声，追风箭脱弦而出，穿过团团沙尘，硬生生地插在巨人的驼背上。

巨人轰然倒地，湮没在驴群里。猃狁王收起弓，回顾左右说："两路包抄，把驴群给我圈回来。……别忘了捡回我的龙齿羽箭。"

正当猃狁王为自己的追风箭得意之际，只听耳边风声响，两支长箭一前一后来到眼前。猃狁王大吃一惊，当即仰面倒在虎背上。两支箭擦着面门飞过，使他惊出一身冷汗。身后传来两声惨叫，两名骑手相继落马。

驼背巨人依然率领群驴疯跑。他的左手挽着一张大弓，右手拿着一支长箭，随时可以回身射击。在他的驼背上，猃犹王的龙齿羽箭依旧稳稳地插在那里。

那驼背巨人不是别人，正是长狄之子漆芒。为防备猃犹王的追风箭，唐尧让他在背上绑了个厚厚的枣木墩子，远看俨然是一个罗锅。漆芒射艺精湛，百发百中；猃犹王怕枪打出头鸟，不敢单枪匹马往前冲，只好和大队人马一起，紧紧咬住驴群不放。驴群逃窜的去处，幸好在他的行军方向上，儿郎们拼命地追赶毛驴，忘记了饥饿和疲惫，反而加快了行军步伐。

前面是个峡谷，河滩变窄，奔跑的驴群拥挤起来。一声嘹亮悠长的口哨在山间回荡。毛驴们炸了营，忽然散开，争先恐后向山上爬去。漆芒拥着一批毛驴闪进谷口，还有一些毛驴做了猃犹骑兵的俘虏。

猃犹王不敢贸然追赶。他收住队伍，撤离谷口，在开阔处埋锅造饭。战士们欢天喜地，打算品尝驴肉美味，一饱口福。

## 网开一面

山坳里转出一群梅花鹿，沿斜坡向谷口游动。鹿群后面紧跟着七八位漂亮姑娘，一位骑白马，其他都骑在高大的公鹿上。猃犹战士一阵骚动。骑白马的姑娘忽然勒转马头，径直朝猃犹王奔来。猃犹王定睛一看，来者原来是中山公主！

“公主您好！”猃犹王大为惊喜，礼貌地招呼。

公主不给猃犹王面子，用鞭鞘指着他的鼻子说：“你不是来给我爹拜寿吗，为什么猎杀我家的毛驴？好不晓事的蠢驴，还想打姑奶奶的主意，真是癞蛤蟆想吃天鹅肉，痴心妄想！”

中山公主没头没脸骂了一通，掉转马头扬长而去。猃狁王“哇”“哇”大叫，一跃跨上猛虎如风追上，刚要甩出套马索，冷不防公主回身一弹子，又被打了个满脸花。

猃狁王气冲牛斗，声嘶力竭地怒吼：“给我追！”随即又补充道，“不要放箭，抓活的！”

他的左右齐声喊：“前面有美女肥鹿，谁先抓住谁尝鲜，走哇！”

美色的诱惑，让处于饥渴状态的骑士们热血沸腾。他们急忙撕下一根半生不熟的驴骨叼在嘴里，翻身上马，冲向前去。那鹿群早有准备，旋风一般飘进谷口。

猃狁王已经顾不上他的队伍，催动猛虎直扑中山公主。他算计着，只要得到中山公主，中山王就得乖乖地听从摆布，不费吹灰之力就能拿下中山国。一旦立足中山，便可一举横扫八狄，进而兵发中原。那时，他猃狁王大展宏图的时代就要到来了。

中山公主就在眼前，咫尺之遥。他相信，他的猛虎发起威来，任何奔马都会胆战心惊，最终倒在虎爪之下，中山公主插翅难逃。真是天赐良机啊！看来，他猃狁王的桃花运也是蛮不错的嘛！

令猃狁王想不到的是，中山公主的坐骑不是一般的奔马，而是一条龙。它就是唐尧的白马骊龙。骊龙视猛虎如猫狗，见它对自己穷追不舍，甚觉好笑，只好或紧或慢地应付，不过是按照主人的意思逗这个大块头猫咪玩玩儿而已。

穿过峡谷，眼前豁然开朗，一个月牙形的开阔地带向远处延伸开去。这个地方叫桑河湾。浅浅的河水刚刚解冻，在鹅卵石间荡起一波又一波的浪花。左右的山坡上，一簇簇灌木、荆棘星罗棋布。猃狁王顾不上欣赏眼前的景致，他一门儿心思都在公主身上。她像一只蝴蝶在眼前飘舞，散发出阵阵芳香，撩人心弦。猃狁王心急难耐，仰天大吼。那猛虎应声咆哮，随即纵身窜起，直扑白马。白马骊龙不慌不忙，待虎爪伸到身后时，才突然发力，腾空而起，跃出一箭之遥。猛虎没有扑到白马，反被甩直的马尾扫了个满面金星。这一下激起了百兽之王的雄心，它发起神威，乘风腾跃，一次又一次地猛扑白马。

一女一男，一龙一虎，在桑河湾上蹿下跳，追逐个不停。除了白马上的公主，刚才暴露在部队面前的鹿群和美女都消失了。猃狁战士只好追寻着猃狁王的足迹，浩浩荡荡地开进桑河湾。

桑河湾的尽头，又是两山对峙，一条峡谷在重重山峦中出没。中山公主拨马拐进峡谷，临别还甩下一句话："谢谢一路护卫，姑奶奶告辞了！"

猃狁王哪里肯舍，正打算催虎追赶，忽然一排羽箭从天而降，齐齐地扎在虎头前面的草地上。

山头上一杆大旗迎风猎猎。中山王和唐尧正陪有黄举杯小酌。中山王笑呵呵地叫道："下面不是猃狁王吗？老夫在桑河湾设下行营，打算陪友人打猎消遣几日，你又跑来做什么？如果是来给老夫拜寿，就在那里叩两个响头回去吧，被你抓到的驴子就算是赏赐啦！"

猃狁王文绉绉地答道："本王率大军跋涉千里来到这里，岂有不到拒马河饮马之理？老大王年事已高，此生苦短，不要在荒山野外消耗时日了，还是赶快回中山准备羊羔美酒，等着犒赏我的儿郎吧！"说着，回首指一指汹涌而来的大队骑兵。

唐尧说："猃狁王，有黄巫师在野河湾摆下了阴阳轮车阵，你的队伍已经陷入死地。我劝你在大阵没有启动之前，趁早宣布投降，带领部下退回大漠以北去吧，我保证不伤害你的一兵一骑。"

"你说大话的本领比你的射术还要高。我的铁骑能够征服浩瀚戈壁，跨越重重山关，难道还怕你什么阴阳阵不成？"

"你看到这面大旗了吗？"唐尧一指高高飘扬的大旗，继续说，"在天子治下，是容不得你肆意侵扰、撒野的。"

"朝廷算什么！迟早有一天，我会踏平中原，饮马黄河！……不要废话了，看箭！"猃狁王的追风箭呼啸着飞出，"咔嚓"一声响亮，旗杆折断。

唐尧飞身而起，抄起坠落的大旗，稳稳地落在凸起的山崖上。桑河湾尽收眼底。他举旗过顶，连连挥动，大旗猎猎。

平地卷起山呼海啸般的冲杀声，桑河湾顿时沸腾了。

猃狁王回头一看，不禁大吃一惊。原来看似灌木丛的东西，忽然开始游动，迅速散射开来。原来那是一辆辆垛满荆棘和松枝的双轮大车，每辆大车由三名壮汉拥簇着，如滚滚海浪涌向他的骑兵。进入射程之后，大车行进速度放慢，弓箭手开始放箭。猃狁骑兵走马还击，箭如飞蝗。他们的箭准确无误地命中大车，但都扎在荆棘和松枝上，却伤不到躲在车后的人。到后来猃狁骑兵箭囊中的羽箭，都插到了八狄战士的柴车上。等到猃狁骑兵们发觉上当、手中已无羽箭可射之时，大车忽然排列成几十列纵队，从两面坡地上居高临下，隆隆然向猃狁骑兵展开夹击。骑兵们慌了手脚，只顾打马乱窜。猃狁王的主力部队被分割得七零八落，再也无法形成阵势。

车阵又开始变化。每组十几辆大车，首尾相接，组成一个个封闭的车帷子，八狄弓箭手躲在车帷子里开弓放箭。桑河湾上，这样用大车围成的堡垒星罗棋布，猃狁骑兵不管窜到哪里，都可能遭遇飞来的冷箭。而且，大车上有敌人送给的、可供弓箭手恣意射击的雕翎箭。

阴阳轮车阵变化无常。猃狁骑兵涌向哪里，车帷子就滚到哪里。骑兵们走投无路，完全处于被动挨打的局面。

本来，猃狁王期望着以骑兵对骑兵与八狄对阵决战，没想到遭遇如此诡异的车阵。他登上高坡观察战场形势，寻找扭转战局的机会。他发现，车阵的变化，是由唐尧挥动旗帜来指挥的。唐尧居高临下，对战场一目了然，完全掌控着战场的主动权。

猃狁王连发两箭，都被唐尧打落在地，于是大吼一声，纵虎向山顶蹿去，指望一举把唐尧扑下山崖。唐尧不慌不忙，左手挽起甘蝇伏虎弓，右手扳指连连控弦。弓弦“嗡嗡”作响。周围草木振动，远处山峦回应。猛虎跃至山腰，忽然骨酥筋软，俯伏在地，任他吆喝抽打，只是浑身筛糠，再不敢抬起头来。獫狁王万般无奈，仰天悲号："我的祖先神啊，快来救救您的子孙吧！"

山坳里吹来一股烈风。随之，一只公牛般大的怪兽奔来。只见它人面虎齿，吼声如雷，四只爪子像人的手指，腋下还长着两只眼睛。它就是獫狁部族的图腾，是其祖先神的化身，学名叫作狍号，诨名叫作饕餮（tāo tiè）。獫狁王大喜，飞身跨上狍号，窜进树林，向唐尧所在的山崖迂回。

獫狁王潜近山崖，见唐尧弯弓搭箭，正在向下搜寻目标。他双腿一夹狍号，打算一举把唐尧扑下山崖。但狍号却"咯噔"一声站住，仰望着天空发呆。

原来，唐尧的头顶上空有一片彩云缭绕，一条赤龙若隐若现。狍号悄悄退回山腰。

山下惨叫声不断传来，獫狁骑兵在阴阳轮车阵中东躲西藏，绝望地挣扎。獫狁王哀叫："难道獫狁人就这样葬身桑河湾不成？"

狍号忽然浑身长毛耸立，眼冒金光，大吼一声，滚滚如雷。唐尧一惊，只见那庞然大物三跳两跳冲下山去，在千军万马中横冲直撞，硬是在阴阳轮车阵里蹚出一条血路。

獫狁骑兵见祖先神显圣，精神大振。在狍号身后很快汇集成一条长蛇阵，蛇头便是狍号，如一股洪流，在战场上游弋，专寻战车密集处攻击。一时间战场局势大有逆转之势。

中山王坐立不安，焦急地说："轮车阵怕是要被怪兽冲散啦！"

有黄纹丝不动，懒懒地说："该散就让它散了吧。"

唐尧呼啦啦把大旗抡圆，轮车快速散布开来，八狄勇士们丢下弓箭，从大车上抽出长矛、戈和大戟等重兵器，与獫狁骑兵展开近身肉搏，上刺骑手，下撩马蹄。一时间，战场上戟矛如林，杀声震天。

獫狁骑兵随身的兵器，除了弓箭，就是一把短剑或马刀，哪里抵得住长矛大戟？獫狁兵又陷入被宰割的境地，狍号带出来的长蛇阵，再次被击溃、冲断。

那狍号毕竟神威难挡。它载着猃狁王旋风一般东冲西闯，所向披靡。有祖先神在，猃狁骑士宁死不降。而八狄战士却是对狍号望而生畏，躲避唯恐不及。

中山王忧虑地对有黄说："怪兽不除，终难取胜。先生，你施法术镇一镇它吧！"

有黄是有法术的，但使用起来十分吝啬。见唐尧已经箭在弦上，他只管袖手旁观，乐见其成，笑眯眯地说："你就放心吧，唐尧有办法对付。"

唐尧第一次用甘蝇伏虎弓实射对敌，羽箭夹带着风声射向狍号。那狍号前腿腋下长着眼睛，是专门监视背后敌情的。见羽箭远远飞来，早已躲开，为它让出飞行通道。不想那箭如有神助，又及时调整方向，瞄准它的屁股疾飞而来。

这是唐尧根据折风箭的原理修炼成功的游龙箭法。射手既然能够使飞行中的羽箭掉头扎在地上，当然也可以使它任意改变方向，靠的都是灵异的心智力量。当年狐父大概是为了考验徒弟们举一反三的悟性，才没有进一步传授。唐尧一出道就被世俗缠绕，无暇静心修炼，增进射艺；后经甘蝇点破，才茅塞顿开，开始钻研、习练游龙箭法，并很快运用自如。因为这种箭能像龙一样游动，追踪目标，故名游龙箭。

狍号已经顾不上搏杀敌人，只顾在众人头顶上忽左忽右地乱窜，试图甩掉游龙箭。但游龙箭始终盯住它不放，且越来越近。狍号暴跳如雷，发疯似的嚎叫。猃狁王完全丧失了作为骑手的作用，只顾紧紧地贴在狍号背上，胆战心惊。

双方战士都停止了搏斗，惊奇地欣赏这一战场奇观。他们都是射手，但谁也没有见到过，甚至没有想到过会有如此神奇的飞箭。

忽然，狍号掉转头，朝着唐尧直冲过来。看来，它要破罐子破摔，来个你死我活的最后了结。

人们一阵惊呼，夹杂着中山公主的尖叫。几十支羽箭飞向气急败坏的狍号。狍号全然不顾，依然飞奔而来。那些撞在它身上的羽箭，竟像稻草一般纷纷落地。

又一声摄人心魄的弓弦声响起。狍号发觉第二支游龙箭迎面飞来，身后那支也如风而至，前后夹攻，危在瞬间，于是长啸一声，化阵清风遁去。

猃狁王从一阵眩晕中醒来，眼前十几支长矛正对着他。他猛拍身下的猛虎，打算腾空跃起，才发现坐下不是猛虎，乃是一块卧虎石。他苦笑着摇摇头。

“猃狁小子，你现在才想起给我磕头，晚了。”中山王揶揄他说。

猃狁王仰天大笑。

唐尧问：“你笑什么？”

猃狁王：“我笑自己是个井底之蛙。”

唐尧：“怎么讲？”

猃狁王：“我总以为我的追风箭是天下第一，我的战士世间无敌，能够纵横无忌，直捣中原，没想到遭遇如此战阵和如此神箭。以狩猎为平生最大乐趣的我，眼下竟成了猎物，岂不可笑之极？”

“天外有天，古之箴言。我现在可以网开一面，放你和你的族人回到漠北去，你能保证今后不再南侵吗？”唐尧郑重地说。

中山王一听急了，站起来叫道：“什么？你要放虎归山？”

有黄扯扯他，慢条斯理地说：“唐尧自有道理。老哥，你还是少操些心吧！”

中山王不情愿地坐下，只听猃狁王说：“有你和你的神弓在，本王这辈子怕没有机会牧马中原了，但我的子孙肯定不会甘心偏安漠北的。”

“你说的是实话。”唐尧接着命令，“网开一面，礼送猃狁出境！”

长狄漆芒高举朝廷大旗边跑边喊：“网开一面，让猃狁逃命！”

猃狁王紧随其后，叫道："弟兄们，停止抵抗，跟我回家！"

在他们身后，八狄战士迅速退到两厢，猃狁骑兵汇集成流。

鼻子王率本族人马把守谷口，见漆芒跑来，拍马迎上，厉声喝问："谁叫网开一面？为什么？"

"是天子特使的命令，我不知道为什么，"漆芒不容置疑地命令道，"你立即让开谷口，让猃狁人马赶紧滚走！"

"是特使的命令？"鼻子王眼珠转了几圈，说，"很有道理。这些猃狁兵顽固之极，个个是不怕死的家伙，杀他两个，我们还得赔上一条命，还不如放走算了。"

堵着谷口的大车被拖开，猃狁王带领他的残兵败将，如丧家之犬、漏网之鱼，惶惶逃去。

漆芒对鼻子王说："我们的大军暂时在桑河湾安营，特使命你率骑兵把猃狁一直礼送至大漠。"

# 嫦娥出世

桑河湾一战，消除了北方边患，八狄诸部落对唐尧崇拜有加。由漆芒和鼻子王牵头，联名上书，拥戴唐尧为八狄盟主。唐尧说，"我是朝廷诸侯，天子特使，受命北巡，如今告一段落，需要向朝廷回报，请示下一步行止，不能在这里私自接受盟主的地位。"他劝大家要听命于朝廷，与中原族群通婚、通商，友好交往。安排妥当之后，与中山王、中山公主告别，同和叔直接奔向帝都。

唐尧的八狄之行轰动了中原。诸侯和大臣们纷纷到驿馆拜访、结交。在众叛亲离之时，难得有这样一位既能为朝廷分忧，又忠于朝廷的诸侯，令天子帝挚备感欣慰。因为唐尧的母亲庆都后来做了帝喾的妃子，帝挚主动与唐尧攀亲，称唐尧为御弟，封其为方伯，镇抚八狄，也即北方诸侯之长。消息传来，八狄诸族奔走相告，歌舞欢庆。当唐尧手持天子赐给的方伯符契返回中山时，八狄首领都跑来朝拜，那又是一番盛况。

中山王摆下酒席，与唐尧翁婿对酌。他满斟一杯酒，说："你饮下这杯酒，我有要事相告。"

唐尧双手接过酒杯，一饮而尽。

"我决定进山修道，以了却终生夙愿。"中山王郑重地说，"以后中山国就交给你了，你可以取消中山国番号，把它并入唐国。我相信你会善待我的国人和我的女儿。"

唐尧刚要说什么，中山王的酒杯已经送到面前，说："什么话也不要说了，喝！今日一醉方休！"

第二天唐尧酒醒后，听报说中山王出走了。因为早有交代，中山公主不同意寻找，说："父王已年届七十，让他随心所欲去吧！"

有黄建议把唐国国都迁往中山。他讲了两条理由：其一，如今天空时有多个太阳出没，气候越来越热，根据他的推演，随着冰山融化，今后会发生海水倒灌，大陆泽和渤海将连成一片。届时，大陆泽周边的农田和牧场将被淹没。其二，中山左拥燕山，右抱太行，俯视平原大川，放眼东海大洋，是上乘风水之地，颇具王者气势。有黄的八卦预测和阴阳堪舆很有造诣，为世人推崇，他的话当然令唐尧心动。唐尧也有自己的想法，除了地脉，他更看重的是人脉。如今，他的人气在八狄，而中山正处于八狄部落的中心地带。坐镇中山，能比较方便地联系八狄诸部，更好地履行他的方伯职责。有了这些理由，唐尧顺利地说服了族人，把唐国国都迁到了中山。这就是河北唐县之所以被称为唐的来历。

为动员迁都，唐尧在大陆泽的故都待了一段时间。一日回到中山，刚给母亲庆都问过安，就被庆都推到公主房里。

"媳妇有话跟你说。"庆都说完，笑眯眯地退出去。

中山公主坐在炕上，拥被闭目养神。唐尧坐下来，仔细地打量她俏丽的脸庞。

“为了你的唐国，你把这个家也给忘了？”公主略带埋怨的口吻说，依然没有睁眼。

“怎么啦？不舒服？”唐尧抓住她的手，轻声问。

公主不说话，把他的手拉进被窝，让其抚摸自己的肚皮。

唐尧轻轻抚摸几下，说：“你有点发福了，是不是没去打猎呀？”

公主生气地掀开被窝，把唐尧的头按在略微隆起的小腹上。

唐尧听了一阵，脸色突然大变。他捧起公主的脸，急促地说：“你肚子里嗵嗵作响，得了什么怪病？”

公主睁开眼，瞧见唐尧一脸的紧张，“扑哧”笑出声来：“看把你吓的，我有喜了。”

“什么？有喜了？怀孩子啦？”唐尧转忧为喜，抱住公主亲个不够。

“都快四个月啦，你也不来看看。他可是你的骨肉呀！”

“那还用说吗，你是我的妻子，肚子里的孩子当然是我的。”唐尧又把头埋在她的肚子上，倾听着弱小生命的呼唤。

“那可不一定。”公主幽然地说，“我的母族散宜氏，如今仍然实行母权制，男男女女过着走婚生活，夜聚昼散，每人都有好几个相好，女人肚子里的孩子，能说清楚是谁的吗？我是散宜氏女子，有权利享受家族赋予的自由。”

“没有人剥夺你的权利呀？”唐尧放开搂抱她的双手，略显尴尬地说，“我也不想干涉你的自由。”

“那么说，你是同意我与其他男子相好啦？”公主不温不火地问。

“在我们的族落里，没有男人乐见自己的女人红杏出墙。”唐尧幽幽地说，“大家会笑话他驾驭不了女人。那可是对男子汉的莫大侮辱。”

“那你为什么不表示反对呢？”中山公主问。

“我答应过中山王，要让你生活得舒服、快乐。既然你对本氏族的风俗津津乐道，唐尧也只好入乡随俗了。”唐尧不无郁闷地说，“既然如此，你怎么敢肯定孩子不是别人的呢？”看来，他念念不忘的，还是孩子的血缘关系。

“为了给你生个亲骨肉，以满足你和你的族人的愿望，除你之外，至今我还没有接受任何一个男人的求爱呢。”公主若无其事地说。

唐尧盯着公主的脸看了又看，忽然抱住她，说：“谢谢你为我做出的牺牲。”

“我也要尊重你们的风俗、照顾你的面子呀，谁叫咱们是夫妻呢！”公主娇媚地给他一个吻，随后又一本正经地说，“你不懂，在男女关系问题上，女人与男人的本性是截然不同的。”

“怎么讲？”

“你没见过那些野驴、麋鹿之类的动物吗？雄性只管撒种，不负责孕育，遇有发情的雌兽就蠢蠢欲动，广种薄收，反正不会给自己带来负担。现在我们族群的男人还是这样。在你们那里，虽然男人开始分担子女的养育责任，但远古人类遗留下来的习性，还在他们的血液里激荡着。”

“有道理。”唐尧没想到她对人的本性有如此独到的认识，大为赞赏。“女人呢？”

“女人有十月怀胎的拖累、一朝分娩的痛苦，还要用半生的辛劳把孩子抚育成人。”中山公主分析说，“她们要考虑后果，与男人相比，女人的本性是不倾向于滥交的。”

“这话值得商榷。我发现不少女人有红杏出墙的冲动。”唐尧不以为然地说。

中山公主抿嘴一笑，说：“你说得对。因为女人育子不易，所以她们要选择最强的、自己最满意的伴侣。在古代，是冥冥中的本能指使她们要寻找生命力最旺盛的种子；到如今，女人们更现实了一些，她们渴望投入强者的怀抱，只不过是希望自己和后代的生存环境更安全、更适宜一些罢了。当然，若能俘获众多的追求者，也证明自己有魅力，使女人的虚荣心得到满足。”

唐尧连连点头，自言自语地说：“那么说，是我错怪她们了。”

“你错怪谁？”中山公主奇怪地看着他，忽然又哈哈大笑起来，“我明白了。”

“你明白什么啦？”

“是不是有很多女子向你求爱呀？”

唐尧点点头。

“她们都是你的粉丝。你是强者，是女人最希望拥有的那种男人。”公主顿了一顿，似乎明白了什么，说，“我之所以到现在还不能接受第二个男人的求爱，就是因为我再也无法让自己与比你差的人同床共枕。何况，咱们之间产生了越来越深的感情。”

她说完，抱住唐尧前仰后合地笑个不停。唐尧捂着她的肚子焦急地说：“别笑了，小心孩子！”

公主生了个男孩儿，取名丹朱。可能是因为唐尧的出生地是丹陵，为强调孩子的男方血缘因素而命名。抑或是，唐尧是赤龙之子，他崇尚赤色，希望自己的下一代比自己更红，因此在“丹”字之后又叠加了一个“朱”字。

正是由于这个丹朱，成就了唐尧禅让的佳话，四千年来在中华大地上代代相传。也正是由于这个丹朱的存在，才让历代学者对唐尧禅让的真实性产生疑问，给尧舜盛世的神话抹上了一道阴影。这是后话了。

一次中山公主问唐尧：“如果再生个孩子的话，你想要男孩儿还是想要女孩儿？”

“已经有个儿子了，我希望再添个女孩儿。”唐尧以一个阴阳家的思维解释说，“男女比例平衡，符合阴阳互补法则，不然天下有忧。”

“我已经有个女儿了，是否再要个男孩儿好些？”中山公主微笑着问道。

“对对。乾为男，坤为女，乾坤乾坤，乾在前嘛！”唐尧忽然停止八卦演讲，瞪着眼睛莫名其妙地望着她，“你说什么？你已经有个女儿啦？我怎么不知道？”

“你当然不知道，那是认识你之前发生的事。”公主高深莫测地说，“算起来，她都快十七岁了。”

“哎呀，女儿都十七岁啦，那时你才多大呀？也太早熟了吧！”唐尧不无醋意地问，“那个男人……”

“你胡说什么呀！”公主给了他一颗定心丸，“她是我捡来的孩子。”

接下去，中山公主讲了事情的经过。当时她还不满十岁，由护卫陪同到恒山打猎。一天的黄昏时分，弯弯的月亮挂在树梢上，神秘地瞭望着大地。忽然，一颗流星从弯月处坠下，在空中划过一道耀眼的光芒，消失在对面的密林里。公主带人去寻找，发现一个枕头般大小的蚕茧挂在大树上。公主想，里面肯定会飞出一只喜鹊一样大小的蛾子，连忙爬上树去，把它抱下来。割开蚕茧，没有找到蛾子，竟发现一个嗷嗷待哺的女婴。公主为她取名姮娥，并当作自己的女儿养起来。

这位姮娥，就是神话中奔月的嫦娥。西汉时的汉文帝名叫刘恒，为避其名讳，把北岳恒山改名叫常山，神话人物姮娥也被改名叫嫦娥。后来，恒山又恢复原名，而嫦娥的称呼却永远地保留下来。

“嫦娥六岁时被一位神仙抱走，到现在已经是个大姑娘了。”中山公主回忆说，饱含无限的思念之情。

“嫦娥与你的缘分已定，她迟早会来到你身边。”唐尧安慰她，“咱可要说好，嫦娥既然是你的女儿，也应该是我的女儿，让她爹娘俱全。”

“那还用说？你的就是我的，我的就是你的，嫦娥当然是你的女儿。”中山公主幸福地倒在唐尧怀里。

据古籍记载，唐尧有四个妻子，共生有十男二女。[1] 男孩儿中只有丹朱的名字传了下来。两个女孩儿都是有名字的，一个叫娥皇，一个叫女英。由此看来，史学家们并不承认嫦娥与唐尧的父女关系，因此没有把她列入唐尧的家族图谱。

且说帝挚九年，天上十日肆虐，气候炎热，河湖干涸，禾苗焦枯。中原诸侯弱肉强食，以邻为壑，互相争霸。帝挚软弱无能，不能约束。更为严重的是，四方夷、蛮、戎、狄诸族，除由唐尧掌控的八狄仍然忠于朝廷外，其他地方都传来反叛消息。东夷，大风盘踞青丘，威胁海岱五十二个部族尊他为霸主，伺机进犯中原；南蛮，凿齿攻占寿华之地，欲借道三苗，向朝廷发难；西戎，也有部落在练兵买马、野心勃勃地开疆扩土。除此之外，一些妖孽、怪兽也纷纷出笼，兴风作浪，搅得天下不宁，生灵涂炭。

天灾骤降，怨声载道，怪罪朝廷的议论不胫而走。面对雪片似的求助信，帝挚束手无策。懦弱的他预感到巨大的压力和威胁，日夜魂惊梦绕，仰天长叹。一日，帝挚对大臣们说："由于寡人无德无能，惹得苍天震怒，降下灾祸，殃及诸侯，荼毒百姓。寡人愿宣布退位，以此向百姓谢罪，并恳请上天垂怜，收回雷霆之怒。望众位卿家推荐一位有圣德的人，寡人随时准备下野为民。"

大臣们窃窃私语，却没有人出班上奏。良久，右监官羲伯出班奏道："陛下揽天下之祸罪于个人一身，自请退位让贤，此举虽出自诚意，但恐怕眼下还没有哪位敢接替帝位。"

"为什么？平时诸侯们争霸者大有人在，为什么送他个帝位反而不敢要了呢？"帝挚问。

"称霸一方，靠势力和手段就可以了；驾驭天下，不仅要有天威，更重要的是要靠圣德。"羲伯说，"如果一个人还没有取得足够的

[1]《史记·五帝本纪》注引皇甫谧云："尧取散宜氏之女，曰女皇，生丹朱。又有庶子九人，皆不肖也。"

业绩，让天下民众相信他具备圣德，即使登上帝位，也会群起而攻之，势必酿成天下大乱。”

“用什么办法才能让有圣德的人脱颖而出呢？比如我的父王帝喾，是怎样接替颛顼大帝而登上帝位的呢？”帝挚焦急地问。他急于离开朝廷，以摆脱目下困境。

“先帝喾追随颛顼大帝多年，功绩显赫。但颛顼子侄众多，个个有功于朝廷，其中‘八恺’德才兼备，为诸侯所称道。还有如中容、季狸等辈，射艺出众，所在氏族强大，皆有争帝实力。先帝喾能够脱颖而出，实属天意。”羲伯扫了众人一眼，停下话头。

“说下去，我风言风语听到一些，但先帝好像故意回避，从来没有给我讲过。现在他们都已经作古了，我们也该知道真相了。”帝挚说。

接下来，羲伯讲了下面的故事。

## 羿射九日

当年颛顼大帝临终时，嘱托大臣重献和黎邛，要在子侄中挑选射艺最好的那位继承帝位。当时盛行射侯，即通过考核射艺，来决定是否授予部落首脑所谓侯的头衔。于是，重献和黎邛就把射侯的办法移植过来，用于选择天子，有人戏称为“射天”。“射天”那日，月光如水，选手们各显奇技，互不相让。轮到帝喾较射时，忽然，有人大叫：“不好啦，天狗要吞食月亮了！”众人抬头观看，发现银盘似的圆月确实被咬掉一块，而且还在不停地被吞噬。大家慌了，有人敲起铜盆、石钵，想把天狗轰走。不想那天狗十分贪食，竟然一口一口地把月亮吞下肚去，天空一片漆黑。没有月光，连目标也看不清，怎能取胜？帝喾非常气恼，只见他挽起长弓，向天连连怒射。众人见状，也纷纷效法。大概是天狗害怕了，只得一口一口地把月亮又吐了出来。天光大亮，帝喾的拥护者簇拥着他欢呼雀跃。重献和黎邛认为帝喾神威通天，当即裁定为颛顼接班人。

“听说有人不服，是吗？”帝挚问。

“‘八恺’们认为，天狗把月亮吐出来，是因为它消化不了，并不是射箭的结果。据讲，过去也发生过天狗吞下整个月亮，或吞下一半月亮又吐出来的现象。”羲伯接着说，“还有仲容、季狸等颛顼子弟说，帝喾的射术本不如他们，这次那射中天狗的箭，说不定还是他们的呢！”

“当时重献怎么处置呢？”帝挚对这个故事很感兴趣，打破砂锅问到底。

“重献解释说，正当‘射天’进行之际，天狗跑出来吞噬月亮，屏蔽天光，这本身就是一种冥冥天机；而此时帝喾率先发轫，弯弓射天，说明只有他对天意心有灵犀，当然天子非他莫属。至于射术谁高谁低，那不过是选将的标准而已，而不是选天子的标准。”羲伯接着说，“当时重献是负责与天庭沟通的大臣，黎邛是管理地上神仙的大臣，他俩很有号召力，一呼百应，于是诸侯们就拥护帝喾做了天子。以后‘八恺’也没有再说什么，弟兄们相约隐居民间；而仲容、季狸等表示不服，被赶到海外大荒之地，亡命天涯。”

帝挚沉吟不语，似有所思。忽然，他眉毛一扬，说：“如今有多个太阳当空，引起天下灾难重重，乱象丛生，会不会也是一种天机呢？也就是说，上天是否用降灾来给那些圣德之士提供建功立业的机会呢？先帝既然可以通过射退天狗而服诸侯，如果有人能射退九日，消灾弭祸，当然能得到天下拥戴。众卿意下如何？”

“射日？”

“谁能射日？”

众人低声议论。

左监官和伯出班奏曰："当年十日并出，兵圣蚩尤借助神器天弩，曾一举将九日赶跑。天下之大，无奇不有。陛下诚心让贤，感天动地，人神共见，定能唤来圣人神器出世，消弭天灾，不妨一试。"

"昭告天下，有射落九日者，不论官员庶民，诸侯百姓，朕当以天子之位相让。"帝挚当即下令。

人们把太阳叫作金乌，因此，射日也称为射乌。

诸侯们虽然不买帝挚王朝的账，但对他关于射日的号召却是热情有加。当时刚进入冷兵器时代不久，弓箭是最先进的远程兵器，市井间流传着很多有关神奇射术的故事。总之，人们相信，高超的射术是无所不能的。诸侯们都想碰碰运气，希望能在自己的王国里射落九日，创造不世之功，一跃而登天子之位。平民百姓见禾苗枯死，早有一肚子气，一经招呼，便纷纷弯弓射乌，一泄怨愤。于是，热热闹闹的射乌活动陆续在各地上演。

那九日跑到人间，本来就是为了满足好奇心而来的，因此特别喜欢凑热闹。哪里人群聚集、车马喧嚣，它们便往哪里跑。虽然处处遭到袭击，飞矢如蝗，但并没有使它们的热情有丝毫降低。因为那些羽箭鞭长莫及，根本不会对其造成威胁。偶尔有一两支箭冲天而来，也已是强弩之末，难以伤其皮毛。

各地的射乌会战没有射下一只金乌，反而被烤了个焦头烂额，不欢而散。九日越来越肆无忌惮。和叔与放齐鼓动唐尧发起八狄射乌会战，一来是为了响应朝廷号召，二来是想以此吸引狐父、甘蝇等神仙异人出山，或许会有奇迹出现。唐尧视太阳为天神，怕射日不成，反而会招来十日齐至，百姓不堪炙烤，激起民怨，因此犹豫不决。

巫师有黄又一次出现了。他袖出一卦，卦辞曰："飞龙在天，利见大人。"他交代过卦辞，并不解释，转身飘然而去。

唐尧反复琢磨卦辞，然后果断地对放齐说："快马传檄八狄诸侯，克期会集位于太行山的三峻山，设坛祭拜，先礼后兵！"

三嵕(zōng)山，[1]山上山下人山人海，鼓乐喧天。人们载歌载舞，犹如庆祝重大节日一般。太阳三三两两在天空游弋。山顶平台上，画地为坛，摆放着猪头、牛头、羊头三牲。民以食为天，大概天神们的第一需要也少不了是个吃。唐尧生性简朴，但祭神的三牲大礼是从来不敢少的。唐尧身形瘦长，长着一对八字眉，这时披发跣足、袒胸露背，跪在祭坛中央。中山公主怀抱丹朱在其侧后，一样的无遮无盖，任凭烈日炙烤。这次祭天神，唐尧采取了民间求雨的做法，用全家人的性命做赌注，以换取天帝的怜悯。

大臣和百姓围在祭坛四周。他们已把对庄稼的担心转移到唐尧身上。没有礼乐，没有颂歌，人们都像自己的君主一样，虔诚地把自身当作祭品，贡献上苍。各路诸侯黑压压跪倒一片。

唐尧朗声唱诵。其辞曰："上神听秉：一日当空，阳光普照，万物广受浸润，欣欣向荣；百姓世得恩泽，颂声盈天。如今十日莅临，光焰如火，苗木枯萎，河湖干涸。鱼鳖相濡以沫，相望于江河；禽兽垂死挣扎，期待兮甘霖。上神固怀呵护之热情，然下民少有享受之福分。老弱涕泣，少小号啕，民生惨淡，怨气冲天。当此之时，唐尧斗胆谏言：敬请九日回归扶桑树上，轮流值日，排序升天，恢复天地常道，再还欢乐人间。诚惶诚恐，愚民唐尧呈上。"

唐尧的声音在山间回荡。他道出了人间的心声，山上山下鸦雀无声。少顷，唐尧挥手招呼说："让我们礼送上神回归本位吧！"

一阵笙笛琴瑟之音划破沉闷的空气，一队妙龄女郎款款而来，径直登上祭坛。

这支女乐是放齐一手筹办的。他清楚，天上诸神不仅喜欢美食，而且贪恋美色，这两个嗜好是神与人的共同点。为此，精于歌舞的

[1]《古今图书集成·职方典》："三嵕山，一名灵山，一名麟山，在（屯留）县西北三十五里，三峰高嵕，为县伟观，相传羿射九日之处。"（引自袁珂《中国神话传说词典》）

放齐，从大臣和诸侯家里挑选出色艺俱备的少女，加以培训，组成一支无与伦比的女乐。

少女们头戴面具，身围草裙，半裸着肢体翩翩起舞。她们的歌舞没有引起这些上神们的怜悯，却带来了灾难。本来，九个太阳散布在各地，无目的地游荡，听说太行山上有歌舞，于是互相传唤，一窝蜂地跑来看热闹。它们带来的光和热，硬是把山上山下烤成了大火炉。

时间在炎炎烈日下似乎停止了流动。唐尧和他的臣民们苦苦地熬煎着，以体现对天神的虔诚。中山公主昏倒，依旧紧紧地搂抱着丹朱。少女们一个个仰卧在地，用人体摆成朵朵莲花，不过，她们再也无力挺起身来。对周围发生的一切，唐尧视而不见，冷眼凝视着天空。他似乎要告诉天神们：百姓是能够忍耐的；当他们忍无可忍时，什么事都会发生。

一位仙子冉冉而来，身上的五彩轻纱如霓如云，委婉婆娑。她体态轻盈，犹如一缕轻烟，袅袅婷婷。她的颜面就像碧空中皎洁的月亮，朗星般的明眸射出冷艳的光芒。

仙子绕山飞行，人们顿感一股清爽的气息扑面而来。当中山公主睁开双眼时，仙子已飘然落在她的眼前。

“娘，嫦娥回来了。”嫦娥扶起公主和丹朱，三人拥抱在一起。

除一颗太阳按常规运行外，其他九颗太阳都相继飞至，在山顶上空旋转，热浪滚滚而来。中山公主又昏厥过去。

“娘，你醒醒！”嫦娥声声呼唤。

公主睁开眼，艰难地伸手指指天空。

嫦娥站起身来，单腿着地，甩开两袖飞旋起来。她旋转的速度越来越快，水袖也越甩越长，像两只彩凤在空中飞舞。

嫦娥的水袖叫作舒寒袖。是西王母请织女用那只大蚕茧织成的。西王母的教育方法是因人制宜，十几年的时光，她只让嫦娥在舞蹈和舒寒袖上下功夫，并为其注入神力。舒寒袖抖动得越快，舒展得越长，释放出的寒气量越大。

人们从昏迷中苏醒。但九日并没有退走的意思，它们见一个绝色美女在表演，更觉好奇，一波波轮番向下凑近，发出更为强烈的光和热。

嫦娥快一阵慢一阵地旋转，与九日相抗衡，体力消耗过大，速度渐渐慢下来，舒寒袖也不断地缩短。

唐尧摇摇头，仰望天空，用低沉、愤怒的声音说："扰乱天常，涂炭下民，九日不是人们敬仰的天神，而是恶贯满盈的妖日。妖孽当道，人人得而诛之……"

唐尧后面的话被人们愤怒的吼叫声淹没，羽箭飞蝗般地射向天空。九日大吃一惊，惶惶然升高躲避。但它们很快就镇静下来，因为那些气势汹汹的飞箭，根本就达不到九日的飞行高度。

一场虚惊之后，九日我行我素，相互打着招呼向下俯冲。忽然，九支响箭接连冲天而起，捉对儿迎头撞向九日。那九日反应敏捷，快似闪电，各自躲过飞矢，继续低空盘旋。没想到九支羽箭没有就此罢手，而是掉过头来，继续跟踪追击。

原来，它们是唐尧射出的游龙箭。[1]

游龙箭再次有了展示自我的机会，各盯住一个目标穷追不舍。唐尧又射出九支游龙箭，对九日形成夹击之势。

九日又一次震惊了。它们已经领教过多次射日活动，不过是一场场闹剧而已，没想到今天竟遭遇如此难缠的对手。于是一个个收敛光芒，现出金乌原形，展翅向高处逃命。

令九日庆幸的是，那些颇有来历的游龙箭，只能在低空逞能，而不是飞天搏击的真龙。当九日飞上一个新的高度时，游龙箭再也无力上冲，只好遗憾地掉头落下地来。

九日发起报复性的反击。不过它们再也不敢冒险接近地面，而

[1]《论衡·感虚篇》："《儒者传书》言：尧之时，十日并出，万物焦枯。尧上射十日，九日去，一日常出。"

是在高处大发淫威，一个个发出“呜呜”的叫声，射出更为强烈的光和热。

嫦娥勉力坚持着，用体内储蓄不多的能量，给众人散播些微凉意。

她忽然停止旋转，仰望天空，似乎企盼着什么。

天空出现一片浓厚的乌云。不，是一只巨大的飞鸟。一阵狂风过后，大鸟降落在祭坛上。众人看时，哪里还有什么大鸟，原来是一个人，一个金刚般强壮的人！面对眼前的一切，他似乎什么都没有看到，直把目光扫向空中的九日，然后举起一张硕大的彤弓，搭上长长的银箭，弯弓如虹，箭去似风，九日还没有反应过来，其中一颗已经中箭，拖着长长的火尾划过天空，坠入大海。

这位天神，就是受天帝派遣来到人间的羿。需要事先交代的是，这个羿是唐尧时代射日的天神羿，而不是夏朝那个夺取夏王朝政权的部落首领后羿。二者往往被混为一谈。如果要谈他们之间的关系的话，后者也许是前者的后裔，或者是夏朝的后羿借了前朝天神的一个名讳。这不过是作者的猜测而已。

欢呼声一阵接着一阵，地动山摇。

羿的银箭有一条看不见的线牵引着。那根线叫素矰，射中目标后，素矰会立即把银箭拽回来。虽然银箭的往返速度很快，毕竟还是有一定的间隔。当第一只金乌铩羽坠落时，金乌们一时惊慌失措，但它们很快就发现了罪魁祸首，一齐向下俯冲。羿弓弦响声又起，第二只金乌应声而中，带箭逃命。羿举手一招，银箭迅速返回。

九日都是同生死、共患难的弟兄，见有两位毙命，大家悲愤已极，发誓要报仇雪恨，奋不顾身地向羿所在祭坛扑来。

天火骤降，大难临头。忽然，弓弦声不绝于耳。唐尧一连射出十几只游龙箭，逼退金乌们的进攻势头，迫其退回高空。

嫦娥强打精神，舞动舒寒袖，为羿和唐尧驱暑。

羿越战越勇，箭无虚发。在人们的欢呼声中，金乌接二连三地被银矢射中，九日解落漫天羽毛，划过天空，葬身海底。[1]

热浪终于退去，凉风习习。唐尧见有天神下凡扫除毒日，激昂的心境恢复了平静，双手抱拳感激天帝的眷顾。

羿射上了瘾，又弯弓搭箭，瞄准了天空唯一的一颗太阳。

“别射了！留下一颗！”唐尧焦急地大叫，发疯似的一头向羿撞去。

羿全神贯注，稳如泰山，虽经尧全力一撞，竟然丝毫未动，连唐尧的喊叫也充耳不闻。但就在他松动扳指的一瞬间，一道神秘的白光扑面而来，如万道银针刺向双目。羿不觉眼前一黑，离弦之箭偏离了目标。

最后一颗太阳免遭一劫，安然无恙地挂在天空。

突然之间，乌云骤至，一场大雨塌了天似的倾泻下来。

## 相逢人间

当年天塌地陷，洪水泛滥，女娲炼五色石修补苍天，战巨鳌治理洪水，并与伏羲兄妹成婚，繁衍人类，人世间重又恢复了欣欣向荣的局面。后来，伏羲告别人间，到天庭谋职；女娲不愿离开她亲手创建的这片热土，悄悄潜入山林，隐居起来。没有了女娲的年代，特别是到了神农炎帝后期，人间你争我夺，战争频仍，互相残杀。起初，女娲还放不下这份牵挂，时常施展起七十二变的本事，变化

[1]《淮南子·本经训》：“逮至尧之时，十日并出，焦禾稼，杀草木，而民无所食。猰貐、凿齿、九婴、大风、封豨、修蛇皆为民害。尧乃使羿诛凿齿于寿华之野，杀九婴于凶水之上，缴大风于青丘之泽，上射十日而下杀猰貐，断修蛇于洞庭，禽封豨于桑林，万民皆喜，置尧以为天子。”又，屈原《楚辞·天问》：“羿焉弹日？乌焉解羽？”

为各种身形，在各处走动，少不了管些闲事。后来发现世道变化太快，按她的老规矩越来越没有办法摆平人间纠纷，于是不再过问世间纠纷。“唉，子孙自有子孙福，让他们折腾去吧！”女娲感叹道。于是她云游三山，闲逛五岳，乐个逍遥自在。

十日肆虐时，女娲正在承筐山女娲庙驻足。她自言自语地说：“羲和这丫头又驾着太阳车外出远游了，她的儿子们跑出来为非作歹，荼毒人间，我看你帝俊怎么处置。”她索性支起一块石板，借着火辣辣的阳光摊起煎饼来。

煎饼摊了一大摞，十日还没有归山的意思，女娲开始焦躁起来。这时，忽见一只只中箭的金乌从上空划过，一头栽进东海。少顷，大雨铺天盖地而来。女娲见这雨来得蹊跷，掐指一算，大惊失色。“是哪个冒失鬼把天河捅了个大窟窿？天河漏水，人间很快就会沦为泽国，这还了得！”

也是急中生智，女娲抓起一摞摞煎饼向天空甩去。

天河漏洞被堵住了，但从此阴雨连绵，尧的天下由连续的大旱之年转为水患不断。

羿的最后一箭，没有射中太阳，却射穿了天河。天帝交给他的那支银箭也走失了，连丝线都被拽断一段带跑了。

羿在大雨中踯躅，等待银箭返回。雨终于停止了，羿也彻底失望了。彤弓和素矰银箭是天庭的镇宫之宝，只有天帝才有权动用，如今丢了一件，让他如何交代？他完成了任务，本可以随时返回天庭；但现在不行了，他必须找到失去的东西，把宝物完整地交到帝俊手上，才不愧为天庭卫士、第一射手。

“尊敬的上神，请您到寒舍稍事休息，接受民众的膜拜吧！”人们都钻到窑洞和密林里避雨，唐尧依然耐心地陪伴着这位恩人，见羿彷徨不安，如有所失，不敢动问，于是小心地发出邀请。

羿见有人招呼，于是说：“我是天帝派来帮助射日的，叫羿，眼下一时不能上天，看来只好打扰您了。”

唐尧大喜，拉起羿就走。

“等一等，一块儿走。”祭坛上支着一个蘑菇状的小帐篷，是用嫦娥的舒寒袖搭盖而成的，此时忽然打开。原来，嫦娥、中山公主及丹朱娘仨躲在里面避雨。

嫦娥双臂一抖，帐篷又还原成舒寒袖。她扶起公主，一双水汪汪的眼睛疑惑地盯着羿。

羿大吃一惊，脱口说道：“这不是常羲吗，你怎么到这儿来了？”

“她不叫常羲，叫嫦娥，是来参加祭天的。怎么，你们认识？”唐尧像是问羿，又像是问嫦娥。

嫦娥就是居住在广寒宫里的常羲。常羲和羿在天界相互心仪已久，只是碍于天庭的规矩和各自的身份，不敢越雷池一步，从未有过轻薄之举。那天，听到羿要到下界执行任务的消息后，常羲辗转反侧，夜不能寐，最后下决心离开寂寞无边的广寒宫，到人间去和羿相会。也许是太心急了，她没有耐心走投胎转世的老路，而是一路上随手扯些云彩，把自己包裹起来，变成个大蚕茧降落人间。人常说，天上方七日，地上已千年；常羲只比羿早走了一步，就从婴儿出落成一个亭亭玉立的大姑娘，在人间等候他多时了。

不过，此时的嫦娥的确不是天上的常羲了。她已经发生了脱胎换骨的变化，身前的经历没有给她留下任何印象。当第一眼看到羿时，她只是朦胧间产生了一种似曾相识的感觉，并且立刻意识到，这就是在她少女的心目中，向往已久的男子汉。

“这位英雄看上去眼熟，好像在梦里见到过。”嫦娥不卑不亢地回答唐尧的问话。

羿仔细打量嫦娥的仪表和神态，还有那一头与身等长的乌发，都与常羲别无二致；此外，刚才那道令人眩晕的白光，凌厉而不伤人，更是常羲的独门防身法术。可以肯定，白光就是从这位叫作嫦娥的女子身上射出的。羿于是激动地问：“你什么时候下凡的？”

“下凡？什么下凡？”嫦娥一脸茫然，看看他，又求助似的望着中山公主。

“十七年前，嫦娥裹着个大蚕茧从天而降。她自幼不学而知，聪颖异常，难道真的是月亮神下凡不成？”中山公主感慨地说。

积压在羿心底的情感突然爆发，他一下抱起嫦娥，热泪盈眶地说：“为了我，你竟然放弃天仙不做，跑到人间来吃这份苦？”

嫦娥茫然地挣扎几下，把羞红的脸靠在羿结实的胸脯上。

天帝本来是想把九日轰回羲和国了事，不料羿用力过猛，致使九日个个毙命，一头栽进东南海洋里。九日化作一座炽热的石山，方圆三万里，有名叫沃焦，也称尾闾。古人传说，海水灌到沃焦上，就会蒸干消失。因此，陆上百川日夜奔流入海，也不见海水涨溢。

不过，在九日坠海那阵儿，天崩地裂，引发海啸，巨浪一阵接一阵涌上岸来。陆地上海水倒灌，江河逆流，千里沃野一夜之间变成汪洋一片。正如有黄预测的那样，大陆泽已和大海连成一片，尧山也沦为孤岛。这次海啸引起的水患，虽然不久就退潮了，但大平原上遭到了一次空前的浩劫。

帝挚见九日陨落，立即派人去调查原因。不几日，和叔来到帝都，奏明了唐尧射日成功的经过。帝挚如释重负，立即发布公告，宣布退位，并推荐唐尧继任。

唐尧收服八狄，射落九日，功绩显赫；同时，他处处表现出对朝廷的忠诚和尊重。正是因为这两个原因，他赢得了朝廷大臣和中原诸侯的赞赏，四夷部落也纷纷表示拥护。见时机成熟，由朝廷大臣羲伯、和伯主持，在汾水畔筑坛会盟，推举唐尧为天下盟主，即所谓天子。

参加这次会盟大会人数最多的是北狄。北狄部落首脑全部到齐，有不少还带来了部队、乐队，载歌载舞，像是庆祝重大节日一般。中原诸侯也一个不少，车马云集。西戎的代表人物是鬼国国君，他是那里的霸主，不过近来受到九婴的威胁。南蛮三苗派来一位特使，并带来首领驩（huān）兜[1]的亲笔信，向唐尧解释不能亲自到会的原因。东夷诸族中，只有徐夷前来参加了会盟。他向唐尧反映，东南长风氏部落有一支自称大风的氏族，乘船沿海北上，盘踞在青丘，自封为王。近来大风趁海啸之机，向岛夷、莱夷等几十名部落头头发出威胁，逼迫他们尊其为盟主。

唐尧一一接见了各路诸侯及四夷部落首领，向他们颁发了符契。至此，一个新的朝代诞生了。至于前朝帝王帝挚，后来被封为诸侯，在位于中山一带的封国里寿终正寝。帝挚的安置地点，是放齐出的主意。他认为中山是唐尧的根据地，把帝挚放在那里比较放心。

八狄诸族希望把帝都建在中山。但这里地处偏北，如果出行巡狩天下诸侯，多有不便。平阳四周有山河之险，汾水如一条玉带穿行其间，地势开阔，土壤肥沃。唐尧有意把帝都建在平阳，于是请教有黄。有黄说："平阳左有太行，右有吕梁，中有汾水；两山夹水，形似离卦。离者，丽也，象征太阳照耀四方。离卦四时主夏，您恰逢在夏至之日莅临平阳，登天子位，说明在平阳建帝都是符合天意的。"

既然堪舆学权威说符合天意，人们也就没话可说了。于是筑城墙，造宫殿，不几年工夫，平阳便发展为一座繁华的大都市。

唐尧留用前朝遗老羲伯与和伯做监官，监控四方诸侯；封羿为大司马，主管军事；让放齐协助处理内部事务——他的官员仅此而已。由于财政开支很少，大大减轻了百姓的税赋和诸侯们的进贡，因此，唐尧也受到了民众的拥护，得到诸侯们的信赖。

平阳以农耕为主，人们的温饱依赖谷物菜蔬的收成。唐尧选派羲仲、羲叔与和仲、和叔四人，分赴东、南、西、北荒远之地，测日观天，编制历法，以便指导农人适时播种、管理、收藏。此举为以后的农牧业发展立下了不朽功勋。

[1]《山海经·大荒南经》"大荒之中，有人名曰驩头。鲧妻士敬，士敬子曰炎融，生驩头。驩头人面鸟喙，有翼，食海中鱼，杖翼而行。"

唐尧和中山公主以嫁女的规矩，把嫦娥嫁给羿。这样，羿就成了天子驸马，对唐尧愈加忠诚。

羿模仿广寒宫的样式，建了一座大司马府，虽然都是土木石料结构，倒也宽敞明亮。庭院里栽了棵桂花树，植些药用花草，几只白兔在草木间戏耍，倒也确有几分广寒宫的韵味。对刚刚落成的新居，嫦娥是那样的喜欢和亲切，对一草一木都爱不释手。她偎在羿的怀里喃喃地说："这些都是我梦中的景象，你太了解我的心思了。"

"那不是梦，是你前世的生活场景。你就是月宫里的仙子常羲。"羿开导她，他希望嫦娥还原成常羲。

"我不是仙子，你也不是天神，咱们是平常的人，我希望咱俩永远在一起过平常的生活。"她紧紧地搂着羿，好像生怕他飞走一样。

羿成了朝廷大臣，可黎民百姓仍然把他当作天神来敬仰；青年男女粉丝对他的热情更是疯狂。嫦娥对羿关爱有加，但并不崇拜他。她从来不认为自己是什么仙子，却自有一种飘逸脱俗的神韵，让人自惭形秽。在羿眼里，嫦娥和常羲绝无二致。但每当说起天上的事，嫦娥总是莫名其妙地望着羿发呆，有时还会说："你说什么梦话？你总是念念不忘月宫里那个仙子，我是不是不如她呀？"让羿哭笑不得。

农历的初一，又称朔日。朔日的月亮叫朔月，朔月是看不见的，它把身形完全隐藏了起来。每到这时，嫦娥就把自己反锁在一间密室里，静坐练功。她的功法叫九阴功，朔日是最好的修炼时刻，此时即使天塌下来，她也不会停止。朔日过后，新月初上，嫦娥白天会走出密室，晚上进去继续修炼。在朔日前后七天，别人，包括羿是不能打扰她的。

除了那支遗失的箭，羿又添了一项心病：我在人间和常羲相爱，是不是构成了对天帝的亵渎呢？不然，又怎能对得起她的一片痴情呢？她又该怎样熬过这漫漫人间苦旅呢？羿希望找机会向天帝解释清楚。

# 逄蒙投师

嫦娥喜欢清静。白天她躲在家里织锦——这门手艺，还是西王母请织女给她传授的；夜深人静时，经常披着月色到各处浏览都城风光。这天夜里，嫦娥独自一人在汾水畔散步，忽见上游一只木筏顺流而下，一人手撑竹篙一跃登岸。嫦娥还没有看清来人的模样，那人忽然倒头便拜，口中说道："给大司马夫人请安。"

"我与你从来没有见过面，你怎么就知道我丈夫是大司马？"嫦娥诧异地问。自打在祭坛上舞蹈之后，她从来没有在大庭广众之下露过面，相信眼前这人真的没有看到过自己。

"本人是习练射术的，眼尖，对人对物只要瞄一眼就能入木三分。您的美丽天下少有，只有天下第一射手才可匹配，其他任何人是没有这种福分的，因此断定大司马夫人非你莫属。"汉子站起身，表情认真地说。

"你很会恭维人。"嫦娥说，"有什么事需要我帮忙吗？"

"我不得不佩服您的耳朵，竟能听出弦外之音。"汉子不卑不亢地讨好这位大司马夫人，"不瞒您说，我想拜羿为师，希望您能引荐一下。"

"你叫什么名字呀？"

"逄蒙。"

"逄蒙？是甘蝇的徒弟逄蒙吗？"

"是。"

"你的师父是射艺大家，连羿都想去拜访他，你怎么会离开他呢？"

“我的理由很简单，逢蒙的目标是练成天下第一射手，当前最好的师父是羿。”逢蒙说。

“好吧，我带你去见他。”嫦娥说。

我们还是回头交代一下逢蒙改换门庭的原因。前面说到，甘蝇让飞卫和逢蒙抱犊练功，不出三年，牛犊长成了千斤公牛，两人也练就了千斤臂力。兄弟俩的主要游戏之一，就是把公牛当玩具，你抛给我、我抛给你，或者是给公牛拉架。飞卫聪明颖悟，能够举一反三；逢蒙训练刻苦，总是起早贪黑的要比飞卫多练一些时间。俩兄弟比赛着苦练，深得射艺奥妙，已到出神入化的地步，远近射手无出其右者。但是，在他们两位之间，从来分不出伯仲来。一次，他俩为了排出第一、第二，一连七天不吃、不喝、不睡，只是不停地发射，看谁射得快、射得准。经过挑战极限式的苦斗，结果还是赛了个平手。

甘蝇怕两个高徒为争第一而反目，于是训诫道：“以为师看来，比赛争第一不是目的，而是促进射艺不断精进的手段和动力。你俩再差一步，就到了同门相残的地步了。我给你们出个题目，用另一种方式分出高低吧。”

甘蝇收了两个关门弟子，一个叫纪昌，一个叫鸿钧，都是青年英才。他对飞卫和逢蒙说：“我老了，想追随我的师父狐父去静修。纪昌和鸿钧都是习射的好材料，又是我的老友推荐来的，你俩是我的得意门生，就替我带一带徒弟吧。如果你们非要争个高低不可，就看谁能培养出个天下第一的徒弟吧！”

甘蝇用抓阄的方式，把纪昌和鸿钧分给飞卫和逢蒙做徒弟。逢蒙抓到了鸿钧，纪昌归给飞卫。逢蒙给鸿钧制定了一套严格的训练计划，手把手地言传身教。两人闻鸡起舞，训练十分刻苦、认真。而飞卫五年间只说了两句话，就把纪昌给打发了。第一次，他说，你先回去练习一个时辰不眨一下眼睛，然后再来找我。

纪昌回家后，见新婚妻子正在织布，飞梭往来，机声铿锵。他灵机一动，迅速地钻在织布机下，眼睛瞪得大大的向上看。妻子生气地说：“你不去学艺，躺在那里盯着看我的屁股做什么？没出息！”说着停下机来，拿起剪子就要把布剪断。纪昌急忙说：“别，别，我是在看飞梭。”于是把师父的话说给她听。妻子大为高兴，巧手穿梭，日夜不停。两年下来，纪昌的眼皮就像两扇开启的大门，就是锥子刺来也不会眨一下。

纪昌去见飞卫，要求传授射技。

“不行，你的眼睛虽然瞪得很大，却是目中无物。”飞卫说，“你必须学会看东西，视小如大，视微如著，然后再来找我。”

纪昌又跑回家，抱着妻子的头为她捉虱子，随手又拽了根头发丝把虱子穿起来，悬挂在朝阳的窗户上。然后对着虱子注目凝视。十天之后，虱子的轮廓慢慢放大。三年之后，纪昌眼中的虱子已经大如车轮，再看牛、马、猪、羊等物，一个个都像山丘一般大小。

飞卫指导纪昌用细竹针射虱子，习练不多时日，便能支支命中它的中心。飞卫高兴得手舞足蹈，说：“你掌握了射艺的精髓，继续刻苦习练，一定能青出于蓝，而胜于蓝。”

眼见得纪昌的技术超过自己的徒弟鸿钧，逢蒙渐生妒意。看来，指望鸿钧争天下第一定会落空，还不如自己重新披挂。……逢蒙忽然心生一条借刀杀人的毒计。

一天，同门师徒弟子之间练习对射，逢蒙故意输给纪昌，说：“贤侄技艺突飞猛进，师叔我已经望尘莫及了。我看，除了你师父，你就是天下第一了。”

天下第一，是习射者梦寐以求的目标，纪昌也不例外。而且，随着技艺不断提高，对手越来越少，那种蟾宫折桂、名扬天下的欲望一天比一天强烈。但纪昌的射技总是超不过师父，他感到飞卫总有一些新招法没有教给他，怨恨渐渐在心头积累。

一次，逢蒙又对纪昌说：“你永远超不过飞卫，除非他死了，天下第一才属于你。……唉，你的命运又和当年的我一样。我是不行了，就看你的了。不过你还年轻，慢慢熬吧！”

飞卫正当年富力强，纪昌的天下第一梦遥遥无期。他心有不甘。一天，飞卫射中水怪，水怪带着一支箭潜入深渊，他的箭囊里只剩下了九支箭。在回去的路上，经过一片开阔地，四周无人，只有几只雄鹿在为配偶而苦苦争斗。纪昌停下来，说：“师父，不知我近来有没有长进，请您指点一下。”这个徒弟十分好学，历来不用督促，但只要他提出要求，飞卫总是随时指教。

师徒二人离开三百步之遥，面对面对射，两支飞矢总是在中间相撞坠地，不差分毫。射完第九支箭后，纪昌又掏出一支雕翎，直贯飞卫咽喉。飞卫一摸箭囊，才发现箭已告罄，于是顺手摘下一根荆针，弹将过去，那支来势汹汹的羽箭突然掉头，直端端地插入地面，没过箭尾。

纪昌吃了一惊。

“你过来，”听见师父招呼，纪昌胆战心惊地走过去，只听飞卫笑嘻嘻地说，“我发明了一种针刺搏飞矢的绝技，怕不成熟，还没有告诉你；经过你这一射的检验，看来已经成熟了，现在传授给你。”

纪昌怔怔地望着飞卫，“扑通”跪倒在地，号啕大哭：“师父！徒儿不肖，对不起您！我一心只想当天下第一，刚才那一箭是本想送你归天的。……我一时鬼迷心窍，大逆不道，师父惩罚我吧！”

飞卫平静地说：“天外有天，英雄辈出，我死了就保证天下第一归你啦？要当天下第一就得不断出新招，会别人所会，还要会别人所不会！快起来，跟我学！”

“我不学了，……师父，你留一手吧。”纪昌嗫嗫嚅嚅地说，“我怕自己以后再犯了糊涂，又要加害师傅。”

飞卫大怒，“啪”的一掌扇过去，吼道：“不行！你知道我的奋斗目标是什么吗？我就是要我的徒弟超过我，战胜所有的人！不然，就对不起我的师父，我就不配做你的师父！你不学了，让我怎么办？”

纪昌扑到师傅怀里，师徒抱头大哭。纪昌说：“师父，你还是保留防身绝技为好。”

“我以后不收徒弟了，你就是我的关门弟子。”飞卫说，“我不会防备你的，不管我飞卫死在谁的箭下，这辈子总算教出了个天下第一的徒弟，完成了甘蝇师父的愿望。”[1]

逢蒙借刀杀人的计谋没能得逞。但不达目的，他誓不罢休。于是他打发徒弟鸿钧先回老家，独自一人来投羿。他坚信，羿有神技在身，从他那里讨教几招，定会超过飞卫。

结果，羿一口拒绝了逢蒙的请求。理由很简单，这次下凡，天帝没有赋予他授徒的任务，他不便自行其是。

桑林是一片方圆几百里的荒山野岭，稀稀落落地散布着一棵棵上千年的古桑树。这里没有人烟，因为是一只野猪的领地。你可不要小看这只野猪，它就是赫赫有名的封豨（xī），已有几千年的高寿了。如果没有外力的驱使和诱惑，封豨从来不走出桑林，也不能容忍其他族类骚扰它的领地。当然，周边的居民在桑林边上搞些采集活动，只要不招惹它，封豨也视若无睹。就这样，封豨和它唯一的对手——人类，和平共处着，却老死不相往来。近来不知怎么了，封豨像发了疯似的，经常跑出来伤害人畜。附近侯国联合起来对它进行了几次围剿，不仅没有伤其毫毛，反而伤了不少战士。万般无奈，只好奏请朝廷出兵。

帝尧亲往桑林视察，羿挑选十几名射手随行护驾。来到桑林地面，但见丘陵起伏，林木苍苍，哪里有封豨的影子？帝尧让羿飞起，从空中鸟瞰桑林，寻找封豨所在方位；自己与随从武士在地面上搜索目标。他们穿过一片桑林，登上山梁，忽见前面尘土飞扬，一个庞然大物正在追逐几名猎手，正是巨兽封豨！帝尧眼疾手快，弓弦响处，早有几支羽箭飞出，撞在封豨席子般大小的右耳朵上，

[1] 飞卫、纪昌师徒习射的故事见《列子·汤问》。

竟被弹了开去。封豨见有人偷袭，放弃眼前的猎物，掉头向帝尧冲来，咆哮如雷。武士们纷纷放箭。封豨浑身遍布荆棘般的鬃毛，又密又硬，那些羽箭根本伤不到它的皮肉，反而激起它报复的怒火，发疯似的撞将过来。

情况万分紧急！

斜刺里忽然飞出一支冷箭，正中封豨左眼。封豨发出惨烈的嚎叫，放过帝尧，侧身一跃，像一座小山似的扑向射出冷箭的方向。

射冷箭的人是逢蒙。逢蒙投师被羿拒绝后，并没有灰心，他一直在关注羿的行止，寻找再次拜见的机会。这次，他跟踪羿来到桑林，正好救了帝尧的大驾。封豨扑向藏身蒿草丛中的逢蒙，气浪把他冲倒在地，丈把长的獠牙触及他的衣衫。逢蒙逃走的机会已经没有了。

一个黑影从天而降，一张彤弓闪电般砸下，硬生生敲断封豨一颗碗口粗的獠牙。封豨张开血盆大口，把攻击对象又转向新的仇家，恨不得把他一口吞下肚去。

这一位可是来者不善，他就是射日的天神羿。羿举起彤弓撑起封豨张开的嘴巴，掏出一个圆球，投进它的肚子里，然后抓起逢蒙，闪电般地飞上悬崖绝壁。

封豨躯体庞大，皮坚肉厚，它的根根鬃毛都像箭杆一样大小，很难迅速把它击毙。羿事先准备了一支箭，裹在凝固的脂肪球里，拴上那扯断了的半根素矰，趁机塞进封豨肚里。此时，帝尧等人也躲到了安全的地方，只见羿像渔翁钓鱼一般，悠闲地扯着丝线遛起猪来。[1]

油脂融化，箭杆绷直，穿透封豨的肠胃。那丝线可长可短，羿扯住一端，频频抖动，封豨感到乱箭穿心般的疼痛，没命地在山林间狂奔、打滚，折断古桑，撞飞岩石。几天几夜过去了，任凭羿怎样扯动银箭，封豨再也跑不动了。它提起最后一口气，撕心裂肺地大吼一声，轰然倒地毙命。

[1]《淮南子·本经训》：“(羿)禽封豨于桑林。”

众卫士赶去宰杀封豨，帝尧策马奔上山巅，向羿祝贺。

“怎么没瞧见你弯弓射箭呢？用的是什么箭法？”唐尧好奇地问。

“如果有射日用的银矢在手，一箭就可以使它毙命了，可惜银矢已经丢了。普通的箭，根本无法穿透其用皮毛铸就的重甲。封豨浑身只有眼睛防护薄弱，但即使再射中它的另一只眼，也不能使它丧失攻击能力，反而会激起更加疯狂的报复。我用的是内射法。”羿说。

“内射法？作为射手，朕还是第一次听到。”帝尧敬佩地说。

卫士们烧去封豨肚皮上的毛，用刀开膛破肚，露出五脏六腑。一支雕翎箭赫然在目。

羿将丝线一抖，那支带血的羽箭回到手中。

帝尧恍然大悟：“射艺，原来还有如此丰富的内容。尧不敢妄言懂射了。”

这时，逢蒙凑上来，扑通一声跪倒在二人脚下。

“这不是逢蒙吗？射中封豨眼睛的那支箭是你的吧？”帝尧问。

逢蒙点点头。

“你那一箭救了我，我还没有感谢呢，快起来！”帝尧去搀扶逢蒙，他只是不起。

“你师父说过，要送给我两员大将。现在你的确成了一名射艺精湛的武士，又救驾有功，我封你为卫士长，起来吧！”帝尧以为逢蒙跪地讨封赏，提前亮出了赏格。

“逢蒙不要做官，只是乞求大司马收我为徒。”逢蒙说着又叩了两个响头。

帝尧一愣，接着哈哈大笑，说：“原来你是在给大司马下跪呀，我还以为是跪我呢。也好，我就将错就错做个人情吧！大司马，我听说你从不收徒，这次就破格收下逢蒙吧！”

“我怕天帝怪罪我违反天条。”羿为难地说。

“哎，你如今是在人间，不是在天上，应该不受天条约束，收下吧！”帝尧劝说他。

“得向天帝请示一下才好。”羿推托说。

“人间与天庭通信不畅，你如何请示？天帝又如何回复？这都是没谱的事。”帝尧忽然来了灵感，接着说，“哎，有了，民众不是尊我为天子吗？天子者，天帝之子也，是代表天帝统治下方的。我的话就是天帝的话，你还能不听吗？何况你还是我的臣子呢！”

羿见帝尧认真起来，不敢违拗。他倒不是怕帝尧的帝王权势，而是不敢得罪这个年轻的老丈人，毕竟嫦娥是帝尧的女儿嘛！

想到这里，羿俯身扶起逢蒙，说：“既然圣上有旨，我就破例收下你这个徒弟吧。”羿收下一个野心家为徒，从此埋下祸根。这是后话。

## 祭天赎罪

羿在人间度过一段时日之后，渐渐感到体能不足，展开双翅还能够在低空飞翔，但已经没有了冲上天庭的能力。他想，人间的水土和食物无法使他获得足够的能量，若不能从天庭得到补充，久而久之，自己将失去神力，沦为凡夫俗子。嫦娥对她自己的身世依旧浑然不知，但她知道羿是天神下界。羿偶尔说起天庭见闻，她总是很感兴趣，常常一个人望着夜空发呆。看得出，嫦娥对天上的生活充满憧憬，无限向往。羿希望嫦娥长生不老，甚至幻想有朝一日能够得到帝俊的恩准，携她一同飞天。

羿双手托着一方炖熟的千年野猪肉，一步步登上山巅。他要把这难得的佳肴献给天帝享用，以表忠心，并恳求宽宥他的不当之处。

面对苍天，羿默默祈祷。一颗流星无息地坠下。羿大喜过望，天帝终于派人和他联系了！但马上他就发现，站在他面前的不是人，而是天庭的一只看门狗，名叫天犬。它曾经是伏羲的猎犬，与曾经是猎鹰的羿是一对捕猎搭档。修炼成人形后，天犬也被招上天庭，与羿同为一殿之臣。天犬勇武非常，对天帝忠心耿耿，但有好色之癖，对常羲的美貌垂涎三尺，时常酒后私闯广寒宫，偷窥常羲。天帝怪罪下来，罚它又变回原形，充当了天庭后门的看门狗。就是到了这种地步，天犬对常羲的痴心也没有改变，还会时不时找机会潜入月宫，偷窥常羲。不过它已经变成了一只狗，天帝的醋劲儿也就没那么大了，不再追究了。这次常羲私自下凡，还是天犬最先发现后报告天帝的。为奖励天犬的忠心，天帝把这趟美差派给了它。

天犬忽作人言："天帝说了，难得你还有这点孝心，派我下来和你见见面，这块肉就赐给我啦。"说着，迫不及待地大嚼起来，不一时一扫而空，连骨头都啃了个精光。

"天帝还说了些什么？"羿忐忑不安地问。

天犬吧嗒吧嗒嘴，说："对啦，天帝让我给你捎个话：啥时候找到丢失的那支箭，再回去见他，不然就不要上天庭了；你丢了天庭重宝，他也不好徇私枉法。"

"我会千方百计找到银矢的。可是我的能量因射九日消耗殆尽，无法升天了，老弟能不能代我恳请天帝赐予些许？"羿恳求说。

"老兄，如今你在人间享尽艳福，风光无限，羡慕啊！换了我，八抬大轿也抬不回去了，可惜我没有这份桃花运。"天犬说的是实话，然后它又悄悄地接着说，"咱俩是患难弟兄，我给你说句真心话吧。我只不过偷看了几次常羲，就遭到严惩，毁掉了几千年的修为；而你竟敢娶常羲做了老婆，帝俊岂能不知？他怎会善罢甘休？听兄弟的话，能够陪着常羲在下界过几年平安的日子，就是你的福气了，不要再回天庭了。"

"我心中总有一种负罪感，希望有一天能面见天帝奏明苦衷，虽死无憾，你能帮我上天吗？”羿心有不甘地请求说。

天犬无奈地摇摇头。然后它忽然想起了什么，神秘兮兮地说：“听说天帝在下界储存了一些密山玉膏，以备天神到人间公差时临时加餐。你不妨打听打听。”天犬说完，神色惶惶地告辞而去。

且说汪芒国偏居东南沿海，那里是鱼米之乡，物华天宝。国王名曰防风氏，父子联名，代代称为防风。炎帝年间，防风氏曾跑到中原争霸，败在蚩尤手下，以后几百年间再也没有染指中原。六年前，老王驾崩，他的二儿子趁老大不在国内，抢先登基，做了汪芒国国王。老大此时正在北方的莒夷贩卖丝锦，闻讯后不愿回国争权，便和从人在一个叫作青丘的荒岛上滞留下来。

汪芒氏老大自号大风氏，远在汪芒国的亲属、居民不断驾船前来投奔，不几年间，昔日的荒岛已变成人烟稠密、商船云集的都市，称为青丘国。大风身高三丈有余，龙首牛耳，一眉一目。他在娘胎里待了三十六个月才出世，生而呼气如风。他的这副异相和特异功能，都是不折不扣的祖先遗传。大风年幼时在海边戏水，误吞一粒明珠，忽觉身轻如燕，能够乘风飘游。原来，那颗明珠是风神的至宝，名叫风珠。风神名叫风伯，因为是女性，仙界呼其为风姨。那颗风珠是她半生心血的结晶，一时丢失，被一个孩子吞食，甚为遗憾。有人劝她杀人取珠，风姨不忍。但她又舍不下风珠，于是把大风抱来收为徒弟，利用风珠的潜力，使他修炼成了阴柔化气功。大风长大后回到汪芒国，做起丝锦生意，但风姨仍然关心着她那颗风珠的命运。

大风虽然炼成半仙之体，但体内深埋着家族遗传，凡心未泯，喜欢争雄称霸。他不甘偏安孤岛，决计在东夷建立霸业，进而逐鹿中原。他要向汪芒国的家乡父老证明，他大风才是汪芒氏的嫡传；同时也要向天下宣示，天下盟主，强者居之，天子的宝座，从此应该轮到汪芒氏了。

大风先是发出通知，要求沿海五十二个氏族每季进贡，每年参拜。沿海诸族虽然远离中原，被视为夷帮，但自黄帝时起，就已经归属中原朝廷了，岂能轻易拜在从南方跑来的一个小子脚下？他们均未从命。大风一怒之下，接连刮了几天大风，掀翻渔船，揭开屋顶，并捉去十位有威望的氏族长老为人质，胁迫沿海诸族尊其为盟主。

大风的强权行径给东夷地面带来混乱，惊动了一个人。他就是羲仲。[1] 羲仲受帝尧委派，居住在东海之滨的旸谷观测天象，为制定历法提供依据。他每天恭敬地迎接太阳出来，测定它跳出海平面的时刻。在昼夜长短相等的那一天，当观测到朱雀七星在黄昏时出现在正南方时，便确定为春分时刻。此时，鸟兽开始交配繁衍，羲仲也四处走动，催促人们下田播种。自上任以来，羲仲醉心于他的天文研究，颇有成果，同时也与当地民众结下了深厚的友谊。

羲仲有一位隐居泰山的神仙朋友，是炎黄时期的少昊国国王少昊般。少昊般是机巧制作专家，他用一种叫作影木的大树枝叶编制了一条青龙，送给羲仲当坐骑。影木的花夜间能发光，犹如晶莹的星星一般，用来点缀成青龙的眼睛。少昊般还送给羲仲一颗影木果，青皮黑瓤，羲仲食后，立即感到身轻如燕。从此，羲仲跨上青龙，可以在空中自由地飞来飞去，往来于东夷部落之间，传递节令信息。东夷的黎民奉羲仲为本族鸟图腾的使者，对他十分敬重和爱戴。

羲仲得知十长老被劫，心中怒气难平，决计只身渡海前往青丘，找大风要人。他乘青龙掠过水面，正准备着陆，忽然迎面腾起一团龙卷风，将他迎住。

龙卷风散去，一位巨人立在岸边悬崖上。羲仲想，此人当是大风无疑。

“乘龙过海，潇洒云天，来者不是羲仲先生还能是谁呀？贵客来访，有失远迎，失敬，失敬！”大风抱拳连连致意，颇为客气地说。

“我不是贵客，是说客，是特来请阁下放回十长老的。”羲仲

[1]《尚书·尧典》：“（帝尧）分命羲仲，宅嵎夷，曰旸谷。寅宾出日，平秩东作。”

开门见山地说。

“十长老是我请来商讨结盟大事的，何劳先生牵挂？”大风说，“先生还是不要为闲事分心，专心搞你的历法吧，那可是惠及天下的大事。青丘地处东海之中，东观日出最为近便，先生既然来了，就待些时日吧，大风早就虚席以待了。”

听大风说的话，好像不是虚情假意。但羲仲还是十分谨慎，没敢降落。

“你把十长老送回大陆，我就在青丘住下来。怎样？”羲仲说。

“这是两码事。请你来这里，是为了给你的观测活动提供方便，让历法早日面世；把十长老留在这里，是为了加快建立沿海诸夷同盟的步伐。前者是千秋功业，是先生给后人留下的不世功勋；而后者是我大风留给汪芒氏子孙的百代霸业，还是不要往一块搅和好。”大风口气很客气，但态度十分坚决。

“建立霸业不仅要有威，更重要的是要有德。”羲仲终于忍耐不住，厉声怒斥道，“像你这样的做法，与强盗有何区别？岂能当霸主？”

不想大风竟没有发火，而是扑哧一笑，说：“你说的是大棒加胡萝卜。从黄帝到如今的帝尧，哪一个不是靠这两件法宝立腕儿的？我大风岂能不晓得？只是我飘零荒岛，远离民众，胡萝卜一时用不上，只好先用大棒扫开一条通道，在大陆立足，才好用那胡萝卜。到那时一定请先生多多教诲。”

“你以为就没有人能制服你吗？”羲仲怒火中烧，喝问道。

“我的先祖曾到中原争霸，打败众多高手，最后败在兵圣蚩尤手里。”大风摆出一副盛气凌人的姿态说道，“现在的大陆上，还有蚩尤那样的高人和他的无敌神器天弩吗？试问天下，谁能胜我大风？”

“难道你没有听说射日的羿吗？”羲仲搬出了当今王牌。

“羿？知道，知道。他的神箭丢失了，光剩下一身蛮力了，有什么了不得的？我还盼着会一会这位下凡的神人呢。”大风顿一顿，话锋一转说，“听说先生也是大陆少有的高手，且有日晷宝器在手，今日有缘相会，大风向先生讨教几招如何？如果大风战败，情愿送回十长老，并从此打消登陆念头。”

话说到这个份上，羲仲不得不和这个巨人比试比试了。他的日晷与和叔的一模一样，不仅可以用来测日观时，也可作为兵器防身应敌。不过，祖先有训，日晷是不可以无故用来伤人的。

羲仲从怀里掏出巴掌大的日晷，捧在手中默默祝曰：“为救十长老出魔掌，羲仲不得已祭日晷出鞘，望祖先恕罪。”祝罢，迎风一晃，晷针与晷盘分离，变作三尺长的日晷剑和斗笠般大小的日晷盾。

“恭敬不如从命，羲仲动手了。看剑！”一道白光射向大风。

大风不敢大意，立即就地旋转。原来的巨人不见了，在他的站立处，只有一团旋转的风，夹杂着枯草落叶。日晷剑在旋风中往来穿梭一般搏击，竟毫无着落，如入无物。羲仲只好将剑收回。

“你练的是什么功法？”羲仲诧异地问。他的日晷剑能够击穿任何盔甲，却奈何不得一团空气。

“阴柔化气功。领教了吧，羿的箭能奈我何？”大风恢复原形，得意扬扬地说。“先生既然不愿留在青丘，就请捎个信给帝尧和羿，我大风在这里恭候大驾光临，也省得我劳师动众地去找他们啦！”大风说完，重又化作一团龙卷风，将羲仲托在半空，掠过海峡，轻轻放在泰山上。

少昊般神不知、鬼不觉地出现在羲仲面前，随手拣了块鹅卵石，塞进青龙肚子里，嘴里咕哝着：“有这块泰山石垫底，你就不那么轻浮了；从此以后，腾空为龙，落地为马，莫失了规矩。”

青龙忽然变作一匹青骢马，昂首长啸。羲仲刚刚回过神来，翻身下马，拜倒在地。

少昊般不见了，眼前好像什么事儿也没有发生过一样。

羲仲骑着青骢马匆匆赶到帝都，报告大风登陆东夷的事情。帝尧决计东征，派漆芒为先锋，率长狄国人马就地启程。随后，帝尧亲率大军，由羿、逢蒙等一班文武大臣护驾，浩浩荡荡开赴东海。

漆芒率先头部队逢山开路，遇水搭桥，不一日来到海滨。他瞭望青丘，立功心切，当下命人乘渔船渡海去下战书，约定来日在海滩决战。

翌日，日上三竿，漆芒已在沙滩摆好阵势。青丘朦朦胧胧，海面上风平浪静，不见帆影。忽然，一道海浪进入人们的视野，由远及近，由小到大，伴随着隆隆声响，向海岸滚来。

漆芒命开弓射浪，阻止海潮登岸。飞矢如雨，但海潮并没有得到遏制，反而一跃登岸，迸发出千堆雪浪，以迅雷不及掩耳之势，冲向漆芒阵地。

漆芒前阵受到海潮袭击，乱作一团，相互践踏，全军大乱。这时，从雪浪中突然冒出一个个赤条条的汉子来。他们是青丘水军，脚踩滑板踏浪而来。登陆后，水兵们甩掉脚上的滑水板，手握利刃，如鳄鱼一般扑向在潮水中挣扎的长狄战士。此时，海面上帆影憧憧，鼓起风来如飞而至；喊杀声中，青丘大军竟似一股强大的海潮扑上岸来。

漆芒部队溃不成军，丢盔弃甲，望风逃窜。漆芒见抵抗无望，也只好抡起一根旗杆断后，且战且退，掩护战士逃命。长狄人满以为自己身高体长，跑起来无人能及，没想到青丘兵也个个是巨人身材，奔跑起来如刮风一般。那些受伤的、脚步稍有迟缓的，都做了他们的俘虏。

踏浪登陆的水军将领叫潮混儿，扬帆渡海的船队将领叫风疾儿。他们出发时，大风曾有命令，要求登陆大军一鼓作气，乘胜追击，一举拿下沿海十三城池，作为挺进内陆的立足之地。

潮混儿高举大旗冲在最前面，率领大军一路掩杀，锐不可当。忽然，远处烟尘滚滚，人喊马啸。潮混儿刚刚立住脚步，一支羽箭从远处呼啸而至，“咔嚓”一声响亮，手中的旗杆折为两段。潮混儿大惊，急忙登高远望，只见旌旗猎猎、刀枪如林，战车铺天盖地奔来。逃跑的长狄败兵也掉过头来，边喊边扯弓放箭。漆芒举起大旗，大声呼叫：“援军赶来了，跟我杀回去呀！”

潮混儿的部下个个赤身裸体，了无遮掩，迎面遭遇飞蝗般的羽箭，伤亡严重。潮混儿下令撤退，自己舞动两截旗杆断后。这时的战场形势发生了变化：青丘兵变成了逃兵，长狄兵变成了追兵。潮混儿身中数箭，兀自奔跑不止。

风疾儿的部队备有长矛大盾，他们结成临时防御阵线，开弓放箭，掩护潮混儿逃跑。但对方声势强大，车阵如山，令青丘兵胆战心惊。风疾儿只好下令向海滩撤退，自己亲率一支劲旅边打边退，掩护大队人马登船。

帝尧马快，抢先接敌。羿和羲仲擦着人们的头顶飞行，为帝尧保驾。忽然，面前狂风骤起，沙滩像被人掀翻了似的，撒向空中，顿时天昏地暗，对面不见人影。沙尘扑打着人面，如针刺火燎一般。帝尧只好双手抱头，把脸埋在马鬃里躲避袭击。

半个时辰后，风声放缓、沙尘落地。帝尧慢慢睁开双眼。沙滩上空空如也，不见了敌方一人一船。羿弯弓守在马前，羲仲持盾护在马后。退潮的海水已经撤到一箭开外的地方；在更远的海面上，点点白帆像一群海鸥，向青丘方向飘去。

## 战大风

羲仲观察一阵，对帝尧说：“这阵风沙肯定是大风施的妖法。”

“我本想就近射他一箭，竟没有发现他的人形。”羿遗憾地说。

“他还会来的。”帝尧说，接着命令，“选高处安营，以防海潮侵袭；用大车围寨，前后相接，连成一体，埋下地桩，以御强风。”

入夜，月朗星稀，海面上风平浪静，战士们和衣而卧，枕戈待旦。黎明时分，青丘岛轮廓分明，映入眼帘。一股龙卷风起自岛间，掠过海面，眼见得越来越大，越来越高，涌起几丈高的海浪，扑向平静的海滩。几乎与此同时，倾盆大雨带着咸咸的海腥味儿从天而降，泼洒在帝尧大军的营地上。

战士们钻进大车下面躲避，但也逃不过飙风暴雨的袭击，个个成了落汤鸡。帝尧骑马站在山丘上，右有后羿，左有羲仲。三人如石雕一般，任凭风吹雨打，岿然不动。

羿发话道：“听说大风乃巍巍男子，为何不敢以真面目示人？”

只此一声呼唤，浪潮回落，风雨骤停。大风巍然屹立在五十步开外。

“天神羿驾到，大风岂敢不来觐见？我不过略施小计，先试一试这位中原天子的胆量罢了。多有得罪，莫怪，莫怪！”大风答道。态度谦恭有礼，绵里藏针。

“阁下已经两度关照了，发现本天子巡狩仪仗有什么不妥吗？请不吝赐教。”帝尧随机答道，同时表明他是来巡狩所属地面的。

“十里联营，犄角相依，坚如磐石，果然深得兵家奥妙。”大风如实评价说。

“不错。还有呢？”

“天神羿甘当随扈，地仙羲仲任尔驱使，这说明你眼下运势不错，占尽了天时、地利、人和。依据这些条件，你在中原做个盟主应该是够格了。”大风话锋一转说，“但妄称天子，称霸海内，怕是太小看天下之人了吧！”

“阁下是说，这当天子的人，不应当是我，而应当是你，对吧？”帝尧微微一笑说道。

“不错。”大风自负地说，“在下只是运气比你差了点儿，若比本领，那就不好说了。”

羿听不下去了，插话说：“你大风不就是会刮几场风嘛，会刮风就能当天子？太不自量力了吧！”

“羿有射日之功，当然有炫耀的资本。但不要忘了，那是因为上天给了你能量和弓矢。不客气地说，你是在贪天之功。眼下你的银箭丢失了，神力也消耗得差不多了，给帝尧当个保镖还马马虎虎，就不要到处教训人了。”大风的话尖酸刻薄，显然是向羿发起了挑战。

无论是在天上还是在人间，羿何时受到过如此奚落？不觉勃然大怒，也不发话，只把雕翎箭狠命地射去。

大风似乎早有防备，已提前发功，原来有鼻子有眼的一个人，忽然化作一团混混沌沌的龙卷风，在原地旋转个不停。

羿的箭上拴着半条可自由伸缩的无形丝线，即天帝赐给的素缯；他的箭可以在弓弦和射击目标之间反复往来，速度快似闪电，目不可测。羿用带着玉扳指的手，一气扣弦数十次，估计大风身上已成了马蜂窝，于是停下手来。

龙卷风缓缓停止旋转，还原成四肢俱全的大风。他的丝锦斗篷上布满了小洞，想是羿的箭留下的痕迹；但此时的大风满面红光，精神焕发，竟是毫发无损！

羲仲已料到结果，但帝尧和羿一时目瞪口呆。

“羿神技果然妙不可言，不亲身体验，谁也不会想到竟有如此奥妙的射艺，应该是天下一绝了。”大风对羿的赞美并不为过，但接下去，就是标榜自己了，“可惜的是，拿这种神技对付我却是毫无用处，只不过坏了一件斗篷而已。本人是丝锦商人，斗篷取之不尽，以后大司马什么时候还想习射，尽管呼唤，大风奉陪到底。”

大风说罢，化阵清风而去。君臣三人面面相觑。

帝尧和大风之间的第一仗，双方各有伤亡。自此之后，青丘兵再也不来登陆。只是每天或早或晚，大风总要给帝尧的营地送来一场暴风骤雨，战士们苦不堪言。渡海征讨是不可能取胜的，因为大风会掀起海上风暴，颠覆战船。

帝尧有意退兵。羲仲说，如果我们撤走，青丘人马必定登陆，那么沿海五十二个部落都会被他占领，继而整个东夷都有可能拜倒在他的淫威之下。羿也说，如果不能制服大风，西戎、南蛮等地的部族就会起而效尤，天下乱象更甚。

帝尧大军陷入进退两难的境地。

东海姑于山有位修道的女真人，名叫麻姑。[1] 麻姑貌美，头顶上挽个发髻，余发垂至腰间。她的衣裙面料不像是绸缎，但饰有漂亮的花纹，光彩耀目，不可名状。

话说三月三日那天，是西王母的诞辰。麻姑在绛珠河边用灵芝酿好美酒，拿去为西王母祝寿。西王母问她："你从东方来，见到羿了吗？"

"羿？"麻姑说，"听说他射落九日后，与常羲在人间定居了，我还没有见到过他。……您找他有什么事吗？"

"没有。他只要好好的就好了。"西王母话中有话，对羿饱含牵挂之情。

麻姑给西王母祝寿回来，一路上总是想着羿，往事一幕幕浮上心头。

她认识羿，说来是老早以前的事了，也是在西王母生日那天。当时天帝来凑热闹，羿作为天界名宿、天帝的随扈人员参加了盛会。羿的出现，立即吸引了女仙们的眼球。他的风采，令他的主人也相形见绌。

仙女们纷纷凑上来向羿示好。连西王母也眼睛一亮，在静如止水般的心田里，荡起几圈涟漪。面对倾城倾国的佳丽粉丝，羿目

[1]（东晋）葛洪《神仙传·麻姑传》："麻姑，……年十八九许。于顶中作髻，余发垂至腰。其衣有文章，而非锦绮，光彩耀目，不可名状。麻姑自说云：'自接侍以来，已见东海三为桑田。'"又：麻姑修道于牟州东南姑余山。三月三日西王母寿辰，麻姑于绛珠河边用灵芝酿酒为西王母祝寿。

不斜视、心思笃定，只是微笑着点点头，或抱拳致意，从未说过一句话。

羿的翩翩风度和庄重气质，引起了麻姑的注意。麻姑有些瞧不起男人，包括那些神仙中的大腕儿。她有一种特殊的功能，能随时感知人们的心理活动。她发现，她接触过的男人大都是好色之徒，一见到漂亮女人，肾上腺素就发生井喷。别看天帝一脸的正经，他心里想的是什么，麻姑可是一览无余。唉，但愿他能够做到好德如好色，就是天下生灵的福分了。

麻姑斟一杯灵芝酒，举到羿面前。羿接过来一饮而尽，连连咂嘴："好香，好香！是从哪里弄到的？"

"自酿的。"麻姑答道，"如果还想品尝，可以到姑于山去做客。"

"天下第一美酒。如果有机会，一定登门拜访，讨盅酒吃。"羿爽快地说。

多少年过去了，麻姑一直窖藏着一坛陈酒，但却没有盼来羿。后来听说羿下凡射日，麻姑曾打算到大陆去找他，准备博得一醉。当得知羿已与常羲结为连理时，麻姑打消了这个念头。

"好一对孤男寡女。还是不要打扰他们的美梦吧！"麻姑有点酸楚楚地咕哝道。不过，她还是没有动那坛陈年灵芝酒，希望有朝一日羿能来践约。

麻姑乘金鹿在空中飞行，边走边想，不觉来到东海。一团龙卷风吸起海水，裹挟到空中，然后抛洒到位于海滨的山丘上。如此反复不已。

麻姑感到奇怪，掐指一算，已明就里。原来大风正在空袭羿的营地。她与大风也有一面之交，但那次交往却留下了不愉快的回忆。

麻姑和主管行风的风神风姨是闺中密友。一次，麻姑在风姨处做客，风姨把她的得意门生大风唤来拜见师姑。大风一见麻姑，发现她竟是个情窦初开的妙龄女郎，风华绝代，光艳照人。害得他一时心猿意马，不能自持。

因为和女友相聚，当时麻姑着衣简单了点。她上身半裸，玉臂凝脂，如出水嫩藕；十指尖尖，似雨洗鲜葱。令人浮想联翩的还有她的指甲，看上去总有半尺长短，支支晶莹剔透。

大风窃想：“背痒时，如得麻姑用十指爬背，当是人生极大的享受。”

此念一出，立即被麻姑察觉。她鄙夷的目光在大风身上一闪，冷笑一声，十指轻轻挠动几下。大风忽觉后背奇痒难忍，缩头耸肩，撇嘴挤眼，露出一副怪相。

风姨大惊失色，急忙上前握住麻姑的双手，双膝跪下，哀求说：“好姐姐，看在我的面上，饶了这个不晓事的孽种吧！”回头又怒斥大风，“你闯下大祸了，还不滚下去！”

何事让赫赫风神如此惊恐呢？原来，麻姑最讨厌男人产生让她挠痒的念头。她认为那是对她、对女人的不可饶恕的亵渎。一般情况下，她会首先发出信号进行警告，做法就像对待大风那样，隔空挠痒。这一挠，会让大风为他的邪念一闪付出沉重的代价。从此以后，每天的这一时刻，他都会遭受奇痒的折磨。此病无药可治，伴随终生。更严重的是，如果大风不马上逃离险境，越痒就越会产生让麻姑挠痒的强烈愿望。到那时，麻姑的“鸟爪”会毫不留情地对空扒拉几下，他的后背会很快溃烂，以至命丧黄泉。风姨急忙握住麻姑的手，就是要阻止她继续挠痒，保住徒弟的性命。

麻姑搀起风姨说：“妹妹放心，我怎能伤害你的爱徒呢！我看这个大风是被你的搭档带坏了，一肚皮花花肠子。”

风姨的工作搭档——她的丈夫，就是东海雨师玄冥，一位有名的风流神仙。当初玄冥曾戏谑说，要请大姨子麻姑给他爬背。麻姑一气之下隔空挠了几把，遂使玄冥落下了背痒顽疾，害得风姨每天给他挠痒。到如今玄冥一直不敢和麻姑照面，一听说麻姑登门，便赶紧从后门溜走了事。

麻姑想到这里，会心地笑了。

麻姑观看多时，见大风仍然干劲儿十足，没有收工的意思。三月份的天气还很凉，连日的风雨暴袭，已使官兵们难以忍受。风雨中的羿，虽然赳赳雄风犹在，但目光中显露出的无奈，让麻姑感到心酸。这真应了那句老话：龙困浅滩遭虾戏，虎落平川被犬欺。

"羿果真遇到了麻烦。我得帮帮他。"麻姑想。

因为大风不是仙界人物，再加上有风姨这层关系，麻姑不便与他正面冲突，但她很快就有了主意。

大风终于完成今天的作业，收起功法。临走又挑衅地说："咱们老是这样对峙，你们痛苦，我也辛苦，不如想个法子了结一下。我大风赤手空拳，原地不动，让你们君臣三人箭射半个时辰；如果还不能使我受伤，就把沿海五十二城割让给我，双方罢兵。如何？"

帝尧没有搭话。

大风发狂说："回去好好想想，明日给我个明确的答复。如果不同意我的条件，大风将倾东海之水，淹没你们的营地！"

"麻姑来了。"羿目力极佳，最先发现麻姑骑着金鹿飞来。

"你说的是神仙麻姑吗？"羲仲问。

"就是她。"

"你和麻姑是朋友？"帝尧问，心中闪过一丝希望。

"有过一面之交。"羿淡淡地说。君臣议论之间，麻姑冉冉降落。

"好个羿，亏你还记得我麻姑。"麻姑一见面就开口问罪，"你答应我的话早扔到南大荒去了吧？"

"羿什么都可能忘记，怎能忘记你的灵芝酒呢？"羿说，"只是供职在天帝左右，身不由己呀！"

"你来到人间，距姑于山近在咫尺，为何不来践约？"麻姑不依不饶。

"这……"羿迟疑一下，终于可怜兮兮地说，"下凡以来，日渐沦落，如今的羿已与凡夫俗子无异，怎好意思再敲仙家门户？"

麻姑鼻子一酸，差点落下泪来，安慰他说："你羿射落九日，功德无量，天上人间，谁不敬仰？再不要自惭形秽了。好了，此刻不是说话的时候，我给你们出个主意，先把眼前这个难缠的对手收拾了再说吧！”

麻姑说，大风肚子里有个拳头大的球形体，叫风珠。风珠是大风全身精气的集结，坚硬而光滑，平时就停留在肚脐后面。当他发功时，精而化气，气而化神，于是风珠连同他的躯体都化作一团龙卷风，柔软而刚烈，任何坚利的兵器都无法使他受到伤害。因此，只有在他停止发功、风珠归位时，用利器击碎风珠，才能使大风丧失能力。大风有一个不为他人所知的秘密，就是在每天的辰时三刻，他的后背都会突发奇痒，此时必然停止发功，风珠归于肚脐处。“大风是故人的弟子，我不能直接出手相助，只能给你们提供这些信息了。能不能收服他，就看你们君臣的本事和造化了。”临走，麻姑又说，“羿，你可不要爽约啊，我还给你留着一坛陈年灵芝酒呢！”

麻姑说完，催动金鹿飘然而去。

## 麻姑醉酒

帝尧派人给大风送去应战书，约定来日辰时沙滩比武。大风自恃奇技在身，欣然赴约。由于从来没有遭遇过因背痒而误事的先例，大风根本没有想到后来发生的惨祸。

按照约定的规则，帝尧、羿和羲仲轮番向大风进行射击；大风则化作龙卷风，就地旋转。几轮下来，大风毫无损伤，于是龙卷风里传来哈哈大笑：“好好好，再过一刻钟，五十二城就归我大风了，在这最后的一刻钟里，你们三人可以一起射击，发泄发泄情绪。哈哈……”

大风的狂笑戛然而止。原来他突然感到奇痒钻心，随即停止发功，恢复人形，拿出一柄用龟壳制作的“不求人”，没命地挠起来。

一支羽箭迎面飞来，穿透大风的肚脐，顶在那颗风珠上。

大风大惊失色，连背上的痒也忘记了。

不过还好，那支箭并没有刺破风珠，因为风珠太硬了。让大风不解的是，风珠又光又滑，来箭本应该滑过风珠而穿透自己的肚肠。如果是那样，大风倒一点也不担心。但事实是，那支奇怪的箭却死死地钉住风珠不放，像蚂蝗吸血一般！

原来，这支令大风头疼的羽箭，是唐尧的独门法宝游龙箭，它会死盯住自己的目标不放，只是因为速度不够快，才无法刺进风珠。而且，这支承担着重大使命的雕翎箭也大有来历，它就是猃狁王的那支龙齿箭，尖利无比，当年唐尧曾被它远距离射伤。后来，唐尧一直把它当作奇货珍藏在箭囊里，不肯轻易动用，今天才派上用场。

大风正在庆幸肚子里的风珠无恙，两手握住箭杆，准备重新发起功来。不料，一支箭破风而至，来势凌厉至极，端端地顶在前一支箭的尾端。大风浑身一震，两手发麻，顿感痛彻骨髓。

不好，风珠受伤！一念之间，又有两支箭接连飞来，故技重演，把龙齿箭硬生生地敲进风珠！

“呜呀呀！”大风发出一声骇人的嚎叫，庞大的身躯轰然倒地。

后三支为龙齿箭加力的羽箭，其实是系着素矰、能够重复射出的一支箭，当然是羿的杰作。当帝尧射出龙齿箭后，羿立即咬断箭头的尖刃部分，把它作为龙齿箭的助推器大力射出。君臣合力，才一举击破风珠。

帝尧君臣三人扑向大风。忽然，平地狂风暴起，沙滩被整个掀起，如一堵墙似的迎面压来。少时，狂风骤停，漫天沙粒落雨般的蒙头盖脸撒将下来。帝尧和羲仲跌落马下。羿左手牵着帝尧的白马，右手牵着羲仲的青骢马，巍然屹立，黄沙埋没了他的脚踝。

大风不见了，只留下一支血迹斑斑的龙齿箭。

“羿听着，”空中传来呼唤。羿抬头望去，见风神立在一片祥云之上，掌中托着一只光灿灿的明珠。只听她说道，“大风已经风化消失，你可以去收复青丘了。不过我的这颗风珠被你们君臣击伤，受到惊吓，将落下狂暴后遗症，连我也无法约束。从今以后，它会报复性地刮起风暴，袭击沿海，到时可不要怪罪我风姨。”风姨说罢，扬长而去。

帝尧班师回朝，任命羲仲为东方诸侯之长，代天子监管东夷各路诸侯。羿被封为王，在东夷地面上一个叫作鉏的地方建立封国。因此，在古籍中羿有时也被称作夷羿。

羲仲请来治水世家共工氏，指导沿海诸族修建海堤和城郭，严防风暴和海潮的侵袭。东夷地面安定下来，农牧渔业都得到良好的发展，以制陶业为代表的百工业也兴旺发达起来。

羿要去姑于山麻姑处赴约。帝尧请最好的匠人打造了两只龙凤金杯，让羿带上献给麻姑，以感谢她的帮助。姑于山矗立在汪洋大海中，山上满是奇花异木、飞禽走兽。蛇在这里占有统治地位，而人类却只有麻姑一个。麻姑的家安在悬崖绝壁上的一个岩洞里。洞口有一块天然阳台，在这里可以朝观旭日出浴，暮听潮汐吟唱。好一个神仙去处！

羿的到来，让麻姑心里感到从未有过的快乐。不过，一向豁达泼辣的她，今天倒显得有点娇羞，毕竟是有生以来第一次单独与一个男人约会，而且这个男人还是自己崇拜已久的偶像。

麻姑说：“你来了！”

羿说：“我来了。”

麻姑打过招呼，再也想不起来说什么，平时随机应变的本领都不知丢到哪里去了。她扭身跑进洞里，不一会儿抱来一坛酒，麻利地揭开泥封。酒香四溢。

“你看我毛手毛脚地忘了拿酒樽。你先坐，我去取了就来。”麻姑说着转身要走，被羿拦住。

“我带来了。是帝尧送你的。”

羿把金杯放在石桌上，金光灿烂。

麻姑喜形于色，把两只金杯揽到面前，仔细端详，轻轻地抚摩，爱不释手。

“你喜欢黄金制品？”羿问，随后注满两杯酒。

“不，我只是喜欢上面的图案。”麻姑羞红了脸小声说，“你用这只龙杯，我用凤杯，咱俩先碰一杯吧！”

两人碰杯，麻姑一饮而尽。

“好！”羿看着她喝干，然后仰起脖子咕噜咕噜一气儿灌进肚里。“好酒！好酒！窖藏多年了吧？”

“这坛酒是隔世陈酒，无法用年头计算，我也不记得经历过多少个春秋了。”麻姑说。

“人们都说你年龄大，但怎么看都像十七八岁，能告诉我你的实际年龄吗？我不会透露给别人的。”羿说。

麻姑笑笑说：“自我出世以来，已见东海三次变为桑田。这话我对别人说过多次，可是大家不信，今天我再说一遍，信不信由你。”

“我信，我信。”羿连忙说，“在我所认识的女仙中，没有听说比你更高寿的，也没有哪个看上去比你显得更青春。”

“是吗？”麻姑嫣然一笑，面如桃花，“和常羲比怎么样？”

“她不是常羲，她叫嫦娥。”羿说，“嫦娥和你一样年轻美丽。不过她不是神仙，终究会老、会死的。我也会和她一块儿老死人间的。”说到这里，羿不觉黯然神伤。

“你不会死，我不会让你死。”麻姑给他的金杯注满酒，深情地说，“这坛陈年老酒是用一株千年灵芝酿造的，有使人起死回生、返老还童的功效，你多喝点吧！”

羿感激地望着麻姑，端起杯来一饮而尽。

酒喝多了说话多，话说多了喝酒多。两人的情绪渐入佳境。麻姑再没有了刚才的羞涩，心想，和自己心仪的男人一块喝酒聊天真是一件快事，可惜这样的机会太少了。羿感到遇上了红粉知己，天上地下、过往今来都能谈得拢。他醉眼迷离地盯着麻姑荷花初绽般的脸，好奇地问："能否告诉我，你用的是什么驻颜术，能长久地留住青春？"

"这可是个天大的秘密，你可不能透露给别人。"麻姑一脸正经地说。

"连嫦娥也不能告诉吗？"羿认真地问。

"嫦娥嘛，按说也不应该，因为这是我的专利。"麻姑做了鬼脸说，"不过我也没法限制你。"

"快说吧，我答应你，连嫦娥也不告诉。"羿做出承诺。

"睡觉。"

"睡觉？"

"对，睡觉是留驻青春最有效的法门。"麻姑说，"比如说，我们现在喝完酒昏昏睡去，一觉醒来，说不定就会发现东海干涸，海底扬沙，可以种麻植桑了，而我俩还保留着原来这个样子。……你愿不愿意跟我试一试？"

"这，……下次再说吧！"羿还牵挂着嫦娥，推辞了麻姑的盛情。

说到下凡后的经历，羿把天狗的话和自己打算上天面见天帝的想法，一股脑倒给了麻姑。

麻姑沉吟良久，说："你活得太累了，能不能换个活法？"

"怎么讲？"

"过去你深得天帝宠爱，完美无瑕的忠臣良将形象是你追求的目标。现在你失宠了，于是背上了沉重的包袱。自己并没有错误，却总想着如何向别人解释误会，整日里忧心忡忡，这又何必呢？"麻姑话语中流露出一种侠气，接着说，"既然天帝把你丢在人间不管，你又何必去求他呢？在人间做个散仙，像我这种活法不是也很快活吗？"

"像你这种活法？"羿看看眼前的大海蓝天、孤岛幽洞，犹豫地说。

“对。我这里天高海阔，风爽云闲，是仙家修炼的好地方，又何必回到天上受人驱使呢？”麻姑忽然幽幽地接下去说，“只是少个伴，如果你来了，就什么都有了。”她的眼神里充满了期待。

“我，可是现在……”

“我不是说现在。眼下你正忙着做王当官，征战四方，一下子刹不住车。再说，你也离不开那个嫦娥。”麻姑遥望远方，那里海天一线，霞光隐现，吟咏似的说，“麻姑有足够的时间等待，那一天或迟或早，都会到来！”

羿深受感动，说：“感谢你对我的深情，这句话羿铭记在心。”

两人不约而同地举起杯来，一饮而尽。

“同饮要成双，再干一杯！”麻姑说。

羿给麻姑满满斟上一杯，晃一晃酒坛，发现余酒已经不多，想一想说：“你这酒能使人延年益寿，我少喝点，带回去给嫦娥品尝，好吗？”

麻姑正在兴头上，羿这句话如同一盆凉水当头泼来。因为这就意味着，如果嫦娥迟迟不能老死，而她和羿的结合则遥遥无期。

麻姑脸色煞白，一时说不出话来。

羿见状忙说：“听说你的酒从不送人与货卖，请原谅我的冒昧，我还是陪你把它喝光算了。”羿说着要往自己杯子里倒。

麻姑劈手夺过酒坛，仰天狂笑不止。羿莫名其妙。

“好个有情有义的羿！我麻姑总算没有看错人。好，我成全你俩。”麻姑喘过一口气来，说，“不过你得答应我个条件。”

“请讲。”只要能使嫦娥青春常在，他什么条件都能答应。

“今日你要陪我喝到一醉方休。”

“这有何难！”

“麻姑要在醉梦里再见海底扬沙、桑田重现，等待我心中的太阳照亮麻姑洞。”麻姑把酒重新倒进坛子里，接着说，“这是我麻姑的一点心意，一并送给常羲，……不，给嫦娥捎去吧！”

羿激动地抓住她的手。

麻姑抽出手，回身一招，从洞里飘飘悠悠地飞来三坛酒。

“有句紧要的话说给你听，过一会儿就怕没有机会了。”麻姑边揭酒封边说，“灵芝酒会使你的功力增加，但不能送你上天。西王母一直惦记着你，如果你想升天面见天帝的话，可以到她那里去碰碰运气。……唉，男人嘛，总有自己的事要做。”

麻姑不再说什么，捧起一坛酒只顾往肚子里灌。羿自然不甘落后，也立即照办。两只坛子都空了。羿支撑不住，率先瘫倒在地。

麻姑醉眼迷离，犹然捧起第三坛酒往金杯里倒，一杯接一杯地自斟自饮。

当羿醒来时，一轮圆月从海平面上升起。他一骨碌爬起来，望着月亮惊叫起来：“哎呀，一醉半月，要错过嫦娥的约期了！”

石桌上有一只小酒瓮。羿知道，那是麻姑送给嫦娥的灵芝酒，为了便于携带，特意换了只小的酒器。看来，这个大咧咧的侠女子也有细心的时候。桌面上歪歪斜斜地写着几行字：“随时可来麻姑洞小憩，这里所有的一切你都可以享用。麻姑不知何时能醒，恕不奉陪，抱歉。”

麻姑靠着酒坛，倒在光溜溜的石板地上。她面如出水芙蓉，吐气如兰，一副好可爱的醉态模样展现在羿面前，只是裙钗不整，有失雅观。羿把麻姑抱进洞里，放在卧榻上，为她整理散乱的发髻和衣衫，不由得心潮激荡，热血上涌，一时忘乎所以。他俯下身来，捧起麻姑的手，轻轻地吻她的长指甲。这可是令众仙家垂涎三尺、又望而生畏的鸟爪啊！

月光探进洞来，照在麻姑羞红的面颊上，宛如床笫间的嫦娥。羿顿时清醒，急忙走出洞来，抓起酒瓮要走。只听得轰然一声响亮，浪山涌上洞口。一个小岛似的怪物浮出水面，伸出长长的脖子，把血盆大嘴举到羿眼前。

事变来得突然。羿下意识地后跳两步，神速地弯弓搭箭。

一个声音从背后传来："鼋（yuán）兄，他是我的朋友。"

被呼作鼋兄的庞然大物，伸出长舌在羿脚上舔一舔，悄然没入水中。原来它在为麻姑看守门户。

羿以为麻姑已经酒醒，翻身入洞。只见她依然酣然大睡，一副不省人事的样子。

羿一步三回头地走出山洞，腾空飞起，直上云天。他感到身体轻盈如初，两翅又增千钧之力。麻姑的灵芝琼浆的确是灵丹妙药，看来，嫦娥可以青春永驻了。羿心花怒放，望望渐渐升高的圆月，加速飞向他的王城。

## 单卷[1]收徒

帝尧为政勤勉，一年四季在外奔走，联络诸侯，体察民情，平息族落间的纠纷，可谓马不停蹄。其实，帝尧出行还有一个重要目的，那就是寻访道德贤能之士。一日，帝尧与随从一行路经雷夏泽畔，登临历山，放眼远望，好一派水光天色！在粼粼碧波上，一簇簇芦苇临风俯仰，一片片绿荷依水徜徉。水鸟低飞，鱼鳖浅游，偶见渔舟出没在芦苇荡里，顺风撒网。在芦苇起伏之间，隐约可见有两个人影对面而坐。帝尧大奇，策动白马骊龙，踏波一路寻将过去。

芦苇荡深处，一胖一瘦两位中年男子盘膝而坐，正在对弈。棋

[1]《吕氏春秋・下贤》："尧不以帝见单卷，北面而问焉。尧，天子也；单卷，市衣也。何故礼之若此其甚也？单卷，得道之士也，得道之人，不可骄也。尧论其德行达智而弗若，故北面而问焉，此之谓至公。" 又，《淮南子・齐俗训》："许由单卷，非不能抚天下，宁海内，以德民也。然而羞以物滑和，故弗受也。"

盘是一只硕大的荷叶，而他们的坐下，则是几片浮萍。瘦子左手拿一只莲蓬，剥下嫩白的莲子充作棋子，还不时投进嘴里。胖子跟前摆了一堆菱角，边吃边剥，随手就把菱角皮扣在棋盘上，加入战场。

两人专心致志，对帝尧的到来置若罔闻。在此之前，帝尧只是听师父说，仙界有一种高雅的游戏叫弈棋，但从来没有遇见过。这次有幸得见，机会难得，于是连大气也不敢出一口，生怕惊走了这对弈者。

帝尧博闻强记，过目不忘，在近两个时辰的观战中，将双方的一招一式牢记心中。大概杀到了关键当口，瘦子举起棋子，好一会儿没有落子。那胖子盯着瘦子手指间的棋子，似乎有些担心，又有所希望。帝尧想靠近一点，趁此机会把棋局再仔细审视一遍。这个想法刚一露头，白马骊龙立即心领神会，轻轻跨前两步，并全身下沉，把主人降到水平面上。

瘦子扭头看了帝尧一眼，赞道："好马！"同时将举起的棋子落下。

胖子长出一口气，说："好，好！……是我好不是你好。你终于走了一步臭棋。"

"哎呀，看错了！"瘦子惊呼一声，欲顺手把棋子抽回来。

"落地成钉，岂能悔棋！"胖子说着，一手摁住瘦子的手，一手迅速填上一子，并随手把被围住的莲子一个个拈来往嘴里扔。

瘦子扫一眼棋局，说："一步走错，全盘皆输，这一局输定了。"

"你不是走错了，而是走神了，不然还可以玩上半个时辰，不分胜败。"胖子说，"老弟，你尘缘未了，我劝你还是暂且出山，做一了断，然后再回头隐居修行不迟。"

胖子说完，优哉游哉踏波而去。芦花荡里传来一曲吟唱，渐去渐远：

天兮大乎大兮，

地兮渺乎渺兮；
心染一点尘兮，
难度仙人桥兮。
……

“阁下是帝尧吧？”瘦子边收拾棋盘边问。

“先生能猜中我是谁，大概是神仙了吧？”帝尧惊异地说。

“不，在下只是您治下的一介草民。白马踏波如履平地，一定是骊龙无疑，它的主人不是帝尧又会是谁呢？”

“先生即使不是神仙，也是位遁世高人。请问高姓大名、仙乡何处？”

“姓单名卷，东夷四泽六湖之间便是祖居之地。”

“听说这一带有一位部落首领，也叫单卷，是你的父辈吧？”

“是单卷本人，不过那是过去的事了。”单卷说，“在下早已离开族人，浪迹于五湖四海多年了。”

“我看你须发如漆，面色红润，正当壮年，不想已是春秋有年的先贤了，失敬失敬！”帝尧忘记了自己还在水中，欲翻身下马，被单卷扶住。两人一个骑马，一个踩着浮萍，同上岸来。

“与先生对弈的那位高人是谁？”帝尧问。

“许由，也是此地人，最近应友人之邀要到颍水去，特约单卷躲在芦苇荡里对弈一局，不想输给了他。”单卷似乎还有点遗憾。

“你俩都是高手。”帝尧对弈棋大感兴趣，发表观感说，“我在旁边观棋，于无声中时闻风雷隆隆，似有千军万马往来冲突。原来只听说弈棋是神仙们的一种消遣游戏，没想到竟有如此奥秘。请问，凡人也可以弈棋吗？”

“弈棋，雕虫小技也，人人皆可习之。不过，在小小的棋盘上，经纬纵横如江河行地，交点密布若满天繁星，给弈者的思维提供了任意驰骋的空间。”单卷早有把弈棋介绍到民间的念头，如今遇见当今天子，正是兜销的好机会，于是接下去说道，“弈棋可以开启民智，陶冶情操，当然，只有那些有吃有住有点闲暇的人士，才能得以习之。陛下不妨让身边的人试上一试。”

“唐尧正有此意。我有顽子丹朱，天资聪明，琴剑歌舞一点就通，只是有些浮躁，不妨先从他开始。”帝尧进一步说，“我想让儿子丹朱拜先生为师，唐尧还可以随时向您请教天下大计，不知先生肯否入朝？”

“在下目前还没有授徒的打算。”单卷说，“况且，在下正因为厌倦了红尘，才出世归隐的。经过多年的静修，如今刚刚有了点心得，岂可半途而废、重蹈覆辙？”

“出世是为了修身养性，益德健智；入世则是为了拯救黎庶，治理天下。”帝尧是经过从出世到入世的人，自然有独到的见解，他想说服单卷跟他入朝做官，于是说道，“人生在世，只此一遭，让生活丰富多彩一些不是更好吗？”

“有的人一生不出世，有的人一生不入世，还有第三种人，就像您说的那样，在社会上混烦了就想归隐，隐居中难耐寂寞了又想出来混事。我也许是第三种人，不过我现在还没有感到寂寞，因此还不想出来做事。”单卷把棋盘递给帝尧，接下去说，“弈棋是智者的游戏。我看您静观一局之后，对棋艺已有所了解，再实地习练几局，便可达上乘水平，足可以为人弈棋之师。单卷告辞了。”

帝尧一直目送单卷转入山林，看不见人影，才怅然若失地策马赶路。

书分两路，话说两头。雷夏泽西面有一座大土丘，叫作姚墟。一位据说是祖居冯诸的盲艺人，人称瞽叟（gǔ sǒu），流浪到姚墟，娶了当地名叫握登的女人为妻，于是在此定居下来。瞽叟虽然双目失明，但天资聪明，耳灵似神，诸般乐器无师自通，百步之内可察螳螂扑蝉。因不能从事耕牧渔猎，瞽叟只好奔走在乡间闾里，靠卖艺为生。握登是一位心地善良的女人，她全心全意地照顾瞽叟的衣食住行，无怨无悔，但婚居多年，膝下无子，不免惶惑，心急如焚。一日，握登独自到野外捡柴，忽见长虹当空，气象万千，顿感心境豁然开朗。握登仰视良久，身心欢愉，似觉有孕上身，急忙跑回家告诉了瞽叟。瞽叟将信将疑，不知是福是祸，喜忧参半。一年后的初春，一个男婴在姚墟简陋的土屋里呱呱坠地。这个孩子有个奇特之处，就是每只眼睛里都生有两个瞳子，炯炯有神。生有四个瞳子的人，在此之前只听说有仓颉一个，就凭这点，这孩子就足以算得上是个千古奇人了。

他就是本书的主要人物之一、位列华夏上古五帝最后一位的虞舜。虞是他的姓氏，因他的祖先曾管理山林、终日与野兽为伍而得此姓；舜是他的谥号。在古代，君主或大臣死后，要对他的生前业绩和处世风格进行评定，送上一个或褒或贬的名称，叫作谥号。君主的谥号由礼官议定，大臣的谥号由朝廷赐予。他有个好听的名字，叫重华，是因为生来有两个瞳子而得名。因为后世都称呼其谥号而避讳其姓名，所以如今人们只知有虞舜而不知有姚姓重华了。也有人说，帝舜和帝尧一样，本无谥号，“舜”“尧”就是他们的本名。在本书中，我们暂且把虞舜作为他的姓名来称呼。

虞舜六岁时，母亲握登一病不起，凄楚地对虞舜说：“重华，我的乖儿子，你知道吗？人人都只有两个瞳子，你为什么有四个呢？娘一直认为，那是因为老天把本属于你爹爹的两个瞳子留给了你，致使他终生不见天日。你娘我不能再照顾他了，你爹爹的后半生就交给你了。唉，可怜的孩子，你的命太苦了，过早地承受起世间的磨难。……难道这也是天意吗？”

握登撒手人寰，她的话却刻骨铭心般地留在虞舜的心里。虞舜学着母亲的样子，尽心照顾瞽叟的生活起居，父子相依为命。从此，一根竹竿牵扯着父与子，飘零四方，为衣食而奔波。

象氏部族有一位姑娘，貌丑且性情乖戾，乡人尽知，年已三十尚待字闺中，无人迎娶。瞽叟流浪卖艺来到这里，有好事者从中牵线搭桥，要把这位剩女和瞽叟撮合成婚。瞽叟对女方的长相无法欣赏和评判，也就不怎么挑剔了。至于人品，因为瞽叟是外乡人，本地人也不会对他说三道四。于是，两人一拍即合，虞舜从此就成了一个有后娘的孩子。

后娘的到来，又支起了个家，给瞽叟带来了快乐，却增加了虞舜的工作量。打草喂猪、烧火做饭、端洗脚水、倒尿盆等等，一应家务把虞舜忙得一天到晚团团转。这位后娘管理严格，且以惩罚为唯一手段，稍不顺眼，劈头就是一巴掌。乡邻见这个女人像只母老虎，送给她一个绰号，叫作嚚母。童年的虞舜，本应无忧无虑地玩耍，但他却无奈地充当了一个用人的角色。

嚚母生了个怪胎。一个男婴的头面上拖着一条和身体等长的大鼻子，懵懵懂懂地来到世上。嚚母抓起剪子刚要去剪，长鼻子“哧溜”一声不见了。婴儿张开大嘴号啕不停，那声音竟似大象吼叫一般。嚚母大喜：“我们象氏族的祖宗到我这里投胎来了，我得好好供养他。”于是给他取名叫作象。

象出生以后，虞舜的厄运才真正开始。嚚母把虞舜看成眼中钉、肉中刺，总想把他赶出家门。她极力挑拨瞽叟父子间的关系，有时会无缘无故甚至无中生有地尖叫：“哎哟，该死的！你踩到我的脚了，好疼哟！”“你干吗老拧弟弟的鼻子呀？”瞽叟看不到真相，为表示对娇妻爱子的疼爱，抓住虞舜就是一顿暴打。等到嚚母亲自动手的时候，她就一声不吱，咬着牙使劲地拧，虞舜身上经常青一块、紫一块，睡觉都不敢翻身。那真叫“后娘打孩子，暗里使劲”。

瞽叟常对人说，他虽然身残落魄，但出身高贵，乃黄帝第八代嫡系子孙。为证明所言非虚，他常常搬出传家宝以示众人。瞽叟的传家宝是一只烧饭用的圆形铜鼎，三足两耳，制作精细，经鉴定，确系当年黄帝荆山铜器作坊浇铸。这日，虞舜饭后去倒水，失手将铜鼎落在石槽上，摔断了一条腿。这下可闯了大祸。瞽叟抓起笤帚疙瘩就打，虞舜一动不动地趴在地上干挨。

“嫁给你就是冲着你家祖上这点阴德，这下可好，连祖传吃饭的家什都摔坏了，以后还有活路吗？”嚚母抱着孩子在一旁煽风点火。她感到还不解气，又恶毒地说：“谁说这该死的是天降神种？不过骗人罢了。说不定是哪个野汉子下的杂种呢，把这个败家子打死算了！”

嚚母的话触动了瞽叟那根敏感的神经，无名怒火“轰”地一下冲上脑门，嚚母趁机递上一根棒槌。虞舜感到大难临头，趁瞽叟接棒槌的空当，一个驴打滚爬起身来，撒丫子就跑。嚚母扔下孩子，顺手抄起扁担追出去，瞽叟听风辨向，提溜着棒槌跟去。

雷夏泽怒潮汹涌，拍打着姚墟。虞舜慌不择路，一头扎进水里。瞽叟和嚚母在岸边等了半个时辰，也没见虞舜露出头来。

“死了活该，省了咱动手了，走吧！”嚚母余恨未消地说。

瞽叟一步三回头，硬是被嚚母拉回家去。

单卷是蚩尤部族留在东夷的遗民，他的氏族供奉蚩尤为祖先。那天单卷辞别帝尧，一路赶到蚩尤冢去扫墓，完事后，沿泽畔漫步行走。将到姚墟，忽见坡下霞光隐隐，那情景宛如太阳即将升起一般。霞光里，有一物龙首鸟身，明明是一只枭龙！那枭龙精神萎靡，双翅垂地，正在闭目打盹。单卷恭恭敬敬地上前叩首致敬。当他抬起头来时，枭龙不见了，卧在面前的，竟是一个全身赤裸、遍体鳞伤的男孩！

这个男孩就是虞舜。他没有死。他躲在一簇露出水面的芦苇丛中观察动静。半夜时分，虞舜偷偷爬上岸来，又冷又饿，浑身疼痛。他不敢回家，倒在草丛里昏昏睡去。他做了个梦，梦见爹爹把他搂在怀里，轻轻抚摩他的伤痕。他笑了。他本来就不相信爹爹真的要他死。

“爹爹，我想回家。”虞舜费了很大的力气，才说出心中的愿望。

一串热泪滴在虞舜身上。他醒了，发现一双明亮的瞳子慈爱地注视着他。“你不是我爹爹！”虞舜挣扎着离开单卷的怀抱。

“我是你师父，跟我走吧。”对于虞舜的处境，单卷已经了然在胸。这个孩子就是未来的天子，眼下蒙尘，遇到了难以逾越的坎儿，正需要他来救驾。

“师父？您要是能教给我怎样平安回家，我就拜您为师。”虞舜把自己的难题端出来，考验这位自荐为人师的陌生人。

“好哇，那么告诉我，你为什么流落在荒郊野外，有家不能回呀？”单卷慈爱地望着他说。

单卷的目光有摄人心魄的力量，虞舜一接触便对他产生了信任感。自从母亲死后，他再也没有见到过这样的眼神了。他像见到久别的亲人一样，一五一十地诉说起自己的身世和遭遇。“娘临死前嘱咐我要照顾好爹爹，可我早早地就离开了他，怎么向我娘交代呀？”说到伤心处，虞舜把头埋在单卷的怀里呜呜地哭起来。

小小年纪就有如此孝心和责任感，单卷被深深地感动了，大颗的泪珠滴落在孩子颤抖的身上。“可怜的孩子，你还年幼，本身难以自保，又怎能照顾你爹呢？先跟我走吧，学好本领，长大才能更好地赡养你的爹爹。”

“那也要回去见上爹爹一面，如果他以为我真的死了，会伤心的。”虞舜忧郁地说，“可是如果见我没有死，宝鼎却无法修好，后母也不会放过我，现在我不知道该怎么办。”

“为了成全你这位大孝子，师父只好向别人借件铜鼎了。”单卷说。

“借？向谁借？”

“北去几十里外就是蚩尤冢。”单卷说，“蚩尤慷慨仗义，且神通广大，生前死后都乐意济人之危，听了你的故事，他肯定不会袖手旁观的。”

虞舜叩开家门，嚣母和瞽叟都吃了一惊。他捧着一只铜鼎，竟和家里那只一模一样！虞舜的身后还跟着一位神仙一样的人，嚣母也不好发作。虞舜“扑通”跪在嚣母面前，说：“娘，重华跟师父学艺去了，照顾我爹就全靠您了。等我学成归来，一定要好好报答您。”

虞舜和单卷出了门，才听得嚚母发话：“该死的，你死在外面一辈子不回来算了，你以为谁还会想念你！”

单卷把一根竹竿劈成两半，与虞舜各登上一条，无舵无桨，乘风破浪。他似乎想起什么，忽然问道：“虞舜，当时你爹打你时，为什么不逃跑？”

“我做错了事，让他打几下出出气就没事了。”

“那后来为什么又逃走呢？”

“爹爹正在气头上，棒槌是会打死人的。”虞舜说，“如果我真的死了，他心里会很痛苦的。再说，以后还指望谁来养活我爹呀！”

单卷伸手把虞舜揽过来，紧紧抱在怀里。一叶小舟消失在云烟缥缈处。

# 南巡三苗

当初，帝尧派羲氏之子羲仲、羲叔，和氏之子和仲、和叔四人，分赴东南西北，测日观天，制定历法。羲仲居住在东方的旸谷，每日恭迎日出，记录太阳升起的时刻。羲仲时常登临泰山，瞭望东海日出奇观，观测太阳升天后的轨迹，人称东岳。羲叔居住在南方的交趾，迎送太阳南来北往。同时，他还在衡山设立观日台，观察太阳往南运行的情况，人称南岳。和仲居住在西方的昧谷，每天记录太阳落山的时刻，为它饯行。和仲也在华山之巅设立了观天台，观察太阳西行的路线，人称西岳。和叔居住幽州，在恒山建有观天台，观察太阳向北运行的规律，人称北岳。以上四人，合称四岳。经过四岳多年的观测和演算，最终选取三百六十天为一年，并用加闰月的办法确定春夏秋冬四季来成岁。

历法的制定，使黎民百姓的农事活动顺应天时而作，春播、夏耘、秋收、冬藏，也使百官一年四季的职守得以明确。一时朝野谐和，诸侯领命，人民安居乐业。四岳因此立下功劳，得到百姓的尊重。根据诸侯们的拥戴，帝尧分封四岳为东西南北四方诸侯之长，协助朝廷管理海内诸侯。从此，四岳成为朝廷的封疆大吏，深得帝尧信任。

且说这天，南岳羲叔身跨风鸟——也有人称其为朱雀，穿云破雾从南方飞来帝都平阳，向帝尧述职。说起南蛮风俗，帝尧说：“朕每次南巡，从未超越桐柏山，再往南走，就是南蛮地面了，不知那里究竟居住着什么人，卿可详细道来。”

羲叔说：“臣在南方行走多年，穿越高山密林，涉过川泽湖泊，设祭衡山，驻足交趾，观涛南海，对那里的部族大略有些了解。所谓南蛮，是中原人对南方诸族的统称。南方地域广大，部族众多，至今臣也没有搞清楚究竟有多少氏族部落。臣所亲历的有三苗国、巴人国、夜郎国以及盘瓠（hù）和布洛陀等较大的部落，还有许多部落居住在深山野林、边远海岛，尚未涉足。”

“南蛮部落果真像传说的那样野蛮落后吗？”帝尧问。

“中原人士依据道听途说，总认为四夷是荒蛮之地，其实是一种偏见。”羲叔说，“陛下到过东夷，你会发现，那里制作的陶器比中原还要精细，赤金兵刃更是独树一帜。而南方，早在炎帝时代就已经开发起来，栽培稻谷的历史应与我们这里播种粟米一样悠久。他们的居所多为木质结构，因地制宜，就地取材，与我们相比也是各有所长。所谓蛮者，不过是礼俗不同而已。”

“记得寡人登基时，三苗国曾派使者前来祝贺。”帝尧说，“人们说起南蛮，也多指三苗。就你所知，那三苗国究竟是怎样的一个国度？”

“苗者，长满幼禾之田地也。”羲叔介绍说，“所谓三苗，通常是指南方那些以农耕为主的部落。它们分布在东起彭蠡、西到洞庭、北至汉水、南达衡山的广阔地域里。其中不少部落是北方移民的后裔。这些农耕部落组成联盟，其骨干力量是驩兜族和东夷移民，目前驩兜是三苗盟主，也称作驩头。”

帝尧说：“人们传说：‘鲧（gǔn）的妻子叫士敬，士敬的儿子叫炎融，炎融生驩头。’又说：‘黄帝生骆明，骆明生白马，白马是鲧。’照此推算下来，那驩兜竟是黄帝后裔，与寡人还是同宗呢。”

“起初臣也这么认为。”羲叔说，“待到驩兜部落去考察时，却发现他们的图腾是火凤凰，供奉的祖先是被黄帝战败的祝融氏首领朱明。也有少数氏族供奉的祖先竟是共工氏句龙。”

“为什么？”帝尧大感兴味，进一步追问。

“驩兜族长老们说，黄帝时，居住在中原的祝融氏女子，与嵩山鲧氏联姻生下驩兜。后来驩兜氏南迁，在大江南北定居，繁衍生息，形成驩兜部落。”

“那么，奉句龙为祖先的氏族又有什么说法呢？”

“他们说，”羲叔回答，“鲧本来就是共工。当年共工氏句龙被蚩尤追杀，带领余部投奔黄帝，被封为白马君侯，在西部安身，人称白马。但他们自己仍坚称是共工氏，记作鲧，以区别于祖居地的共工氏。这就是鲧部落的来历。后来，句龙做了黄帝的后土大臣，主管平治水土，鲧部落的一部分又追随句龙回到中原，定居嵩山。大概到了颛顼时代，鲧在老童的领导下治水有功，被封为伯，以后历代鲧部落首领都被称为伯鲧。因此民间有‘颛顼生老童，老童生鲧’的传说。三苗有些氏族崇尚父系传承，因此也奉句龙为祖先。”

“居住在大河以北的共工氏和居住在大河以南的鲧，都擅长治水，其名读音相同，只不过有个缓急之分罢了，说他们是同宗同祖，应该不会错的。”帝尧说，“让我没有想到的是，地处三苗之野的驩兜也和共工有些渊源。祝融氏和共工氏都是炎帝所属的主要部族，看来炎帝在南方的影响是很大的。”

羲叔说：“三苗的另一支主要力量是东夷移民。当年蚩尤战败，残部渡过大河，流落在大江两岸和江南沅水、湘水一带。”

“世事沧桑啊！当年蚩尤和句龙势不两立，而今他们的后裔却联合起来组成了三苗国。”帝尧感慨地说，“看来，随着时间的推移，族属关系枝杈延伸，会渐离渐远；而同处一地的不同氏族，在地域环境的约束作用下，倒有可能走到一起。三苗国当前的情况怎样？”

“各族之间没有出现大的摩擦，只是近几年发生了两件事，让驩头他们穷于应付。”羲叔继续说，“原来盘踞在巴山上的巴蛇，趁山洪暴发顺江而下，在洞庭湖落脚，掠食渔船和人畜，请过多少猛将异人而不能治。再就是彭蠡泽畔来了一个自称凿齿[1]的部族，其首领非常厉害，与三苗人争耕地、争渔猎，争战不休。”

“过去三苗诸部曾臣服颛顼王朝，以后久无来往，又脱离了朝廷。”帝尧说，“如今他们遭遇灾祸，我们要给以关怀和支援，这样才有可能使他们重新回到中原大家庭里来。朕打算马上进行南巡，目的地是三苗国，卿就随行充当向导吧。”

帝尧这次南巡轻车简从，只有羿和羲叔两人护驾。原因是此去山高水长，车行不便；路途上又少有诸侯迎送，补给给养。逢蒙执意要去。帝尧说，多一员大将随行当然好，只是怕逢蒙没有神骥代步，难以快速涉越大江大河。逢蒙无言而退。

帝尧君臣翻越桐柏山，一路下行，来到云梦泽。羲叔先行一步，赶到驩兜氏居住的烈山邑去报信，帝尧和羿信马由缰观赏南国风光。一群麋鹿在悠闲地觅食，几只小舟在撒网捕鱼，仙鹤飞上飞下——大地安详而又充满生机。遥望南天，云雾茫茫，遮掩着一片宽广无

[1] 《山海经·海外南经》：“羿与凿齿战于寿华之野，羿射杀之。在昆仑虚东。羿持弓矢，凿齿持盾。一曰持戈。”郭璞注：“凿齿，亦人也，齿如凿，长五六尺，因以名云。”

垠的神秘世界，让自幼生长在北国的唐尧，生发出丰富的想象……

羲叔回来了，身后跟着三位长老。长老禀告说，国君驩兜和几位主要大臣都赶赴洞庭和彭蠡两地，已有三个月没有回来了。看来，巴蛇和凿齿已经把驩兜搞得焦头烂额，连家也顾不上回了。帝尧决定不在烈山邑停留，于是告别长老，一路直奔洞庭。

洞庭湖波涛千里，用它的富庶和宽厚哺育着周边十几个部落的人民。人们在这里播种稻谷、捕鱼放牧，终日劳作不息。但帝尧他们看到的，却是一片宁静，少有人畜和大型动物的影子。湖畔荒草没膝，鼠兔成群；水面上芦苇摇曳，鱼儿跳水。距岸边三箭之遥的水域中，耸立着一座小山丘似的东西，任凭风浪拍打。羲叔说，那就是巴蛇。它可能吞食牛羊时间不长，正在盘卧消化。

三人正在指指点点，头顶上空忽然有羽箭呼啸而过，撞在巴蛇身上，冒出三点火花。

“好大的力道！”帝尧赞叹。

巴蛇微微扬起硕大的头颅，吐出长长的蛇信子，在空中闪动几下后又缩了回去。

羿一步跨在帝尧马前，横戟以待。

“蛇可以用它的舌头获取周围的气味。它已经发现了猎物的到来，但因为腹中饱胀，懒得动弹。”羲叔回顾左右说道，“那箭是谁射的呢？还是先不要惊动它为好。”

羿忽然叫道：“逢蒙，你出来！”

在帝尧他们身后的土包后，逢蒙慢慢探出身来。逢蒙善走，又极会戏水。帝尧出发后，他悄悄地尾随跟进，遇到江河，随便借助一根竹木便可轻易渡过。听见师父呼唤，逢蒙怯怯地走上前来。

“你的射技大有长进，力道十足，刚才君主已经夸赞过了。”羿说，“要记住，射艺的最高境界不在于准和狠，而在于判断射与不射、掌握射的时机和拿捏射的力道程度。如此庞然大物，三箭五箭是不能使其毙命的，反而会激起它的疯狂报复，危及周围人的安全。这就是你对射与不射的判断失误。还好，巴蛇竟然没有理会，使我们逃过一劫。”

“你的射论很有意思。”帝尧插话说，“请问，掌握射的时机好理解，拿捏射的程度怎么解释呢？”

“这是我射日后日思夜想悟出的道理。”羿说，“九日是羲和的干儿子，羲和是天帝的妻子。天帝让我下来禳祸消灾，我只要把九日赶跑，或折其一翅使其丧失肆虐能力也就够了；而我却下手过重，竟使它们一个个坠入大海变成了礁石。这一下肯定得罪了羲和，给自己带来了厄运。因此，只要能达到目的，宁射其马不射其人，宁伤其肢体不毙其性命。”

“羿，仁者啊！你讲的岂止是射箭，简直是用兵的上乘之策嘛！尧以后还要向你多多请教。”帝尧说，“刚才你说巴蛇不能箭射，那用什么办法降伏它呢？用内射法？”

“巴蛇连大象都能囫囵吞下去，几支箭放在它的肚子里算什么？”羿若有所思地说，“如果天灭巴蛇，总会找到一种办法整治它。”

“蛇怕雄黄，可以想法把雄黄射进他的肚子里。”逢蒙忽然插话说。

“巴蛇吞下雄黄会不要命地折腾一阵子，附近的民众可就遭殃了。”羲叔说。

“既然一时不得其物，我们还是不要贸然行动，等时机成熟、有了十分把握再来吧。”帝尧说。

一匹快马飞驰而来。骑手滚鞍下马，气喘吁吁地说，驩兜正在彭蠡泽与凿齿交战，接到家里飞鸽传信，知道天子莅临洞庭，特差他前来面驾，恳请让大司马羿赴彭蠡指挥。

“走，咱们都去会一会这位凿齿。”帝尧果断地说。

东夷有个凿齿部落，不知出于何种信仰，男子到了一定的年龄，都要拔掉或截断门牙，以表明自己已经成年，具备了参加成年人一切活动的资格，其中包括和女孩约会。当初，凿齿部落参加了蚩尤领导的东夷联盟，与轩辕黄帝作战。蚩尤战败后，凿齿青年男女追随蚩尤的属下干将、少昊之子倍伐，惜别故土，逃往江南，来到一个叫作缗（mín）渊的地方居住。缗渊是个湿热多水的泽国，凶猛的鳄鱼是那里的水陆霸主，凿齿人对它敬畏有加，于是当作氏族图腾奉祀起来。

对祖宗原居地的思念深埋在凿齿人的心底。一代传一代，回归北方故土的行动成了他们的本能。几百年来，凿齿部落脱离缗渊大本营，辗转向北迁徙；每一代人都要在北上的路线图上就近寻找一个新的栖息地，然后举族搬迁过去，接下来，下一代人又开始酝酿新的居住地。却说这一年，凿齿部落落脚在一个叫作寿华的地方。族中一位女子外出采菱，在水边小憩，忽觉睡意蒙眬，梦与自称神龙的鳄鱼怪交媾。女子怀孕二十四个月，生下个与众不同的男孩，取名凿齿。凿齿身材高大，神勇无比。另外，他自身还有一种神秘的降神功能，就是俗称的神附体之类，每到此时，凿齿就以鳄鱼怪的形象呈现在众人面前，人们视之为神龙。凿齿年少时就被推为首领，带领部落迁到彭蠡泽畔。当时正值十日当空之际，天下大旱，江湖干涸，偌大的彭蠡泽也大幅缩水，周围显露出大片肥沃的空地来，无人耕种，正好被凿齿选为部落新址。

天意变化无常，给人间带来无尽的纷争。大旱之后，又渐渐进入多雨年份，彭蠡泽水位逐年回升，凿齿部落居住地被浸，迫于生计，和三苗人不时发生争夺土地的械斗。三苗集团的盟主驩兜守土有责，打算一举将凿齿这个外来户逐出彭蠡，于是亲率联军前来围剿。不想那凿齿非常厉害，几次对阵下来，驩兜竟没有占到便宜。

这天，两军又在泽畔对垒。驩兜和凿齿各自约住部下，也不搭话，像一对斗红了眼的公牛一般扑向对方。那凿齿像一尊铁塔，左手持盾，右手执戟，威风八面；驩头长脖子长腿，双手舞动两扇铡刀，勇不可当。两人打斗多时不分胜败。

驩头取胜心切，忽然就地跃起，变成一只怪鸟：人面鸟喙，两扇铡刀和手臂变成翅膀，两只脚成了大力金刚爪，凌空向凿齿的头顶抓来。他的这副头面，就是他的族神的形象。炎帝族的图腾是火凤凰，但每个部落还有自己的崇拜物。鸛鸟腿长颈长，能够潇洒地飞掠水面捕鱼，比火凤凰来得实惠，于是驩兜人就把它奉作图腾，必要时请鸛鸟神来助威。

凿齿急忙举戟迎敌，想把伸向头顶的鸟爪削掉。不想那大力金刚爪极其坚硬，只听得“当”的一声响，鸟爪没有砍下来，他的大戟反而被夺去。凿齿正在张望大戟的去向，驩头又一个俯冲从天而降，抓起凿齿的鳄皮盾甩向远处，长长的尖喙啄向他的脑门。凿齿双手抱住脑袋在地上打滚，发出撕心裂肺的嚎叫，那声音震撼山岳，驩头不由自主地缩了缩长脖子。

三苗战士齐声呼唤：“祖神爷显圣了，冲啊！”潮水一般压向敌阵。

泽中忽然浊浪翻滚，露出一只鳄头来。鳄头上蜕下一只鳄头冠，此时闪电般向驩兜袭来。驩兜一惊，侧身闪过一旁，眼见那鳄头冠滴溜溜打转，然后稳稳地扣在凿齿的脑壳上。

鳄鱼怪降身凿齿。凿齿变成了人身鳄头的怪物，白森森的獠牙如尖刀一般突出面门。凿齿仍然是凿齿，不过已经变成精怪了。只见他一跃而起，双手一招，大戟和盾牌又回到手中。盾牌上似乎又增补了数层鳄鱼皮，足有一尺厚。

与此同时，黑压压的一群鳄鱼冲上岸来，把三苗的攻击阵势拦腰截断。凿齿部落的儿郎们一连声地大叫：“鳄神救我们来了，冲啊！”

两军一场混战。驩兜不愿错过凿齿降神过程中的良机，长脖子一甩，尖利的长喙刺向凿齿的眼睛。鸛鸟的长喙是它捕鱼的主要工具，又准又狠，远比双爪厉害，仅此一击足可致凿齿于死地。但此凿齿已非彼凿齿。凿齿忽然举盾迎将上去，速度之快、力道之重，远非凡人想象。驩兜借二人的合力，“噗”的一声刺穿了鳄皮盾，竟把半截长喙透出盾背。

但驩兜立即感到大事不妙，自己的喙已被鳄皮盾后面的一只手紧紧握住，无论怎样用力也抽不回来了。驩兜大惊，连忙调动金刚爪，击打凿齿下身。凿齿的大戟还闲着，此时正好派上用场：他用大戟架住金刚爪，将驩兜横空托起。驩兜的长颈暴露在凿齿的獠牙面前。他“啊”的一声惊呼，魂飞魄散，化阵清风逃逸，留下一个人形驩兜，昏厥在凿齿的盾牌上。

这时，那些爬上陆地的鳄鱼们已经把三苗人冲得七零八落，也用不到他鳄鱼怪显威了。凿齿从鳄鱼头中伸出舌来舔一舔驩兜，发觉是一道美味，吧嗒吧嗒血盆大口，打算把他囫囵吞下肚去慢慢享受。

“啪”“啪”，冷不防飞来一物，随着清脆的响声，凿齿的两颗獠牙应声落地。

凿齿大吃一惊，伸手抓住一支沉甸甸的长矛，上面还拴着一根丝线，发话说：“我鳄鱼神龙打遍江南的牛头马面、魔头水怪，还没有吃过大亏；今日来者不善，出手干净利落，如果我没有猜错的话，你一定是位天界大神。请现身报出大名吧！”

## 虞舜出山

凿齿没有猜错。敲掉他的獠牙的不是别人，正是下凡的天界大神羿。帝尧一行刚刚跨上山包，就发现了前面那惊险的一幕。走在帝尧马前的羿眼疾手快，一连射出两箭，救下驩兜性命。

羿跨前几步，说：“在下羿，北方来的一个凡夫俗子。”

“原来是大名鼎鼎的射日英雄，我这两颗牙折断得还有些值得。

听说你的神箭银矢已经丢失，何时失而复得？”凿齿一边打量手中的长矛一样的箭一边问。

“敲掉两颗牙无须动用天帝赐予的银矢，用这支人间的赤金箭就足够了。”羿说着，拽一拽那根拴在箭上的素缯，感觉对方手劲很大，怕扯断素缯，只好松手。

原来，羿失去银矢后，空有一张神异的彤弓和一身的神力，射出的箭却轻飘飘的，与普通射者相差无几，甚感痛苦。征缴大风回来以后，他请工匠打制了一支赤金（即青铜）箭杆，镶嵌上用天降黑金（含铁的陨石）磨制的箭头，俨然一杆长矛。好在彤弓能够承载千万钧的拉力，而那根拴在箭上的素缯也是天帝赠送的神物，这三样物件配起套来，就形成了人间独一无二的远程重型兵器。凭着这副特殊的弓箭，羿又恢复了自信，找回了作为天神的感觉。不过，他常常自称是个凡人。

凿齿把貜兜扔在一旁，貜兜一溜烟跑掉。凿齿吸口气，将两颗被射断的獠牙一口吞下肚去，说：“我鳄鱼神龙修炼数千年，如今被凿齿部落当作神龙奉祀，自觉已经达到天神量级的道行，只是由于颛顼大帝实施了绝地天通的工程，阻断了我的登天之路。今日天神羿驾到，正好验证一下咱家的修炼成果，不知肯否赐教？”凿齿说完，用力拽一拽素缯，向羿发起挑战。

“愿奉陪到底。”羿回答。他示意逢蒙保护帝尧，自己做好随时行动的准备。

“既然是神仙之间的切磋，就要避开凡人了，也不好连累我的替身了。随我来！”凿齿说完这句话，鳄头冠忽然离开头颅，打着旋儿升空飞去。

羿感到手中素缯绷紧，也急忙展翅追赶。

鳄头冠飞走，凿齿又恢复凡人面目。不过他此时昏昏然如吃醉酒一般，只在原地打转转。逢蒙立在帝尧马前，见有机可乘，当即弯弓劲射，直指凿齿的大脑袋。

经过羿的指点，逢蒙的射技已经达到出神入化的境地，当今世界无人可与他比肩了，当然，除了他的师父羿。至少他自己是这样认为。这一箭飞去，作为骨肉之身的凡人凿齿，定会头颅开花，必死无疑。

周围的士卒一片惊呼。但凿齿依旧浑然不觉，不知大难临头。

“留下他的性命！”一个低沉的、穿透力极强的声音嗡嗡作响。随着那呼声，一段竹筒划过一道弧线飞来，就在羽箭即将刺中凿齿脑门的那一刻，恰恰地扫在箭尾上。羽箭偏斜，飞入芦苇丛中。那竹筒又随即拉出一道弧线，飘落在树林中。

这时凿齿还没有还过魂儿来，也轰然倒地。

战场上的形势发生逆转。刚才借鳄鱼阵之势，凿齿战士向三苗人发起猛攻，后来见鳄神逃走，凿齿倒地，大为惊慌，纷纷弃甲逃跑。但鳄鱼们并没有退却的意思，依然穷追不舍，因为它们已被鳄神禁食半月，饥饿难耐，好不容易开了斋，又嗅到阵阵肉香，岂能就此罢手？

帝尧君臣连连发箭，企图为三苗士卒解围，但中箭的鳄鱼浑然不觉，照旧我行我素，咬住一个，就往水里拖。

危机之时，那段神奇的竹筒又从树林里飞出，无声地打开，散射出一粒粒黑白玉石，噼里啪啦地打在鳄鱼身上。

鳄鱼们并不理会，一样的穷凶极恶。几声口哨划过天空，从树林间、芦苇丛中，溜出无数只蟒蛇，放过士兵，吐着蛇信子专门寻找鳄鱼。鳄鱼也不示弱，扬起头来，迎战不速之客。双方士卒都跑散开去，水畔成了蟒蛇和鳄鱼一对一较量的战场。两张大嘴相互咬住对方的上颌或下颌，都想把猎物吞下肚去，却发现无能为力。鳄鱼打着滚把蟒蛇往水里拖。蟒蛇使出惯技，发挥身材修长和身段柔韧的优势，顺势把鳄鱼一匝匝缠起来，迫其放弃抵抗。但鳄鱼咬紧牙关，死不松口。

树林里走出一高一矮两人。高者须发如漆，目光如炬，帝尧一眼就认出来，他是单卷。矮者是个少年，手捧竹筒，向师父打个招呼，径自跑开。

单卷手持牛尾拂尘走近凿齿。凿齿的魂魄大概被羿的劲射吓怕了，鳄神撤走后，它一直还在凿齿的躯壳周围徘徊，迟迟不敢附身。单卷用拂尘对空划了个大圈，又朝凿齿的面部一连吹了好几口气，才见他睁开眼睛。单卷舒口气，立在一旁静待。

帝尧走上前来，抱拳说："先生别来无恙，唐尧这厢有礼了。"

单卷缓缓转过身来，抱拳说："原来天子驾到，恕罪恕罪！"

唐尧："先生何事来此蛮荒之野？"

"说来话长。"单卷说，"前几年，东夷的邹屠氏家族来了几位三苗长老，说他们是蚩尤部下的后裔，居住在江边宋山一带，要到东夷蚩尤冢祭祖。从此，大江两岸的三苗就和东夷原住民续上了家谱，年年联袂祭祖。听说三苗有难，族人委托单卷前来关照一下。"

"阁下为什么又要搭救这位入侵三苗的凿齿首领呢？"唐尧问。

"东夷也有个凿齿族。"单卷说，"当年逃亡到江南的东夷人很多，分布很广，我揣摩来自寿华之野的这个凿齿，可能与东夷的凿齿有些渊源。再者，一个失去抵抗能力的人，不应当再受到杀戮。"

躺在地上的凿齿忽然"啊"的一声大叫，跃身而起。帝尧和单卷愕然一惊，不知所以。逢蒙和羲叔双双护住帝尧。只见凿齿"扑通"跪倒在地，只顾砰砰叩头。这时，摆脱了鳄鱼追逐的战士也陆续围过来，凿齿站起身来，抓住单卷的一只手高高扬起，说："弟兄们，这位大人是从我们祖先居住的地方过来的，是他救了我的命。我们要把贵宾迎回部落，面见长老，请他带我们打回老家、回归祖居地。"凿齿说罢，蹲下身来想把单卷扛起来走路，不想单卷如钉在地上一般，纹丝不动。凿齿的脸憋得通红，只好放手，钦敬地说："大人的下盘稳如大树盘根，好深的功夫啊！凿齿要拜您为师，您可要收下啊！"

单卷微微笑道："弟兄们疲惫不堪，且多有伤残在身，你先把他们带回去休整疗伤；单卷处理一下手头事务，不日到贵部造访，到时可不要让我吃闭门羹噢！”

“那哪能呢！凿齿部落要把您当作祖先的使者隆重欢迎。”凿齿说罢，带领众人趴在地上叩了个响头，然后告辞回去。

和单卷一起来的那位少年气喘吁吁地跑来，说：“师父，有九颗白子、十颗黑子钻进鳄鱼体内，没有自动归位。我去把鳄鱼杀掉找回来吧？”他随手把竹筒拆为三段，原来里面分别装着黑白棋子和棋盘卷筒。

“不必了，”单卷说，“增减盈亏皆为天数，按剩下的黑白子数修改棋盘就是了。”

“这些棋子都是在岩洞里发现的神仙遗物，是无价之宝，丢掉怪可惜的。”少年不无遗憾地说。

“正因为是天赐之物，才更应该顺应天意，来去由之。”单卷挥挥手说，“为一件稀罕之物毁掉一个性命，什么情况下都是不可取的。去吧，你去给他们劝劝架，不要再缠斗下去了。”

少年把三截竹筒重新安装好，又跑去挨个敲打蟒蛇和鳄鱼，把它们一对对撕扯开。

帝尧一直好奇地盯着少年，此时说道：“您什么时候收了个徒弟？”

“就在上次咱们见面后不久。”

“双目重瞳，甚为少见。叫什么名字？”帝尧问。

“虞舜，又名重华。”单卷说。

“虞舜，重华。”帝尧反复念叨，又忽然问道，“记得先生当时说，还无意收徒，是什么原因促使您改变了主意？”

“此子自幼至孝，又身处危境，单卷在不意间与之邂逅，实在难以舍弃，不得不带在身边。”

“先生悲天悯人，才高八斗，实在是难得的治世圣贤，终究不应荒老山林。”帝尧诚挚地说，“唐尧恳请先生携徒弟入朝供职，与寡人共商天下大计，不知意下如何？”

“陛下为天下操劳，求贤心切，一再提携单卷，单卷心领了。但天下英才多矣，譬如上次与单卷对弈的那位许由，就强过单卷十倍。单卷虽然修行多年，其实尚未悟得大道真谛，却养成了一身散淡习惯，终日里比翼闲云野鹤，浪迹天涯海角，再难入流官场，因此，还是不能从命。”

“先生不愿出世做官，就个人而言，也不失为一种明智，唐尧也不好强求。”帝尧说，“不知许由先生现在何处，有机会当去求教。”

“许由一直在颍水一带活动，与巢父等人唱和。”单卷说，“不过在下提醒陛下，如果见了许由，切不可提起封他为官的话题。”

“我明白了。”帝尧说，“算起来，您的徒弟虞舜已经跟您八年了，能不能请他跟我回帝都，与丹朱做个伴当？”

“这话您要对虞舜本人讲。”单卷说，“虞舜的尘世牵挂很重，迟早是要出山做事的，如果他想走，单卷不会挽留。”

可能是虞舜的干预有效，或者是蟒蛇认识到吞下又大又硬的鳄鱼一时也难以消化，所以敌对双方最终选择罢战，蟒蛇陆续爬回树林，鳄鱼也一个接一个潜入水中。

虞舜来到面前，单卷劈头问道：“重华，天子欲招你进宫陪伴太子丹朱，意下如何？”

“师父的意见呢？”虞舜反问道。

“你如今已经有能力安身立命了，为师希望你自己去闯荡天下。”单卷说。

“重华遵从师父的愿望，乐意出山自谋生路。”虞舜说，“不过眼下不打算上京城去，而是想赶回故里侍奉父母。”

单卷目视帝尧，意思是说，你看怎么办？

“这……”帝尧本想坚持一下自己的意见，忽然改变了主意，接着说道，“难得此子一片孝心。如果连生养自己的父母都不顾，很难说能为他人尽心尽力。好，好，寡人支持你先回家孝敬老人，以后有机会再出来做事。”

再说，羿被鳄鱼神牵引到一处沼泽地。这里叫寿华之野，是鳄鱼神的老巢。鳄鱼头冠急速旋转，渐渐放大，当停止旋转时，已大如山包，一个庞然大物横亘在面前。

羿一怔，只见鳄鱼怪吧嗒吧嗒嘴，说：“这就是我鳄鱼神龙的法身。对付天神羿，本神不得不祭出这一绝招了。如果一举成功，我就不是那个被人称作霸居一方的鳄鱼怪了，而是威震天庭、名扬天下的神龙了。哈哈哈……来，先试试你力气！”

鳄鱼怪用力一拽那根素矰，羿“嗵嗵嗵”向前趔趄三步，连忙气沉丹田，稳住下盘，与鳄鱼怪开始了拔河比赛。

其实鳄鱼怪用的是一计。它想借二者的神力把素矰扯断，并把那支厉害的赤金箭拿到手，羿就会束手待毙。但素矰不愧为天帝赐予的宝物，羿和鳄鱼怪各显神通，用尽力气，竟然不能把它扯断。羿不敢大意，稍一放松，就会把自己送到鳄鱼怪嘴边，成为它的美餐。鳄鱼怪凭着身长体重的优势，想把羿的体力耗尽，自然不肯松口。他们就这样僵持着，从日落到日出，整整一个晚上，只在原地打转转。

当太阳升起的时候，鳄鱼怪改变了主意。它怕羿的同伙找到这里，到时寡不敌众，吃亏的是自己，于是使出第二招。它“噗”的一声喷出赤金箭，加上羿的拉力，赤金箭射出的速度之快、力量之大超乎想象。羿不敢硬接，而是应声倒地。鳄鱼怪紧随赤金箭之后，一跃扑来。

跃身捕食是鳄鱼猎杀动物的主要手段，亿万年来操练不止，练就了一身的轻功；别看它的样子又蠢又笨，临敌一跳却是敏捷得很，很多身手矫健的动物就这样变成了它的腹中物。鳄鱼怪盘算过，天神羿即使躲过了赤金箭，也难逃我的泰山压顶！

但羿毕竟是羿。他用铁板桥的身法让过赤金箭，就在鳄鱼怪即将扑到身上那一刻，又猛一下拽回赤金箭，然后一个就地十八滚闪在一旁。鳄鱼怪扑个空。一口气还没有喘过来，又挨了飞回的赤金箭狠狠一击，虽然撞在头上的是箭尾，但也够重的。本来盘算好的一个绝招，没想到竟被羿轻易化解，脑袋上还被敲了一闷棍，鳄鱼怪恼羞成怒，暴跳如雷。但它清醒地知道，羿的绝技是他的彤弓重箭，一定要死死地缠住他，不能留给他任何射箭的机会。鳄鱼怪瞄见羿倒在它的侧面，还没有站起身来，如果调过头来再进行正面攻击，那就晚了，于是毫不犹豫地滚压过去。

羿动若惊鸿，就地弹起，落在鳄鱼怪的侧前方。

羿明白，在这个方位上，是不会立即受到鳄鱼怪冲击的，于是抓紧机会弯弓搭箭……但是已经晚了。鳄鱼怪并没有扭动庞大的身躯，然后再对其进行正面攻击，而是仅仅摆动了一下头部，立即喷出两颗牙齿——就是被羿射掉的那两颗獠牙——疾如闪电，扑面而来。羿只好挥弓连击，“啪”“啪”将獠牙打落在地。

鳄鱼怪怒火中烧，只听得“咯嘣”“咯嘣”响，嚼掉满嘴利齿，接二连三向羿喷来，犹如一阵风暴。羿只好飞速旋动彤弓，形成一面盾牌，把飞来之物拦在脚下。

鳄鱼怪一口气射光了自己的六七十颗牙齿，然后吸口气，那些落在地上的牙齿又飞回它的口中。羿刚刚停住弓，鳄鱼怪的第二波喷射风暴又迎面袭来，他不得已重新旋动彤弓来抵挡。

如此这般，鳄鱼怪用它的牙齿做武器，吐了吸，吸了吐，反反复复，乐此不疲，迫使羿只能把彤弓当盾牌，处于被动防守态势，疲于应付。羿意识到，和这个庞然大物打消耗战十分不利，必须发挥神弓利箭的作用反守为攻，才是克敌制胜之道。经过细致观察，他渐渐掌握了鳄鱼怪吐纳功夫的节奏，当它又一次吸气回收牙齿时，突然弯弓劲射，且紧锣密鼓地拨动弓弦。赤金箭伴随着鳄鱼怪的牙齿钻进它的口腔里，穿梭似的来回穿刺。当鳄鱼怪再次鼓气射击时，发觉大事不妙，它的口腔已被凿出一个大洞，像个漏气的风箱，再也无力发射。

羿不停地射击。鳄鱼怪高扬的头颅终于耷拉下来，“噗”的一声落在尘埃里。它的身躯渐渐缩小，最终变成一条三尺长的鳄鱼，一步三回头地爬入水中。

羿瘫软在地。这一场恶战，把他从麻姑灵芝酒中汲取的能量消耗殆尽。

## 水府奇遇

战后，在单卷的斡旋下，凿齿与大江两岸的东夷后裔认了乡亲，并到地处宋山的蚩尤衣冠冢祭奠了祖先，从此融入三苗社会。三苗国重新归属中原王朝，驩兜被招到帝都，做了朝廷大臣，分管三苗事物。按照黄帝古制，南方偏远部落只要进贡一些编织席子用的白茅就可以了，无须交纳米粮和其他贵重物品。因此，只要驩兜氏归附了，其他部落都不会反对的。

驩头有三子一女。他们的习俗是父子连名，都叫驩兜。为了区分父子兄弟，人们只好称呼其绰号。大儿子绰号开山犀，食量特大，一顿饭能吃半头牛。据当今发现的案例，可能是他的肚子里多长了几个胃，消化能力超强。开山犀熊腰虎背，性情刚烈，力大无穷，小小年纪就已经打遍大江南北无敌手，在部落里被少男少女奉为领袖，出人头地。驩兜进朝后，开山犀接替他做了三苗国首领。驩头的次子水中功夫超群，对手闻者丧胆，因此就有了一个绰号叫江上鳄。三子飞叉掷鱼，百发百中，人称神叉三郎。驩兜的女儿取名旦鹊，修腿纤腰，粉面桃花，舞动起来犹如风摆杨柳，婀娜多姿，很是招人怜爱。驩兜把旦鹊带到帝都平阳，中山公主见了十分喜欢，让她陪丹朱一块儿习练琴棋歌舞，有意培养两位少男少女的感情。

有了这层关系，驩头成了中山公主的座上客。驩头还在中原到处寻根问祖，陆续与太行的共工氏、嵩山的鲧氏部落续上宗亲关系，奉黄帝时官居后土之职的句龙为共同祖先。不几年间，三苗国便在帝尧帝国中占据了一席之地，位列中原诸侯之林。

雨水越来越勤，每隔两三年就要发一次洪水。当时人们还不懂得掘井汲水，只能临水而居，每当洪水来临，田园被淹，人们便流离失所，无家可归；待到洪水消退，还得回来重整家园。如此反复，不堪折磨。帝尧东奔西走，祈天告地，为民请命；怎奈老天偏偏不从人愿，反而变本加厉，洪水来得越来越勤了。此时驩头举荐素有治水传统的共工氏孔任领导治水，得到帝尧的同意。于是，轰轰烈烈的治水运动从此开始，先后持续了几十年，在中华大地上演了一场人定胜天的史诗。此是后话。

且说虞舜跟随师父宋山祭祖之后，归心似箭，向单卷辞行，说：“我的兄弟象还未成年，父母已经年迈，无人赡养，弟子想暂停修行，等尽完孝道之后再追随师父继续未竟之业。”

“你不是暂停修行，而是开始进入修行状态。”单卷说，“修行有两种方式。一种是出世修行，就是尽量避开人世间的是是非非，遁入空门，潜心悟道。还有一种是入世修行，即像普通人一样融入人类社会，择业谋生，娶妻生子，会亲交友，或官或民。不管做什么，心目中始终追求一个至高无上的境界，锲而不舍，就能达到修行目的。如轩辕黄帝一样，征战一生，最后不是也乘龙升天了吗？”

“我不是轩辕，怕没有那样辉煌的业绩和机会。我这一生只想做两件事：为父母尽孝，随师父修行。地老天荒，虞舜终究还是要回到您身边的。”虞舜恳切地说。

“当你入世修行结束的时候，还不知道会发生什么事情。”单卷眺望远逝的江水，无限向往而又不无忧虑地说，“人世间布满了荆棘和诱惑。走这条路，要比遁入空门艰难百倍。有多少志存高远的求道者，都半途夭折，未能到达彼岸。你跟我这八年，没有学升天入地之法、点石成金之术，但是掌握了各种谋生技能，提高了协调社会、应对事变的智慧。去吧，去搏一搏人生的运气吧！……对了，从钱塘江获取的那条银蛇还在一线潭里养着，你去关照一下吧。”

虞舜乘独木舟顺江而下。他反复琢磨师父的话，对未来的生活充满憧憬。关于那条蛇，是他随单卷在浙水入海口踏浪戏水时邂逅的，通身银白，很是罕见，便拿回来养在修炼的山洞里。师父单单提起此事，并让他绕道千里去察看，其中定有文章。虞舜思虑最多的是回乡后如何谋生、供养家用。八年间，他曾与白猿为伍，在山林中攀缘采集；曾一年四季追随渔父在江湖里撒网、垂钓；曾拜能工巧匠烧制陶器……至于种田，更是耕播锄收无不精通。他想，最方便起步的是打渔。他家门前就是大野泽，不需要本钱，可白手起家养家糊口。

江边出现一个鱼市。虞舜想了解一下水产交易行情，便舍舟登陆。这里主要实行以货易货方式进行交易，卖家也乐意收取贝壳、玉石等作为钱币的物件。这里说是鱼市，其实布、陶、盐、茶等居家一应物品、食品皆有，琳琅满目。虞舜信步走来，一路只管看货问价，只是不买。他兜里有些从海边拣来的漂亮贝壳，想进家门时给父母买些见面礼，因此捂紧了口袋，不敢乱花。

一尾金色鲤鱼引起了虞舜的注意。它搁浅在盆水里，不时无力地挣扎两下，两只水汪汪的大眼睛扑闪扑闪地望着虞舜，仿佛向他求救。

“这条金鱼价值几何？”虞舜动了恻隐之心，掏出一枚贝壳在渔家面前一晃，问。

“好漂亮的贝壳！你拿七枚吧。”渔家说。

“七枚？好贵呀！”虞舜摸摸口袋里仅存的五枚，可惜地说。

“这条金鱼可作为观赏鱼，且是条母鱼，拿回家养起来，可以生很多小金鱼。”渔家见虞舜看着金鱼恋恋不舍，于是说道，“看来客官真是喜欢上了它，肯定不会拿去烹了吃，你说个价吧！”

“这是我的全部所有了。”虞舜掏出五枚贝壳，捧在手里。

“连盆一块儿端走吧，到家肯定还是活蹦乱跳的。”渔家接过贝壳，痛快地说。

虞舜端着水盆来到江边，把金鱼放在水里。金鱼一下滑进深处，不见了踪影。虞舜深呼一口气，如释重负。他刚要转身走路，不想那条金色鲤鱼又浮出水面，忽闪着双眼，似乎在与他告别。虞舜下意识地挥挥手，只见金鱼借着浪花纵身一跳，水面上映出一道金光，又随即消失在急流中。

虞舜注视良久，似在等待金鱼再次出现，唯见满眼浪花飞溅，流水东逝，只好心意怅怅地踏上路途。

震泽以西的山峦中有个螺岩山，山脚下有个岩洞。进得洞来，但见洞中有洞，层层叠叠，幽深广大。看那溶岩，更是光怪陆离，琳琅满目，美不胜收。因为单卷曾在这里修行，后人称其为单卷洞，沿用至今。

且说虞舜千里迢迢来到单卷洞，直奔一线潭。那一线潭是位于洞穴深处的一个不大的积水坑，深不见底。其上有泉水从岩缝里渗出，滴水成线，故名一线潭。深绿色的潭水岩石般的沉静。虞舜伸出手指轻轻搅动几下，水面荡起几圈涟漪。他一动不动地矗立着，静观其变。

潭水恢复如初。一潭止水笼罩着诱人的神秘。

虞舜伸出右手，打算再搅动几下，这时潭水忽然翻动起来，一条银蛇飞矢般地射出，以迅雷不及掩耳之势，去咬他的手指头。虞舜左手出手极快，一把掐在银蛇的七寸处。他定睛观看，哪里还是什么蛇，明明是条银鞭！银鞭柔软而坚韧，用手一捋，可随意改变长短。虞舜手舞足蹈，他终于有了一件防身兵器，这是老天的恩赐，也有赖于师父的英明。

虞舜顶礼膜拜，拜天地，拜师父，然后把银鞭束在腰间，倒头便睡。由于连日奔波，他实在太疲乏了，这是一个十分安全而又熟悉的休息处所，于是很快进入了梦乡。

一线潭忽然无声开裂，积水狂泻而下，从宽大的裂隙中冒出三位人面兽身的怪物来。其中一个虾怪伸出长长的臂膊，劈手抢过虞舜的银鞭，另外两怪抬起他就走。虞舜挣扎几下，见银鞭已失，手脚被封，只好由怪物摆布，跟随它们从一线潭向下走。耳边“哗哗”的流水声越来越响，原来进入了一条地下阴河。虞舜被水怪们挟持着沉入水中，便失去知觉，什么也不知道了。

“把窃贼推上来！”

一声惊雷似的断喝将虞舜惊醒。他的眼前豁然开朗，一派金碧辉煌。在一块巨大的天然花石上，卧着一个巨人。他的身体其他部位倒没有什么看点，特殊的是他那滚圆的肚子，看上去像一只八人敲的大鼓。

长臂虾怪呈上银鞭，奏道：“人赃俱获，请君主发落。”

“你小子胆大包天，竟敢偷我雷神的银鞭！给我重抽四十鞭，轰出水府！”自称雷神的人吼道，一扬手把银鞭掷给随班的水怪。

“慢！”虞舜镇静地说。此时他已经手脚自由，不过没有企图逃跑。

“你还有什么话？快说！说完了好吃鞭子！”

“你既然是个君主，就应该懂得对内以德治国，对外以礼相交，明了天心民意，断狱有理有据；似这般不分青红皂白胡乱施刑于无辜，岂是明君所为？你还竟然自称雷神，岂不有辱神明？”虞舜不卑不亢，侃侃而谈，雷神不知如何是好，只是不停地拍着肚子。

“好好好，我老雷历来办事果断，并非是非不明。”雷神说，“我问你，你这银鞭是怎么来的？”

“说！”水怪大声呵斥。

“是我师父从浙水捉来的一条银蛇，放在所居岩洞一线潭中哺育成的。”虞舜如实回答。

“你那个一线潭水通我震泽，也就是说，属于我管辖的水域；你师父把蛇丢进一线潭，就等于把它放生了，就归入我的水族了。”

雷神说，“那银蛇在浙水也修炼了多年，是有灵性的，我把它调教成神鞭，就应该是我的物件，你私自拿走，难道还不算偷窃吗？”

“一线潭处于师父修炼的岩洞里，虽然水通震泽，至少属于有争议地带，怎么都归你家啦？”虞舜据理力争，“况且，在下并不知道银鞭的来龙去脉，偶然到手，怎么就被冠以偷窃罪名而重刑加身呢？”

“这，这……”震泽君主一时语塞，不停地敲打肚皮。

一位雍容华贵的美夫人走向前来。

震泽君主麻利地跳下地，笑嘻嘻地说：“老雷说话声音又大了，惊动了公主，恕罪恕罪！”

夫人也不理会，凑近他耳边说了几句话。

震泽君主面现惊疑，说：“竟有这等蹊跷事？……好，好，好，夫人放心，老雷遵命就是！”

虞舜预感到与自己的命运有关，震泽君主的态度可能有所变化。不料他把脸一抹，又大声吼叫起来：“你小子好个辩才，竟让我老雷一时想不出说辞来。暂且记下这顿鞭子，先去关禁闭，等老雷想好了再审，押下去！”

水怪们把虞舜押出大厅，君主夫人早在门外等候，一把拽过虞舜，把他推进另一个去处，随手把门划拉上。

这是一间宽敞的石屋，除了有个玉榻之外，还有一个用玉石砌成的圆形储水池，水清见底。一开始虞舜还以为被关进了水牢，在夜明珠融融光照下仔细打量，看上去倒更像是个大型豪华浴池，或者说是个微型游泳池。看看无事可做，虞舜干脆脱光衣服，赤条条地跳进池子里洗起澡来。

水底俯伏着一条金鱼，此时浮上水面，朝虞舜摇头摆尾，似曾相识。虞舜正在思量，那金鱼忽然翻身打挺，金光闪耀。虞舜恍然大悟，这不是在江边放生的那尾金色鲤鱼吗，怎么也被关在这里？同样沦落天涯，如今又相聚首。虞舜激动地张开双臂拥抱它。

金鱼不见了，一个体肤柔滑如水的女子扑进他的怀里。虞舜惊异甫定，马上意识到，一个童话般的奇异故事正发生在他的身上。天作之美可遇而不可求。虞舜不因为她是异类而感到惊惧，而是毫无顾忌地、全身心地投入对她的爱。

女子告诉虞舜，她叫登比。[1] 刚才那位君主是她的父王雷震。他早先是震泽中一个人面龙身的雷兽，修成人形，早年间曾追随蚩尤与黄帝争夺天下，不幸遇难。雷震元神不死，又逃回震泽，做了一方水域的君主，并在这一带行云布雨。登比的母亲是洞庭湖的公主，被雷震抢来做了压寨夫人。前些时，登比随母去洞庭省亲，返回的路上贪恋大江两岸风光，于是离开母亲单独在湖泊河汉间游弋，不慎误入渔网，险遭不测。“我十分庆幸这次冒险经历，因为它让我遇到了你。”登比动情地补充说，“为了繁育和人类一样的后代，母亲一直希望我找个人类情侣，没想到今日梦想成真。你不会讨厌我的元身是条金鱼吧？”

“作为鱼，你是最美的鱼，任谁见到也会恋恋不舍；作为人，你是天下最美、最温柔的女人。此时，虞舜感到自己是天下最幸运的男人。”虞舜动情地说。情到浓处，两人忘记了一切，紧紧地拥抱在一起。

激情过后，登比有些伤感地说：“咱们相处的日子不会太长，我不愿错过这次机会。如果以后有孩子找你认父，请不要拒绝……”

虞舜此刻哪里听得进这话，他急忙捂住登比的嘴，说：“才相逢，怎么就说分离？我愿与你今生今世永相伴！”

“但愿此话成真。”登比忧心忡忡地说，“可老天不从人愿的时候居多，还是事先留下个信物吧。”

登比把一个金光闪闪的心状坠物挂在虞舜脖子上，说：“这是用我的金鳞拼制的金鳞坠，不管你走到哪里，孩子们都会找到你。”

---

[1]《山海经·海内北经》：“舜妻登比氏生宵明、烛光，处河大泽，二女之灵能照此所方百里。”

当他们终于走出房间的时候，大厅里已经灯火辉煌，山珍海味、美酒佳肴摆满一地。雷震哈哈大笑：“好闺女，我只当他是个偷鞭贼，哪里知道是你的情人？这叫作不知者……什么？下面是怎么说的？”雷震求救似的望着虞舜。

“不知者不为罪。”虞舜答道。

“对对，不知者不为罪嘛！……来，喝酒！”雷震轮番和大家对饮，一直喝到酩酊大醉，就地卧倒，忽然变成个人面龙身的怪物，鼓腹若鼓，鼾声如雷。

虞舜与登比形影不离、如胶似漆，雷神夫妇看在眼里、乐在心上，尽量不去打扰他们。一日，他们顺着阴河来到单卷洞，此时单卷忽然出现，喝道：“好个孝子虞舜，我让你回乡孝敬父母，你却在这里贪恋女色……人说没有见到好德如好色者，这话真是对极了！”

虞舜大吃一惊，从石榻上滚下来，忽然惊醒，原来是一个梦。回顾四周，石笋林立，滴水叮咚，依然是那个熟悉的单卷洞。眼前不见师父，登比也没了踪影，只有他孤零零的一人。

虞舜回忆梦中故事，历历在目，忙用手去摸前胸，竟然真的有个金鳞坠！虞舜难断是真是幻，只因回乡心切，无暇再做验证，匆忙收拾行装，踏上归途。

## 舜耕历山

巨野泽畔，一支象群在悠闲地觅食。这时，从山林里跑来一只大象，公然调戏一只发情的母象，向这群大象家族的象王发起挑战。象王正在饮水，见状醋意大发，扬起鼻子将一肚子“酸”水射向入侵者，并随即冲上前去。两只公象为获得交配权展开了一场恶斗。

在某些野兽同类之间，这样的争斗场面屡见不鲜，原本是伴随种群优胜劣汰发生的一种竞争行为，作为人类，勉强进行干预是不明智的。此时，空中降下一个人面鸟身怪物，落地后摇身变作一个身材精瘦的汉子，边吆喝边用鞭子抽打那只挑战者。挑战者掉头对他吼叫两声，又继续回身向象王发起攻击。

这位汉子叫孟亏，[1] 专门从事野生动物驯养工作。挑战者大象是经孟亏调教过的，取名叫大雅。大雅本来十分听话，但此时发情母象的气味诱发出它强烈的性欲，原始的冲动催生了它挑战象王的野性，于是它把孟亏平时的教导全都抛在脑后，奋不顾身地为母象而战。孟亏不依不舍，丢下鞭子，双手攥住大雅的尾巴往后拽。大雅正在与象王绞缠着鼻子较劲，怨恨主人不帮自己，反而给对手帮忙，于是一脚把孟亏蹬倒在地。

“啪，啪——”清脆的响声划破长空，大雅和象王身上各着一鞭，都不由得浑身一激灵，停止了战斗，慢慢垂下鼻子。象王后退几步，掉头大步走去，迅速离开是非之地。大雅用鼻子卷起主人，也打算退场，被孟亏制止。

一个年轻人走来，腰间束条短鞭。他就是虞舜。

孟亏快步迎上，开口就问：“刚才你用的是腰间这条短鞭吗？”

虞舜点点头。

“好神哪！”孟亏赞叹道，“你应该跟我学驯兽，一定会超过我。”

“我的祖上就是与禽兽打交道的，因此姓虞，”虞舜说，“说不定我真的适合驯兽这个行当呢！”

两人一见如故。孟亏邀请虞舜到他家做客。眼看天将黄昏，接下来还要走水路，虞舜答应下来。

他们来到一个马蹄形的山凹，草木葳蕤，有一条溪水跌荡其间，留住一潭清水。脚下时见狐兔惊起，野驴、山鹿友善地望着新来的

---

[1]《太平御览》九百十五卷引《括地图》：“孟亏人首鸟身，其先为虞氏驯百兽，夏后之末世，民始食卵。”

客人。

“这些驴和鹿都是你驯养的吗？”虞舜问。

“不，它们都是野生野长的，因为在这里没有受过人的骚扰，所以见了人并不害怕。”孟亏说。

虞舜望望四周，连一间房舍也看不到，也没有牛、羊、猪、狗之类的家畜，疑惑地问：“那你在这里驯养什么呢？”

“这是我专门驯养禽类的场所。”孟亏用手向上一指，“你看！”

几棵大树参差错落，枝杈相连。在中间那棵的树冠中间，凌空搭起一座硕大的鸟巢，它的四周一个挨一个地安放着十数个露天小鸟巢。细看树枝间，三三两两、密密麻麻地卧宿着数不清的飞禽。

“大鸟巢想必是你的住所，那些小鸟巢是干什么的？”虞舜问。他想，孟亏人面鸟身，自然要在树上筑巢；而那些飞禽为什么偏偏有巢不宿呢？

“是为它们产卵、孵化而搭建的。”孟亏说，“这些飞禽白天下地在草丛中、小溪旁找食物，晚上上树宿夜，我给它取名叫鸡。”

“鸡肉是你最喜欢的食物吗？”虞舜问。

“是的。但我更爱吃鸡产的卵。”孟亏说罢，飞上鸟巢取回几枚卵，递给虞舜，“刚产下不久，趁热乎吃最香，放久了就不好生吃了。”

虞舜连食几枚，啧啧连声，赞不绝口，不禁又问道：“不少飞鸟一年才产一次卵，这种鸡能产几次？”

“这正是我在这里研究的。经过不断的选种、杂交，在春秋气候适宜的季节里，有些鸡已经可以三天产一卵了。附近有一温泉注入潭水，周遭常年温湿，就是在寒冬腊月，我也有鸡卵可食。”孟亏不无得意地说。

“你的辛苦定能惠及黎民百姓、子孙万代。”虞舜由衷地称赞说，“我得回家奉养老人，不能留在这里给你帮忙。将来，我会帮你在民间推广。”

虞舜与孟亏结为兄弟。当夜，他就陪孟亏宿在鸟巢里。翌日，鸡鸣阵阵。当阳光洒向大地时，各色各样的公鸡母鸡呼啦啦飞落地面，追逐着隐没在草木间。孟亏提来一竹篮鸡卵为虞舜送行。

“泡在温泉里烫熟了的，不怕磕碰，路上吃吧！”孟亏又指着大象说，“大雅会拉犁驮运、看家护院，在我这里也派不上用场，你把它骑回家去吧，也可向世人展示一下我的训练成果。”

“好吧，恭敬不如从命，小弟就收下啦！”二人拱手告别。

雷夏泽附近有一大片高阜地带，叫作历山。历山是个土山，地势宽阔而平坦。虞舜小时候曾来这里捉野兔，那时山上荆棘遍布、杂草丛生，是座荒山。如今当虞舜骑着大象又经过历山时，却看到了一片又一片的农田，翠绿的禾苗迎风摇曳。这时忽见一头大象闯进田里，风扫残云般地大吃大嚼。山下鼓声阵阵，喊声连连，一群人手持叉把扫帚冲上前来，但只是不停地吆喝、鼓噪，却没人敢凑近大象。那大象毫不理会，只顾饕餮不已。虞舜催动大雅，远远地一鞭抽去，那只大象猛地抖动一下，抬起鼻子干嚎两声，惊恐地逃下山去。

人们围拢来向虞舜致谢，看他竟敢骑在大象身上，一个个啧啧称奇。虞舜跳下来，打听道：“你们是哪里人？什么时候到历山开荒种地的？”

“我们就住在山下，本来都在平川低洼处耕种，只因近来连年发生涝灾，庄稼屡屡被淹，不得已只好到山上来开垦荒地。”一个村民回答。

“这一带也有象群吗？”虞舜问。

“有。它们一般在泽畔草地上活动，很少登上历山。”村民说，“这只离群的野象经常流窜到这里，我们跟踪了几次，它跑到姚墟就不见了，终究也没弄清楚是从哪里来的。”

“历山的荒地是不是都有主了？我来这里开荒可以吗？”虞舜想到了谋生之事。

众人七嘴八舌地说："来吧，没人圈地，谁开谁种。"

"那太好啦！有了你和你的大象，我们就不怕野兽来祸害庄稼了。"

"那好，一言为定！"虞舜高兴地说。

雷夏泽水位涨高了，姚墟已经两面临水。虞舜踏着岸边走向熟悉的家门。他一路走，一路思念父亲，还担心嚣母会不会原谅自己。他让大雅去吃草，一个人提上篮子快步走去。

一个小女孩儿蹲在沙滩上用手指画画，专心致志，以至虞舜走到跟前，她也没有发觉。虞舜没有打扰她，饶有兴趣地欣赏她的创作，有天鹅，有水鸟，有水草，还有三条腿的乌龟和头上长角的青蛙等等，不一而足。虽然显得笨拙稚气，倒也妙趣横生。

"你怎么给这条鱼插上翅膀了？"看到奇怪处，虞舜禁不住发问。

"它是飞鱼嘛！"女孩儿随口答道。她忽然从创作意境中醒过神来，抬头茫然地问道，"你是打哪儿来的？我怎么没有见过你呀？"

"我嘛，从很远很远的地方来，也是第一次见到你。请问，你叫什么名字呀？"

"敤（kě）手。"[1]敤手边说边写下"敤手"两字。

"谁给你起的这个怪名字呀？"虞舜好奇地问。

"乡亲呗！因为我喜欢用手画画。"敤手举起挂满沙粒的两只手。

"这也应该是你会画画以后的名字了。"虞舜问，"还有从小叫的名字吗？"

"有哇，叫重华妹子。"敤手说。

"什么？重华妹子？"因为敤手突然说出自己的名字，虞舜还以为听错了，急忙证实一下。

---

[1]《世本·作篇》云："敤手作画。"又，宋罗泌《路史·后记十一》注："世传瞽叟和象每欲杀舜，其妹每为之解。"

“是啊，乡邻把我爹叫作重华爹，我娘叫重华后娘，我二哥叫重华二小儿，我就叫重华妹子。因为我有个大哥叫重华，所以乡亲就把我们一家人都安在大哥名下了。”敤手边说边给手下那条鱼画上翅膀。

虞舜心里一热，热泪涌上眼眶：可爱的父老乡亲，你们没有忘记重华，重华也没有忘记家乡，我回来了！

现在虞舜已经明了，他离家出走后，后娘又给他生了个妹妹。虞舜蹲下身来，双手捧起敤手的稚气的脸，问：“你想念你的大哥重华吗？”

“想，我好想念大哥哥。人家说他有四个瞳子，两只眼睛可有神了。”敤手盯着虞舜的眼睛，忽然惊奇地叫起来，“你是重华！你就是大哥哥！”

敤手跳起来就往家里跑，还不停地喊叫：“大哥哥回来了！大哥哥回来了！”

房舍还是老样子，显然比他离开时更破旧了些。不同的是，不管是土墙上还是门板上，半人高以下都画满了花、鸟、虫、兽等图案，成了这个家的一道风景线。这些画显然是敤手自幼至今历年来习作的积累。“父母对这个妹妹是够疼爱的了，竟然任她随处涂画。”虞舜想。

瞽叟和嚣母已经走出屋门，见虞舜到来，百感交集，一时说不出话来。虞舜把篮子放下，“扑通”跪倒在地，呜咽着说：“二老受苦了，重华回来了。”

他的话还没有说完，就听脑后风声骤起，一根大棒子横扫过来。

嚣母一声惊叫：“啊呀！”

瞽叟虽然看不见，但耳朵极灵，大呼：“小心！”

虞舜何其机敏！只见他不动声色，“砰”的一个响头叩在地上，说：“重华给二老磕头了。”

他用一个叩首动作躲过了一闷棍。

偷袭虞舜的是他同父异母的兄弟象。[1]象虽然还未成年，但已生得五大三粗，大棒子抡起来虎虎生风。象见一招不成，又举起木棒打算来个斧劈华山，去砸虞舜的后脑。

“大哥哥小心啦！”

敤手洗完手端着水盆从屋子里出来，见状大声尖叫，用尽全身力气连盆带水朝象的脸上泼去。

象遭到突如其来的袭击，大吃一惊，险些露出原形，大鼻子伸出来又立即缩了回去。这一幕被刚刚抬起头来的虞舜看到，他恍然大悟：在历山糟蹋庄稼的大象莫不是就是他？

“你为什么打哥哥？为什么？为什么？”敤手没命地用头抵住象，一连声地哭喊。

嚣母可能感到事出有因，也催问道：“到底怎么啦？他是不是欺负你啦？说呀！”

“他，他……拿鞭子抽我！”象结结巴巴地说。

“胡说，大哥哥才打老远的地方来，刚才还和我在水边说话呢，你在哪里见他啦？”敤手一口气把象顶到墙根，两手掐着腰大声质问。

“是呀，快说！不要怕，有你娘我在！”嚣母一拍胸脯，“这个家我做主！”

“你们看看吧！”象掀起布裙，屁股上赫然一道血印。

嚣母勃然大怒，指着虞舜大骂：“好你个孽种，还没进门就想把我的儿子除掉，你想接管这个家呀？”

“我不知道它是人，不……”虞舜意识到事态的严重，想说明情况，又一时找不到恰当的说辞。

“好哇，好哇！你不把我的儿子当人看，我岂能容得下你！你走吧，滚得越远越好，我不愿再看到你！”嚣母不由分说便下了逐

[1]《史记·五帝本纪》：“舜父瞽叟盲，而舜母死，瞽叟更娶妻而生象。象傲，瞽叟爱后妻子，常欲杀舜。”

客令。

虞舜悲怆地喊一声："爹！"趴在瞽叟脚下泣不成声。

"我说孩子他娘，说不定是误会了。重华十年没回家了，先让他住几天看看吧！"瞽叟终于说话了。

"老东西，今天竟敢和老娘唱反调！你心疼这个野种就跟他过一辈子去吧，这个家没有你一样过！"嚚母拿分居相威胁。

"我也要跟大哥哥走！"敤手冷不丁插话进来，让嚚母吃了一惊。

"你是娘的亲生骨肉，怎么能离开娘呢？你和象才是一母同胞。"嚚母不由得扭头看看象，见他抱着篮子一口一个鸡卵吃得正香，好像眼前的争吵和他无关一样。

"好吃，好吃。"象吧嗒吧嗒嘴说，"大哥要是天天给我好吃的，我也跟你走！"

嚚母尴尬地立在当地，随即一头钻进屋子里号啕大哭："没法活啦，你们合伙欺负我呀！"

尽管嚚母反对，但在敤手的鼎力支持下，虞舜终于成了瞽叟五口之家的一名成员。嚚母总看着虞舜不顺眼，时不时就要一场脾气。为了尽量避免惹嚚母生气，虞舜在历山脚下开辟出一块地来，给自己搭建了一间窝棚，依山傍水，背风向阳，倒也十分幽静舒适。他每天一大早就起身劳作。先是到雷夏泽钓几条鱼送回家，并给二老请安，然后就到历山上开荒种地。他用大象大雅拉犁，很快就开出大片耕地来，遵循农时节气，播种菽、稷和菜蔬。一年下来，虞舜看到，土地上的收获只能让他那个大肚子弟弟填饱肚皮，要想修屋建房、造船买车，使家境殷实起来，还没有指望，于是便利用农闲时间开始烧制陶器，制作家庭必用的一应什器，对外货卖。这时，虞舜才深切体会到师父单卷的良苦用心。一个人活在世上，最起码也是最基本的责任无非有两条，一是为父母养老送终，二是把儿女拉扯成人。世道艰难，对于白手起家的人来说，想做个胜任的人子人父也是不容易的，但若能掌握一项技能，你就有了一条可行之路。

## 皋陶[1]与神羊[2]

为谋全家生计，农耕、渔猎之余，虞舜也曾到过百里之外的负夏和寿丘做买卖。听人说，寿丘人烟稠密，赚钱容易，虞舜于是秉过父母，打算远赴寿丘开办个什器作坊，产品就地货卖。他提前十几天就开始了准备工作，打点一应随带物品。敤手要求陪哥哥一块儿进城，一连缠磨几天才得到嚣母同意。嚣母千嘱咐、万嘱咐，要虞舜照顾好妹妹，“要是敤手出点事，我这辈子和你没完！”她最后丢下硬邦邦的一句话。敤手高高兴兴地把自己的包放到大象的货架上。虞舜打开一看，不过是几袋各色各样的颜料。她要在家具、陶器上绘画，帮哥哥卖个好价钱。

寿丘就是如今的曲阜，是远古时东夷的政治经济中心。传说黄帝出生在寿丘。如果此说还存在争议的话，那么，被认为是黄帝继承人之一的少昊也在这里出生，却是公认的。寿丘有少昊冢，生活着少昊氏后裔，因此也称少昊之墟。

都市里人多事杂，天天都有新闻。这不，就在虞舜兄妹到达寿丘前的不久，这里就相继发生了两桩轰动全城的新奇事。

颛顼大帝有个孙女叫女修，嫁给少昊的后裔皋陶氏。一日，女

[1]《史记·秦本纪》：“秦之先，帝颛顼之苗裔。孙曰女修，女修织，玄鸟陨卵，女修吞之，生子大业（即皋陶），大业取少典之子，曰女华，女华生大费（伯益）。”

[2]（汉）王充《论衡·是应》：“儒者说云，獬豸（xiè zhì）者，一角之羊也，性知有罪。皋陶治狱，其罪疑者，令羊触之，有罪则触，无罪则不触。故皋陶敬羊，起坐事之。”

修正在织布，忽有玄鸟临窗，产下一卵，被女修吞食。女修吞卵后便有孕在身，十月怀胎，生下个男孩儿。孩子取名大业，但人们习惯以其所在的氏族之名呼之，即皋陶。皋陶青面鸟喙，生性耿直、聪慧，不习而知礼仪，不教而懂仁义。美中不足的是，他的额头上长了一个肉瘤，是从娘胎里带来的。初时很小，尚无伤大雅，后来人长它也跟着长，越来越大，渐渐变成一只冲天角，凛凛然顶在头上，犹如异类，实在有碍观瞻。女修遍请高人，都不敢将它除掉，说是此角是皋陶生命的一部分，如若切除，怕危及生命。皋陶却十分喜爱自己的冲天角。有了这只角，连那些最霸道的大孩子也不敢招惹他。皋陶伸张正义，好打抱不平，小小年纪就已经有了一群追随者，成了名副其实的孩子王。

一日，女修携皋陶去尼山野游，发觉一老翁总是跟随身后，口中念念有词："獬豸獬豸，快来现世；救主护民，莫误天时。"

女修是慧根极深的人，心知有异，于是拉着皋陶上前施礼，问道："老神仙，您是在呼唤这孩子头上的角吗？"

"是的，它在你家寄生惯了，赖着不肯出山。"老翁请求说，"能让我动手把它取下来吗？"

"那敢情好，"女修高兴地说，"只是不要伤了孩子性命。"

"瓜熟蒂落，无碍，无碍。"老翁说着，随手拔下一根胡须，系在皋陶角的根部，大呼一声"下来！"那只羊角应声而落。皋陶额头上光溜溜的，连个伤疤也没有留下。女修的一块心病落地，抱着儿子喜极而泣。

皋陶对羊角恋恋不舍，准备捡起来带回去。这时，神奇的一幕上演了。羊角在地上滴溜溜旋转，少时变作一只羊羔。羊羔见风就长，旋而长成牛犊般大小的山羊。与普通山羊不同的是，它只有一只角。这只角，就是皋陶额头上那只冲天角。

"它叫獬豸，能够分辨是非曲直。"老翁左手握着羊角、右手摩挲着皋陶的头说，"獬豸是你抱大的，是你的分体，以后就唯你是从了。去吧，它可做你的坐骑，赛过良驹。”

皋陶“扑通”跪下，说：“谢谢爷爷！”然后一骨碌爬起来，跨上獬豸一溜烟冲出去。

“小心点！”女修跨步要追上去，回头和老翁告别，却发现人已经不见了。

皋陶的独角神羊着实厉害，几天里接连识破了几个奸人，轰动全城。皋陶一夜成名，骗子、恶人闻风逃避。

寿丘城的第二件新奇事，是从外地来了一位算卦先生。这位先生小头大嘴、蛇腰长颈，走起路来一摇三摆。他的这副怪相已经相当可观了，还打出了一副更加引人注目的对联。上联：卜骨算卦技压伏羲；下联：擒妖捉怪胜似轩辕；横批：天遗神算。看来，天遗就是这位先生的大名了。这天遗神算不光口气大，还真是有些神通，进城的当天就在闹市中揪出一个人模人样的水怪，当场施法，把它打回原形，原来是一只螃蟹。

天遗神算一炮打响，名声大噪。市民们奔走相告：寿丘有了独角神羊和天遗神算，大家可以高枕无忧了。

这天，天遗神算早早地来到一个什器铺附近溜达，似是在选址设摊，却没有举着他那招摇过市的对联。什器铺是最近才开张的，小老板就是虞舜。此时虞舜正忙碌着收拾铺面，敤手在精心装饰门楣，双手尽是颜料。天遗神算的出现并没有引起兄妹俩的注意。

“大司马和嫦娥来了，大家快来看呀！”对面忽然传来一声呼叫。人们闻声驻足，翘首观望。

大路上走来一簇人马，为首的正是身材高大的羿。他依旧步行，身上背着从不离身的彤弓和那只长矛般的赤金箭。嫦娥素衣素裙，骑在一匹青马上，靓丽耀眼。逢蒙手持长弓，紧随马后，双目警惕地扫视着两旁，随时准备弯弓射箭。

此时虞舜端着一盆污水走出门来，抬头一看，嫦娥正微笑着走过门前。一个遥远的、熟悉的身影在虞舜脑海中浮现，忽然放大、定格，活生生地出现在他的面前。虞舜一怔，水盆“啪”的一声落在地上，跌了个粉碎。他全然不知，懵懵懂懂地跟着嫦娥往前走。

这一幕被天遗神算看了个真真切切。当虞舜怅然若失地往回走时，他迎了上去。

“小伙子，那嫦娥漂亮吧，被迷住啦？”天遗神算戏谑地问。

“不，不……她好像是过去的一个熟人。”虞舜打量着眼前这个怪人，羞红了脸说。

“怎么不上前打个招呼呀？”天遗鼓励说。

“我后来仔细想一想，打记事儿起就没有遇见过这么个人。”虞舜老实回答，“刚才大概是一种幻觉吧。”

“今生未遇，会不会是前世缘分呢？”天遗用算命先生的智慧点拨道。

“前世？”虞舜困惑地反问，“前世的事谁能知道呀？”

“我知道！让我看看你的掌纹。”虞舜一犹疑，被天遗一把抓住手腕。虞舜顿时感到浑身发麻，再也运不起气来。他感到不妙，穴道已经被人封住了。

“你，你是什么人？你要干什么？”虞舜厉声发问。

“你把我忘记了，才使我落到这种地步，我对你可是刻骨铭心。”天遗阴笑着说，“咱们过去有一笔交易，现在该算清了，这里不是说话的地方，走！”

现在该交代一下天遗神算其人了。他就是弱水水怪窫窳（yà yǔ），本是天帝的一名心腹大臣，受派遣到人间调查一项机密事件，不幸遇害，变成一个水怪被困在弱水里。天帝曾空降不死药救它重返天庭，不幸的是，不死药误被一条青蛇抢食。青蛇变成了飞天神龙，就是那位后来击杀蚩尤的应龙，而倒霉的窫窳却依然在弱水里饱受磨难。

后来应龙良心发现，割腕出血，注入它的体内。由于应龙的血液中含有不死药，窫窳因此起死回生，经过几百年的修炼，又有了一些神通，但仍然无力登天。

近来江河泛滥，窫窳借洪水逃离弱水，长途跋涉来到雷夏泽。夜深人静时，泽畔历山下时有金光隐现，来源就在那个渔雷泽、耕历山的汉子身上。窫窳感到此人大有来头，肯定是位天上星宿下凡。经过仔细观察，他发现，这位被叫作虞舜的人竟和天帝极其相似：六尺身材，龙颜大口，双目重瞳……就连平时的做派也多有神似。

“难道天帝又下凡了不成？”窫窳暗想，“帝俊本是人间圣人升天而为天帝的，眷恋故土，不时下凡走一遭也在情理之中。要真的是他，那就太好了，命运又给了我窫窳一次机会。”

窫窳本是天帝最信赖的臣子之一，与卫士长羿、传令官英招、昆仑帝都总管陆吾等辈同属一流，都曾作为天帝特使留驻人间。他对天帝忠心耿耿，从未有过不臣之心，但蒙难弱水的漫长岁月使他饱受煎熬和屈辱，愤恨之心渐生。起初他恨杀害他的贰臣和危，接着又恨抢走不死药的应龙，到后来，就开始怨恨起天帝帝俊来了。他恨帝俊施救不力、为主不慈；他恨帝俊高高在上、享尽荣华，却任由臣子在地狱挣扎，求生不得求死不能……总之，生存环境使窫窳曾经有过的信念发生了一百八十度的大转弯。如今他恨不得食其心、啖其肉，一泄满腹积愤。

窫窳毕竟是落魄天神，他只欲报仇雪恨，并不想伤害无辜。为了断定虞舜就是帝俊，窫窳提前赶赴寿丘布局，以便近距离对其进行观察、确认。也是天意使然，羿和嫦娥的出现，给他提供了难得的机会，于是就发生了刚才那一幕。

虞舜初次见到嫦娥那一刻的反常表现，给窫窳提供了决定性的证据。虞舜就是帝俊，就是投胎下凡的天帝。虞舜对前世的记忆，只有当初的那一闪念，火花一经熄灭，以后再也不会闪亮了。也就是在此时，窫窳也产生了一个罪恶的念头：吸干虞舜的血。因为虞舜既然是天帝投胎而来，他的血肯定胜似不死药。也就是说，喝了虞舜的血，他窫窳就可以恢复神力、重上天庭了，这是他几百年来梦寐以求的奢望。

多么强烈的诱惑啊！天遗神算急切地把虞舜往河边拉，只有在那里，他才能变回法身、吃人后迅速跳进河里逃走。

虞舜拼命挣扎，引来众人围观。天遗大呼："他是蛇精，我要把他拖到河滩施法处置，大家让开！"

人们见神算又抓住了妖精，纷纷让路。这时敤手挤进人群，突然跳起身来，冷不丁左右开弓扇了天遗俩耳光，尖叫："他是我哥哥，你才是妖怪！你才是妖怪！"

敤手两手分别粘满黑、白两种染料，天遗神算一下子变成了阴阳脸，与他的身形长相一搭配，活脱脱的一个妖怪！众人禁不住哄然大笑。天遗稍一分神，放松了对虞舜的控制。虞舜运真气，一把抓住天遗的一只手腕。两人互相扭打着较起劲来。

一个是公认的算命先生，曾有捉妖先例；一个有天真可爱的小姑娘出面作证，是人不是怪。路人肉眼凡胎，难断真假，于是分化成两派，分别为双方加油。僵持多时，忽听有人喊叫："神羊来了，神羊来了！"

人们闪开一条路。皋陶骑着獬豸、手持一只长长的箫管走来，稚嫩的脸庞紧绷着。敤手正在焦急，见救星来了，三步两步跑上去，诉说道："冤枉啊！请小大人做主！"

皋陶问："发生了什么事？"

"那个算命的污蔑我哥哥是妖怪，我看他才是妖怪呢！"敤手愤愤地说。

皋陶靠近几步仔细观看，见两人各抓住对方一只手，推来搡去。那算命先生腿上功夫很是厉害，但虞舜身段灵活，总让他占不到便宜。

众人七嘴八舌地喊叫："快快住手，让神羊断一断！"

天遗神算怒道："我就是神仙，难道还不如一只羊？"说着甩动长脖子撞在虞舜的前额上。虞舜眼冒金星，双目重瞳忽然射出四道寒光，灼灼逼人。原来，天遗的撞击激活了虞舜的重瞳，神光突现！

天遗不寒而栗，灵魂出窍，差点现出原形。因为他看到的分明是天帝动怒时的目光！让他庆幸的是，寒光在他脸上一闪而逝，一刻也没有停留，使他很快恢复了常态，人们并没有看到他的原形。

但是，虞舜看到了，他的眼前是一个龙首蛇身的怪物！

“妖怪，妖怪，他的确是个妖怪！”虞舜惊叫。

天遗的妖怪形象也被另一个人捕捉到了。他就是皋陶。皋陶生有一双明察秋毫的眼睛，从不放过任何些微的变化。皋陶不动声色，只是轻轻地握住獬豸的独角。

獬豸发出三声穿透云天的啸叫，像是在笑；二目射出两道犀利的金光，反复在天遗和虞舜身上聚焦。虞舜坦然自若，天遗却心慌意乱，头皮一乍一乍地惊出一身冷汗。突然，天遗怪叫一声，挣脱虞舜的手纵身跳出圈外。虞舜扬起银蛇鞭狠命抽去。但银蛇鞭硬生生地停在半空，像被空气凝住一般。因为虞舜忽然发现，敤手已被天遗劫持了。

天遗左手把敤手紧紧夹在腰间，右手掐着她的脖子，冷笑着说：“你们都在原地待着，不要逼我伤害这个小姑娘。”

“你……你太无耻了！”虞舜一冲动，欲扑上去，被皋陶拽住。他浑身直打哆嗦。如果妹妹发生不虞之祸，不光是对父母不好交代，他本人也不会原谅自己。

天遗一步步退到河岸，蹿过河滩，一头扎进水里。虞舜惊叫着冲上河岸，正待飞身跳河救妹，又被皋陶拉住。

“你看！”皋陶指向河床。

水面上浮出一个庞然大物，龙首蛇身，血口如盆，正是虞舜看见的那个天遗原形窫窳。它用尾巴缠紧敤手，高高翘起，把她悬在空中。看到敤手还活着，虞舜稍觉心安。

窫窳爬上河滩，喉咙里发出嗡嗡人语：“我不想伤害这个小姑娘，只是拿来当作钓饵而已。我想用她换你一条臂膀，这对你来说并不是致命的损失，但却可以改变我的命运。如果你舍不得做出牺牲，你妹妹就是我口中的一块点心了。”

窫窳移动尾巴，把敤手吊在张开的嘴巴上方，几乎碰到森森白牙。

“快把她放到沙滩上，我答应你的条件！”虞舜回顾左右，“谁带着刀剑借我一用？”

稍远处有一个肉摊，虞舜抽鞭“啪”的一声甩去，屠夫手中的砍刀应声飞起，落在虞舜手中。

“哥哥不要断臂，你还要养活父母呀！”敤手撕心裂肺地哭喊。

众人为之动容，一起呼喊起来：

“快把姑娘放下来！”

“不要砍哪！”

虞舜一咬牙抡起砍刀……

耳边风声骤响，虞舜只觉得手腕一阵发麻，砍刀“当啷”一声落在地上。

原来是皋陶及时阻止了虞舜。皋陶眼观六路，耳听八方，他发现远处有一人正在对准水怪弯弓射箭，于是抡起箫管，敲在虞舜手腕穴道上。

一支粗壮的羽箭闪电般地飞来，窫窳高翘的长尾“咔嚓”折断，敤手随同断尾一同跌落沙滩。又一支箭呼啸而过，射掉窫窳一片头皮。窫窳一个驴打滚滚进河里，水面上泛起一片殷红。

“妹妹——”虞舜纵身一跃跳进河床，抱起昏厥的敤手，不停地哭叫，眼泪冲刷着她满脸黄沙。敤手露出微笑的脸，忽然抬起满是颜料的手，在虞舜脸上抹了一把，撒娇地说：“你也是个妖怪！”

# 智斗雄虺

出手救下戮手的射者就是羿。与凿齿的一场恶战，让羿的神力消耗殆尽。他精疲力竭，神情萎靡，于是回到夷仪休养。此前嫦娥生了个儿子，如今已蹒跚学步、牙牙学语。嫦娥的性情也因怀孕生子而发生变化，原来平日里总是冷冰冰的她，开始升温转暖。虽然仍是矜持有余，热情不足，但对羿来说，已经有了冰融雪化、春意盎然的感觉，令他欣喜不已。天伦之乐是一剂良药，让羿从征战杀伐的梦魇中摆脱出来，开始了一种全新的生活，心境平静而欢愉。总结走过的路，羿常常反思：人的一生高高低低，坎坎坷坷，或昂扬奋进，或消极挣扎，究竟哪里是个值得留恋的平衡点？拟或说，一个人苦苦奋斗，究竟是在寻求一个什么样的生存状态？难道就是眼下自己这种家道殷实、夫妻和谐、子孙平安的境界吗？如若不是，那又是什么呢？

羿毕竟是天南海北闯荡惯了的，居家日久，仰望长空雁过、风卷云飞，每每心绪飞扬，不能平静。对此，嫦娥非常理解，主动提出要陪他赴泰山散心。当他们路经寿丘时，无意间给虞舜招致麻烦，也及时为他们兄妹俩解除了危难。

鬼使神差，让羿竭尽全力射出了那一箭。不料，却因为用力过猛，他一阵眩晕倒在尘埃。嫦娥于是决定即刻返回夷仪。直到这时，羿才不得不承认，他的神力，包括麻姑灵芝酒增补的能量，已经完全耗尽了。他的确是个不折不扣的凡夫俗子了。望着嫦娥神韵超俗的面孔，羿感到对不起她，对不起那位从天上追随他来到人间的常羲。

“我要到西天去寻找不死药。”他终于下定决心对嫦娥说，“要离开家好多天。”

“到西天就能找到不死药吗？”嫦娥问。

“昆仑山是天帝在人间的都城，那里存放着很多稀世之宝，也许藏有不死药。”羿想起天犬的话，接着说，“西王母天上人间都有门路，说不定她会帮上忙。”

“昆仑山山高路远，又有数不清的魔障凶兽，路上有太多的危险，还是要三思而行。”嫦娥深情地望着他，温情脉脉地说，“我们现在不是好好的吗，为什么非要冒那么大的危险去找不死药呢？”

“没有不死药补充营养，我会慢慢地变老。”羿忧郁地说。

“平常人都会有生老病死，不都一样在生活吗？我们也可以这样活。”嫦娥宽慰他说。

“因为我不是平常人。人人都知道羿是天神，是射日的英雄。你知道吗，所有的习射者都想戴上天下第一射手的桂冠，因为有我在，如今还没有人敢自称天下第一。如果他们知道我已经神威不在，就会一窝蜂地找上门来挑战。到那时，想保住性命都不容易，哪里还能平平安安地生活呢？”羿显然有些激动，又接着说下去，“再说，就像上次在寿丘那样，如果眼睁睁地看着女孩儿落入妖怪之口而无力开弓射箭，我羿还能够心安理得地活着吗？”

“好，嫦娥为你煮酒饯行！”嫦娥为羿的英雄气概所感染，终于表态支持，转身去拿酒。

没想到，她捧出的竟是麻姑赠送的灵芝酒！

“你……你怎么还没喝？”羿一脸的惊异。

“没喝这灵芝酒，我现在不是也好好的吗？你发现我老了吗？”嫦娥不无得意地甩一下长发，破天荒地做了个鬼脸。

羿迎上去，捧着她灿若满月的脸说：“快把灵芝酒喝下去，让你的美丽保留到永远，不然你迟早也会变老的。”

“变老就变老吧。到那时，你老了，死了，我还留着年轻光鲜的脸给谁看？”嫦娥也动了感情，把头埋在羿宽厚的胸脯上喃喃地说。

“你的美不只属于我，而是属于整个人间。记住，无论今后我是老了，死了，还是失踪了，你都要保重自己，留住你的青春和美丽，让世世代代永远感受到美的存在和魅力。”羿坚决地说，“这个世界上可以没有我，却不能少了你。把灵芝酒喝下去，你不喝，我灌也要灌到你肚子里！”

见羿动了真格的，嫦娥知道拗不过他，忙说：“好，好，我喝还不行吗？这么醇香的美酒，像喝药似的灌下去多可惜呀。再说，也对不起麻姑姐姐的一片心意啊！”

“这就对了。娘子，请！”羿满满斟上一觞，双手捧着举到嫦娥面前，笑嘻嘻地说，“我要亲眼看着你喝下去。”

“我还有个条件，”嫦娥拉下脸来郑重其事地说，“不答应坚决不喝！”

“什么条件？喝酒还要什么条件？”羿警惕地问。

“你得给我陪酒。一个女人独自喝酒，丈夫连陪都不陪一杯，传出去让人笑话，还以为两人之间有矛盾了呢。”嫦娥说，“再说，昆仑险地，有谁去过？你已经没有了神力，不是当初的羿了，一个人赴汤蹈火，让嫦娥怎能放心得下？你若能也饮上几杯灵芝酒，增添几分神力，我会感到心安一些。”

嫦娥饱含眼泪，期待地望着羿。

羿鼻子一酸，他实在找不出理由推辞妻子这番情义，于是爽快地说：“好，就听你的。为了你我少一些遗憾，为了咱们的孩子，为了世界的美丽，为了……”

“好了，好了！”嫦娥指一指天空，打断他没完没了的“为了”，催促说。

一轮银盘似的圆月爬上树梢，融融月光洒满庭院。

羿喜不自胜，继续说：“为了今夜的圆月……”

二人碰杯，一饮而尽。

羿走后，嫦娥杜门谢客，重新开始享受她那清幽恬淡的乐趣。这期间，虞舜兄妹曾经赶着大象到夷仪拜访羿，以感谢他的救命之恩，但被挡在府门之外。虞舜只好卸下一整驮自种自制的土特产，堆在王府门外，怏怏返回。

却说羿路经帝都平阳，帝尧送到十里长亭，把盏话别。此时逢蒙也在帝都公干，跟上羿送了一程又一程。他闷着头一句话也不说，只是不肯停步。

"我已经举荐你代理大司马，快回去上任去吧！"羿说。

"我不想当大司马，想陪您一起去。"逢蒙开口说。

"什么？你跟我去干什么？我不需要你保驾。"羿一口拒绝。

"弟子知道师父不需要我保护，可是我需要您的指教，我不想中断学业。"逢蒙诚恳地说。

"说实话，我已经没有什么可教给你的了。"羿说，"如果不是这张天赐彤弓和素矰，单从射击技艺讲，你已经不在为师之下了。"

"那是师父的说法，弟子不这样认为。"逢蒙说，"最近发生的一件事让我看到，除了您的神力，师父还有一门绝技弟子尚未学到手。"

"哪件事？什么绝技？"羿问道，一时想不起他指的是什么。

"在寿丘，师父出手救下女孩儿。"逢蒙说，"当时我们正准备渡河，师父已经登船，背对着出事现场，而逢蒙还在岸边，侧对着现场。但当我发现目标迅速挽弓搭箭时，师父的箭已经离弦飞出好远。结果是，师父射中水怪救下女孩儿，而我的那支箭却射空了。我一直想不明白，师父有什么秘诀，竟能如此及时地发现背后的敌情呢？"

"这里面并没有什么秘诀，而是决定于射者对周围信息的感知能力。"羿笑笑说，"习武的人，如果能做到眼观六路、耳听八方，就已经是上乘功夫了，但还不是最高层次。处于顶尖水平的射者，不仅能充分发挥眼睛、耳朵等有形感官的作用，还具有一种所谓第六感觉的神秘能力。这种第六感觉，能随时提供上下、左右、前后全方位的信息，并促使你下意识地做出相应的举动。当时现场极度危急，发出了强烈的求救信号，因此触动了我的第六感觉。”

“这种第六感觉可以通过什么秘籍进行修炼吗？”逢蒙迫切地问。

“据我所知，眼下还没有。”羿说。

逢蒙大失所望，近乎自言自语地说：“人们常说，师徒之间能够做到青出于蓝而胜于蓝，师父才算有水平，学生才算有出息。看来，逢蒙是没有指望超过师父了。”

其实，逢蒙还有一句潜台词没有说出口：“只要师父健在，不管我怎样努力，也拿不到天下第一射手的称号了。”

“不要灰心。你有希望超过我，我也有希望成为好师父。第六感觉也是磨炼出来的，修身养性、实战积累，都有可能促使它的产生。你好自为之吧，师父等着你的好消息。”羿说完，大步踏上征程。

嫦娥的饯行酒只有几杯，但却发挥了作用，羿又感到身轻气爽，虽然还不能展翅高飞，但翻山越岭、渡河跨涧已不是难事。一日路过槐江山，羿忽然想起，这里有一个天帝在下方修建的花园，叫悬圃，隐藏在云雾缭绕的山顶上，由一位背生双翼、人面马身的神英招管理。过去，羿经常给英招传达天帝的指令，二人也算是比较熟悉的朋友。

“英招，英招，你在哪里？你的朋友羿前来拜山！”羿还像过去一样呼叫着，希望英招突然落在面前，把他接进悬圃去喝茶。

但是，他喊了个口干舌燥，也没见到英招的影子。

“我劝你别喊了，他正在争取晋级，不愿意接见一位被天帝冷落、落魄人间的故人。”不知何时，一个怪物出现在羿身后，其状如牛，八足二首，还拖着一条马尾巴。它本来也是一位天神，因被贬下界，投错了胎，变成现在这副怪模样，有名叫勃皇。勃皇说罢，悄然没入重重叠叠的山峦，身后还留下一句话：“好自为之，各走各的路吧！”

羿第一次体验到被冷落的滋味，离开槐江山，怏怏地踏上征程。

一阵浓郁的花香伴着青春气息迎面扑来。“好香啊！”羿情不自禁地自言自语。

“那不是羿先生嘛！停一停，我有话对你说。”一个欣喜的声音传来，当羿停止奔走时，一位朝霞般靓丽的仙女已经站在面前。

“我是女夷[1]，在瑶池会上见过你。”见羿发呆，她歪着头俏皮地说，“你这个射日的大英雄，真是贵人多忘事，不记得我了？”

“哎呀！你就是那位操持春生夏长的花神！”羿一拍脑袋，惊喜地说，“我可不是什么贵人，而是蒙尘人间，蜕变成一个凡人了，过去神仙的日子几乎都忘光了，还请姑娘原谅。”

“你射落九日，使我的树木花草免遭一劫，也就是救了我一命，不管你现在的状况怎样，在我的心目中，羿永远是位顶天立地的救世大英雄！”女夷有些激动，她控制一下情绪，接着问道，“你现在到哪里去？需要我帮忙吗？”

女夷的热情，消解了英招的冷落带来的阴影，羿又感受到了朋友的情谊。他一五一十地把自己的处境讲给女夷听，最后说：“我到西王母那里碰碰运气。人嘛，总要想办法活下去，走到哪儿算哪儿吧！”

女夷泪流满面。她为心目中的英雄鸣不平。

羿正不知如何安慰她，女夷忽然破涕为笑，兴奋地说：“好啦，好啦！我终于有机会为你做点什么了！”

“你能帮我做什么？”羿问。

“我知道有个地方叫员丘山。当年黄帝的医官叫岐伯，乘坐着十二只白鹿拉的车采集中草药。岐伯死后，鹿车进入员丘山，化为一株灵芝，人称鹿车芝。神仙赤松子告诉我，凡人吃了鹿车芝，

---

[1]《淮南子·天文训》：“女夷鼓歌，以司天和，以长百谷禽兽草木。”高诱注：“女夷，主春夏长养之神也。”

能够登云驾雾，长生不老。这颗鹿车芝不正好拿来给你补充能量吗？”

“鹿车芝既然如此神奇，世上那么多修炼大家、吐纳方士，为什么不来采摘？”羿提出疑问。

“天生万物，各有所归，至于最后会落到谁的手里，那是有定数的。”女夷说，“几百年来，一直有四条巨蟒守护着鹿车芝，不要说凡夫俗子，就是颇有道行的山神水怪也不敢凑近。最近又跑来一只九头怪兽，名叫雄虺（huǐ）[1]，一举把巨蟒赶走，打算择吉日独享仙草。这真是螳螂捕蝉，黄雀在后，雄虺万万没有想到，天神羿赶来了。”

“雄虺？很厉害吗？”羿问。

“是的，是个有几千年修炼功力的恶煞。”女夷说，“如果鹿车芝落入它的口中，对人类的危害就更大了。我们的大英雄若能杀雄虺、取灵芝，又是大功一件。”

羿一听说为民除害，就浑身热血沸腾，何况还有一位崇拜自己的美女在身边。但战术上要重视敌人，不敢掉以轻心。他担心神力不足，难以射杀雄虺，于是问道：“那雄虺身上有什么弱点可以利用吗？”

女夷说，雄虺是蛇身，具有蛇的属性。“我走遍了山山水水，到处都能见到大大小小的蛇，但我们身后的槐江山上却看不到蛇的影子。你知道是为什么吗？因为这里出产上好的雄黄，而雄黄是蛇的克星。”

员丘山状似馒头，覆盖着密密的林木，云蒸雾绕。羿不敢贸然登山，索性扯出弓来连连放箭，穿林而过。这时，雄虺刚盘住一只活鹿，正打算美餐一顿，忽然发现有人挑衅，以为猎手要来口中夺食，于是抬起头来张望。

---

[1] 屈原《天问》：“雄虺九首，倏忽焉在？”

九个倭瓜般大的脑袋探出林外，呈圆弧形排列，十八只眼睛像十八盏灯笼，射出荧荧绿光，四下扫视。这时，只听弓弦声响，一盏灯笼应声熄灭。雄虺大怒，九张嘴同时喷出水柱，山石泥浆滚滚而下，排山倒海般地向羿压来！

羿何等机敏，早已跳离原地，隐起身来，伺机进攻。当雄虺喘过一口气，探出身来检查水攻的战果时，一道寒光迎面而来，又有一只眼睛被射穿！雄虺勃然大怒，丢开猎物腾身跃起，大张着嘴巴呼出阵阵焰火，向羿扑来。羿迎面而对，一连射出九支捆绑着雄黄的羽箭，支支命中雄虺冒着火的大嘴巴。雄黄遇到火烧，立即迸出艳丽的火花，散发出一股恶臭，一股脑钻进雄虺的五脏六腑。它只觉得好像有亿万条蛊虫在体内嚼噬，痛苦异常，掉头落荒而逃。羿不想错过除掉雄虺的机会，纵身抓住它的尾巴。他被拖上半空，只听耳边风声呼呼作响，不知飞向何处。

雄虺剧烈地扭动着身躯，排遣难以忍受的痛苦。羿也随之上下翻转颠簸，折腾一夜，搞得晕头转向。天光放亮，羿突然发现一座黑乎乎的大山迎面压来，大吃一惊，当即松开双手，坠向脚下汹涌澎湃的大河。他随即浮出水面，踏着浪头逃离险境。

雄虺一头撞在黑石山上，眼冒金星，魂魄出窍，跌落大河。随着惊天动地一声碰撞，山石崩裂之声不绝于耳，高耸入云的黑石山隆隆然倒塌。

## 花神女夷

羿坠入的那条大河叫汹水。这里已经离开鹿车芝所在的员丘山很远了，他只得又开始漫长的跋涉。当回到员丘山时，已是隆冬季节。员丘山上白雪皑皑，到哪里寻找鹿车芝？当下传来几声虎啸狼嚎，羿寻声摸去。山顶上有一个鼓起的雪包，豺狼虎豹在它的四周围成一个大圆圈，谁也不敢上前，谁也不肯后退，只是不时地与左右邻居对吼几声，以保持相当的距离。羿怀抱彤弓，戴上玉制的扳指，并不搭箭，只是连连扣动空弦。山林呼啸，凶兽闻声丧胆，仓皇逃离。但它们似乎并不甘心，一个个躲在远处窥视羿的举动。

扒开厚厚的积雪，一股奇异的芳香沁人肺腑。羿暗自高兴，下面就是仙草鹿车芝了。他轻轻地拂去落叶和干枯的花瓣，竟然吃惊地叫出声来："花神！女夷！"

女夷曲身侧卧在枯枝败叶上，面露微笑，好像是睡着了，还做着一个甜蜜的梦。她的胸前赫然矗立着那颗鹿车芝，粉茎赤盖，宛如一副车马一般。

羿感到好笑，没想到风光无限的花神竟如此寒酸地过冬！"醒醒，醒醒，我回来啦！"他推一把女夷，立刻脸色煞白，一屁股蹲在雪地上。

女夷早已冻僵了。为了守护鹿车芝，她没有随着气候迁徙，竟和花草落叶一起，葬身在冰天雪地的北国大地上。

羿紧紧地抱着女夷，希望用体温融化她、唤醒她，泪水无声地洒在她的身上。一天，两天，到了第三天的正午时分，女夷忽然动了动，说："都是大英雄了，还流那么多眼泪，不怕人家看见了笑话？"

"啊！你醒啦！"羿惊喜地摇摇她，说，"你要不醒来，我就坐在这里把眼泪流干。你怎能这样作践自己呢？"羿又是一阵酸楚。

"当十日曝晒大地时，我和我的花草树木都面临着死亡的威胁，你拯救了我们，同时也成了我心目中的偶像。能为你做点事，是我的心愿；能这样偎依在你的怀抱里，是我的奢望和梦想。"女夷紧紧抱住羿，生怕他撒开手。

"仙草就在身边，你只要吃上一点，也不至于冻成这样。"羿抚摩着她依然冰凉的后背，隐隐心痛地说。

“我死不了的。”女夷安慰他说，“当春风吹来的时候，冰雪融化，万物复苏，我会像草木一样苏醒过来，照常开始我的工作。不过，以往我可从来不在北方以这样的方式过冬。”

“一个男人让一个弱女子为自己做出这么大的牺牲，实在心有不忍。”羿仍然无法排遣心中的愧疚。

“这样吧，你要是过意不去，就替我办一件事。”女夷一本正经地说。

“你说吧，有十件羿也会照办！”

“我想去南方，到那里去侍弄开始吐绿的花草竹木。可是我飞不起来了，这倒霉的鬼天气。”女夷活动一下软绵绵的臂膀，又诡秘地笑笑说，“只好劳驾大英雄吃下这颗鹿车芝，变成会飞的神羿，把本姑娘送到千里之外的目的地。”

鹿车芝果然神效非凡。羿吃下后，浑身骨节咯咯叭叭响了一阵，出了一身臭汗，用山泉一冲，顿感神清气爽，体轻如燕，抱起女夷飞上蓝天。他好久没有享受飞行的乐趣了，尽情地鼓动双翼，飞过大河，跨越大江，俯瞰辽阔的大地。眼前的景色由白变黄，由黄变绿——江南已是春意盎然了。

女夷的温柔和热情，让羿沉浸在青山绿水之间，乐而忘返。一日夜里，月光水一般洒向大地，耳边回荡着迷人的天籁之音。女夷静静地躺在他的身边，凝视着上空的月亮出神，羿握住她的手，也没有引起回应。

“你在想什么？”这些天，女夷一直情绪亢奋、热情缠绵，今天是怎么了？羿禁不住问道。

“我在想念常羲姐姐。”女夷出乎意料地说。

“你认识她？”羿惊异地问。

“在西王母召集的女仙集会上，我俩一见如故。”女夷回忆似的说，“她那静如秋水般的美，让我永世难忘，每当抬头望月，都会想起她。不知她来到人间是个什么样子？”

“她现在的名字叫嫦娥，从模样到神态都和常羲一模一样，就连对我的态度也没有变化，矜持而又含情脉脉。”羿有点遗憾地说，“我从她那里怎么也找不到激情，不像你这样使我青春勃发。”

“因为在别人眼里，你是天神，是英雄；而在常羲姐眼里，你只是个丈夫。”女夷意味深长地说，“常羲姐为了你，甘愿从天仙变为凡胎，恐怕很少有人有这样的勇气。说句老实话，如果你不是一位射日的英雄，或者从此一蹶不振、落魄颓唐，我也没有这样的热情和耐心陪伴你，为你献身。”

羿翻身跳起来，向女夷恭恭敬敬地一揖到地，说：“多谢你的教诲，咱们后会有期！”腾空飞去。女夷向他招手，凝视着空中那个黑点消失在天际。

鹿车芝可以使羿拉开硬弓，腾云驾雾，也可能给他带来长生不老，但药力毕竟有限。他曾多次发力上冲，都被一条无形的绳子扯回来，登天乏力。看来，若想恢复往昔天神的雄风，还得找西王母碰碰运气。在人间，也只有这个女人和天庭要员往来密切，有机会收到馈赠。另外，从她那里听到一些天上的消息，也是羿十分渴望的。

羿在西王国着陆。这里生机盎然，永远是个世外桃源。那西王母虽然几经世道轮回，饱经沧桑，却依然如出水芙蓉般的光鲜美丽。她和众仙女的热情款待，使羿产生又回到天庭生活的感觉。

“回不了天庭也罢，人间自有人间的快乐。”听了羿的叙述和找来西王国的目的，西王母说，“不过，对于你的要求，西王国愿意倾尽所有。”

她拿出一粒葡萄般大小、晶莹剔透的药丸，异香扑鼻，说：“当年天帝在密山存下一池玉膏，专供到下界来公干的天神加餐。玉膏池撤回时，给我留下一葫芦玉膏以备不时之需。我不敢轻易动用，把它炼制成一丸药，保存至今。你是天帝派来执行射日任务的天神，有资格享用它，也算我对你的报答。”

"报答我？"羿诧异地说，"我想不起来为您做过什么，只是因为困顿无助不得已才来找您的。"

"好一个公而忘私的仁羿！"西王母由衷地赞叹，她指着四周山坡上的桃李说，"经十日一烤，我的仙果至少早熟十年，成色和药力大打折扣。如果不是你力射九日，恐怕今后蟠桃会也开不成了。这样的大恩大德怎能不报？快吃下去吧！"

药丸温润柔和，还有点弹性，羿拿在手里翻来覆去地看，只是不肯放进口里。他似乎漫不经心地问道："听说十巫也在炼制不死药，您知道他们躲在什么地方吗？"

"这个巫咸，总是神秘兮兮的，听说也在昆仑一带，我素来不和他们打交道。"西王母忽然明白了什么，诡谲地一笑说，"这不死药可不是瓜果桃李，你到处收购，难道想去贩卖不成？"

羿的脸"唰"的一下红到脖子根，吞吞吐吐地说："常羲……也在人间，我走了，她怎么办？"

"好一个有情有义的羿，怪不得这两天女儿们像丢了魂似的，总围着你转。"西王母抓住他的手使劲地摇晃，接下来又郑重地说，"这丸药一个人吃了可以飞上天界，做天仙；两个人分吃能够长生不老，做地仙。不过，有你这份心，常羲这丫头也该知足了。"

羿小心翼翼地把不死药包好，放在贴身处，双手抱拳说："多谢王母赠药！"转身就走。

"等一等！"两位姑娘在远处高声喊叫。

"她们是谁？"羿诧异地问。

"帝尧的双胞胎女儿娥皇、女英。"王母回答，"她们快要出山了，这几天到沃之野去采玉，想带回去作为礼品送给哥哥们。"

"噢，我怎么没有见过她们？"羿拍着后脑勺说。

"娥皇、女英是帝尧第四位妻子所生，自幼随母住在外婆家，又很早就被送到西王国，所以你没有机会见到她们。"西王母说。

娥皇上气不接下气地跑来，急促地说："王母，我俩要跟大司马一起回家。”

西王母掐着手指算算，说：“不行，我给你们量身打造的一身行头还没有浸润好，哪能就这样空手下山呢！今后这人间舞台上还有你们姊妹俩的戏呢。”西王母意味深长地说。

“我还打算到别的地方走走，不直接回平阳。”羿说，“你俩还是按王母的安排行动吧。我走了，帝都见。”

# 神土息壤

羿一心想再找一剂不死药，能让他和嫦娥双双飞升，飞到天帝干涉不到的领域，自由自在地生活。常羲为他变成了凡人嫦娥，他要把嫦娥再变成神仙常羲，而且是个得到爱情的常羲，来回报她。男人送给女人的，就要比女人送给男人的多，心里才觉得舒服。昆仑山是天帝的下都，宝藏多多，神秘莫测，不在这里找不死药，还到哪里去找？来一趟昆仑山不容易，羿决定在这里多耽搁些时日，多走些地方。

一日来到西海岸，耳边响起震耳欲聋的轰鸣。海浪漫过山岗，形成一道恢宏壮观的瀑布，泻入水潭，涌向大河。羿落在山巅之上小憩，欣赏着眼前蔚为壮观的场景。

一只鸱（chī）龟从一个小小的岩洞里爬出来，见光后体形很快膨胀，引起羿的注意。它脚步蹒跚地向潭边靠近。这时潭水里忽然冒出一个庞然大物，龙头蛇身，朝着鸱龟呵呵冷笑，露出犹如剑戟一般的森森利齿。

“窫窳，你不老老实实地在弱水栖身，跑到这里来干什么？”鸱龟惊愕地望着不怀好意的怪物，故作镇静地喝道。

窫窳？它怎么又在这里出现了？原来，窫窳被羿射断尾巴后，失血过多，好不容易修来的一些神通又丧失殆尽。当年应龙给它献血的时候，也献出一份送给十巫，支持他们研制不死药，这事儿窫窳是知道的。如今过去了几百年，十巫应该出成果了。它想找十巫讨要一份不死药。凭着当年十巫因投药失误欠下的那份情，想必不会拒绝它。于是，窫窳抱着一线希望来到昆仑山墟，四处游荡。

“如今洪水泛滥，江河四通八达，我哪里行走不得？”窫窳见鸱龟会说话，心下大喜，“原来阁下是只有道行的神龟。在下失血过多，正需要大补，只好劳驾阁下权做牺牲了，哈哈！”窫窳伸出长舌头，舔一下鸱龟的脑袋，咽下一口口水。

“想你窫窳伤害过多少生命，已是恶贯满盈，世间怎肯再容你横行？”鸱龟边向后退边大声训斥。

“你命在旦夕，还公然审判我？胆子不小啊！哈哈……”窫窳张着大嘴还在狂笑，鸱龟突然弹起，像飞鸟一般撞进它的肚子里。

窫窳还没有回过神来，正张着嘴巴发怔，突然感到五脏六腑如火焚一般剧痛，庞大的身躯直立起来，发出惊天动地的惨叫。

羿连连扯动弓弦，窫窳轰隆隆倒下来，如巨石坠地，砸出一个大坑。

羿发现，他的赤金箭只在窫窳身上撞出一连串的火花，并没有扎进体内。窫窳的死显然与他无关。

对面巨石背后闪出一位小伙子，一手持弓，一手提剑，小心翼翼地靠近窫窳，突然出手猛刺，只听“咔嚓”一声，剑尖同样冒出一簇火花。小伙子“咚咚”后退两步。

“哦，怎么僵成石头了？”他惊异地叫道。

羿纵身跳下，问道：“年轻人，它是你射死的？”

“不，不是。”他从地上捡起一支箭说，“我的箭连它的皮肉都没有伤到。我还以为是你射死的呢！”

小伙子瞄一眼羿的赤金箭，突然眼前一亮，惊异地叫道：“您是天神羿，大司马！没错，就是大司马！”

“你怎么认识我？”羿问。

“人们传说，您是用梭镖把凿齿射死的，您手中的箭，不就是一支梭镖嘛！再说，能拿这么重的东西当箭使的，除了射日英雄还能有谁？”年轻人显然十分激动，“我早就想去夷仪拜访您，一直没有找到引荐人，没想到竟在这里碰上了，还真是有缘分呢！”

“阁下怎么称呼？”羿问道。年轻人目若秋水、面似牡丹，一见面就招人喜爱。

“我的名字用的是氏族称呼，叫鲧。”

“鲧？与嵩山伯鲧是什么关系？”

“他的祖宗句龙也是我的祖宗。”鲧说，“当年，他们那一支从西北移居到中原的嵩山，我们这一支迁徙到蜀中的汶川。我在汶川长大，前年投奔嵩山鲧，随同那里的族人参加了共工领导的治水活动。”

“你跑到这里干什么来了？”羿问。

“查勘水势。”鲧忧心忡忡地接着说，“几年来汛期一年比一年提前，洪水一年比一年大，看来今年又不亚于去年；洪水正处于上升周期，治水难度很大。”

“你是说洪水会周期性地爆发？”羿第一次听说洪水还有周期，于是问道。

“从伏羲、女娲到现在，粗略算来，大约每隔一个甲子，气候就发生一次由干旱到多雨、由多雨到干旱的轮回，也就是说，每隔六七十年就会发生一次较大的洪水。”鲧说，“当然，每个六十年之间还有几个较短的周期、较小的洪水。”

“依阁下看，共工治水会成功吗？”羿问。

鲧分析说：“由于在前些年的干旱周期中，江河湖泊缩水，让出大片的空地；人们从高处搬下来，临水而居，随着人口繁衍，逐渐聚集成邑，障塞洪水通道。如今洪水来临，这些村、邑首当其冲，于是形成水灾。共工不可能把村邑搬走，只能水来土掩、围绕人烟稠密处修筑堤防，以保护民众生命财产。”鲧指着飞流直下的瀑布说，“西海水还在暴涨，日夜不息地向下倾泻，大河上游积水越来越多，中游河道泄洪不畅，总有一天洪水会夺路而下，那些堤防难保不会被摧毁。”

“难道没有好办法驯服洪水吗？”羿忧国忧民心重，发现鲧颇有见地，于是进一步发问。

“有，不过疏、堵二字而已。”鲧说，“对洪水以疏导为主，疏、堵结合，是治本之法；共工在中原地区采取的是以堵为主，堵、疏结合，是治末之法。”

“共工怎么会本末倒置呢？他不知道治本的重要吗？”羿心想，共工也是治水世家，怎么这样糊涂呢？

“以疏导为主，‘疏’‘堵’结合的策略是祖宗句龙的遗训，但历代治水人都没有认真贯彻执行；不是不懂得它的重要，而是难于实施。”鲧对治水有独到研究，见大司马十分关切此事，于是打开了话匣子，“先不说江、淮，只河水这一路的疏导，就有积石山、金门山、龙门山、少华山和砥柱山等嵩山峻岭需要开凿，需动用多少人力？要挖到哪年哪月？况且这还不是最难的，最难的环节出在‘堵’上。”

“哦？”

“河、济二水在负山脚下交汇，自此以下，便是一马平川，且落差很大。如果把上游的积水一股脑地通下去，就会一泻千里，水漫平原，大半个神州尽成汪洋矣！”鲧说。

“这么说，如此疏导不仅不是治理水患，而是制造水患了。”羿说。

“对，因此，要想疏导大河干流，必须先疏导它的下游，其中就包括堵。”鲧胸有成竹地说，“负山下有个小山叫大邳山，正当河水之要冲。如果把它加固增长，可以用来阻滞上游来的洪流，改变其直接东泻平原的方向。同时，应沿太行山东麓地势较高处开一条分渠，把河水缓缓导向北方的大陆泽，然后注入渤海。这样不仅可以使东部平原地带减少水患，还能够开辟南北水运航道，并使冀中大面积的农田得到灌溉，是利在千秋万代的治水基业。”

一阵刺刺啦啦的响声打断两人的对话。鸱龟不声不响地从窫窳的肚子里滚出来，落地后忽然不见。羿正在惊疑，一个人在背后拍拍他的肩膀说：“羿老弟，久违了。”

羿回头看，一个虎背熊腰、头大如斗的壮汉在哧哧地笑。

“您是……”羿打量着，一时不知是谁。

“陆吾。你成了显贵，就不认识老朋友了？”陆吾讥笑他说。

“哎呀，怎么是你呀！下凡以来我都变傻了，哪里还能识别你的化身呀！恕罪，恕罪。”羿连连打恭。

“来到昆仑怎么也不到敝处喝杯茶呀？”陆吾不依不饶，继续发问。

“我已是个被天庭遗忘的落魄之人，哪里还敢打搅贵人哪！上次去拜访英招，就吃了个闭门羹。”羿伤感地说。

“那是你找错了人。”陆吾说，“英招正在四处打通关节，打算谋取你走后的空缺卫士长，怎么能和天帝的情敌交往呢？我陆吾不怕，大不了在人间待上一辈子。我相信宠辱是一时的，朋友是永远的。”

“你们是老朋友？”鲧插话问。

“对。……不过你也不是外人。”陆吾神秘地笑笑，岔开话头说，“我本来不想如此尴尬地露面，但偷听了前面的治水宏论，大受感动，决定参加你们的治水，贡献些微之力，不知可否？”

鲧大喜，说：“巴不得呢，您可是位神通广大的天神。对了，刚才这个怪物是您把它变成石头的吧？”

“对，肯定是你。你用的什么法术？”羿也感兴趣地追问。

“这可是天大的秘密。”陆吾严肃地说，随后又嘿嘿一笑，“既然咱们成了一党，陆吾就只好向二位泄露一点天机了。”

陆吾掏出两粒核桃大小的泥丸，说：“这种东西叫息壤，它可以迅速裂变生长，变成石山土丘，刚才我只用了菽粒大小的一粒，就填满了窫窳的体腔。使用时把息壤埋在土石里，威力更大。”

鲧可能预见到了什么，急迫地问：“在哪里能找到息壤？”

“息壤是当年天帝修建下都时，为增高昆仑山山体而使用的一种建筑材料，剩下一部分遗落在山体之内。我有意把息壤拿出来帮助治水，但必须奏请天帝批准。”陆吾再次强调说，“在天帝批示下来之前，要绝对保守秘密。这两粒就送给二位，算是我的见面礼。”

陆吾邀羿到他那里稍住几天叙旧，于是鲧就告辞离开了。只见一匹白马流云一般消失在山峦中。

陆吾问羿：“你知道这位鲧是谁吗？”

“他不是句龙的后代吗？”羿不置可否地说。

“他是白马星君投胎下凡。”陆吾神秘地说。

“白马星君？”

“对，句龙在世时任黄帝的后土大臣，人称白马，升天后被封为白马星君。他的下凡，和你多少有点关系。”

“和我有什么关系？”羿十分诧异。

“有重要关系。”陆吾说，“你知道九日为什么跑出来了？”

“因为羲和离开了扶桑，没人监护它们！”

“当时羲和在白马星君府上做客，数日不归……你明白了吗？”

“啊！难道天帝为这事吃醋了？”羿吃了一惊。

“小声点，隔墙有耳。”陆吾说，“鲧的身上还隐藏着一些惊人的秘密，我也拿不准。不过他是人间治水的希望，我们要帮助他。”

西王国是培养女性人才的地方，对年轻人的吸引力，不亚于如今的哈佛、剑桥；有条件的人家都愿意把女儿送去培训，即使学不到本事，哪怕能混个文凭回来，也可以光宗耀祖了。帝尧的两个女儿娥皇、女英，就是在这样的背景下来到西王国的。西王母的教育方针是因人制宜、学以致用，对皇家小姐，就不教给腾云驾雾之类的仙术了，而着重培养其贤淑性情、聪慧才智。

西王母分别给两人特制了一身衣服，上衣是用凤凰的羽毛织就的，叫作鸟工，穿上它可以飞翔；裤子是用龙尾编成的，叫龙工，穿上它能够土遁和水遁，就是在土中和水中行走。

“穿上这两件衣服虽然显得笨拙些，但足可应付人间行路之难。”临走时西王母又意味深长地嘱咐说，“女大当嫁，不要因为有了些修行就挑三拣四地没完没了。你们不是我，很快会老的。男人不在多，找一个自己满意的就行了。”

娥皇、女英谨记师教，告别西王国，一路下山回家。昆仑山山高水险，路途坎坷，娥皇、女英回乡心切，飞一阵、走一阵，匆匆赶路，虽然身轻体健，也免不了腰酸腿疼、娇喘吁吁。娥皇发现后面一匹白马奔来，一时计上心来，拉起女英跃上一棵树冠，并挥剑削下一段树枝，横落在小径上。白马来到树枝跟前，放慢速度，娥皇、女英趁机落下，稳稳地骑在白马身上。白马刚要发作，忽然感到两人柔若无骨、轻似束帛，背上暖融融的倒舒服了许多，于是“咴儿”一声啸吟，碎步小跑起来。

娥皇、女英在马背上有说有笑，来到渭水流域，沿河东进。由于西海涨溢，山洪频发，华山山体滑坡，泄洪不畅，在河、渭交汇处形成一片浩瀚的湖泊，叫山泽。娥皇、女英跳下白马，披上飞行羽衣鸟工，打算飞向彼岸。当她们回头向白马道谢时，发现它已经没有了踪影。

娥皇、女英鼓动双翼飞掠山泽，向对岸飞去。这时，平静的水面忽然冒出一条白龙，涌起阵阵巨浪，冲向山坡。山坡上有一个不大的洞，一位少女护着洞口大声尖叫。情况紧急，二女来不及打问明白，便裹上龙工一头扎进水里，仗剑截住白龙去路。

白龙忽然收住水头，摇身变作一位白白胖胖的中年男人，稳稳地站在水面上，厉声喝问：“你们是谁家女子，胆敢阻我河伯行事？”

“你既是河伯，为什么不去疏通河道、导引积水，在这里欺负一个小女子干什么？”娥皇大声质问，“你定然是个水怪，假冒河神在此为非作歹，我们姊妹怎能坐视不管？”

河伯大怒，把脸一抹，又变成白龙，大战二位佳丽。娥皇、女英虽然穿着龙衣，但在水中活动并不那么便当，怎抵得住兴风作浪的白龙？战到酣时，便感到手脚迟缓，难以发力，只有步步后退。

白龙哈哈大笑：“这么漂亮的姑娘怎好舞刀弄枪？都请到我的后宫里吧！”

话音未落，一条黄龙忽然从水底冒出来，咬住白龙尾巴把它拖入水下。一黄一白在水里恶斗，娥皇、女英飞离水面，不时俯冲助战。白龙受到上下夹击，渐渐不支。

一道水柱冲天而起，白龙跳在半空，气急败坏地喊叫：“本神是天帝御封河神，你们竟敢合伙围攻我，等着瞧！”裹起一团乌云飞去。

山泽恢复了平静，黄龙也无影无踪。娥皇、女英降落在山坡上，眼前是一位如山花般的少女。她就是敤手。她说，因雷夏泽连年大涨，她的家乡姚墟面临严重的水患威胁。他的哥哥虞舜到汾水一带来察看选址，打算举家迁来居住；因哥哥离家三个月不归，她不放心，自己偷偷跑来寻找。她喜欢绘画，沿途一路采风，倒也十分快活。今天，敤手发现身后这个岩洞里布满岩画，欢天喜地地蹲下来临摹。这时，一个自称河伯的男子进来，逼她成婚。“我誓死不从，他威胁说要把岩洞淹没，于是就发生了二位姐姐看到的事情。”敤手说。

听完敤手的诉说，娥皇、女英喜欢上了这个小姑娘，关心地问：“打听到你哥哥的消息了吗？”

“听人说他在妫汭（guī ruì）盘桓了些日子又离开了。我哥哥很有本事，他不会出事的，我只是想念得厉害。”敤手说。

“说不定你哥哥已经返回老家了，”娥皇说，“你还是早点回去吧，一个女孩子出门在外不安全。”

“我也想早点回去，只是被这些岩画吸引住了。”敤手又忧虑地说，“那个河伯要是发水淹没了岩洞可怎么办啊？”

一条大鱼的脊背浮出水面，细看原来是条船。一位黄衣青年舞着双桨飞快地驶来。他跳上岸来招呼说：“姐姐妹妹们好闲适啊，就不怕河神来报复吗？”

这位小伙子肌肤白嫩，眉目如画，竟比漂亮女子还要俊俏几分，立即引起敤手的兴趣。不过她首先道出了心中的疑问：“知道河神来过的，除了我们仨，就只有那条黄龙，你不会是它变的吧？”

“那哪儿能呢，你看我的皮肤这么白，要变也该变个白色的什么物什，怎能变成黄龙呢？”娥皇发现少年在极力掩饰自己的身份，而敤手和女英仍然满腹疑问。

她们的怀疑没错。从昆仑山下来的白马和刚才那条黄龙，都是鲧的化身。马长八尺为龙，素有龙马之说，就是说神马本来就是龙的化身。因此鲧本来就具有在陆为白马、入水为黄龙的两个身份。也有人说，鲧在水中显现的是一条大黑鱼的形象，并据此推测，在鲧之前，鲧氏族本来就写作“共工氏”，只因鲧成了名人，他又有个大黑鱼的分身，才把共工写作“鲧”。因为“鲧”即“鮌”，“鮌”就是黑鱼。还有人说，鲧死后化为一只三足龟云云。总之，鲧是一位备受争议的人物，直到现在还有人把他作为反面教材来评说，因此他的形象也褒贬迥异。

闲话说过。此时远处浊浪排空。娥皇腾空瞭望一会儿，说：“河伯带领水族赶来了，我们还是避一避风头吧。”

“河伯把山洞冲毁了怎么办哪？里面有很多珍贵的岩画呢，我宁死也不离开这儿！”敤手带着哭腔焦急地说。

鲧安慰她说：“好妹妹甭怕，我来对付这个恶煞。”

鲧带领大家围着洞口垒起一道象征性的弧形堤堰，暗中掰下一块息壤埋在里面，然后变戏法似的说声“变”，众目睽睽之下，一道宽厚的石堰拔地而起，竟有一人多高。

三位女郎拍手称奇。女英问："小哥哥，你这是变的什么魔法呀？"

"天机不可泄露。"鲧遵照陆吾的嘱咐，不敢暴露息壤的秘密，于是打马虎眼说，"既然是戏法，就不能说破，你要想明白其中玄机，只有拜我为师了。"他想，一位皇家小姐，怎能随便拜师呢？

"那好，现在就拜！"女英看上了鲧，想借此黏住他，"你叫什么名字呀？"

"我叫鲧，读音就是'共工'……"

"好了，好了，眼下情况紧急，拜师的事以后再说吧。"娥皇担心地说，"石堰这么低，不知能不能挡住河伯，咱们还是专心应付敌情吧！"

浪头迎头撞来。紧接着一浪高过一浪，惊心动魄。说来奇怪，只见石堰随着水浪的升高而增高，任凭河伯和他的虾兵蟹将如何鼓噪、弄潮，也无法向前推进。河伯恼羞成怒，驾起六条虬龙拖动的云车，轰然冲出水面，打算强行劫持敤手。

鲧举起划桨跳上石堰，娥皇、女英手持宝剑起在空中，连敤手也捡起一块石头，举过头顶，准备随时一拼。

"冰夷！你为了一个女孩子，值得动这么大的肝火吗？"一个声音传来，如黄莺鸣柳，婉转清脆。

众人望去，只见一位仙子像明亮皎洁的太阳，在朝霞中冉冉升起。她的形象飘荡不定、好像流风舞动旋转的雪花，体态轻盈柔美，恍若惊飞的鸿雁，健美的曲线犹如腾空嬉戏的游龙……

鲧看呆了。娥皇、女英身不由己地落下尘埃。敤手赶紧放下石头，扯开衣襟准备把这美妙的形象描绘下来。那仙女一刻也不停留，踏着碧波细步行走，荡起团团水雾，渐去渐远，消失在水天云霞之中。

"雒嫔你听我说，"白龙急忙收起潮头，约退水族，追了过去，还一边不停地解释着，"这个丫头长得好，我是想雇来给你当使女的……"

“看来这个传说是真的。”娥皇回过神来，像是自言自语地说。

“什么传说？”鲧问。

“当年伏羲有一个小女儿，名叫宓妃。一天，宓妃骑在一头猎鹰身上独自游玩，不慎跌入洛水。后来她不知怎么搞的就成了洛水水神，又有了个名字，叫雒嫔。”娥皇稍停一下，又娓娓道来，“河伯原本不是这样的。他的俗名叫冰夷，或者是冯夷，过河时落水淹死。冰夷一腔怒气冲上天庭，大骂老天草菅人命。天帝赏识他的耿直且有胆识，封他当了河伯，放心地让他监管河水。大概是因为同病相怜，洛水女神雒嫔和河伯就成了郎才女貌的一对伉俪。不成想时日一长，那河伯渐渐地骄奢淫逸起来，不断地娶妻纳妾成了他的一大癖好，更甚者，作为一河之主，他竟然借洪水之机大发起淫威来。人的变坏竟也是这样的容易。”

“有了洛神这样的妻子，他竟然还不安分！”鲧为宓妃愤愤不平。

敤手点起松枝做的火把，带领大家进洞欣赏岩画。岩壁上的动物和飞禽栩栩如生，狩猎图也画得恢宏壮观，一幅接一幅，目不暇接。他们钻到岩洞深处，发现一个石匣子，上面刻着几个字：倒转手磕即开。鲧好奇，上去把石匣子翻过来，用手使劲磕打，又用石块敲击，怎么也打不开。惹得鲧性起，双手举起石匣子向岩壁摔去，石匣子依然纹丝不动。娥皇、女英试了一回，也一筹莫展。敤手忽然灵机一动，说：“你们都不要忙活啦，看来非得本姑娘亲自动手不行。”

女英用手摁住石匣子，问：“你发现了什么秘密？”

“把‘手磕’倒过来，不就是‘磕手’吗？敤手就是我呀！”敤手自信地说，“依我看，定是哪位先师在匣子里藏着送给我的宝贝，你们可不要抢了去呀！”敤手的手刚一触摸，石匣子便砰然开启，里面摆着一支赭红色的圆棒，别无他物。

圆棒非石非木。敤手发现岩画的颜色也是赭红色，惊喜地说：“原来是一支画笔，的确是留给我的礼物。”说着，敤手拿起画笔随手临摹起一幅岩画来。

这幅画画的是一只已绝种的鸟，状似丹顶鹤，只有一足，旁边题着名字——毕方。敤手画完，最后一笔点上眼睛，不想那鸟竟呼扇着翅膀从岩壁上跳下来，还“毕方”“毕方”地叫着自己的名字！

原来那根圆棒棒竟是一支神画笔！几人走出洞来，大家向敤手祝贺。这时，敤手突然感到心痛不已，脸色蜡黄。大家惊慌失措，不知如何是好。敤手摆摆手，说：“我没事，好像是我哥哥在家里遇到点麻烦，我得赶回老家去。”

“出了什么事？要不要我们大家帮忙？”娥皇关切地问。

“家丑不可外扬。我家很远，大家去不了的，其实你们都去也没有用，只是请鲧哥哥把我渡到对岸就行了。”

当敤手要上船时，只见毕方用喙啄住她的衣裙不放。敤手何等机灵，翻身跨上鸟背，腾空而起。她挥手和二女再见，又特别关照鲧：“你等着我！”

“你还有什么事吗，姑娘？”鲧问。

“没，没有……我想给你画张像！”

娥皇、女英搭乘鲧的小船回家，望着他那矫捷的身影，女英坐在船头呆呆地出神。娥皇忽然跳起来，说：“对面来了一只大船，好像是大哥丹朱。”二女拼命地招手、喊叫，还没有靠近，就飞身跳到了大船上。

丹朱说：“你俩从小出门，如今都出落成大姑娘了，要不是你们自报家门，我还认不出自家妹子呢！怎么想起回家看看啦？”

“我们不回山了，同你一块儿协助爹爹治理天下。”娥皇说。

“听哥哥的话，你俩还是去修仙吧，不要回来遭这份罪了。”

“发生什么事了？”娥皇没想到丹朱一见面就说出这等话来，又追问道。

“唉，一言难尽，以后你就知道了。”丹朱似有无尽的难言之隐，他看看鲧，岔开话题说，“这位小兄弟是谁？要到哪里去呀？”

鲧还在那里等着和二女告别，此时报上名字，并问道："羿是不是回来了？"

"没听说。大司马要是不回来，麻烦就大了，洞庭湖的巴蛇越来越猖獗，还等着他去捕杀呢。最近又听说崆峒一带有个九婴部落造反了，也等着大司马去救火呢。"丹朱似乎早就憋着一肚子话要说，此时借题发挥又加了一句，"普天下就没有几个可用的人，父皇就指望这一位大司马了。"

丹朱的大船装扮得花团锦簇，载有女子歌舞队，丝竹管弦一应尽有。娥皇听他话里话外牢骚满腹，不高兴地说："既然天下不宁，你为什么不为爹爹分忧，反而要乘花船、携女乐逍遥自在呢？"

"哎呀，我的好妹子，你一见面就来指责哥哥啦？这话早就有人告到父王那里去了。"丹朱说，"因为天灾不断，水患不已，各地都忙着求神祭天，高水平的女乐供不应求，反正我也没什么大事干，就凑了个女乐团以应时需。这不，共工氏被父王派去治河，要讨好河伯，请我的女乐团前去助兴，这有什么错吗？"

鲧见他们皇家兄妹争论不休，便礼貌地告辞，划着自己的小船离开了。女英恋恋不舍地喊道："我在都城等你，你可要来找我啊！"

娥皇打趣说："你看他好，嫁给他算啦！"

"我离不开姐姐。我若要嫁给他，你也得陪着我。"女英认真地说。

"女大当嫁。只要你俩商量妥了，大哥去给父王说。"丹朱说。

# 姜嫄弃子[1]

西戎，是中原人对西部边远部落的统称。西部山远水长，地形复杂，不知有多少古老的部落散布在丘陵之上、水泽沟壑之间，不为世人所知。居住在汹水的居民，若不是发生了那件天崩地裂的大事，也不会惊动帝尧前来巡视。汹水因水流湍急、汹涌澎湃而得名。不久前，九头雄虺误撞黑石山，山体倒塌，把河道拦腰截断，形成一个很大的堰塞湖。湖水渐高，从左旁山垭间溢出，拐向一道狭窄的山谷，奔腾而下。堰塞湖水位稳定下来，大坝倒也安然无恙，只有一条小溪漫过坝顶，百丈飞瀑从天而降。人们在大坝以下的河谷地带聚居，农耕渔猎，素来无事。

一日夜间，忽有弟兄九人降落坝上，自称九婴。九婴每人手持一把大铲，威胁居民每天给他们送上一头牛犊解馋，不然就扒开大坝。

此言一出，汹水居民人心惶惶。部落首领欲上坝与其理论争斗，又见九婴时而腾云驾雾，时而喷烟吐火，知是来者不善，取胜无望，只好知会下游部落，每天轮流献上一头牛犊，供其享用。此事传到西岳和仲耳中，他身跨白虎赶来进行实地察看，发现九婴头顶上空有妖气盘桓，的确大有来头，料不能敌，于是连夜赶往帝都报告。

帝尧想借此机会巡狩西戎，于是决定御驾亲征，命西岳和仲做向导，钦点代理大司马逢蒙和殿前侍卫纪昌、鸿钧，率数十名武士一路护驾前往。来到汹水，和仲带领帝尧直接登上大坝，打算近距离观察敌情。这时才发现，坝上正在进行一场水火大战。一只九

[1] 姜嫄弃子的故事见《诗经·大雅·生民》和《史记·周本纪》。

首蛇身的怪物从湖水中探出半截身来，一口气射出九条水柱。它的对面，也是一条九首蛇身的怪物，同时喷出九道火焰。水火相逢，立即化为冲天云烟，在大坝上空弥漫。

书中交代，喷火的怪物就是撞倒黑石山、死而复苏的雄虺，九婴不过是它附体的替身而已。那么，那个喷水的九头怪物又有什么来历呢？它是共工国的大臣相柳的法身。相柳受命到西北勘察水势，发现了汹水堰塞湖险情和九婴的行径，如不有效控制，将给下游带来灾难性的后果。他仗着一身的本事冲上大坝，与九婴展开搏斗，怎奈寡不敌众，被九婴逼下水去。相柳气冲牛斗，摇身变作九头巨兽，喷出强劲的水势，将九婴逼到大坝尽头。九婴哪肯示弱？立即收拢在一起，变为雄虺原形，即九头喷火巨兽。于是，一场水火大战拉开了序幕。

逢蒙率武士们冲在前面，见两个模样差不多的九头怪物正在大战，感到正是一举射杀它们的好机会，哪里分得敌友？于是连连发射。纪昌、鸿钧等辈见主帅动手，也个个发威逞能。可怜相柳正竭尽全力和对手较劲，没想到背后遭人袭击，中箭之后仓皇钻入水中。再看九婴，也就是九头雄虺，正张着嘴大口喷火，羽箭射来犹如飞蛾扑火，顿时化为灰烬，根本伤它不到。由于没有水柱的压制，那火焰突然喷射过来，逢蒙等人衣衫着火，须发尽燃，一个个屁滚尿流跳进水里躲避。帝尧胯下骊龙马早有警觉，已载着主人窜出老远，毫发无损。只有和仲还在坝上硬撑着，因为此时他把日晷剑变成了一个硕大的盾牌，散发出一波一波的寒光，护住了自己和坐骑白虎，免受灼伤。

九婴得势不饶人，见敌人都在水里挣扎，竟把烈火烧向水面，似是要把活人煮熟了吃。正在得意之际，忽听背后弓弦惊风，响声不绝，腰身上已被穿凿出一个大窟窿。

偷袭九婴的是羿。羿在昆仑一带找不到十巫，经陆吾指点，又赶到十巫的另一个修炼地登葆山，依然没有找到他们，只好怏怏往回飞。经过泅水时，他落在高高的岩石上，俯瞰曾经遇险的地方，发现了正在喷火行凶的九头雄虺。

九婴发觉遭人暗算，暴躁如雷，转身腾空，直向羿扑来。此时的羿已靠鹿车芝恢复了神力，艺高胆大，只见他不慌不忙，在九婴张口要喷火时，一连射出九支羽箭，九支羽箭分别朝着九婴的九张大嘴飞去。这些羽箭上都带有大剂量的雄黄，如果在九婴肚子里发作起来，就会有一场好戏看了。

天空飞来一块乌云。不，是一块特大的包袱。就在羿的箭触及九婴的一刹那，大包袱提前飞到，把九婴兜头包了个严严实实，羿的羽箭也被挡在外面，噼里啪啦落下尘埃。

羿惊呆了。

“羿兄弟久违了。”一个声音从身后传来，有人拍他的肩膀。

羿回头看，发现是一位妇人，慈眉善目，雍容华贵。

“女歧大姐！”羿惊呼。

女歧是天帝的女儿，一胎生下九个儿子，也称九子母，[1]是神界的英雄母亲，人人见面以大姐呼之。

“没想到吧！”女歧笑容可掬地说。

“您怎么到这儿来啦？侄子们呢？”九子一向是不离其母左右的，好像永远长不大似的；此时羿顾盼左右，却不见他们的影子。

“我不来，他们就被你点天灯了。”女歧把手一招，大包袱悠悠飘来，渐渐地缩小，原来是婴儿的襁褓，被女歧一把抄在手里。

从襁褓里一连蹦出九个小儿，见风就长，瞬间变成翩翩少年，蹦蹦跳跳、嘻嘻哈哈地四散开去。

女歧接连抖搂几下襁褓，说：“快出来吧，还赖在里面干什么！”一条赤链蛇打着悠悠坠到地上。

“哪来的蛇？”羿惊疑地问。

“它就是九头雄虺的原身。”女歧说，“这条赤练蛇修行上万

[1] 屈原《天问》：“女歧无合，夫焉取九子？”

年，修成九阴置换法身，它把我的九个儿子囫囵吞在肚子里，就可以置换成他们的形体招摇过市。不过它修的是恶行，收获的是恶果，最终得到的是恶报。”

“好险啊，我两次和它照面，要是被它吞下去，我羿就变成恶魔雄虺了。”羿有点后怕。

“它还没有这种造化吧？”女歧话音未落，忽见赤练蛇就地打旋腾空飞起，变作九头雄虺向大坝俯冲而下。只听惊天动地一声巨响，大坝被撞开一个缺口，洪水狂奔而下。

九头雄虺飞到女歧头顶上空，忽然哈哈大笑：“谢谢九子圣母！你的襁褓实在是个化育万物生机的宝贝。雄虺与你的儿子相处一场，又经过襁褓的滋养，万年的修行忽然开花结果了！刚才牛刀小试，果然功力大增。从此以后，雄虺横行天下、翻江倒海，谁人能及！谢谢啦，谢谢！你的儿子们还会找我入伙的。哈哈哈……”

九头雄虺笑声未停，一块乌云般的大包袱又兜头迎来，将它从头到尾包个严实，重重地落在溃坝的缺口中。山石泥土一齐倾下，将溃坝缝合，而得意忘形的九头雄虺则被深埋在大坝底下。

“唉，为了我的儿子们，不得不委屈你了。”女歧叹口气说。

相柳带伤把武士们救上岸，变成一位伟岸男子，向帝尧奏明自己的身份。帝尧当即就把汹水一带的大面积山林划归相柳做封国，并命他负责治理这一带的水患。从此，西北方向的版图上就多出了一个相柳国。

羿归队，官复原职，当即正名。帝尧答应了羿的请求，封逢蒙为副司马，常住帝都平阳，主管平时武备事宜。

君臣一行告别相柳，开始巡狩西戎各部落。几个月后，他们绕行到渭水流域，沿河东进。一日途经郃国地面，但见桑麻遍野、五谷丰登，好一个富庶之国。帝尧驻马观望，赞叹不已。

一位老汉荷锄走来，口中唱道：

野有大足，姜嫄践之，十月怀胎，产下一子。
姜嫄怪之，以为妖子，心存恐惧，思谋弃之。
丢之隘巷，马牛避之；迁之平林，遇人窥之。
搁之寒冰，鸟覆翼之；虎豹时至，以乳哺之。
姜嫄奇之，以为神子；育之养之，名之曰弃。
……

帝尧大奇，问道：“老人家，只听你‘之子、之子’地唱，讲的是什么故事呀？”

“看来你是个晓事的人，只要能听清楚‘之子’二字，也就差不多了。”老汉说，“我唱的这支歌就叫作‘姜嫄之子歌’。”

“哦？请详细讲来，在下洗耳恭听。”帝尧虚心求教。

“歌词说的是这样一件事，”老汉兴致勃勃地讲道，“原上有一位姑娘姓姜名原，一日外出采桑，践踏了一双巨人的大脚印，随觉受孕，十月怀胎，生下一个肉球，俗称羊包胎。用剑挑开，发现里面有个男孩儿，怀里还抱着一副弓箭。姜嫄感到这个孩子来路不正，怕是个妖怪，长大后是要害人的，因此千方百计要遗弃他。她先是将孩子丢在一条窄窄的小巷子里，马牛路过时都小心翼翼地绕开，生怕踩着他；后来打算把他扔到林子里，又赶上人们在伐木，众目睽睽，没有机会。第三次，姜嫄把孩子丢弃在冰冻的河面上，想把他冻死，但姜嫄刚一离开，立刻有一群鸟飞来，舒展翅膀把孩子严严实实地遮掩起来……姜嫄大感困惑，意识到自己的儿子可能是神仙下凡，所以才受到多方呵护，于是把他抱回家，精心教养，抚育成人。因为起初要抛弃他，所以起名曰‘弃’”。

“弃现在干什么营生？”帝尧感兴趣地问。

“你看这些庄稼，都是用弃提供的种子、也是在他的指导下播种的。神人啊，小小年纪已经成了种植专家，被国人拥戴为君牧了。”老汉又神秘地说，“你知道他的种子怎么来的吗？最初是含在口中从天上偷下来的，然后又不断地繁育。人们传说，弃刚从娘胎里出来时，手里还握着一支小弓和一支短箭，证明他是和天兵天将边打边撤逃出来的！他那从娘胎里带来的弓箭，竟然能和他一起长大，现在还用着呢，不信你自己去看。”

“我正想见一见姜嫄和弃呢，”帝尧迫不及待地问，“在哪里能找到他们？”

“弃和姜嫄都涉过漆水到南山背柴去了。”老汉向南一指说。

“怎么，君牧还要自己去背柴吗？”帝尧惊奇地问。

“他不去背柴烧什么呀？”老汉又解释说，“有部国遵从祖制，不设贡赋，君牧和其他执事人员都是自种自食，因此君民和谐，年年风调雨顺，五谷丰登。”

帝尧打听弃什么时候能回来。老汉说，弃是和族人结伴去的，可能会打几天猎才往回走，南山地面很大，也不好找。“客人若一定要参见我们的君牧和国母，就请在馆舍住下吧。”老汉说。

逢蒙提醒说，洞庭湖巴蛇那里军情紧急，还是不要在这里多耽搁时日为好。帝尧于是对老汉说：“老人家，请您转告姜嫄和弃，就说唐尧唐突造访不遇，下次再来拜访。”

“唐尧？”老汉懵懂地问，“你们是？”

“刚才和你说话的是帝尧陛下，当今天子。”和仲说。

“天子？哎呀！”老汉转身就跑。

帝尧问和仲：“去洞庭湖走哪条路近？”

“穿越少华山经丹水一路较近，也好走些。”和仲说，“陛下去南方，和仲再送上一程就该告辞了。”帝尧点头。

“臣羿离开封地日久，须回去料理一下国事，我会在陛下到达洞庭之前归队，请陛下恩准。”羿主要是想和嫦娥见上一面，把不死药交给她保存，以防万一丢失。不过此话不好明说。

“好哇，”帝尧不无打趣地说，“你一定要过了望日之后再离开家，反正我们走得慢、你飞得快，不会误事的。记住，不可违背。”

和仲与逢蒙背过脸去用手捂住嘴，没敢笑出声来。

盘踞在洞庭湖上的那条巴蛇，三年前吞食了一头大象，近来刚刚消化妥当，把肚子里的象骨吐泻一空。巴蛇感到体腔里空荡荡的，饥肠辘辘，又开始登岸搜寻猎物。但洞庭湖周围早已坚壁清野，人和牛羊之类的家畜踪影全无；而虎豹、麋鹿之类如惊弓之鸟，见巴蛇稍有动作便四散奔逃。没有办法，若大个巴蛇只能在荒草中搜罗些狐兔之类的小东西打打牙祭。当初巴蛇一心要膨胀身躯，认为越大越好，现在才明白，实际上体形过大、食量太多是不利于生存的。这天夜幕降临，巴蛇趁着气候清爽，和往常一样游到湖滨打食。让它意想不到的是，一群久违的牛羊赫然在目，喜煞巴蛇。牛羊们见巴蛇出现，哞啊咩地乱跑。一头牛犊想是被吓坏了，愣在原地动弹不得，成了巴蛇的美味。其实巴蛇从来不细嚼慢咽地品尝猎物，都是囫囵吞枣，塞满肚皮了事。它感到这头牛犊分量不够，又飞身捕获一只行动迟缓的大尾巴羊，才心满意足地回到老地方，把身躯盘起来闭目养神。

巴蛇感到肚子里有些不对劲。那头吞在肚子里的牛犊竟像石头一样坚硬，不仅难以消化，而且在迅速生长，巴蛇还没有来得及挣扎一下，就已经变成了石头，从此寿终正寝了。

巴蛇上了羿的当。因为羿在牛羊身上做了手脚。巴蛇吞进肚子里的那头牛犊是用泥巴雕塑的，泥巴里掺和了息壤。天亮后，羿、逢蒙连连向巴蛇射击，确认这个凶煞确已死亡，便拥簇着帝尧涉水登上巴蛇——不，它的身躯现在是一座山陵，后人名之曰巴陵。

“没想到不可一世的巴蛇竟会死得如此突然，而且无声无息。”帝尧感慨地说。

“它已经膨胀到了极致，于是克星就会应运而生，世上的事物大抵如此。”羿说。

“你是在昆仑学到的魔法？”帝尧问。

“这不是魔法，是……”羿想起保守秘密的承诺，只好搪塞说，

“是神术，对，是一种撒土成山的神术。”

“听说鲧能垒堰成堤，挡住了河伯的滔天巨浪；师父的撒土成山与其有异曲同工之妙，尚且过之而无不及。”逢蒙十分关心神技的来历，于是接下去问道，“你俩是一个师父传授的吧？”

“昆仑山上的确有这样的高人吗？”一说到高人，帝尧就来了兴趣，迫不及待地问道。

“我没遇到什么高人，这办法就是从鲧那儿讨教来的。”羿怕他们追问起来不好回答，只好将计就计把鲧推出来做挡箭牌，反正他已经暴露了目标。

“鲧？有人向我提过，我想见一见这位年轻人，不知他眼下在哪里。”帝尧说。丹朱曾向帝尧透露，女英爱上了鲧。当时帝尧没有表态。娥皇、女英可不能随便嫁人，她们是皇家梧桐树，还指望用她们招来金凤凰呢。帝尧也想尽量照顾女儿的选择，于是打算亲自考察一番。

“我来时听说鲧被共工派去治理淮水，我们回去正好路过，说不定能遇到呢。”羿说。他也想念鲧。

“好吧，接下去我们就先到淮水走一遭吧。”此时帝尧高居巴陵之上，放眼望去，只见洞庭一碧万顷，衔远山，吞大江，浩浩荡荡，横无际涯，不觉心胸激荡，感慨万千，携着羿的手说，“寡人自用事以来，灾难频仍，四夷不宁，赖爱卿天生神力，满腹智慧，射九日，剿大风，战凿齿于寿华之野，接连除去了封豨、窫窳、九婴和巴蛇等四大害虫，如今海内平静，天下一统，此不世业绩，皆为卿家所开创，唐尧虽为天子，不敢贪功于前也。”

“陛下过奖，臣下不胜惶恐。”羿急忙伏地叩首，被帝尧扶起。

“我你虽为君臣，实为兄弟，唐尧此生最大的幸运，就是得到了兄弟你的鼎力相助。我现在还没有发现，除你之外，这世上还有谁能让我如此放心地依赖。”说到动情处，帝尧哽咽了。

“臣下虽肝脑涂地，也难报答陛下的知遇之恩。”这是羿的肺腑之言，因为他想起了天帝的冷落。

“天下之害，今后威胁最大者莫过于水患了。”帝尧说，“河水、济水、淮水和江水此四水者，人称四渎，其流域人烟稠密，危害最甚，是我们关注的重点。从眼前的情况看，江水中下游泄洪畅通，又有像洞庭这样的湖泊可以蓄贮大量洪水，问题不是很大；至于上游水势如何，尚不得而知。河、济和淮水的治理是当务之急，我们的战场要向那里转移了。”

## 淮水巫支祁

说到淮水，不得不提巫支祁。巫支祁曾任淮水水神的说法，在古籍上有多处记载，在民间也有广泛流传。更值得一提的是，经专家们考究认为，《西游记》中美猴王孙悟空的创作原型，就是淮水水神巫支祁。如果用神话思维去推测，我们可以合理地断定，东胜神洲傲来国花果山上那个石猴，原来是被人用仙石镇压在那里的巫支祁。也就是说，巫支祁是孙悟空的前世肉身，孙悟空则是巫支祁的转世神猴。要想知道巫支祁为何许人、因何被镇压、被什么人镇压，还得从头说起。

桐柏山有个岩洞，洞口很小，仅容一人进出，洞内却四通八达，阴河汹涌，有名叫巫支洞。不知何年何月，有位姑娘偶遇天神，产下一枚卵，经风吹日晒，雨淋霜冻，孵化出一只白猿来。白猿潜入巫支洞，闭关修炼，号称巫支祁。巫支祁常在淮水上下走动，发现下游龟山处也有一个涵洞，幽深无底，一路探去，可通东海。巫支祁满心欢喜，给它命名曰巫支井，作为自己的第二巢穴。自此，巫支祁在淮水、涡水流域一带结交山精水魅，扩张势力，渐成气候，但一直未能入列仙班，不过一草仙水怪而已。

《雄起洪荒》中说道，当年东海五神山被龙伯大人搅散，各路神仙被迫流浪他乡。当时，东海龙王禺号动用关系，为自己推卸责任，逃过了天庭的责难。后来五神山神仙中出了几位新派人物，有机会直接向天帝当庭奏策。为了撼动以禺号为代表的旧派势力，新派们重新算起老账来，攻击他老朽无能、管理不力，致使五神山飘逝，国土沦丧。天帝忍痛割爱，只好将禺号免职，东海龙王一职暂由其弟南海龙王兼任。

禺号被流放到大陆淮水，失去了龙车凤辇、前呼后拥，离开了娇妻美妾、龙子龙孙，孤身一人，举目无亲，备感寂寞。淮水的入海处尽是些沟沟岔岔，犹如渔网，根本没有像样的入海口，禺号几次想偷偷潜回东海去会妻小，都被陷在泥沼苇荻之中，险些丧命。每遇干旱季节，水位下降，蛟龙搁浅，禺号处境就更为窘迫，过往的鱼虾鳖蟹谁都会指指点点，嘲笑他的无能，更不要说那些趾高气扬的山精水怪了。有道是“蛟龙离海遭虾戏，虎落平川受犬欺”，世风如此，真个是说的一点儿不差。

巫支祁却不是这样的鄙俗。他对东海龙王抱有一贯的敬畏之心。他认为，人家毕竟具有深厚的修炼根基，曾经叱咤风云、威震四海，如今虽然落魄，仍然值得尊重。再说，时世变幻，沧海桑田，谁还能永远地逃脱冥冥劫数呢？干旱季节，巫支祁把禺号引到阴河避难；洪水暴发，又陪他四处巡游，让当地毛神精怪对落难龙王刮目相看，不敢小觑。更令禺号十分欣慰的是，巫支祁时常护送他穿过巫支井潜回东海，与家人团聚，神不知鬼不觉，绝对的秘密。

照顾这位落难龙王，巫支祁当初并没有什么目的，但他的善意还是得到了意想不到的回报。忽然有一天，天帝想起了东海龙王禺号，着令他官复原职。禺号上奏的第一件事，便是请天帝敕命巫支祁为淮水水神。从此，巫支祁一步登天，位列仙班。龙王还欲将一个女儿嫁给巫支祁为妻。龙女名叫珊瑚，正在妙龄，如花似玉。珊瑚见巫支祁尖嘴猴腮，毛发遍体，不成个人样，哭闹着不肯上轿。禺号劝导说：“此子旷世修炼，已成质地良好之璞，只需做最后的琢磨，便可光彩照人。人说‘男怕干错行，女怕嫁错郎’，不错，但眼前不错的才郎早早地都被有心女子盯上了，再去凑热闹也是徒伤感情。我的办法是嫁预期。嫁预期，懂吗？”龙王强调说，“就是眼下看起来有瑕疵、不理想，嫁给他好像吃亏了，但将来会越变越好。”珊瑚无奈，只好嫁给巫支祁当了夫人。但她大多数时间都在东海生活，预先占住这个位置，不过是为了等待那个憧憬中的完美预期。

巫支祁做了令仙怪们羡慕不已的水神，又娶了个来自名门的美女，真是心满意足了。他唯一追求的就是尽职尽责做出成绩，不辜负老丈人的保荐，同时也通过行善积累修行功业，尽快改变一下自己的面貌，赢得龙女的芳心。水神的职责无非是遵旨布雨、应时行风，事情虽然简单，要想做到人人满意也是颇有难度的。等待播种的人巴望着天降甘霖，而刨下生姜的人又需要大好的日头晒干姜；疲惫的纤夫们希望顺风行船，而果农则害怕大风吹落了正在授粉的花朵。这四种人都来烧香请愿，要求照顾，相互之间还争论不休，推推搡搡。巫支祁费尽心思，琢磨出一套运作程序，写成揭贴广告民众。揭贴曰：“夜间下大雨，白天晒干姜；风从河道里走，不叫它串果行。众人各相宜，和谐我家乡。”

巫支祁新政一经实施，立即受到民众拥护，他的揭贴也不胫而走，到处传诵。好事者又在后面加上一句：“淮水巫支祁，是个好龙王。”自此，乡间都以龙王呼之。

虽然都是管理江河湖海的神祇，由于资格或者是管理范围大小的差别，也有不同的职称，龙王可不是随便呼叫的，不然有僭越之嫌。消息传到大河水神河伯那里，让他大受刺激，心想，我冰夷管辖的大河九曲十八弯，从头到尾蜿蜒万里，称谓尚且是个河伯，你巫支祁区区淮水，也敢自封龙王？于是一封密奏送到天庭。因为淮水水神是东海龙王推荐的，天帝不好轻信河伯之言，于是便下令调查。稽查员便是青要山的武罗女士和他的徒弟吴回。

青要山在大河以南，天帝在这里建有秘密都邑，武罗是都邑的主管。武罗身着长裙，纤腰楚楚，走起路来春风摆柳，耳环发出悦耳的鸣声。她是天帝派驻下界的天神之一，通常只负责通报重大情况，以及接受天帝指令处理人间事物。黄帝战败炎帝时，武罗曾出面调停。炎帝族的统帅祝融氏朱明，当着她的面自杀成神；第二号人物祝融氏吴回则被武罗收在门下，隐居青要山修炼神仙之法。眼下的吴回已有法术在身，加上他那把锋利无比的吴刀，已非当年气象。这次随武罗行走淮水，似有复出迹象。

长话短说。经武罗二人实地调查，弄明了真相，上奏天帝。原来龙王之说并不是当事人巫支祁自封自称的，而是辖区居民自发称呼的，这一查反而查出个模范水神。这样有创造性的地方官到哪里去找？天帝龙颜大悦，干脆把涡水也划在他的治下。巫支祁摇身一变，成了淮、涡二水水神，晋级为伯，竟与河伯冰夷同起同坐了。

这些年来，龙女珊瑚见这位猿猴丈夫随着不断地积德行善，面貌也在悄悄地发生着变化：脸上的毛渐渐脱落，突出的嘴巴也缩回不少，面部丰满了许多，看上去越来越顺眼。如今他又得到天庭褒奖、加官晋爵，更是越看越可爱，也有的向姊妹们炫耀了。于是，她到巫支井走动也频繁了。直到这时，巫支祁才体会到女人的温柔体贴带来的快乐。

河伯听说自己的小报告不但没有告倒巫支祁，反而替人家做了宣传，让巫支祁的名声远播天庭，气得好几天猛发脾气，吃不下饭去。他有一个小妾叫游妹，住在下游的荥泽，是心腹大将乌游的妹子。游妹不光有优美火辣的身形，还特别机智聪敏、八面玲珑，犹如鬼魅。于是人们把游妹改成了游魅，多半有赞赏的意思。游魅见河伯老是咽不下这口气，于是劝道："新官上任三把火。想当初你不是这样赢得天帝信任的吗，怎么就容不得巫支祁走这一步呢？"

游魅一句话提醒了河伯。他一拍脑袋，连声说："好，好，就这么办！"

"好什么呀？"游魅莫名其妙，"又怎么办啊？"

"你说得很好，我改变对巫支祁的态度了。"河伯吻一下她的俏脸，神秘地一笑，"你亲自往淮水走一趟，代表我向巫支祁表示祝贺，并邀请他到洛汭参加水神联谊大会。"

北方水神联谊会是河伯发起的，不定期召开，一般轮流由各地水神做东，河伯主持。本次会议东道主是河伯，地点选在洛汭。此地水面宽阔，青山倒映，环境优美。洛汭有一座伏羲台，相传伏羲曾在这里推演八卦，还发现了河图、洛书，是一处胜地。联谊会的内容无非是交流经验，观看歌舞，游览山水名胜，借此联络感情。河伯发起这个联谊会，实际上是结盟的初级阶段，他要在众神面前不断地展现威仪、势力和协调能力，充当盟主的角色。

淮水界于江、河之间，是南方和北方的分界线。河伯对淮水觊觎已久，但没有充分的理由不敢贸然涉足其间，怕与强大的江神混沌发生摩擦。现在河伯找到了理由，因为涡水地处淮水北方一侧，而巫支祁身兼涡水水神之职，邀他加入北方水神联谊会顺理成章。

洛汭之行，在巫支祁的心灵世界里引发一场地震。河伯的显赫自不必说，即使一些名不见经传的大河支流水神，也都是一身华冠锦衣，光鲜耀眼，还有娇妻美妾、随员保镖前呼后拥。相比之下，巫支祁就有点过于寒碜了。他腰围虎皮短裙，身披鱼皮斗篷，光头跣足，一条青藤束发，就是全部行头了。他光杆一个，连妻子珊瑚也没有陪同前来。大概是珊瑚自恃东海龙女身份，不屑与山野毛神为伍；抑或是内心耻于陪同一个猿猴在人前显眼，也未可知。反正她从来不与丈夫在公开场合露面。巫支祁多半活动在外，珊瑚也住在娘家居多。对此，二人早已习以为常。

河伯并没有慢怠这位寒酸客人。他特别关照第一次加盟的淮水水神，亲自介绍巫支祁同与会者见面。会后，河伯派游魅陪同巫支祁游览大河上下，参观沿河宫殿。河伯在极渊有旧都，内有嫔妃无数，又在洛水入河口洛汭修建了新宫殿，专供洛神宓妃居住。另外，在大河九曲十八弯，处处都设有豪华行宫。巫支祁一路走，一路啧啧不已。

游魅皮肤黝黑细腻，脸面却十分白净；微微突出的嘴，配上鲜红的唇，很容易让人想起熟透的桃子；眼睛滴溜圆，几乎被黑眼珠填满，可谓目若点漆。游魅的长相很难当选世界小姐，但却有动人之处，而且看上去和巫支祁有三分相似。所以，当两人第一次见面时，就彼此心存好感，尽可用一见钟情来形容。于是，没过几天，游魅就成了巫支祁的全天候陪伴导游。她对巫支祁矫捷的身手、发达的肌肉十分赞赏，而不在乎他遍布全身以至面部的毛发。这一点，让巫支祁大感欣慰，遂把游魅引为红粉知己。

一日，巫支祁问游魅："河伯哪来这么多宫殿，是天庭给修建的吗？"

"天庭？"游魅惊异他的无知，"天庭只给他封个头衔，以后就全靠自己创业了。这些楼宇都是两岸百姓给修建的，里面的珠宝玉器，包括美女都是百姓送来的。"

"那么说，河伯一定做了不少善事，才能得到如此巨大的贡献。你能给我讲一讲他怎么做的吗？"巫支祁想，自己总以为已经尽力了，看来还有很大差距，因为百姓对他最大的回报，不过是三牲祭祀而已。

"善事？除了遵照天条刮风降雨，也没见他额外做过什么善事；倒是不断做些恶事，恐吓两岸居民。"游魅忽然用手一指，"你看，鳖三郎他们过来了！"

说话不及，一位尖头大肚的怪物带领十个虾兵蟹将呼啸而来，大雨滂沱，浊浪滔天。来到近前，风浪戛然而止。

"原来游魅在此，三郎多有冲撞，该死，该死。"鳖三郎抱拳连连道歉。

“三郎，我问你，这是又到哪里去耍威风啊？”游魅问。

“下游郏地去年没有送新娘来，趁眼下洪水泛滥，去给他们点厉害看看。”鳖三郎急匆匆地回答，“任务紧急，失陪了！”说完飙风骤雨飘忽远去。

“听到了吧，老百姓当然盼望神祇们多行善事，但不会为此而破费过多，因为他们认为这是神应该做的，只对你表示足够的敬意就行了。”游魅分析说，“他们最怕的是降灾。每当灾难来临，田园被淹，房倒屋塌，人畜为鱼鳖，非常骇人。因此，这些无助的人们只好竭尽所有，甚至献出妻子儿女以奉神，来换取部族平安。”

“水神们这样做不会遭受天谴吗？”巫支祁问。

“天高九重，老百姓的声音很难上达天庭，况且水神们都是选择洪水泛滥时作案，真假难辨，天庭很难给他们定罪。”游魅又意味深长地说，“再说，做官发财已成风气，两袖清风的水神少之又少，即使有一个也会被同行视为异类，天帝惩办谁呀？要是都惩办了，换上一批饿鬼，更是欲壑难填。鉴于此，天帝也只好睁一只眼闭一只眼了。”

近朱者赤，近墨者黑。巫支祁与河伯交往日益频繁，耳濡目染，潜移默化，越来越不满意自己的生活现状。经过与同行们的不断交流，他发现，自己能够身兼淮、涡两条河的水神，跻身“四渎”水神之一，就已十分幸运了。今后修行再好，还能往哪里提升呢？北边的河神冰夷，南边的江神混沌，还有东海龙王禺号，他们当中要么是资历深厚，要么是天帝宠臣，要想顶掉一个真是难乎其难。世上的官员还有老死的时候，这些神仙们都是死不了的，等到猴年马月都等不来补缺的机会，与其苦苦修行，还不如早点享受生活呢！

游魅与巫支祁坠入爱河。河伯虽然相貌堂堂、财大势众，但妻妾众多，还在不断地接纳新欢，游魅一年也轮不上被宠幸两次，与其当个活寡，还不如和这个穷水神待在一起快活。游魅要求建一处行宫，地点选在靠近河水的涡水源头，以方便经常幽会。两人有个固定的落脚处，也好添点家的感觉。游魅的这点要求是合理的。

巫支祁想做些额外的善事，来换取人们的贡献。杞氏部落有人总是埋怨上天，天庭下令巫支祁降暴雨予以惩罚。巫支祁冒着风险通知他们说："今晚要降特大暴雨，你们要做好准备。不过不要惊慌，不用搬迁，我巫支祁会尽量把水倾倒在河道里，减轻你们的灾害。我帮了你们的忙，也麻烦你们帮忙给我修个行宫。"

杞氏部落驻地当晚只是下了一场中雨。他们不但拒绝了巫支祁的要求，而且放出话来说，本来就没有大暴雨，是巫支祁故意制造谣言来恐吓勒索他们的。

巫支祁闻言大怒，当时就从河道里提出水来灌将下去，把村庄田地浇了个一塌糊涂。杞人害怕了，乖乖地修建了一座大庙，供上巫支祁的像，天天烧香，月月祭祀，反倒一点怨言也没有了。

巫支祁找到了生财的门路，色欲大增。涂山氏九尾狐有个小姨子叫狐媚，是名满江淮的美女，巫支祁把她弄到手，又在淮水的一个支流上为她修建了一座宫殿。

巫支祁阔起来了。在北方水神集会时，有水灵灵、香喷喷的狐媚陪同，招来不少羡慕的目光。

"南国美女，毕竟有别样的精彩。"河伯赞叹道，"老巫啊，你什么时候在淮水做东，让弟兄们也去品一品南方美女呀？"

"没问题，"巫支祁现在有些底气了，说道，"给我点时间，让我好好筹备一下。"

巫支祁要在淮、涡交汇处修建一座华丽的宫殿，需要大量投资，不得不在全流域范围内广泛动员人力物力。眼下洪水年年泛滥，正是运用神通和手段大敛其财的好时机。对巫支祁的巧取豪夺，人们敢怒而不敢言。"我这样做，也是为了维护和宣传淮水的形象嘛！"巫支祁也有堂堂正正的理由。

不过，这一次他撞到了枪口上。

# 羿射河伯[1]

淮水近年来屡发大水，南岳羲叔到这里巡视，在一个叫白茅的小城里落脚。白茅对面山上有一瀑布，下有深潭，叫作石泉，据说与桐柏山阴河相通。就在羲叔来到白茅的当天晚上，从石泉里钻出一个猿猴模样的怪物。这怪物雪白的脑袋，眼睛射出两道电光，忽作人言：“白茅城的人都听着，本人是淮水水神巫支祁，我要在淮、涡交汇处修建宫殿，配备龙车凤辇、珠灯玉床等一应用具，命你们有财出财，有力出力，不得拖拉怠慢，惹我生气。”

巫支祁说完，忽然喷出一口气，一道闪电划破夜空，随即“咔嚓”一声炸响，震得白茅小城直打哆嗦。

一道白光射来，晃得巫支祁睁不开眼睛，随即传来一个浑厚的声音：“请问阁下，你是真巫支祁还是假巫支祁？”

巫支祁眨巴眨巴双眼，很快适应了强光照射，感到他问得蹊跷，于是说：“你是谁？请报上名来答话。”

“南岳羲叔。”

“哦，是位朝廷官员，你的问话莫名其妙。”巫支祁道，“请问，真巫支祁怎样，假巫支祁又怎样？”

“真巫支祁是位善神，不会像你这般凶煞。”羲叔说，“我在淮水和涡水两岸走访，听到了那首颂扬他的民谣。”

---

[1] 屈原《楚辞·天问》：“帝降夷羿，革孽夏民，胡射夫河伯，而妻彼雒嫔？”王逸注：“河伯化为白龙，游于水旁，羿见，射之，眇其左目。河伯上诉天帝，曰：‘为我杀羿！’天帝曰：‘尔何故得见射？’河伯曰：‘我时化为白龙，出游。’天帝曰：‘使汝深守神灵，羿何从得犯汝？今为虫兽，当为人所射，固其宜也，羿何罪欤？’”

巫支祁哈哈大笑："羲叔呀羲叔，亏你还是个朝廷命官，岂不知这做官的学问？不管哪个官员，在任上都要做出些政绩，作为混在官场和继续升迁的资本。就是你拿钱买官，也总得给卖主提供些提拔你的理由吧！我们这些龙王水神，也都是被列入仙籍、经常受到天庭稽查的，谁不会做些善事、赢得一些口碑呢？我老巫苦苦行善多年，如今积累了一些资本，升迁也没什么希望，过几天舒服日子总可以吧？"

"巫支祁，你可懂得，善有善报，恶有恶报，你做的坏事积累多了，终究是要受到报应的。"羲叔规劝道。

"天帝管事儿太多，鞭长莫及，人间谁还能管得了我巫支祁？哈哈哈……"巫支祁狂笑不已，忽觉一物撞上门牙，急忙咬住。他伸手一划拉，发现是一支短箭和一颗带血的门牙。巫支祁勃然大怒，把箭和牙重新塞进嘴里，嘎嘣嘎嘣吞下肚去。

一道水柱冲天而起，山谷间惊风走雷，滚石折木，巫支祁胜怒之下，跳将出来，显现法身。他身高五丈，力胜九象，如果放他抢过城来，无人能够抵挡。羲叔急忙祭起日晷剑，一束真火呼啸迎上。巫支祁身体旋转，荡起冲天浊浪，直顾朝前冲来。

水火相撞，烟雾升腾，巫支祁纵身跃起，一只脚踏上水岸。

正在危急之时，一条黄龙扑面撞来，将巫支祁掼进河里。一黄一白两个神怪在水中大打出手。巫支祁浑身坚若岩石，虽然黄龙水中功夫技高一筹，但也奈何不了他。巫支祁在水中不能憋气太长，需要冒出水面换口气，他飞起连环腿踢开对手，双脚用力蹬地上窜，不想黄龙突然伸出利爪，一把抓住他的脚脖子，硬是将他拽了回去。巫支祁突然发力，挣脱黄龙，跃出水面。这里羲叔早有准备，一团烈焰随即扑来，把巫支祁头上白毛燎去大半。

巫支祁怒气冲天，匆忙间裹起一团水球抛向羲叔，放话说："本神今天没有防备，险遭暗算，等着瞧，看我如何收拾你们！"

鲧悄无声息地立在羲叔身后，浑身湿透。羲叔怀疑刚才的黄龙就是鲧的法身，此前他也曾听人议论过。不过，鲧不主动说，别人也不好问。

“你来得正是时候，”羲叔话中有话，“这个猴精还得靠你来对付呢！”

“水来土掩，我们动员人们修道护城堰吧！”鲧胸有成竹地说。

白茅城三面是山，一面临水，人们费了一天一夜的工夫，才修起一道三尺高两尺宽的土石堰。羲叔担心无法阻挡洪水进城，惴惴不安地在石堰上来回走动。鲧面无表情，一言不发，不时张望河流上游。

一排巨浪隆隆而来，巫支祁站在浪尖上，手提一根又粗又长的蟠龙杖，威风凛凛，数不清的虾兵蟹将分列两翼，推波助澜，其势排山倒海！羲叔感到脚下的石堰不堪一击。他举起日晷剑对准巫支祁。这时，忽见鲧身形一晃，如白驹过隙，在石堰上瞬间跑了个来回。

奇迹出现了。石堰陡升两丈，加宽八尺。巫支祁本来以为会一举水漫白茅，没想到一头撞在了铜墙铁壁上，水头哗啦啦跌落下来。

“好哇，你的大堤能长，我的水浪也会长！”巫支祁大叫，“弟兄们，后退三十里，广集水量，再攻白茅！”

当巫支祁卷土重来的时候，浪高增加了一倍，隆隆然地动山摇。羲叔抬头望去，犹如泰山压顶。他看看鲧，希望他再施一次魔法把大堤加高。

鲧不会魔法。他依赖的是陆吾赠送的息壤，刚才已经用光了，他没有咒念了。他全神贯注地在琢磨一件事，就是如何把巫支祁从浪头上捅下来。只要巫支祁一跌落水里，水族们就会兵败如山倒。

巨浪已到面前，巫支祁耀武扬威，吼声如雷。鲧正欲纵身迎上，忽见巫支祁仰面倒下，浪头轰然跌落。背后一个声音传来：“老弟莫慌，为兄来也！”

说话的是羿。巫支祁显然是他射倒的。

帝尧和羿一行踏上大坝，羲叔和鲧急忙上前叩见。这时，一声巨雷在头顶炸响，巫支祁跃身而起，虾兵蟹将重新鼓噪起来，恶浪汹涌。

擒贼先擒王。羿弯弓搭箭，不停地扣动弓弦，赤金箭穿梭般地连连击刺巫支祁。

好个巫支祁，把个蟠龙杖舞得风车一般旋转，滴水不漏，巍然立于潮头。

帝尧看呆了。逢蒙和一班卫士也看呆了。羲叔和鲧听着耳边噼里啪啦一片声响，也急忙跳起身来，观看这场难得一见的高手大战。

响声戛然而止。巫支祁兀自在那里舞个不住。他被暴风骤雨般的劲射打懵了。

羿自从使用这支重量级赤金箭以来，还没有谁能挡住他三箭劲射；眼下可好，对面这位仁兄竟一口气拨开他七十余次进攻。厉害！人间还有这样的精灵！羿不觉产生惺惺相惜之感，停止射击。

“请那位猿氏仙家报上名来！”羿颇为客气地说道。因为一时不知如何称呼，只好因貌取名称其为“猿氏仙家”。

巫支祁镇静下来，掂量一下兵器，不觉大惊失色。原来三丈长的蟠龙杖，只剩下不到五尺握在手中。蟠龙杖是龙女陪嫁来的东海龙宫藏宝，无坚不摧，因为不便携带，平时总是封藏在巫支井里，只有遇到重大战事才起用一下。是什么人、用什么兵器把它摧残得如此狼狈呢?

“淮、涡水神巫支祁。”听到对面发问，巫支祁回答，接下去说道，“也请上仙留下尊姓大名。”

“下民羿。”

“羿？”巫支祁起初感到惊疑，随即又肯定地说，“你真的是射日的天神羿，不然又有谁能射断我的蟠龙杖呢！听河伯说，射日后你的银矢已被天帝收回，又从哪儿弄来的神箭？”

“是土造赤金箭，没什么神道，只是粗笨了些。”羿如实回答。

“这已经够厉害啦！今天算我倒霉，遇上了天上人间第一射。”

巫支祁自信地说，“你靠的是彤弓硬箭，才占了上风，待我到东海龙宫老丈人那里借件宝贝来，再来和你决一雌雄，你等着！”

浪涛“哗啦”泻下。巫支祁潜水遁去。

“快追，不要让他搬兵借宝！”帝尧说罢，白马骊龙一跃而起，踏着水流追去。羿展翅低飞，羲叔乘风飞行，不离帝尧左右。

鲧时而化为白马岸上奔跑，时而化作黄龙劈波斩浪，紧紧盯住巫支祁不放。

龟山到了。巫支祁一头钻进巫支井，身后“咣当”一声响亮，一方巨石横移过来，把追兵拒之门外。

巫支祁在隧道里疾奔，和匆匆赶来的龙女珊瑚撞了个满怀。

原来，珊瑚在东海听到了一些有关巫支祁的绯闻，她怕自己淮水王妃的名分被别人夺走，特意回来察访。

“你来得正好，”巫支祁着急地说，“快带我去龙宫走一趟！”

“你去龙宫干什么？出了什么事吗？”龙女平时不愿意让他到东海走动，一是怕他的丑八怪模样给自己丢人，二是不想让他听到有关自己的事。

“有人入侵淮水，想把我赶走。”巫支祁扔掉半截蟠龙杖说，“我要到龙宫去借件可用的兵器，把他们赶出去。”

“你的淮、涡水神头衔是天帝御封的，谁人胆大包天，竟敢前来抢夺？”珊瑚义愤填膺，“你等着，我去和他们讲理！”

鲧正在打量淹没在水中的巫支井洞口，石门忽然开启，两柄明晃晃的宝剑当先刺出。鲧侧身躲过，跳上岸来。珊瑚脚尖踩着浪花，见眼前是一个秀气单薄的小伙子，且手中没有兵器，于是收起宝剑问道：“是你在追赶巫支祁吗？”

“是的。”鲧反问道，“他人藏到哪里去啦？你是什么人？”

“我是东海龙女珊瑚。巫支祁是我丈夫，他的事我不该管吗？你是什么人？”珊瑚忍住一肚子怒气反问道。

“好一朵鲜花，怎么插在牛粪上了？可惜呀可惜！”鲧不回答珊瑚问话，只顾摇头叹息。

珊瑚不觉脸上发烧，但还是义正词严地说："我丈夫名列仙班，天帝御封身兼淮、涡两水水神，虽然长得丑点，但心地良善，你是什么人？有什么资格取代他？"

"你误会了，我奉朝廷之命治理水患，怎么会谋取水神之职？"鲧解释说，"你丈夫借洪水肆虐之机，推波助澜，劫掠民财，引起民怨，我们是来找他交涉的，还是请你把他找出来吧！"

"你这是托词。"珊瑚说，"我丈夫饥餐野果，夜宿洞穴，不养随从，他要钱财干什么？"

"你有所不知，或者说你被蒙蔽了。"鲧说，"近些年巫支祁养了两房外室，费用颇大；最近又要大兴土木，营造宫殿，只好横征暴敛，取之民间了。你若不信，可以直接去问巫支祁嘛！"

鲧态度诚恳，赢得了珊瑚的信任。

"这个丑八怪，怪不得近期头面越来越退化了，原来是在作孽！"珊瑚愤愤地说，"兄弟你等着，看我怎样收拾他！"

帝尧见鲧和一个女人答话，约住二人在远处观看动静。珊瑚离开后，他们才一起凑过来了解情况。鲧简单做了介绍，帝尧正要开口讲话，忽见巫支祁钻出洞来，狼狈逃跑，嘴里还焦急地嚷嚷："你听我说完，新宫殿是给你建造的！"

珊瑚紧追而来。她手里换了一根棒槌，一边追打一边说："你连嘴脸都不要了，我要那宫殿还有什么用？"

羿欲拦截巫支祁，帝尧摇头说："人家两口子闹别扭，你去掺和个啥？走，咱们看看热闹去！"君臣一行远远地跟在后面。

巫支祁一路逃到涡水源头，行宫在望，情急之中忽然想到游魅，遇到这档子麻烦事，也许足智多谋的她能帮上忙。再说，眼下也只有游魅是最亲近的人了。

"游魅，游魅！快来接见！"巫支祁大叫。

珊瑚感到又好气又好笑，喝道："你就是请出个神仙来，也难逃我这顿棒槌！”

宫门打开，出来的不是游魅，而是河伯。

巫支祁大惊：“你，你……怎么是你？”

“你别忘了，游魅是我的小妾，当然要接纳我了。”河伯笑嘻嘻地说，“老弟，我不吃醋，你就更不该吃醋了。快进来吧，让我来对付这个母夜叉！”

巫支祁一只脚刚刚踏进大门，一只大网兜头扣下。乌游将军迅速提网收口，把他拖到广场上。这只网有名叫河洛网罟（gǔ），是伏羲在河水、洛水一带打鱼用过的一件稀世珍宝。此网网眼大、网绳粗，打鱼时可以漏过小鱼，只网大鱼，是只生态渔网。河伯得到河洛网罟后，成了他的镇河之宝，专门用来降伏对手。河洛网罟坚韧柔软，能大能小，任凭巫支祁如何挣扎，只是不得脱身。

珊瑚及时赶到，见状惊问：“冰夷，你这是干什么？”

原来珊瑚与河伯是认识的。早年，东海龙王流放淮水期间，河伯乘人之危，欲强聘珊瑚，被她坚决拒绝。没想到，她后来却嫁给了又丑又穷的巫支祁。河伯为此一直耿耿于怀。他老想兼并淮水，也与珊瑚不无关系。此时见珊瑚赶来，河伯大为得意，说：“珊瑚，你来得正好。你这个丑男人上违天条，下害黎民，还竟敢拐骗我的女人。我今天要替天行道，把他禁闭起来教训教训，你要好好地配合呀！”

珊瑚说：“你说得一点不错，愚夫都给我坦白过了。不过，他的过错自有天庭惩罚，你河水不犯淮水，有什么资格管教他？”

河伯说：“天帝无暇顾及，我作为天帝封疆大吏、江北水神盟主，即使先斩后奏，又有何妨？”

珊瑚冷笑道：“你心里清楚，他的不良行为可是你一手教唆和诱导的，况且，和你比较起来，巫支祁不过是小巫见大巫罢了！冰夷，如果把事情闹大了，天庭派人前来调查，怕你也难逃干系吧！”

河伯道：“好个龙女珊瑚，果然智辩过人。不过你只晓得正道法门，不了解旁门左道。天庭上下早就被我打点过了，你见他们什么时候来找过我的麻烦？我今天就要制服巫支祁，将淮水收在我的治下，谁奈我何？”

“天网恢恢，疏而不漏，待你恶贯满盈，难逃天雷轰击。冰夷，我奉劝你还是少作点孽吧！”珊瑚气愤已极，柳眉倒竖，杏眼圆睁，满脸绯红，指着河伯大声痛斥。

河伯大受刺激，淫笑道：“珊瑚呀珊瑚，我有佳丽三千，还就缺一个像你这样的刚烈美人！淮水成了我的属地，你这个淮水王后自然也就归了我。今天你既然投奔来了，我也只有笑纳。良辰吉日，咱们就在这里成就好事吧！”说着跨步上前去抓珊瑚的手。

他的手腕上挨了重重的一棒槌。河伯兽性大发，忽然变成一条白龙，张牙舞爪扑向珊瑚。

“休得无礼！”随着一声呵斥，利箭已到面前。白龙下意识地一把抓住箭杆，仰面摔倒在地，又变成了河伯。

## 洛神宓妃

河伯还是反应迟了一点。箭头刺进左目，痛彻肺腑。河伯一松手，那箭自动撤回，竟连眼珠子也带走了，害得他满地爬着寻找，血染黄土。河伯堂堂美男子，从此成了一个独眼龙，这也算是报应吧。

这支夺走河伯一目的箭，是羿射出的。当羿再次扣动弓弦时，河伯的保镖乌游已经挡在了他的面前，替他遮挡飞矢。乌游是龟精，他的盔甲就是几千年的龟壳，可抵挡千斤之力的撞击，从来不把飞来之箭放在眼里。但这次出乎乌游的意料。当他一手掐腰、一手攥着网罟傲然迎接赤金箭的冲击时，只听得“咔嚓”一声响，重盔便被击穿，令其心惊胆寒，急忙倒地避险。趁乌游手劲一松，巫支祁奋力争脱网罟的束缚，跳到珊瑚跟前，要伸手拉她起来。

“别动我，”珊瑚顺手给他一棒槌说，“快去给我抓河伯！”

晚了，乌游抱起河伯一阵风消失了。

经过这番折腾，在夫人珊瑚的监视下，巫支祁大概不会祸害人间了，但淮水水患却不会因此而消失。对此，帝尧心里是再明白不过的了。他向鲧询问治淮方略，鲧语出惊人，对曰：“从目前情势看，治水是下策，避水才是上策。”

帝尧大感兴趣，说：“请道其详。”

“臣考察山川形势，走访当地长老，判明淮水有以下特点：流域广阔，降水集中，没有出海口，或者说出海口众多而细小。”鲧进一步解释说，“与河水的源远流长、穿山越岭比起来，淮水流域相对短而阔平，且雨量都集中在每年雨季很短的时间段里，大量的降水通过众多支流，很快汇集在下游低洼处。因为水泄不畅，造成洪水泛滥。按理，只要疏通入海渠道，把洪水导入东海就可以了，但就目前的条件看，要开挖一条足够宽的、能及时排泄洪水的河道几乎是办不到的，且极易淤塞，疏浚困难。以臣愚见，与其劳民伤财去治水，还不如把民众迁出洪水淹没地带，以避其害。当然，众多排水不畅的支流，是需要调动人力疏浚的。”

“你说得不无道理，对任何惹不起的事，就只好先躲着走，以待其变。”帝尧接着问道，“共工命你来治淮水，你就这样向他交代吗？”

“移民也很棘手，需要到有关部落去挨个动员。”鲧说，“实在不愿迁移的人群，就只好采用共工氏的做法来安排。”

“共工氏的办法？”帝尧一时摸不着头脑，于是问道，“共工氏有什么好办法？”

“可组织他们建造高台，作为临时躲避洪水的落脚之处。”鲧说。

“好，你的想法都是可行的，就这样去做吧。”望着鲧英姿勃勃的神态，帝尧似乎想起了什么，接着问道，“听说你从汶水来到嵩山没几年，有家室了没有？”

“没，还没有。”鲧如实回答。

“没有就好。”帝尧说，“我回去给你物色个女人，再在嵩山为你修一所住宅，好吗？”

鲧没想到帝尧会如此关心他的婚事，一时窘态毕露，连忙摆手说：“不，不，……臣不想娶亲。”

“‘男大当婚，女大当嫁’，是天道。”帝尧教导说，“娶妻生子、繁衍壮大族群本来就是一个男人的重要责任，是宗族父老对成年男女的殷切期盼。你的年龄已经不小了，怎好如此拖沓延宕下去呢？”

“这，这……”鲧似有难言之隐，但很快朗声说道，“臣受部族长老嘱托来到中原，首要任务是治理水患，以慰藉先祖在天之灵；如今洪水肆虐，哀鸿遍地，黎民流离失所，臣怎敢贪恋儿女之情呢？待水患稍退，一定秉旨成婚，届时再给陛下奉上喜酒，臣鲧冒昧提前叩请了。”

鲧长揖叩拜。帝尧摇头苦笑。

帝尧认为家庭及宗族是天下大业的基础，因此，能够使家庭和睦、宗族繁盛的人，才具备君临天下的起码条件。他深知治理天下的不宜，开始寻找和培养接班人。帝尧的要求太高，总是有意无意地用自己做标准衡量别人。长子丹朱是散宜氏中山公主所生，资质聪颖，但久居宫廷，不了解时世艰辛，性情有些浮华，被送到卫水之源共工那里参加治水，劳动锻炼，好歹也算是候选人之一。其他九个儿子，更是一个也不被他看好。

儿子们不争气，帝尧又把眼光落在两个女儿身上。娥皇、女英缺乏治理天下的胆识，但年轻漂亮，贤淑智慧，又有稀缺的高学历和帝王之家做背景，找个顶尖人才做丈夫是有绝对优势的。人说一个女婿半个儿，若儿子不胜任帝位，女婿接班也是放心的。丹朱离开帝都之前，曾向帝尧报告说，妹子女英对鲧产生了爱恋之意。

经过淮水之行的初步接触，帝尧对鲧印象尚可，本打算把女英嫁给他进行长期考察，没想到他竟然拒绝成婚，令帝尧百思不得其解。

“鲧这个人借治水唱高调，竟拿婚姻大事不当回事，违背天伦，品质有问题。”帝尧这样想。

河伯被羿射中，眇却一目，原本还可以用来夸耀的脸，也被破了相。喜欢在大庭广众之间走秀的他，如今闭门不出，羞于见人。身体上的缺陷，使他的自尊受到莫大的伤害，越想越气，决定上天告状，报仇雪恨。

河伯驾驭六条龙驱动的乘辇，隆隆飞上天庭，哭诉于天帝脚下，要求惩办羿。

“报案要有时间、地点，你都给我说清楚。”天帝面无表情地说。

“甲申年、辛未月、丁丑日、午时三刻，涡水源头。”河伯回答。

“你的记性很好，说得一点不错。”天帝说。

“陛下已经知道了？”河伯惊异地问。

“你以为，你们在下界的所作所为我都蒙在鼓里吗？”天帝反问一句。

“陛下英明。”河伯惊出一身冷汗，硬着头皮说，“羿依仗手握天帝御赐彤弓，把臣当作兽类射击，差点要了我的性命。陛下要为臣下做主啊！”

“我问你，涡水不在你的治下，你跑到那里去干什么？你身为河伯，如果深守神灵本分，羿怎么会伤害你呢？你变成虫兽招摇于市，使其有隙可乘，羿何罪之有呢？”

“这，这……”河伯吓得浑身发抖，无言以对。

“因为你瞎了一只眼，也算受到了惩罚，这事寡人也就不追究了。”天帝漫不经心地说，“至于羿，他受人间帝王约束，寡人也懒得管了。再说，他的行为属于救人之危，即使一箭要了你的命，也不过是防卫过当，你还要我把他怎么样？好了，去吧！以后做事检点些、处世谨慎点就是了。”

河伯离开天宫，在银河岸上漫步，心中暗自庆幸："多亏自己一年四季祭天勤快，和天帝关系密切，不然这次就惨了。"不过他对羿的忌恨越来越重，恶念汹涌，恰似眼前滔滔银河，但他一时想不出报复的办法。

忽然眼前一亮，一支银箭在阳光照射下闪闪发光。河伯捡起来仔细审视，发现上面有天宫银矢字样，尾端还系着一段素矰，心下大为惊异："难道是羿射日丢失的那支神箭吗？"

他有心上缴天庭，以取悦于天帝，又鬼使神差地否决了，把它藏在衣袖里带回了家。"羿一直在找这支箭，想重回天庭，如今落在我的手里，就让他做梦去吧！"河伯想。

羿的确在做着升天梦，而且是他和嫦娥两人一块儿升天的美梦。因为羿能在空中飞行，被帝尧派去视察天下江河，以便随时预报洪水险情。羿利用出差的方便，又走到江河源头，万山丛中。他找遍十巫可能隐居的地方，仍然没有发现他们的踪迹，当然也没有找到不死药。

这天是八月十四日，羿归心似箭，一座座山、一道道川从身下滑过。又一条河流映入眼帘，像银蛇似的在嵩山峻岭间蜿蜒，时隐时现。羿心中一动，脑海中浮现出一幅久远的画面。他降落在突兀的山头上，环顾四周，记忆的帷幕徐徐拉开。脚下这座山叫阳虚山，眼前这条河叫洛水。当年伏羲的小女儿宓妃，就是在这里从他的背上落水淹死的。当时的景象刻骨铭心，历历在目。

渔猎和采集，是伏羲时代的主要生活来源。伏羲结网罟、制弓箭，教民渔猎。当时羿已是一只得道雄鹰，赤首金爪，雄健有力，被呼为金爪卫士。金爪卫士跟随伏羲打鱼围猎，踏遍了山山水水。不过，他的任务不是逐狐捉兔，而是帮伏羲携带和照顾他的小女儿宓妃[1]。宓妃自幼喜欢浪迹山林，趴在金爪卫士背上穿云破雾、四

---

[1]《洛神赋》注引《汉书音义》引如淳云："宓妃，伏羲氏之女，溺死洛水，为神。"（引自袁珂《中国神话传说词典》）

处兜风，更是每天必不可少的功课。久而久之，她对金爪卫士有了强烈的依赖感。一次，她搂着雄鹰的脖子撒娇，说："鹰大哥，你要是能变成人形，我就嫁给你。"

宓妃也许说的是孩子话，但金爪卫士却认为是山盟海誓，从此对主人这位天真可爱的小女儿产生了无法排遣的爱恋。那一天风和日丽，伏羲和众人在阳虚山麓围猎，宓妃坐在雄鹰背上，贴近洛水水面缓缓飞行。游鱼成群，戏水鸳鸯成双成对，猿猴、熊猫时而在岸边现身。……置身于良辰美景，宓妃心花怒放，手舞足蹈，忘乎所以。

水面上轰然冒起一个水柱，金爪卫士将身一闪，躲过袭击，但宓妃不见了，连一声叫喊也没有听到。伏羲用河洛网罟把洛水从出口到源头来回搜了好几遍，宓妃依然活不见人、死不见尸。

"是祸是福，都是她命中注定的，由她去吧！"伏羲超然而又无奈地说。他没有责备金爪卫士，但金爪卫士心里却留下了无限的歉疚和遗憾，数千年过去了，依然沉重地压在心头。

羿久久地凝视着宓妃落水的地方，他希望心爱的姑娘能突然出现，看一眼已经变成人形的鹰大哥。

流水无情地冲走了他的奢望。

长河落日，波光粼粼，羿眼花缭乱。倏忽间，一个倩影无声地浮出水面，扯起长袖作帆，疾速顺水而下。

羿以为是幻觉，急忙揉揉双目，顿时精光流溢，拉近了目标：的确是一位女子，踩着流水急急赶路。难道她是宓妃？羿展翅尾随跟踪。

女子来到洛汭，登上伏羲台向大河上下眺望。这一下看清楚了，她的确是宓妃！

羿降落在宓妃面前，强压着内心的激动打招呼说："宓妃，你一向可好？"

宓妃吃了一惊，说："你是什么人？"

“我是羿，你不认识我啦？”羿一时忘记起用原来的绰号。

“羿？是射日的那个羿吗？”宓妃颇有好感地问。

“对，对！”羿欣喜地说，“你想起来了？”

“天下谁人不识君呀！”宓妃嫣然一笑说，“听说你在朝廷当大司马，到这里找我有什么事吗？”

“宓妃，我想约你叙叙旧。”羿说着去拉宓妃的手。

“大司马，你是大家景仰的人物，要放尊重些！”宓妃把手甩开，沉下脸来说，“我们过去并没有过交往，有什么旧情好叙的？奴家是有丈夫的人，从不单独和陌生男子约会。你走吧！”

宓妃扭头要走，羿一把拽住她的长袖说：“你不能走！”

她转身一掌抡过去，大声呵斥：“你要干什……”

宓妃惊呆了。她的手掌掴在一只毛茸茸的雄鹰身上。只见它赤首金爪，嗷嗷长鸣，展翅欲飞。

“是你？金爪卫士！”宓妃一头扑过去，喜极而泣，“鹰大哥！”

雄鹰用喙轻轻地为她梳理长发，口出人言：“岁月没有泯灭我们的记忆，你终于想起来了……”

宓妃擦一把眼泪，一跃跨上鹰背，把头埋在它的羽毛里。雄鹰展翅翱翔，穿云破雾而去。

## 月圆十六

羿载着宓妃飞过华山，飞到渭水，然后溯水而上，走过他们一起曾经玩耍过的每一个地方。山水依旧，故人重逢，时间隧道又把他们推回遥远的过去，初恋的火花一次次被点燃，激情的火焰频频迸发。羿忘记了来自天帝的宠辱，忘记了朝廷赋予的责任，甚至忘记了嫦娥的柔情。

最后，他们来到洛水，在羿曾经修炼过的石屋里相拥而卧。下面就是宓妃落水的河段，是他们离别的地方。他们害怕再次遭遇漫长的离别之苦，因此久久地抱着对方。

羿回忆起对宓妃的思念和等待，直到遇见嫦娥。宓妃听了，把脸贴在他的胸前泣不成声。接下去，宓妃诉说了离别后的经历。

宓妃的落水，是一只泥鳅精一手造成的。他在河底淤泥中修炼千载，渐渐有了些神通，自称洛水水神。起初，泥鳅精把宓妃藏在大山底下的阴河里，躲过了伏羲和羿的搜寻；后来虽然允许她出来走动，但控制极严，宓妃根本无法逃脱。河伯冰夷奉天帝之命巡视洛水，遭遇泥鳅精，将其打回原形，救出了宓妃，并奏请天帝敕封她为洛水水神。当时冰夷还是单身，一表人才，处世公正精干，于是宓妃就与他结为伉俪，在洛汭伏羲台下度过了很长一段时间的甜蜜岁月。

“听说河伯不断地娶妻纳妾，你们之间的夫妻关系怎样？”羿问。

“夫妻之说，是世人比照自己的礼仪规矩贴在我们头上的标签。”宓妃说，“我与冰夷既没有立下文字契约，也没有山盟海誓，不存在所谓夫妻关系。自打他有了新欢以后，我就没有主动找过他。当然，作为朋友，每当听说他有越轨行为，我都会赶去规劝几句，听不听由他。”

“听人说，河伯谁也不怕，就怕你一个人，是真的吗？”羿进一步深究宓妃与河伯的关系。

“他怕我不理他。冰夷和那些讨来的女子，不过是露水夫妻而已，一夜之后就丢在脑后头了，也任凭她们红杏出墙、随人出走，唯独对我一往情深。冰夷曾经对我有恩，对他的热情，即使自己心里不乐意，我也不好拒绝他。”

羿把箭射河伯的事告诉了宓妃。宓妃吃了一惊，从羿身边跳起来说："他没命了吧？"

"听说性命无恙，只是眇了一目。"羿轻描淡写地说。

"中了你的箭还能保住性命，说明他还不该死。"宓妃扑闪着大眼睛说，"也许是上天借你的箭警告冰夷，让他今后行事检点些。像他这样的，不到恶贯满盈，天帝是不会轻易问罪的。你这一箭说不定对他还有好处呢，如果他从此收敛起来，就能逃过这一劫数了。不过，你却得罪了他，可要小心些。"

"别人怕他，我羿不怕他，料他也不敢把我怎么样。"羿不以为然地说。

八月十四，是宓妃落水的日子。在以后的日子里，羿不管到哪里外出公干，都要在十四日日出之前赶到洛水，十五日月出之前再飞回嫦娥身边。帝尧一般不会让羿在月圆前后几天陪驾，因此，他可以做到风雨无阻，雷打不动。虽然辛苦些，但羿乐此不疲。嫦娥和宓妃，是他一生当中负有责任的、最重要的两个女人，他要使她们感到幸福。

一天晚上，嫦娥突然问："她比我美吗？"

"你俩各有千秋，不分伯仲。"羿发觉嫦娥知道了他和宓妃的秘密，老实回答。

"把她接来吧，我把她当妹妹，你这样飞来飞去太辛苦了。"嫦娥说，"帝尧还娶了四位妻子呢，我母亲中山公主能容得下三个，我连一个也容不下吗？"

羿说："她的年龄比你要大得多，我们在少小的时候就认识了。"因为嫦娥不知道她自己就是月神常羲，羿也不好拿常羲和宓妃比资历。

"哎呀，你们是青梅竹马呀，那么我就更不应该怠慢了。"嫦娥感兴趣地说，"给我讲一讲你们的故事好吗，我不会嫉妒的。"

羿娓娓道来。他们的生离死别，让秉性善良的嫦娥唏嘘不已，涕泪涟涟。

“和我比起来，洛神姐姐就太不幸了。”嫦娥同情地说，“要不你就在洛水多待一天好了，陪她陪到月亮圆。”

“你呢？我要尽量让你们都幸福。”羿望着嫦娥真诚的眼神，感激地说。

“我？……我可以推后一天，在十六日晚上等你。”看到羿为难的样子，嫦娥宽慰他说，“人们说，月亮十五不圆十六圆，咱们就十六圆吧！”

羿抱住了嫦娥：“我和宓妃的事，你是从哪里听来的？每次与她约会，我都是空降在洛水上游的深山里，从来没有遇到过一个人。”

“若要人不知，除非己莫为。何况你是个大英雄，走到哪里都会有人盯着，即使在没有人烟的地方，还有无处不在的山神土地、树精水魅。”嫦娥说，“再说，洛神既然是河伯的女人，不知道有多少精怪在跟踪她，好向河伯打小报告，换取一点好处。我是听逢蒙说的，他说他是从河伯的头目鳖三郎那里听到的。”

“这么说河伯也该听到风声了。”羿自言自语地说，接着又把话头一转说，“逢蒙常来吗？他也该安个家了。”

“他经常回来给我请安，很关心你的健康状况。”嫦娥说，“我的两个小妹娥皇、女英待字闺中，我曾向他提过，你猜他说什么？”

“难道他还不同意吗？”羿说，“即使他愿意，帝尧也不会同意。”

“逢蒙说，除非找一个和我一样的，不然他就不成婚。”嫦娥哧哧地笑道，“还有那个可爱的小弟弟鲧，竟也这么说，笑死人了。”

“他们的标准也忒高了。”羿说，“天上人间就这么一个嫦娥，还到哪儿找第二个呀？”

河伯躲在极渊不愿见人，连水神联谊大会也不张罗了，更不想让宓妃看到他的这副嘴脸。他让鳖三郎去寻找一颗大小适中的明珠，以代替丢掉的眼珠子。鳖三郎把珠子找来了，也带来一条花边新闻：洛神宓妃在洛水与羿幽会。

河伯一听跳了起来，召集乌游等一帮卫士准备去打架。出发前冷静一想又改变了主意，决定孤身一人秘密潜往洛水。他明白，打手再多也抵不过羿的一张弓，反而会把这丢脸的事给传扬出去。

洛水河畔，宓妃一手托腮，在观看鸳鸯戏水。水中忽然冒出一个人来，手持钓竿，身披蓑衣，头戴斗笠，遮住了大半个脸，俨然是个渔翁。

“你是什么人？”见不速之客直奔自己而来，宓妃站起身警惕地问。

“不是你眼下盼望的人，但是个你曾经在这里约会的人。”

听声音宓妃知道，来人原来是河伯。

“干什么装神弄鬼的！”宓妃一把掀掉他的斗笠。

“别，别吓着你。”河伯慌忙用手捂住脸说。

“你学会变脸了？可真长本事了。”宓妃戏谑说。

“我都这模样了，你还幸灾乐祸！”河伯委屈地说。

“我就是要幸灾乐祸。”宓妃说，“你没听人讲吗，‘祸兮福所倚’，你这次遭点儿小灾，说不定避开了杀身灭门之祸呢，我怎么能不为你高兴呢？你也没有必要躲着人嘛。”

“我的确不想见人，已经闭关好久了。”河伯说，“不过不得不硬着头皮来见你。”

“有要紧事吗？”宓妃问。

“对，这事很要紧。”河伯话锋一转说，“听说你遇到了新欢？”

宓妃一怔，随即答道：“哪里是什么新欢？是儿时的故人。”

“什么，什么？你和羿是早就认识的？”河伯有些紧张地说。

“岂止是认识，他是我的初恋情人。”看着目瞪口呆的河伯，宓妃感到好笑，又补充说，“你忘了，我曾经给你讲过我的坐骑雄鹰，那个金爪卫士，它就是羿的原身。”

“哦，那么说你们肯定是一见面就坠入情网了？”河伯酸溜溜地问。

“你真是通情达理，那还用问吗？”宓妃用调侃的语气回答他。

“不行！”河伯忽然大声吼道，“你是我的女人，不能和别的男人交往！”

他的脸本来是一边白一边紫，这一下全变紫了，扣在左眼上那片鱼鳞也掉了下来，露出一个黑窟窿，挺吓人的。

宓妃没想到平时对她温和体贴的那个冰夷，会忽然变得像凶神恶煞一般，吃了一惊，但很快镇静下来，针锋相对地说：“你说我是你的女人，是租给你啦还是卖给你啦？有字据吗？”

“你去问问，谁不说你是我的妻子？”河伯说，“多少年了，已经约定俗成，还用字据吗？你和别的男人幽会，不是给我堂堂河伯戴绿帽子吗？”

“你讨了那么多女人，也都约定俗成了，她们哪一个不找别的男人？你的绿帽子早就一摞一摞的了！”宓妃反驳说。

“我和她们都是逢场作戏，只有对你是真心的。”河伯动情地说，“她们都跟别人跑了我也不在乎，只有你不能离开我！”河伯的声音竟然有些嘶哑，看来是动了真情。

“现在你的醋劲上来了，你同那么多女人来往，可曾想到过我的感受吗？”宓妃说，“我只不过与初恋男友叙叙旧，你就打上门来了，这也太不平等了吧！”

河伯哑口无言，好一阵子才咬咬牙说：“今后只要你只跟我冰夷好，我也不再找别的女人了，回去就把跟前这些女人都打发走。”

宓妃没想到河伯会下这么大的决心，颇受感动，但对他的话还是有点信不过，说：“泰山易改，本性难移。你还是回去好好修炼吧，待到真正洗心革面、脱胎换骨，再来找我。你那嘴脸也该修整修整，要知道，修身养性也能修出慈眉善目来。”

“咱先说好，你可要等着我。”河伯说。

一片乌云出现在天际。

“羿来了。”宓妃说，“我不愿看到你俩在我面前决斗，请你离开吧！”

河伯从来就没有打算和羿决斗，于是无奈地消失在水中。他对羿积怨满腔，又增加了一份担心：“宓妃对羿的感情更深，只要他活着，就没有我的份。”

河伯暗自盘算，一个借刀杀人的阴谋在头脑里形成。

## 羿之死[1]

河伯要在洛汭举办“天下第一射手”选拔赛，优胜者奖励龙角弓一张、银箭一支、明珠五斗、美女三名。此外，还要悬挂金匾，由河伯亲自驾龙车陪其游历大河上下，夸耀于世。

时间选在十月十三、十四两天。此时汛期已过，天高气爽，水面平阔，天下高手云集在伏羲台下，弯弓盘马，你争我夺，煞是热闹。经过初选，有五名顶级高手登上伏羲台，进行决赛，其中就有逢蒙、纪昌和鸿钧。逢蒙担心的三个人都没有到会，他们是师兄飞卫和两位师父甘蝇及羿。飞卫已宣布退出江湖，随甘蝇隐居修仙去了，而羿则是正赶上与宓妃的幽会，无暇顾及。

比赛项目是打活靶。乌游将军以肚皮为靶在水面上游弋，选手们站在伏羲台上射击，每人五支箭，射中多者为胜。靶子比较大，射程也不是太远，这些高手们个个抱着必胜的信心，都以为每发必中，冠军非自己莫属，因此，都抢先射击。但实际射起来，却发现难乎其难。

乌游是防守型武将。他的两只手快若闪电，一般情况下飞矢都会被拦截下来，或抓在手里，或打落水中，使其无法近身。他的肚皮坚如磐石，除了羿，其他高手还从来没有把箭插上过。见羿没来，

[1]《孟子·离娄下》：“逢蒙学射于羿，尽羿之道；思天下惟羿为愈己，于是杀羿。”

乌游放心大胆地挺起肚皮，与射者傲然相对，了无惧意。

果不其然，前四位选手竟然一箭也没有中靶！纪昌和鸿钧倒是连连中的，只听得“嗒嗒”声响，那箭硬是被碰落水中。

高手比的已不只是技术和体力，更重要的是智慧。逢蒙拜羿为师以来，最重要的收获是学会了用脑袋射箭。他发现，乌游的防守有三招：一是拦，二是捂，三是挡。当飞箭到来时，乌游总是挥动右手去拦截，同时用左手捂住肚脐；若拦截不到，箭射到肚皮上或手掌上，都会落水。由此逢蒙判断，乌游的软肋就在肚脐上。

逢蒙的五支箭是这样分配的：先射乌游的头，趁他缩头时右手没有准头，紧跟着一箭狠狠地撞在前胸上，虽然没有刺进，但盔甲发出咔咔吧吧的响声，乌游浑身一震，知道来者非同一般。接下来的两箭几乎同时到达，乌游不敢用肚皮硬接，急忙挥动双手拦截。这下好了，他的肚脐暴露无遗，逢蒙的最后一支箭轻松中的。

乌游平躺在水面上，圆鼓鼓的肚子上倒插着一支羽箭，向人们宣示，逢蒙是这次赛事的最终胜利者。

河伯登上伏羲台，让其他选手下台，单独留下逢蒙。

“祝贺你，我的神射手。”河伯说，“你可以从我的宫殿里挑选三位美女，这是我对你的奖励。”

逢蒙还等他说下去，但河伯就此打住，没有了下文。

逢蒙只好提醒说：“兑现其他几项就行了，在下不愿夺人之美，三名美女就留给你享用吧！”

“其他承诺的奖项暂时不能发放。”河伯说，“不是本神食言，是因为你还不是天下第一射手。”

“为什么？”逢蒙问。

“射日英雄羿，是公认的天下第一射手。”河伯说，“在他缺席比赛的情况下，若裁定你是天下第一，怕名不副实，惹天下英雄耻笑。”

“那么说，天下第一的头衔永远是师父了？”逢蒙无可奈何地问。

“除非羿不在人世。不然，别人很难与之争雄。”河伯肯定地说。

“你是说除非师父死了？”逢蒙心里一震，脱口反问。

“哎，我怎能咒人死呢？他死了天下第一也轮不到我呀！”河伯语带暗示地说，“羿是天上的神仙，迟早会离开人间的。听说他从西王母那里搞到一剂不死药，本来可以飞升的，但为了把嫦娥也能带上天去，还想再讨到一剂。难哪！这要等到猴年马月了。老弟，可怜你命运不济呀！……要不这样吧，你是习射的人，最宝贵的是硬弓利箭，这副龙角弓和银箭就先借给你玩玩儿吧；至于明珠白璧和那块天下第一的金匾，只好保存在我这里，等你成了名副其实的天下第一射手再颁发了。”

银箭寒光闪闪，尾端还系着一节可伸缩的素矰。

逢蒙眼前一亮，惊喜地说：“这难道是那支神箭，就是师父丢失的那支射日银箭吗？你从哪里弄到的？”

“嘘，小声点。”河伯神秘地说，“我是在天上银河岸边捡到的。我一直在想，天庭曾经发动天兵天将寻找这支神箭，把银河的每粒沙子摸了个遍，都没有发现它的踪影，怎么就被我碰上了呢？听说天帝对羿的行为不满，又找不到名正言顺的罪名，莫非是要假我之手惩治他吗？我想替天行道，可是射技太差，没敢动用这支神箭。你的射技已经和羿不相上下，至少应该和他并列天下第一，差距就在弓箭上。你用龙角弓和银箭与师父比试一下高低吧。不过，因为错过了比武大会，即使你胜过他，这天下第一的头衔也不能确认给你。”

逢蒙收起宝弓神箭，头也不回地去了。

自从跟甘蝇习射以来，逢蒙的人生唯一目标，就是拿下天下第一射手的桂冠。为此，他付出了多出别人十倍的艰辛，放弃了一切无关的嗜好。直到前来拜羿为师、遇到嫦娥之后，他那压抑在内心深处的本性，才突然被嫦娥的魅力所点燃，产生强烈的求偶欲望。

但是，嫦娥只有一个，他对别的女人仍然一概不感兴趣，视而不见。

逢蒙颇有自知之明。他认为，像嫦娥这样天下第一的美女，只有师父这样天下第一的射手才配得上。除此之外，其他任何人，包括人间帝王，碰碰她都是对美丽的亵渎。羿不在的时候，他刻意保护嫦娥不受他人干扰，即使到了帝都，也时刻惦念着她的安全。逢蒙与嫦娥独处时，没有丝毫的邪念和不敬，但是，在他的人生目标里，除了天下第一射手之外，又增添了一项，就是要得到天下第一的美女嫦娥。

如今，逢蒙已经超越了所有的竞争对手，实现两项人生目标的唯一障碍，就剩下师父羿了。他知道自己永远不会超过师父，只有让师父从人间消失，才是他的唯一机会。逢蒙一直希望，羿能吃下那剂不死药升天而去，把嫦娥和天下第一的桂冠给他留下，演绎一场完美的师徒传承结局。但他失望了。如果羿再弄到一剂不死药，逢蒙虽然能接下天下第一的美称，但嫦娥也被带走了，会使他感到非常的失望。没有了天下第一美女的陪衬，天下第一射手也会黯然失色。如果羿找不到第二剂不死药呢，羿和嫦娥两人分吃一剂，同得长生不老，那他逢蒙就什么也得不到了，一生努力尽付东流，最后会郁郁而死。

思来想去，逢蒙最后下定了刺杀师父的决心。历史上、现实中，不时会见弑父篡位的、栽赃恩人的、诬陷朋友的，善良的人们每每看不懂。从逢蒙杀师这一案例我们可窥一斑，都是野心惹的祸。

负山之阳有一块平地，羿每次从洛水与宓妃幽会回来，都要在这里落一下脚，仰望圆月当空，俯视河、洛汇流，天地悠悠，不免感慨一番。今天，他刚刚降落，草地上忽然跳起一个人来。

“师父您好，徒弟在此等候多时了。”那人开口说话，原来是逢蒙。

“到这荒山野岭来找我，莫非有什么急事吗？”羿问。

“逢蒙习练师父传授的那招吐气成盾之术，最近颇有心得，想请师父再示范一下，以加快修炼进度。”逄蒙说。

“射者以进攻取胜，但首先要保护好自己。”羿说，“吐气成盾之术是防守中的上乘功法，靠真气聚集而成，要循序渐进，不能太急。”

“正因为如此，”逄蒙说，“我才想亲眼验证一下它的神奇，以坚定长期修炼的信心。”

“对，为师是应该给你演示一下吐气成盾的实战效果。”羿说，“你站到五十步之外去，对准我开弓放箭。”

“太近了吧，有危险的。”逄蒙表现出关心的样子。

“没事的，除非射日神箭，任何利器都破不了我的吐气成盾之术。”羿有把握地说，随即摆好了架势。

箭到面门，羿忽然吐出一口气来，化作一面莲花盾，将飞矢挡在脚下。逄蒙一连三箭，都没能射穿莲花盾。

“好，好，吐气成盾果然是天下绝技！”逄蒙大声叫道，“师父，再接我最后一箭！”

一道寒光穿过莲花盾，羿大吃一惊，“啊”的一声还没有喊出口，就倒在血泊里。银箭将他身后的山头击崩一角，发出惊天动地的响声，大雨塌天似的倾泻下来。

当初麻姑与羿一场豪饮之后，醉卧洞中，长眠不醒。这天，忽见羿闯进洞来，浑身血污。麻姑吃了一惊，吓出一身冷汗，酒也醒了。睁眼一看，只见淡淡的一束月光射进洞来，哪里有什么羿？方知是梦。她掐指一算，自言自语地说：“他的劫数到了，待我接他回来吧！”

麻姑跨上金鹿赶到负山，落在山岩上举目观看，但见明月当空，秋虫唧唧，四周平静得出奇，好像这里什么事都没有发生过一样。

羿仰卧在草地上，睁大眼睛盯着横亘天际的银河，仿佛是说：“天帝，臣羿罪不至死，您为什么不给我留点为您效劳的机会呢？”

被震昏的逄蒙苏醒过来，颤颤巍巍地给羿行三叩九拜大礼，祝曰：“师父，作为射者，您是天下第一射手；作为教授，您带出了一位天下第一的徒弟。此等功业，前无古人，后无来者，您应该知足了。您走后，弟子会尽心照顾嫦娥，您放心吧！”

逢蒙伸手去合拢羿的眼皮，但手一离开，眼睛又随即睁开，如此反复多次。逢蒙害怕了，浑身筛糠一般，一把抓过羿的彤弓，捞起银箭，转身就跑。不料，他一头撞在枝枝丫丫的鹿角上，连惊带吓，瘫软在地。

“堂堂大将军竟被一个死人吓成这样？心虚了吧？”一个空谷流水般清脆的声音说。

逢蒙抬头一看，发现一个妙龄女郎骑在一头雄壮的金鹿上，嘴角露出轻蔑的讪笑。

逢蒙吃了一惊，不只是因为她的突然出现，还为她的青春靓丽。他暗自思忖：嫦娥之外，世上竟然还有这等美丽的女子？

“你，你是谁？”逢蒙问。

“东海麻姑。”麻姑举起她的鸟爪做了一个漂亮的莲花指造型，回答说。

当初羿应邀赴麻姑宴，在朝廷中闹得沸沸扬扬，逢蒙是知道的，于是问：“你来这里干什么？”

“我来给他收尸。我俩有一场不了情缘，此举不过聊尽朋友之谊，不应该吗？”麻姑说，“你是羿的得意门生，竟然杀师求荣，还要占有他的妻子，无耻之徒，也算是前无古人了，不过，绝不是后无来者。有了你做榜样，我相信后世徒欺师、子弑父、臣弑君之恶行将大行其道。你逢蒙将千夫共指、遗臭万年！”

“我只要今世当个天下第一，任凭后世评说。”逢蒙指着羿说，“不过，师父死不瞑目，毕竟让我心中难安，你是他的红粉知己，能安慰一下他吗？”

“能，你听我的。”麻姑伸出鸟爪，轻轻地给羿梳理头发，一边数落，“羿呀羿，你身为天神，难道不知天下万物皆有生死劫数的道理吗？窫窳、大风、凿齿、九婴、封豨、巴蛇，更不用说天上九日，哪一个不是修行了千年以上的精灵？不是你羿和它们过不去，是它们的劫数到了，不过假你之手帮它们了结而已。你羿就没有劫数啦？难道与天地同寿啦？那是不可能的。所以，你不要怨天，天意有常；也不要怨你的徒弟，他不过充当了个刽子手而已。你没有死在别人手里，而是死在徒弟的阴谋手段里，说明你是名副其实的天下第一，到死都没人能够超越，也算是死得其所了，可以聊以自慰了。……你还有一条该死的理由：你授艺不授德，教出个技艺高强、德行卑劣的徒弟，最终自食其果，还能怨谁？……我想，你的死可能会给后人一个启示，那就是，你最亲近、最信任的人，往往会给你造成致命的伤害。……好啦，我不说了，快把眼睛闭上吧！”

麻姑唠唠叨叨、说说停停，像一位贤惠的妻子在劝说失意的男人，又好像一位慈母在教诲做错事的儿子，有鼓励也有批评，温婉而又耐心。

羿的眼皮忽闪几下闭上了。麻姑麻利地扒掉他全身血污的衣服，用纤纤玉手揉搓他全身的穴道，伸出长长的、玉管似的指甲，去挠他的头顶、脚心和脊背，全神贯注，旁若无人。

逢蒙看呆了。他在努力想象，如果像麻姑这样的美女如此这般地收拾自己，会是怎样的一种享受，不觉脸红心跳，后背发痒。

# 嫦娥奔月

麻姑扭过头来莞尔一笑，说：“想让我给你抓痒吗？我正在护理你师父，没工夫侍候你。给你一件工具，自己挠去吧！”说罢“咯吱”咬下一节指甲，“噗”的一口吐过来。

唾沫星子喷了逢蒙满脸，还带着一股浓烈的酒香。他一把抓住飞来之物，原来是一柄晶莹剔透的痒痒挠，俗称不求人。逢蒙迫不及待地去挠背。真是舒服透了！他不知不觉陶醉在梦幻般的快感中。

麻姑排除了干扰，马上进入下一个疗程。她俯下身去，将嘴唇压在羿的嘴唇上，只听得咕噜咕噜响，已把满肚子灵芝酒灌进羿的体内。

逢蒙又一次看呆了，嘴角涎水如泉。

羿全身骨节噼里啪啦响，忽然坐了起来，扑在麻姑怀里。

逢蒙大吃一惊，转身便跑。麻姑手臂倏忽拉长，一把抓住他的头发提溜过来，掼在地上，说：“别怕，给你师父叩最后一个头！”

逢蒙叩地出血，求饶道：“师父原谅我吧，徒儿上了河伯的当了！”

“没出息，看把你吓的！这是诈尸，离复活还早呢！”麻姑骂过逢蒙，接着用手按住羿的百会穴，小声说，“亲爱的，有我麻姑在，你将万劫不死，定会复活重生。如今你的劫运未满，按说还要经过六道轮回，不过咱们有捷径，不去受那罪。你只要陪我喝上两坛灵芝酒，一醉万年，醒来之时，一个劫后重生的羿就会一飞冲天了。”

羿扑身倒下，忽然化作一只雄鹰，赤首金爪，嗷嗷鸣空，展翅欲飞。

麻姑翻身跨在雄鹰背上，回头对目瞪口呆的逢蒙说：“给嫦娥捎句话，告诉她，头晕了就吃药，心烦了就远走高飞，不要等着羿了。羿由我麻姑照顾，让她放心地走吧！”

雄鹰腾空而起，尾随着前面的金鹿，消失在天际。

这两天嫦娥心里隐隐作痛，但她没有想到与羿有关。十六的月亮也升起来了，羿还没有回来，嫦娥心情开始烦躁，走到庭院踱步。前几天她做了个梦，梦见自己向月亮飞去。适值神巫有黄造访，嫦娥请她圆梦。有黄占之，曰：“吉。翩翩归妹，独将西行，逢天晦芒，勿惊勿恐，后且大昌。”[1]

其实，这都是嫦娥潜意识在作怪，是来自本能的对羿的用情不专进行的惩罚。尽管两人之间出现不和谐，但嫦娥还是非常珍惜她和羿相处的时光，每到圆月爬上东篱，便迎到庭院里，等待他突然推门进来。但潜意识里，嫦娥已经预料到和羿分手的那一天迟早会到来。

门开了，嫦娥快步迎上，几乎和他撞了个满怀。但来人不是羿，而是逢蒙。

“怎么是你呀！见你师父了吗？”嫦娥惊异地问。

“见了。”逢蒙答到。他一路上都在思念嫦娥，真正见到嫦娥，又局促起来，话不敢多说。

“他怎么还不回来呀？陪君王巡狩去了？”

“君王还在帝都。”

“莫非又奔赴昆仑寻找不死药去了？”

“不，没有……”逢蒙知道无法隐瞒，只好说道，“师父他死了。”

“什么？死了？”嫦娥不相信自己的耳朵，“你说谁死了？”

“师父，师父死了。”逢蒙怕嫦娥不相信，把羿的彤弓和赤金箭递过去，“这是师父的弓箭。”

羿的弓箭从不离身，即使在与她共寝时，也要摆在伸手可及的地方；有时嫦娥嫌碍事给他挪远点儿，他也要再拿过来。见到彤弓和赤金箭，嫦娥相信羿真的死了，眼前一黑，昏倒在地。

逢蒙跨一步上前去扶，嫦娥身上忽然散发出一波接一波的白光，扑面而来，寒气凛冽。逢蒙急忙后退，已然感到浑身如针刺一般疼痛。他胆战心惊地跪倒在地，不敢轻举妄动。

嫦娥一缕香魂脱离躯体，冉冉升起，随风飘去。

---

[1]《淮南子·览冥训》：“羿请不死之药于西王母，姮娥窃以奔月，怅然有丧，无以续之。”高诱注：“姮娥，羿妻；羿请不死之药于西王母，未及服食之，姮娥盗食之，得仙，奔入月中为仙也。”

话说人类之祖女娲一日七十次变化其身，海内各地时见她的行踪，人称女娲之尸。这些年来，女娲的心境越来越平和了，越来越懒得管人间的闲事了。她认为，人间的战乱也好，和平也好，以至你争我夺、弱肉强食，都是社会存在的方式和形态，存在就是合理的。穷则生变，物极必反，是事物运行之必然，过来人对现实社会是不需要、也是不应该插手的，就像人类对待动物世界一样，过多的干涉反而会扰乱它们的生活秩序。因此，她对人间兴衰、王朝轮换视而不见，充耳不闻。女娲唯一关注和警惕的，就是造成人类灭亡的灾变。她害怕她的子孙从这个星球上消失。当年兄妹成婚再造人类的举动太尴尬了，至今想起来还令人汗颜不已，那一幕再也不能重演。

太行山上有个女娲庙，女娲时常在这里驻足。这天晚上皓月当空，清风送爽，松涛阵阵，女娲凭栏远眺，回忆当年炼石补天的景象，不觉心胸激荡。月色下，恍惚间一女子袅袅而来，女娲仔细察看，忽然惊讶地叫出声来：“常羲！那不是常羲吗？”

伏羲、女娲与太阳神羲和、月亮神常羲，起初都是华胥国青年，伏羲和女娲是为了寻找羲和、常羲才来到地球的。后来他们都开创了自己的天地，天各一方，从来没有走动过，于是彼此都淡忘了。如今常羲突然出现，又勾起女娲尘封的记忆。

常羲从女娲面前飘过，对她的招呼毫无反应，而且满面悲伤忧戚之色，原来是一缕鬼魂。女娲掐指默默演算，已知常羲与羿故事的来龙去脉，不觉“扑哧”笑出声来，自言自语地说：“看来帝俊就是伏羲，这事只有他才干得出来。”

按下女娲这句没头没脑的话暂且不表，笔者先发点议论：羿射九日、嫦娥奔月是古老的神话中流行最广、最脍炙人口的故事之一。故事的背景发生在帝尧时代，羿应是当时最伟大的英雄、最耀眼的明星。他射落九日，救黎民于水火，就已经功不可没了；在帝尧开疆拓土、平定天下的过程中，羿更是一马当先。他用一张弓、一支箭征服群雄，立下了汗马功劳，以至让帝尧相形见绌。但是，羿的结局却相当的平庸、悲惨。善良贤淑的嫦娥也被污蔑偷吃灵药，变成了一只丑陋的癞蛤蟆。美丽的神话到了结尾却黯然失色，情景惨淡。笔者阅读至此，每每掩卷唏嘘，愤愤不已。在本书羿和嫦娥的故事即将结束的时候，我们不妨听一听女娲的观点，也许会得到些许安慰。

东方的天帝名俊，称为帝俊。帝俊的出身一直秘而不宣，人们对他的来历一无所知。他的相貌和人类一模一样，行事习惯也类似人间帝王，因此大都认为他是人间古圣贤升天后的化身。他究竟是谁，众说纷纭。女娲认为，帝俊者，伏羲也。伏羲升天后不久，他的猎鹰羿就被天庭召去做了天帝的侍卫长，这是证据之一。证据之二是，帝俊同时娶了太阳神羲和与月亮神常羲为妻。对于这一点，只有女娲明白其中缘由。因为羲和与常羲也都是华胥国人，伏羲在国内时就对姊妹俩有爱慕之意。她们出走后，伏羲主动提出去寻找。本来，女娲是陪伏羲外出寻找嫂子的，后来在极为特殊的情况下，才不得已结为夫妻，完成繁衍人类的任务。伏羲升天后迫不及待地与羲和、常羲结合，本在情理之中。

既然羿和常羲是天帝最亲近的人，为什么让他们流落在人间不管呢？是不是发现他们之间产生了感情而实施报复呢？女娲的分析是否定的。这事要放在别的帝王身上，肯定是要严厉惩罚的，他们怎能容忍妻妾红杏出墙和臣下给他戴绿帽子呢？但伏羲不会。女娲太了解自己的哥哥或者说是丈夫了。他巧妙地利用机会柔性处理了这件不体面的事。神仙无生无死，但有劫数。羿和常羲都遇到了人生大劫，厄运在即。为保护他们不受灭顶之灾，作为神通广大的天帝，设法除掉了他们的神籍，让其躲到人间去避难，并利用这个机会，使羿了却了同常羲、宓妃的情缘。由于羿杀戮太重，再者，天帝也不想让他与常羲再见面，于是在劫难逃，又被打回原形，重蹈覆辙，再行修炼。不过，由历经数劫的美女麻姑陪伴和保护，羿也算得到了补偿。相信万年之后，羿还会再录仙籍，重上天界。那时，他的修为会更上一层楼。

至于常羲，天帝是不会让她在尘寰滞留太久的，只待劫运一尽，立即肉体飞升，重掌月宫，不死药就是为她预先准备的。“天帝真会利用人力资源，为了羿、常羲的事，无形之间把西王母、麻姑这样的大神都起用了。”女娲想到这里，忽然叫出声来，“他是否也给我派了差呢？常羲的魂魄飘到我面前，我怎能袖手旁观呢？待我送她灵魂归窍吧！”

女娲长袖一甩，就地刮起一股旋风，把嫦娥的魂魄裹挟起来，朝她飞来的方向飞去。

嫦娥仰卧在地，两行热泪从眼角淌下，梨花带水，千媚百娇，把个逢蒙惹得又上火又担心，几次扑上去抱她，都被银针似的白光击退，只好围着她转悠，不敢越雷池一步。此时，逢蒙身上忽然阵阵奇痒，他干脆甩掉布衫，掏出麻姑送给的痒痒挠没命地搔，谁知越搔越痒，不一时竟搔出浑身的疙瘩，痒犹不止。

一阵清风越墙而入，扑在嫦娥身上。嫦娥打了个寒噤，舒了一口长气，睁开眼睛。

“师母醒过来了？”逢蒙欣喜地说。

“告诉我，”嫦娥醒来问道，“你师父到底是怎么死的？”

“这，这……”逢蒙见不好隐瞒，只得说，“师父给我示范吐气成盾之法，没想到我的箭竟穿透气盾，刺断了他的喉咙。……逢蒙该死。”

“吐气成盾神技过去也曾多次演练，你从来没有射穿过，今天怎么了？”嫦娥问。

“这次用的是射日神箭。”逢蒙如实回答。

“你说的是银矢？在哪里弄到的？”

“河伯送我的。”

“噢，你替他报了一箭之仇。”嫦娥说，“还有九日、大风、凿齿等等，别人办不到的事，都让你这位高足给办了。”

“对，对……”逢蒙接住话头说，“师父的劫数到了，别人奈何他不得，只有动用我了，这是天意。”

“劫数？你听谁说的？”

“麻姑。她趴在师父脸上亲热一番，师父就活过来了……”

“活了？他怎么不回家？”嫦娥心中又燃起一丝希望。

“师父变成了一只金爪鹰，被麻姑骑上飞走了。”逢蒙忽然想起麻姑让他捎话的事，接着说，“麻姑还让我带话给你。”

“快说！”

“她说：‘头晕了就吃药，心烦了就远走高飞，不要等着羿了。’”逢蒙说，“嫦娥，师父走了还有我照顾你呢，咱们一块远走高飞吧！”

麻姑的话提醒了嫦娥，明明是让她吞下不死药独自升天。她心里一下有了主意。见逢蒙还在眼巴巴地等着自己的回话，于是平静地说：“你刺杀了恩师，夺走了他天下第一的头衔，继承了他的弓箭，还要占有他的老婆，是不是？”

“嫦娥，自从咱们第一天见面我就爱上你了。像你这样天下第一的美人，只能嫁给天下第一的男人，今天逢蒙终于有资格向你表露藏在心底的爱慕之情了，不要犹豫了，嫁给我吧！”见嫦娥只是抿着嘴冷笑，逢蒙又说道，“在我们的部落里有这样的风俗，父亲死了，他的财产和妻妾由儿子来继承。师父，师父，一日为师，终身为父，所以由我来接替师父充当你的丈夫是顺理成章的，没有什么难为情的。”

逢蒙说完，身上又一阵奇痒，于是没命地搔个不停。

嫦娥冷笑着说：“看你那德行。不过这话倒是有理有据，那就等会儿吧！”转身进屋。

嫦娥换上那身与生俱来的五彩长裙，一口吞下不死药，顿觉身轻似烟，大袖飘飘地来到庭院，好一阵劲舞。

她在和人间告别，在和甜蜜的爱情生活告别。看不出她是喜是忧，历经沧桑的她，总是给人一张百看不厌、从容清逸的面容。

逢蒙忍不住去抓她的裙摆。嫦娥忽然离开地面，越飘越高。

逢蒙方知不妙，大声呼叫："你不能把我撇下！"情急之下，竟扯起弓来连连向天空射击。

嫦娥身后立时形成一团白云，遮住她的身形，同时丢下一句话来："癞蛤蟆想吃天鹅肉，妄想！"

逢蒙身上又一阵奇痒袭来，异常猛烈，他还来不及开搔，就一头栽在地上，挣扎几下，果真变成了一只癞蛤蟆，仰起头朝着月亮"呱呱"哀号，前爪依然紧握着弓箭不放。

逢蒙用的是射日神箭，箭尾系着那半截素缯。在云团的掩护下，神箭没有射中嫦娥，却穿透了她的飘带，无法返回，连同素缯一并挂在飘带上。素缯的另一端系在彤弓上，嫦娥越飞越高，素缯越绷越紧。逢蒙视弓箭如生命，即使变成了癞蛤蟆，也还是死抱着彤弓不放，竟被悬空吊将起来。

人们仰望夜空，看不到云彩上面的嫦娥，只见一只蟾蜍冉冉升空，奔向月亮。

视觉上造成的错误，使嫦娥蒙受了几千年的不白之冤。人们据此武断地宣称，嫦娥偷吃灵药，对丈夫不忠，因此受到惩罚，被变成一只丑陋的蟾蜍禁闭在月宫。[1]

蟾蜍确实被带到月宫。善良的嫦娥见它忠心耿耿，又是羿的高足，就让它做了广寒宫的把门将军，把慕名而来的造访者毫不客气地拒之门外。也有人说，这个蟾蜍就是那位砍伐桂花树的吴刚，众说纷纭，至今也没有个定论。

---

[1]《全上古秦汉三国六朝文》辑《灵宪》："嫦娥，羿妻也，窃王母不死药服之，奔月。将往，枚占于有黄，有黄占之，曰：'吉。翩翩归妹，独将西行，逢天晦芒，毋惊毋恐，后且大昌。'嫦娥遂托身于月，是为蟾蜍。"（引自袁珂《古神话选释》）

# 丹朱失宠

几十年来，帝尧南征北战，平定中原，安抚四夷，所倚仗的就是羿那张硬弓和利箭。不管遇到多么强大的敌人，只要羿出战，都会马到成功。羿的仁厚、智慧和勇武，成了帝尧用人的标准。因此可以说，羿的存在，同时也造成了帝尧的一个致命的弱点，那就是不能广泛地选贤任能。后人司马迁评论说：“昔高阳氏有才子八人，世得其利，谓之八恺。高辛氏有才子八人，世谓之八元。此十六族者，世济其美，不陨其名。至于尧，尧未能举。”羿之死，朝野震惊，帝尧更是受到沉重打击，一时间犹如大厦将倾一般。朝廷中没有可依靠的大臣，帝尧于是将有邰国郡牧弃召来帝都，封为司农兼大司马，主管农业和军事，人称后稷（jì）。

帝尧大病一场。病愈之后，人一下老了许多，帝尧感到生命在走下坡路。看看偌大江山，他第一次意识到，需要培养个接班人了。

帝尧的长子丹朱，是散宜氏中山公主所生，聪明伶俐，很得帝尧欢心。但丹朱幼时在外婆家族长大，受到族人溺爱和子弟的过分追捧，脾气有些浮躁，争强好胜，引起帝尧的担心。为此，帝尧花了不少心血教丹朱弈棋，以期磨炼他的性格。丹朱天性开朗，活泼好动，喜好驰马射箭、歌舞弹唱，特别是吹得好一支骨笛，能发出天籁之音。丹朱的多才多艺，使他成为贵族子弟中的佼佼者。

帝尧有意培养丹朱。他认为，丹朱的那些才艺不过是雕虫小技而已，若要掌控天下，需要有大智大勇，还须吃得了苦，做出令人信服的业绩。经与中山公主商议，帝尧把丹朱送到漳水，在共工氏孔任的领导下走上治水第一线。因为丹朱曾经在漳水上游居住过的缘故，这里被后人命名为长子县。

为了在中原朝廷中为三苗争得一席之地，驩兜用尽心机。他极力撺掇女儿旦鹊与丹朱结为连理，与帝尧攀上亲家；并借助中山公主的关系交好北狄诸族，打算与北狄联手拥戴丹朱，期望有朝一日取代日趋年迈的帝尧。到那时，他驩兜就是国丈了。当初提出把丹朱外放时，驩兜并不同意，因为帝尧共有十个儿子，他怕丹朱离开帝都后失宠，太子的位子被别人抢去。后来，驩兜吃透了帝尧的真实意图，才放下心来，高高兴兴地亲自把旦鹊送去陪伴丹朱。驩兜这次送女赴漳水，还专门给共工打了招呼，要他对丹朱多加关照，以便早日建功立业。对此，共工自是心领神会。

两年之后的一天，帝尧召集庭议会，开门见山地说："我们都老了，朝廷应该起用年轻人了，大家推荐一下，谁适合出来做事呀？"

大臣放齐说："您的儿子丹朱明晓事理，为人豁达干练，可以提拔了。近来听说丹朱被共工委以重任，负责卫水、漳水等太行山以东河道的治理，组织民众疏浚河道、修筑金堤，还是蛮有魄力的。"

帝尧说："唉！知子莫若其父，这孩子的毛病我清楚，说话有些夸张，遇事好与人争辩。……大家看他能行吗？"

大臣们没有反应。驩兜也不便发言。因为提议者放齐是丹朱的娘舅，如果作为丈人的他再力挺，结党的痕迹就暴露无遗了，会引起人们的反感。

见没人发言，帝尧说："这事以后再说吧。……谁善于处理政务呢？"

驩兜说："嗯！共工氏孔任组织号召能力很强，这些年发动了很多民众防治洪水，颇见成效，我看可以。"

帝尧摇头说："哼！这个共工呀，说得倒是好听，做起来又是另一回事，貌似恭顺，其实对老天也轻慢不敬。我看不行。"[1]

帝尧看一个人，总是把道德品质放在第一位，如果这一关过不

[1] 见《尚书·尧典》。

了他的眼，其他条件就不要讨论了。共工氏的祖辈曾和颛顼争帝，头触不周之山，造成天倾西北、地陷东南，虽然英雄了得，但也给人留下了强悍霸气的形象。不过，眼下的孔任并没有多少劣迹显现，大臣们不知帝尧从哪里得来的印象。由于孔任平时与臣僚们不怎么交往，此时也没人替他说话，于是就这样被帝尧几句话否定了。

丹朱的提拔没有通过庭议，引起帝尧家族的强烈不满。中山公主首先发难："不要忘记，你是从中山起家的，是狄人帮你打的天下，在你退位之前，要提前布局，把帝位传给狄人才是最重要的事。眼下各部落首领的继承人，都是首领一个人说了算，连长老院也不过问了。你倒好，不仅拿去搞什么庭议，别人推荐了，反而得不到你的支持。谁人没有毛病，你不要老拿自己的长处去衡量他人，看着别人都不行，就你行。现在丹朱的岁数，早就超过了你登基时的年龄，还拖到何时是了？"

"天下是天下人的天下，不是北狄的天下。天子继承人应从普天下臣民中产生，得到各部族的认可才行。"帝尧耐心解释说，"创业容易守业难。如今虽说海内平定，但中原豪族恃强称霸之心未泯，四夷部落聚众闹事者不断，洪灾肆虐，怪异频仍，如果不是一个包容天下的仁者、一个具有大智大勇的圣贤，如何能坐稳这万里江山！君不见，前任帝挚就是一个现实的例子。我何尝不想让丹朱接班呢，但他自幼娇生惯养，没有经过艰难困苦的磨炼，只怕是吃不了这份苦，也没有这份福气啊！"

中山公主不服气地说："像丹朱这样的年轻人，已是万里挑一，你到哪里去找什么圣贤呢？"

"天地之大，包容万物，灵异神秀，无所不有，不信就孕育不出一个人杰来。"帝尧豪放地说，"我放勋怀抱天下为公之心，定会感动上天，降下治世雄才，光大我锦绣河山！但愿丹朱真的有上天眷顾，当此大任。"

儿子当不上接班人，中山公主心里一直愤愤不平。放齐及一般北狄要人、共工氏孔任和三苗驩兜等人，更是对帝尧产生怨恨之心。领导集团内部产生严重分歧，其原因往往是出自用人上，这是一点儿不错的。家族和权臣们的抵触情绪，使帝尧受到很大压力。但后来发生的一件事，结束了这场有关丹朱的是非争论。

原来，共工治水的主战场在太行山以东的平原地带。这里地域广袤，人烟稠密，都邑星罗棋布，其中就有先帝颛顼的首都帝丘，那里如今仍然供奉着颛顼的神庙玄宫。颛顼是大巫，他的后代继承其衣钵，作为大巫师主持玄宫。每逢大的征伐，天子御驾亲征前，都要到玄宫来进行祈祷。距帝丘几十里之外有个土丘叫狄山，是颛顼和帝喾的葬地，人称二帝陵，后世每年都要在这里举行祭祖大典。帝尧的母亲庆都死后，也葬在狄山东北方向几十里的地方。帝丘位于大河下游，地势低下，远道而来的大河之水犹如从天而降，再加上源自太行山的卫水、共水、淇水和漳水等多条河流，每到汛期便险情不断。有一年帝尧到此巡狩，曾告诫孔任，要格外加强二帝陵的防洪，保证每年一度的祭祀活动顺利进行。祭祀和战争，是当时氏族、部落和国家最重要的两项活动，是无论如何也不能耽误的。

由于洪水泛区的居民众多，移民难度太大，共工只好削平大大小小的土丘，在其上修建城邑，或者就地取土，垫成凸出地面丈多高的平台，作为灾民避难所。洪水到来时，这些高台避难所都成了孤岛，但人们的生命财产可免受损失。《淮南子》中说共工“堕高湮埤”，就是把高处铲低、低洼处填高，大概指的就是这种做法。直到近代，华北平原上居民建房时，还要花费很大的力气运土垫高宅基，以防水灾。

为了尽快泄洪，共工还加强了济水的疏浚。但要通过区区一条济水，把上游大面积的降水短期内泄入大海是不可能的。为保护二帝陵不被水淹，共工组织人力修了一条绵延百里的卫水大堤，这项工程的总管，就委任给了丹朱。孔任认为，这项工程的完成，可以给丹朱带来骄人的业绩。但是，人算不如天算，它带给丹朱的，竟是政治前途的毁灭。

一场百年不遇的水灾降临了。大暴雨不歇气地连降七天七夜，西部山区的洪水居高临下、排山倒海般地压将下来。大堤溃塌，洪峰直奔二帝陵。也就在这期间，海啸不断，海水逆流，西来的山洪与东来的海潮会师，把广阔无垠的平原变成汪洋大海，很多避洪高台坍塌。只有那些位于高阜处的城邑，一个个变成孤岛，在波涛中飘摇。共工氏孔任领导治水失败，引咎辞职。共工氏因此也被认为是振滔洪水的恶人，载入史册，[1] 岂不冤哉！丹朱被撤职了，回到帝都重操旧业。至于接班人，眼下看来是无望了。

共工不干了，但洪水还是愈演愈烈。帝尧召开朝廷会议，说：“如今河、济、江、淮四渎一齐泛滥成灾，淹没了平原，包围了山岭，很多地方的臣民百姓都在苦难中哀叹。当初驩兜推荐共工治水，反而越治越厉害了。四岳啊！你们推荐一下，有谁还能使洪水得到治理呀？”

“啊！鲧吧！”四岳异口同声地说。

“哼！这个人抗命不遵，毁败同族，我看上天不会护佑他。”帝尧对鲧竟然不接受他的美意，抗命拒婚，固执地坚守独身主义，大惑不解，给他下了个很坏的评语。

“伯鲧不是这样的人吧！”帝尧对鲧的评价让四岳感到莫名其妙，坚持说，“除了鲧再没有合适的人选了，就让他去试一试吧！”

“好吧，那就让鲧试试吧。”[2] 帝尧也想不起合适的人选，只好答应下来。

鲧受命于危难之际，担当起治水重任。他全面规划治水方略，上游和下游一并考虑，着手实施堵防和疏导相结合的方针，揭开治水历史上新的一页。

帝尧相信天命。他不是不相信共工的能力，而是认为他德行不

[1]《淮南子·本经训》：“舜之时，共工振滔洪水，以薄空桑。”

[2] 见《尚书·尧典》。

强，得不到上天的护佑，结果不幸被他言中了。同样，通过第一次与鲧交谈，他认为鲧在修身、治家的理念上有问题，上天不会关爱这种不通人情事理的人，弄不好怕也会被抛弃。帝尧是个操守严谨的人。他穿的是葛麻衣衫，吃的是粗茶淡饭，住的是普通房间，出门时轻车简从，从来不敢有丝毫的奢华，怕给黎民增加负担。这样的天子，应该说修为已经很高了，天下再也难找了。但近来，帝尧对自己的德行却产生了怀疑。“为什么十日并出、连年水灾、妖孽横行都发生在我的任内？为什么股肱之臣羿死于非命？天灾人祸难道都是臣下惹来的吗？这是不是上天对自己的警示和惩罚呢？”他扪心自问，夜不能寐，最后决定颁布《罪已诏》。诏曰：

“放勋德薄，皇天不佑。十日烧烤下土，天河倾泻人间。妖孽祸害不已，山崩海啸频现。可怜黎民流离失所，无以为家；忍见鸟兽困卧孤岛，情景惨淡。下臣或有过错，不致惹天公雷霆之怒；苍生又有何罪？竟遭如此涂炭！放勋御宇有年，德行不足感动天地，能力难解万民于倒悬。如此庸碌之身，焉何持久恋栈？思虑至此，放勋决定退位，让贤者居之，以此向众生谢罪，祈求上天垂怜。”

《罪已诏》一经颁布，朝野哗然，劝阻的奏折雪片一般飞来，四岳、放齐等一帮老臣更是惶惶不已，轮流劝奏。君臣最后达成一致：先找到一位合格的继任者，帝尧再宣布下野不迟。

帝尧想到了单卷，但单卷已经两次表示不肯出山；于是又想到了单卷的朋友许由，决定亲自到颍水去迎请。

## 许由与巢父

帝尧只要纪昌、鸿钧两位同行，其他中山公主给他打点的车马随护一律不带。君臣三人一路马不停蹄，赶到颍水许由部落聚居的地方。族人告知说，许由归隐山林后，很久没有回来过了；西山猎户曾在颍水上游的箕山看到一个人，好像是他，族人去找，又没有找到，此后再也没有音信。帝尧嘱咐许姓父老，随时留意许由行止，传信给朝廷。告别之后，君臣溯流而上，向箕山进发。走过平原，渐渐进入山区。山路崎岖，水流湍急，荆棘丛生，三人只好下马披荆斩棘，时有毒蛇巨蝎跳出来袭击，行进缓慢而又十分危险。仰望前程，但见重峦叠嶂，云雾茫茫，不知箕山竟在何处，连一个过路行人都难得见到。纪昌担心帝尧的身体，提议说："不如让师弟陪陛下暂回帝都，由纪昌先去找到许由的所在，与他约定见面日期地点，您再去不迟。如此行走，陛下太辛苦了。"

"不可。"帝尧断然拒绝，"这比行军打仗辛苦吗？行军打仗，逢山开路，遇水搭桥，知难而进，不过是为了开疆拓土；如今聘迎治国贤才，要比攻城略地重要百倍，付出这点辛苦算什么！"

君臣翻山越岭，风餐露宿，沿着蜿蜒跌宕的流水攀缘，走过九山十八峰、五湖三十六道弯，在当地猎人的指引下，终于来到箕山之阳。进得山来，但见山色空灵，气光氤氲（yīn yūn）；身旁松涛阵阵，翠竹萧萧，百鸟谐唱，红叶如花。帝尧赞道："沐浴此山之风，顿感神清气爽，目明耳灵，真乃修行之福地也！"

他们边走边看，时见凤鸟从头顶飞过，麋鹿、猕猴一路随行，却没有发现隐者踪迹。山顶光秃秃的像个馒头，走在上面，如漫步太空，有飘飘欲仙之感。山的背面是悬崖绝壁。一株银杏从山涧拔地而起，直摸上来，与山顶比肩。树冠之大，可谓一株成林。透过茂密的枝叶，有一鸟巢隐约可见，奇大无比。绝壁裂隙间有松枝伸出，与银杏树枝丫交错，接为连理，竟像是一条通往鸟巢的天然栈桥。

帝尧仔细观察后，说："鸟巢如此之大，不知什么鸟可以居之，里面定有稀奇，你们等着，待我过去瞧瞧。"

"陛下，危险！"纪昌、鸿钧着急地喊叫。

“没事儿的，断崖走险是我年轻时的绝技。”帝尧说，“你们站开点！”

帝尧一只脚刚刚踏上悬空的松枝，对面大树枝叶间忽然伸出一个硕大的蟒蛇头颅，绿色的眼睛犹如两盏灯笼，长长的蛇信子送到面前，几乎舔到帝尧的脸。帝尧吃了一惊，一跃后退三丈。耳边弓声连响，纪昌和鸿钧几乎同时射出两支箭，一左一右直取蟒蛇双目。

“不要伤害它！”帝尧着急地命令。

一顶斗笠飞来，恰恰地飘至蟒蛇头前，把飞箭兜头截住，又瞬间逝去。蟒蛇也把头缩了回去。

“好个飞空取物！”帝尧叫出声来。他想，这一招与单卷的手法相似，应是时下最高超的拦截防御手段了。

帝尧四处观望，没有发现异常，只有一头水牛沿着山梁慢腾腾地走来。帝尧示意安静，不要惊动它。

水牛爬上山头，一顶斗笠扣在牛背上。斗笠下鼾声如雷，原来有人倒卧在牛背上睡大觉。这顶斗笠和刚才作为飞行兵器的那只酷似，打鼾者可能就是那位神秘的投掷高手。

水牛停下来，“哞哞”连叫两声。鼾声戛然而止。斗笠掀开，一位干瘦的老者跳下地来，从牛角上取下一串无花果，说：“回老地方吃草去吧！”然后，他旁若无人地径直走向绝壁，欲赴鸟巢。

“老人家，放勋给您问安！”帝尧连忙跨步上前，躬身问候。

“什么？防汛？……洪灾不在这儿，你来防什么汛？”老人显然是听错了，牛头不对马嘴地反问。

帝尧没有在意，也不解释，接着问道：“您老怎么称呼？”

“你说我迷糊？迷糊就迷糊，迷迷糊糊才好混日子哩！”老者真的是耳背，话语交流有些困难。

鸿钧耐不住性子，接话大声说：“没有说你迷糊，他问你叫啥！”

“我叫啥，我叫唤啥啦？后生娃对老人说话要尊重些。”老者这次听清楚了，但意思领会错了，生气地教训说，“对驴对狗才说叫唤，对人怎能说叫唤哩？以后要跟你的师父好好学学。”

帝尧想，这位老者不是真的耳背就是故意打岔，再问下去也没有什么结果，于是直截了当地问：“您见到许由吗？言午许，田字上面出头那个由。”帝尧一边说，一边挥剑在青石板上写下“许由”两个大字。

“你们找许由哇，怎么不早说？”老人的耳朵好像灵光了，痛快地说，“他就住在这里，昨晚儿还和他在一起。”老人指一指鸟巢。

“劳驾您进去告诉许由一声好吗，就说故人来访。”帝尧喜出望外，没想到踏破铁鞋无觅处，得来全不费工夫。

“不行，他今天一大早就搬走了。”看着客人失望的样子，老者又解释说，“许由夏天在我的树巢借宿乘凉，如今天气凉了，回到他的洞穴里去了。”

“他的洞穴在哪里？”帝尧又露出希望的目光，着急地问。

“就在下面。”老者走到悬崖边，指着无底深谷说，“绝壁半腰有个岩洞，就是许由栖身的地方。”老人挥一下手算是告别，然后一步三跳地跨越山涧，隐没在大树枝叶间。

岩缝里一根拇指粗细的老藤，一直垂下雾霭茫茫的深渊。岩壁上呈现两行交互下行的浅窝，显然是人类攀上攀下留下的踏痕。帝尧沉吟良久，说：“能下去看看最好，不知这根老藤结实不结实。”

“让我试试。”纪昌和鸿钧异口同声地说。

“不行！”帝尧说，“你俩太重，轻功不如我，我下去看看。”

君臣三人争执不下，帝尧摆出天子的身份说：“今天我的话怎么不算数了？你们知道抗旨不遵是什么罪吗？”

“死罪。”纪昌悲壮地说，“抗旨也是死，陛下身遭不测我们也是死，反正是个死，陛下若下探一步，臣纪昌就跳崖而死！”

“对，臣鸿钧也随师兄一块儿跳下去！”鸿钧死拽住帝尧说，“反正回去也没法交代。”

这俩年轻人一向说到做到，帝尧实在不愿拿他们的生命做赌注，于是叹口气说：“求贤要心诚，许由是位道德君子、大贤之才，如果我不亲自当面相邀，他怎肯出山？你们固执如此，说不定就失去这唯一的机会了。”

纪昌说：“岩洞也许离地面较近，我们下去再想想办法不行吗？”

“好吧，那就到下面碰碰运气吧！”帝尧无奈地说。

三人绕道来到断崖下。还是那条老藤，从云雾缭绕的上空贴着山体垂到地面。鸿钧用力拽一拽，只听得“咔嚓咔嚓”一连声的响。

“不要扯断了。”帝尧说，“我们就地安营扎寨，不信他永远不出洞。”

三人决定守株待兔，于是撂下行装，来到溪边洗尘，白马自去饮水吃草。

一阵歌声传来，由远及近。歌词曰：

日出又日落兮，月亏又月圆，
光阴匆匆过兮，干支不纪年。
清风应无意兮，白云且赋闲，
此身如溪水兮，动静皆自然。
……

此时帝尧正在洗头，侧耳细听，大喜道：“是他，是许由的声音！”说罢光着一双脚板、用手握着头发，趔趔趄趄地朝着歌声迎去。纪昌快步上前搀扶，鸿钧捡起帝尧的鞋子在后紧追。三人的反常举动打破了山涧的宁静，引起一群猴子的骚动，惊飞了几对正在谈情说爱的鸳鸯。

对面的歌者正是许由。他见慌慌张张地跑来三个人，不知前面发生了什么情况，于是停下来观望，歌声也戛然而止。帝尧这时也发现了自己的失态，立即原地立定，用手捋一捋头发上的水，盘在头顶，又接过鸿钧递过来的鞋子，麻利地蹬在脚上，然后整整衣衫，大步迎上许由，抱拳说：“先生别来无恙乎？放勋特来拜访。”

“帝尧？当今天子？”许由惊诧地说，“您日理万机，到这深山野林干什么来了？”

“听单卷先生说您在这里隐居，我想来讨教修仙之道呀！”帝尧灵机一动，说了句玩笑话，没有马上暴露自己的真实意图。因为单卷曾经提醒他，见了许由不要说封官的事。

“您也想隐居修行？这可不适合您。”许由说，“客从远方来，按照俗世间的习惯，我总得为你们接接风啊！走，咱们吃顿便宴吧。”

一棵树上挂着一些粗竹筒，许由取下一支，哗啦啦把里面的东西倒在地上，原来是晾干的山核桃。

“山里无长物，只有这些干鲜果品，就将就着用点吧，这也是我赖以充饥的日常主食。”许由边说边拉帝尧席地而坐，咔吧咔吧地把核桃捏破，轮流递给客人。

一只猴王凑上来，吱吱地叫了两声。许由扔给它一颗核桃，说：“猴哥，来客了，叫弟兄们来帮帮忙。”猴王一蹦三跳地跑走了。

“看来先生真的是不食人间烟火了。”帝尧赞叹说。

“其实，人的身体需求并不多，只是欲壑难填罢了。”许由说，“人无尽的欲望膨胀起来，总有一天大地就会不堪重负了。”

“夏秋有野果可以充饥，冬天吃什么？如核桃之类的，您也不会储存很多吧？”帝尧问。

“冬天辟谷，可以不吃东西。”许由说，“有些动物要冬眠，避过难以觅食的季节；人也可以做到，而且人可以用意念控制，随时就能实行，会比动物做得更好。”

许由吃下几颗核桃后，走到小溪旁用双手捧水连喝几口。

“先生连瓢盆一应器皿也不用吗？何其简约也？”帝尧不解地问。

许由从树上取下一只瓢，舀起半瓢清水送到帝尧面前。

“朋友送我一只喝水用的瓢，我嫌带在身上碍事，也就挂在树上弃之不用了。”许由说，“鸟兽不借助工具，一样地吃喝玩耍；如果人类过度依赖器具，反而会使自身的器官退化的。”

“我们进入箕山以来，加上您也只遇见两个人，您不感到寂寞吗？”帝尧问。

“那个人一定是巢父了……”

“巢父？”

“对。人们不知道他的名字，也不知道他是哪朝哪代人，因他常年住在树巢里而得名。巢父堪称是一位真正的遁世高人，活神仙。”许由说到这里，呼啦啦来了一群鸟兽。猴子们捧着各色鲜果，狗熊拿来山芋和蜂蜜，青鸟则叼着几颗无花果。

许由一一接过，放在荷叶上，连声说：“谢谢，谢谢，大家一块儿陪着客人会餐吧！”鸟兽们飞的飞、跑的跑，“轰”地一下走光了。

“它们认生，和我倒是好邻里、好朋友。”许由苦笑说，“有这么多飞禽走兽相伴，我怎么会寂寞呢？”

“先生能和禽兽和谐相处，一定是位道德真人。放勋有一事相求，不知可否帮忙？”帝尧把话切入正题。

“阁下身为天子，天下一人，众星拱月，一呼百应，有何事用得上我这山林野人呢？”许由颇感意外地说。

“放勋自治理天下以来，一直被两项大事所困：其一是天灾，其二是人祸。”帝尧说，“单说这天灾，继十日当空天下大旱之后，又年年发生洪涝灾害，至今竟有愈演愈烈之势。其他如地震、虫灾和各种怪异也不时出现。放勋日思夜想，莫不是本人德行浅薄，遭到上天嫌弃，故而降灾以示惩罚吗？既然如此，放勋何必贪恋帝位而误天下呢！久闻先生修行有果、道德高尚，今日特来请您荣登天子之位，以解天下众生于倒悬。”

许由哈哈大笑说：“阁下言之差矣！阴阳互易，天道有常，降福降祸，都在天地劫数之内；和天地相比，你我渺如沧海一粟，岂可左右大道运行之势呢？恕我冒昧，阁下之虑，乃迂腐之见，切不可因此而自怨自艾，以至贻误治国大事。”

“据传，西方的上帝为惩罚人类的罪恶，发大水毁灭了人世间的一切，唯有挪亚方舟幸免，才为人间保存下生命的种子，难道东方的天帝就不会这样做吗？”帝尧说。

“东方的天帝有好生之德，乐意普度众生。”许由说，“你一贯尊重天帝、关爱民众，即使天帝要惩罚，也是针对那些权势欲望日益膨胀的诸侯的，与你无关。”

“您的话很中肯，使我的负罪感减轻不少，但我仍然感到力不胜任。”帝尧诚恳地说，“比如说，日月轮流当空，而一支火炬还在燃烧不息，同样作为一个光源，它不是太小、太自不量力了吗？雨季来了，普降甘霖，而有人还在那里担水浇地，这不是徒劳无益吗？如果有你这样的大德大才之士君临天下，天下一定会获得大治；可是如今我还空居其位，越来越感到惭愧，请允许我把天下交给您吧！”

许由说：“在你的治理之下，天下已经平定，如果我去替代你，那不是为了名声吗？‘名’是‘实’的附属物，是次要的、低级的，难道我还会去追求这种低级趣味吗？鹪鹩在森林中筑巢，不过占用一棵树枝；鼹鼠到大河边饮水，不过喝满肚子。你还是打消念头回去吧，天下对于我来说没有什么用处啊！厨师即使不下厨，祭祀主持人也不会越俎代庖的！”[1]

“像先生这样的大才如果不用来治理天下，不啻暴殄天物，太可惜了。”帝尧沉吟说，“您既然避讳追逐名声之嫌，可以不登天子之位，就做个九州之长吧，领牧天下九州诸侯，可以吧？”

“九州之长？好大个官呀！那不把天子管的事儿都包揽下了吗？”许由流露出不屑的神色说，“俗人与隐者的人生观念有天壤之别，咱们之间没有共同语言。在我们看来，大道的真谛是用来保全身形、修养心性的，大道的剩余可以用来治理国家。而拿去统治

[1] 见《庄子·逍遥游》及晋皇甫谧《高师传·许由》。

天下的所谓纵横之策、牧民之术，不过是大道的糟粕而已。许某修为有限，我不愿拿自己宝贵的玉珠去打一只鸟雀。我劝你不要再在隐者之中寻找继承人了，江山代有才人出，世间的希望在后生。多难兴邦，多舛砺人，当前的天灾人祸说不定会孕育出一代治世良才呢！好了，在下开始闭关静修的时刻已到，恕不奉陪。”许由说罢，飘然而去。帝尧无奈，只好怏怏返回。

巢父到溪边饮牛，见许由蹲在那里不停地洗耳朵，招呼道:“喂！你耳朵里进去鸟屎啦，洗起来没完没了？”

“唉，比鸟屎还臭。”许由说，“帝尧要召我去当九州之长，我听了感到恶心，所以要把受熏染的耳朵冲洗干净。”

巢父说：“你若是处在高山深谷间，隐姓埋名，让人们不知道你的存在，谁能来找你？都是你喜好招摇过市，到处兜售自己，求取名望，才引来俗人追捧。你洗耳的脏水臭不可闻，别污染了我的牛嘴，我得到上游去饮牛。你最好跳进水里把全身都浸泡一下，免得把腐朽之气带到我的鸟巢里。”巢父说完，牵着牛朝上游走去。

## 帝女出嫁[1]

帝尧的颍水之行，虽然没有请到许由，倒是得到两大收获：一是减轻了负罪感，坚定了继续执政的信心；二是下决心选拔、培养一名出类拔萃的接班人。他召集四岳，说：“啊！四方诸侯之长！你们谁能顺应天命替代我的帝位呀？”

“我们德行浅薄，不配登帝位。”四岳连忙摇头，一口谢绝。

帝尧说：“那你们就给我举荐其他贤良人士吧，不管是身为贵

[1] 娥皇、女英的故事源自《史记·五帝本纪》《列女传》等书。

戚或地位卑贱都行，最好是年轻人。”

四岳异口同声地说，有一个贫苦的光棍汉子，名叫虞舜，是个公认的大贤人。

帝尧心头一震，说：“你说的是东夷那个虞舜？我知道这个人。他这些年到底有什么样的表现啊？”

东岳羲仲介绍说，虞舜曾在历山耕种、雷泽捕鱼、负夏贩卖、寿丘制作什物，有仁心，讲义气，每到一地，人们趋之若鹜，一年成村，两年成廓，三年成城。他的父亲是个乡间鼓乐手，心术不正，人们叫他瞽叟；后母好说谎，还时常折磨他；有个同父异母的弟弟叫作象，傲慢无理。虞舜虽然掌握各种技能，又不畏辛勤劳苦，但他的大部分劳动所得都献给了父母，还有一些被他的弟弟象抢走，搞得他总是一无所有。在这样的逆境下，虞舜对家庭总是不弃不离，用孝行美德感化自己的亲人，努力追求和睦相处。他的德行，受到周围不同族群人们的普遍赞扬。

“我们需要的就是能够和睦家庭、和谐万国的人才。”帝尧说，“虞舜眼下在哪里居住？”

“为躲避水灾，他已经从地处东夷的姚墟，举家迁到汾水下游的妫汭了。”东岳答道。

“好，妫汭离帝都不远。”帝尧说，“那就让我考察考察他再说吧！”

帝尧把儿子们都派往各地谋生，如今都叫了回来，其中包括远在丹水的丹朱。他吩咐九个儿子各操一业，分别去和虞舜进行交往，考察他对外打交道的能力。又把娥皇、女英叫来，说：“原来你们提出要一起嫁给伯鲧，我同意了，但他却不同意，到现在我也不明白啥原因。我嫁女不考虑门当户对，主要是看人品。人人都说虞舜贤良，你俩嫁给他吧！”

娥皇说：“我俩对虞舜不熟悉，得先试婚，如果婚姻生活不协调，我们有再选择的自由。”

“那是自然。虞舜如果连你俩这样的美貌才女都笼络不住，我也不会喜欢他。”帝尧打趣地说。

因受到洪水威胁，虞舜举家迁到妫水，重操旧业，维持生计。这天，虞舜正在妫水岸边制作陶器，忽听上游有人呼叫：“有人落水啦！快来救人哪！”虞舜跑过去，见一女子在岸上呼叫，还有一位女子在急流中挣扎。他甩掉上衣，一头扑下河去。女子正在往下沉，见有人来，一把抱住他的双腿。虞舜知道，溺水的人见到什么捞什么，抓住就不放，如果被她缠住，只有同归于尽。他狠命地掰开女子扣紧的双手，不料又被她反手抓住了手腕。此时两人双双沉到水底。虞舜用力一蹬，蹿出水面，用女子的长发缠住她的双手，一只手提溜着拖上岸来。

岸上的女子告诉虞舜，她们是姐妹俩，因家乡发大水，父母双亡，逃难来到这里投奔亲戚，现在还没有落脚的地方。虞舜说：“你们如果不嫌我这里简陋，就暂时住下吧，等找到安身的地方再离开。”夜晚，虞舜把窝棚让给姐俩睡觉，自己在河滩露宿。

姐妹俩就是娥皇、女英。她们虽然服从了帝尧的旨意，但心里总是不踏实，于是上演了刚才的一幕，初步考验一下未来夫君的人品。几天相处，见虞舜勤劳诚实、机敏幽默，二女暗自庆幸，相信此生不会嫁错郎了。离开帝都时，娥皇已和丹朱计议停当，如果她们去后七天还不回来，丹朱就率领弟兄们去送嫁妆，届时，娥皇、女英再亮明身份，与虞舜成婚。

日薄西山，一块黄云像一只巨兽张贴在西半天上。娥皇、女英到下游河岸平缓处洗澡，虞舜还在忙碌着他的活计。这时，上游忽然漂来一只大船，载有十几名壮汉，奇装异服，手执兵刃。这一带河面很少有这样的大船经过，刀兵也不多见，虞舜感到奇怪，提起船篙沿岸追了下去。

娥皇、女英见大船驶来，只好蹲在水里，隐藏起来。没想到船上一声吆喝，兜头撒下一面大网来。“哈哈！好一对美人鱼！”传来一阵哄笑声。

虞舜飞也似的奔来，撑起长篙打算跳上船去，此时大船上三条黑影同时迎头撞来，四人一同落地。三条汉子将虞舜围在中间，轮番攻击。虞舜指东打西，沉着应对。这些人头上盘着小山似的发辫，一看就不是本地人。其中一条大汉身长九尺有余，体壮如牛，整整比虞舜高出半截，两只陶釜一般大小的拳头呼呼生风，犹如泰山压顶。虞舜只好展开地趟功夫，身形快如闪电，猛攻他的下三路。大汉见一时不能取胜，高声呼叫，命令大船拖起网来先行把二女带走。虞舜心下着慌，忽然腾身跃起，打算先去救人。不想大汉眼疾手快，一把抓住了他的脚腕。虞舜就势脚上头下，双拳对撞，狠狠地击在大汉的脚踝上。大汉顿觉一条腿失去了支撑，“扑通”跌坐在地。虞舜顺手抡起长篙将另外两人打进河里，接着凌空而起，重重地落在船帮上，竟将大船踩翻了，船上人都成了落汤鸡。他随即夺过一把弯刀，划破渔网，右手抱着娥皇，左手抱着女英，从容上岸。那伙人见黑汉子如此勇猛强悍，不敢再战，收拾船只，打捞起被急流冲走的伙伴，狼狈逃走。

这伙人不是山野强盗，他们是来自三苗国的武士，为首的大汉便是驩兜的长子，绰号开山犀。原来，驩兜见娥皇、女英修道有成、长相俊美，便有意娶来做儿媳，为儿子将来掌握大权做铺垫。他让开山犀以朝贡为名，带着聘礼风尘仆仆来到尧都，却是运气不佳，此时帝尧已经答应把二女许给了虞舜。开山犀素与丹朱交好，他从丹朱那里得知虞舜还没有下聘礼，娥皇、女英不过前去试婚，于是亲率随从跑来抢亲，想以部落风俗为借口，造成既成事实。不成想出师不利，不仅没有抢来人，还伤了一只脚，险些丢掉性命。为此，开山犀与虞舜结下不解之怨。

如果说，初见面时的那场恶作剧，只是使两位皇家千金对舜产生了一个好印象，那么这场飞来的横祸，就是点燃她们爱慕之情的火花。当丹朱带着弟弟们送来嫁妆时，虞舜和两位佳人已经如胶似漆了。

帝尧喜爱女儿胜过她们的哥哥，也把最后的希望寄托在娥皇、女英身上。“一个女婿半个儿，他把两个女儿嫁给同一个男人，就应该抵个儿子用了。”不管别人的看法如何，至少丹朱认为是给他找了个竞争对手。

“父王担心妹妹吃不饱，特意送来一群牛羊。”丹朱打量着虞舜说，“听说你种地很在行，我带来了工匠，给你们盖几间粮仓，可以把粮食储存起来酿酒，到时候可不要忘记孝敬我这个大舅哥哟！”丹朱滔滔不绝，而虞舜只是微笑着点头。

嫁妆中还有一张五弦琴，丹朱不知父王送它干什么，虞舜倒是心领神会，爱不释手地摩挲着。他自幼受家庭耳濡目染，对乐器还是很喜欢的。

“父母把闺女养大不容易，你也该下个聘礼意思意思，这也是老祖宗伏羲留下的规矩。”丹朱提醒说。

虞舜别无长物，他用竹子做了一只二尺长的箫，形状参差不齐，像凤凰的翅膀，吹起来如百鸟争鸣；又做了一只精致的陶埙，一并交给了丹朱。

帝尧决定将二女嫁给虞舜后，曾派名叫质的乐师前去向瞽叟提亲。质敲得一手好鼓，令这位乡村乐手大开眼界；至于亲事，瞽叟更是满口答应，不过最后做主的是他的老婆。嚣母打算等姑娘到来后，送给自己的儿子象做媳妇，至少也要平分秋色，一人一个。当得知嫁妆都送给了虞舜时，瞽叟两口子大为不满，虞舜带着娥皇、女英几次去拜公婆，都吃了闭门羹。这天，象走进虞舜的家门，色眯眯地盯着两位嫂子发呆，馋涎欲滴。问他有什么事，象结结巴巴地说，老爹叫虞舜去吃酒，祝贺他成亲。虞舜大喜过望，挑了个陶罐送给象，把他打发走，然后乐滋滋地打点礼品，准备赴宴。

两只乌鸦落在庭前的榆树上，“呜哇”“呜哇”地叫个不停，口吐五色之气，氤氲如云。虞舜大惊失色，一屁股蹲在地上，唉声叹气。

“怎么啦？哪里不舒服？”娥皇、女英同时跑过来，一个摸头，一个把脉，关切地问。

“父母还是不肯接纳我。”虞舜显得很伤心，指指乌鸦说，“这种鸟叫凭霄鸟，和我是好朋友，经常给我报告消息。它们能够变化身形，报告好消息时变成喜鹊，如果是坏消息，就以乌鸦的形象出现。它们刚才告诉我，宴无好宴，我的父母想把我灌醉，然后由弟弟象出手把我杀死，霸占你俩和咱们的财产。”虞舜左右为难，他不愿错过和父母交好的机会，又怕落入陷阱。

娥皇说：“这好办！你不用担心。”二女用中草药煮了一盆热水，让虞舜洗浴，说，“这叫化浊汤，是西王母用秘方特制的，泡上半个时辰，保你千盅不醉，以后，你的身体也能够百毒不侵了。”

那化浊汤果然厉害。虞舜感到脉络畅通，浑身清爽，大碗大碗的酒水灌到肚子里，很快就从脚心渗漏体外，不仅毫无醉意和疲惫的感觉，反而倒像吃了补药一样精力充沛。他主动向父母、弟弟一遍又一遍地敬酒，瞽叟和嚚母很快喝昏了头，倒在地上呼呼大睡。

象嗜酒如命，且海量。他心里清楚，和这个哥哥比起来，他样样都不如，只有饮酒是强项，也只有此时才能找回一些信心和自尊。他已经忘记了这次酒宴的目的，一心要和对手比个高低。象把虞舜孝敬老爹的酒都搬来，又把瞽叟地窖里的藏酒搜出来，摆了一地，和虞舜一坛对一坛地豪饮。

酒喝光了，象慢慢露出了长鼻子，眼看就要现出原形，趴在地上打呼噜。虞舜的脚下积了一汪水，几乎淹没脚脖子。他找出几件衣物搭在三人身上，赶上牛车回到自己的家。此时，娥皇、女英正在依扉而望呢。

入春，瞽叟又捎信来，叫虞舜过去帮他泥房。当时的屋顶都是用秸秆和茅草棚起来的，上面糊上一层泥巴，每年雨季到来之前，都要再覆盖一层盐碱泥浆，以防止漏雨，这项工程叫泥房。娥皇不放心，把她的飞行衣鸟工塞给虞舜，以防不测。

娥皇猜对了，虞舜的后母果然安排下一条毒计。当虞舜正在屋顶上忙碌时，象忽然在上风头放起火来。秸草见火即燃，风助火势，很快把虞舜包围。象母子击手称快，庆祝妙计得逞。瞽叟怀着复杂的心情，站在门口袖手旁观。烟火中隐约有一只大鸟冲天而起，无声地向远处飞去，瞽叟轻轻地舒了口气。大火烧掉了粮仓，却没有找到虞舜的尸体。第二天，只见这个烧不死的虞舜又赶着大车送来木料，在原地开始重建房屋。直到这时，母子俩才发觉，原来飞走的那只鸟竟是虞舜，一番苦心又付之东流。

一计不成，又生一计，嚣母必欲置虞舜死地而后快。这天，虞舜和象给瞽叟淘水井。虞舜在井底把淤泥铲到筐里，象站在井口负责把筐提上来。当筐吊到井口时，嚣象突然松开手，满满一筐泥浆连带着井绳出溜下去！只听得一声惨叫，再也没了动静。母子二人急忙把砂石泥块一股脑地抛进井里，直到把井填平。“这回看你还能往哪儿飞！”象得意地说。

瞽叟躲在一旁目睹了这幕惨剧，默默地走开了。

娥皇、女英去河边浣纱，不在家。这时，象和嚣母跑来了，心安理得地坐地分赃。象弹起虞舜的五弦琴，首先提出：“两位美人你们老两口也没有用，全归我啦。牛羊财产嘛……”

“大哥哥！你在哪里？”这时敤手风风火火地跑进来，一把抓住象，喊道，“你说，你把大哥哥弄到哪里去啦？”敤手回来探亲，听邻居讲述了发生在她家的惨案。

“井绳断了，大哥被砸死在井里了。这都怪他的命不好，该着了。”象仰着脸阴阳怪气地说。

“那为什么还要把井填死？”敤手质问道，“是不是你落井下石谋害了大哥？”

“我怕闹鬼，搞得大家都不安生，才把井填平的。”象得意地回答，毫不掩饰他的心情。

敤手坐在地上号啕大哭，她后悔自己来晚了一步。自从娶来两位嫂子，敤手的心痛病再也没有犯过，有娥皇、女英照顾，她对虞舜放心多了。[1]没想到哥哥还是意外地死去了。根据象的一贯表现，敤手怀疑就是他下的毒手。她在地面上画了一幅虞舜的画像，跪下来不停地哭喊，为虞舜招魂："大哥呀，你死得好冤哪！你不要撇下妹妹不管呀，快来看看我吧！……"

象知道妹妹的神笔能够画出活物来，心里发怵。他看看虞舜的画像，眼皮忽闪忽闪地，栩栩如生，好像附了魂一样，顿感毛骨悚然。

"妹妹别哭了，我在这里。"一颗人头无声无息地从地下冒出来，灰头土脸，露出一口森森白牙，两只眼睛四个瞳仁，像鬼火一样闪烁，不是虞舜还能是谁？三人全都惊呆了。

"不是我下的手呀，不关我的事呀！鬼爷爷，饶了我吧！"嚚母突然大喊大叫，磕头如捣蒜。

"就是这个母夜叉叫我害死你的，她才是主谋！鬼祖宗，好哥哥，你可不能叫我偿命啊！"象浑身打战，把地碰得咚咚响，连长鼻子都鼓出来了。

"你们不用互相埋怨了，等我出去再说。"虞舜跳出来，身后"砰"的一声关闭了，没有留下任何痕迹。

嚚母披头散发地跑出门去。象看看不妙，也穿过窗户仓皇逃跑。

虞舜以这种方式出现，让敤手也吃了一惊。她脱口问道："你是人还是鬼？"镇静了一下，又补充道："你就是鬼，我也不怕。你把冤情告诉我，我会给你报仇。"

"妹妹，你看，哥哥穿着女英的龙工，会土遁，哪能轻易就死呢？"虞舜抱住扑过来的敤手，深情地说，"好妹妹，我从地下悄悄往回走，离家老远就听到你的哭叫声。刚才你说什么？……报仇？都是自家人，报什么仇啊？"

这时，忽听外面有人喊："不好啦！大象陷到泥沼里啦！"虞

[1]《列女传·有虞二妃》："舜之女弟敤手怜之，与二嫂谐。"

舜急忙冲出门。

妫水在这里拐了个弯，形成一片沼泽地，长满了芦苇。象吓昏了头，原形毕露，慌不择路，一头扎进苇塘里，被淤泥陷住，越挣扎陷得越深。虞舜赶到时，象已没入泥潭中，只看到一根高高翘起的象鼻子，在无助地晃悠。虞舜身着龙工一路跑去，在污泥浊水中蹚出一条通道。他抓住象鼻子，一步步把它牵上岸来。

大象“扑通”跪下，忽然变成象，呜咽着说：“大哥，象知错了，弟弟对不起你！从今以后我再也不为难你了。”虞舜弯腰抱住他，弟兄俩哭成一团。

娥皇、女英搀扶着嚣母走来。嚣母翻着白眼，嘴里不停地咕哝着：“我该死，我真该死！鬼爷爷饶了我吧！”

敤手哭喊着跑上前：“娘！你怎么啦？”

“娘疯了。”娥皇说，“不过没关系，我这里有一株返魂草，熬点汤给她灌下去就会好的。”

隐约传来阵阵箫声，声韵悠长，如泣如诉。虞舜听得出来，那是爹爹在倾诉心中的悔恨。瞽叟一次次为虎作伥，帮老婆陷害自己的亲生儿子；当儿子真的死了，他才突然发现自己作了大孽，一个人在河边徘徊，向神灵忏悔。他感到再也没脸面对父老乡亲，打算投水自尽，了此残生。这时，虞舜带着两位媳妇和弟弟妹妹来了，呼啦啦跪下一片，说：“爹，咱们回家吧！”

# 阏伯与实沈[1]

帝尧召集大臣开会。第一项议程是当众对虞舜进行面试。由于虞舜的孝道有了足够的材料可以证明，他被录用已经没有了悬念，因为这是帝尧评价一个臣子的主要标准。大臣们不知道还要怎么个试法，心态各异地等待下一幕的开场。

娥皇、女英换上华丽的服饰，一左一右挽着土里土气、黑不溜秋的虞舜登上大堂，跪坐在帝尧面前。帝尧没有说话，拿起虞舜作为聘礼送来的陶埙吹了一曲，听起来有些低沉而忧郁。众人面面相觑，不解其意，只有一名叫作质的乐师轻轻点头，示意虞舜应答。

虞舜摆上五弦琴，微微闭目，重挑轻抹，先来了一段意境悠远的前奏，接着边弹边唱道：

和暖的南风啊，
你轻轻地吹吧，
吹去黎民心头的幽怨；
和暖的南风啊，
你来得好及时呀，
给我的百姓送来了财源。[2]

---

[1]《左传·昭公元年》：“昔高辛氏有二子，伯曰阏伯，季曰实沈，居于旷林，不相能也。日寻干戈，以相征讨。后帝不臧，迁阏伯于商丘，主辰，商人是因，故辰为商星；迁实沈于大夏，主参，唐人是因，以服侍夏商。”

[2]（清）马骕《绎史》卷十引《尸子》云：“帝舜弹五弦之琴，以歌《南风》。其诗曰：‘南风之熏兮，可以解吾民之愠兮；南风之时兮，可以阜吾民之财兮。’”

虞舜反复吟哦两遍，帝尧情不自禁地击节附和，龙颜大悦，说：“让万民欢乐，温饱富足，是我的两大心愿，你有这个抱负，我就放心了。”

帝尧任命虞舜相当于司徒的职位，让他根据自己的经验，慎重地完善五典，即父义、母慈、兄友、弟恭、子孝五种美德，加以推广。五典首先在帝都试行，取得良好的效果，孝道大行，家庭和睦，民风大变。然后，帝尧又把朝廷的一应大小事务都交给虞舜。虞舜夙夜辛劳，大胆而又谨慎地进行处理，全都做得井井有条。

一日，帝尧与舜讨论治国之道，说：“朕治理天下多年，如今虽然海内稍定，但夷、蛮、戎、狄口服心不服，不时有刁钻之徒发动叛乱。朕不得不以年迈之躯，四处奔波，剪除祸首，惩治奸宄，耗尽心力，永无宁时。对天下大局，爱卿有何看法？”

虞舜答道：“海内地域辽阔，山川纵横，先民异地而居，繁衍生息，形成大大小小的部落。这些部落各祭其祖、各遵其俗，除争夺械斗之外，老死不相往来。自黄帝用兵以来，颛顼、帝喾继之，不断用武力剪除群雄，用怀柔政策安抚夷、蛮、戎、狄，使天下渐现统一景象。陛下勇武仁厚，威加海内，德施边陲，四夷宾服，万国来朝，功盖天下，可作为一代明君圣主垂范千古，切不可过度自责也。依臣看来，四夷祸乱在当前以至今后很长时期内，是在所难免的。值得欣慰的是，四夷之中，已有不少有识之士向往统一大业，并为之尽力而为；一些部落也开始推行朝廷法规，逐渐融入中原社会。这些都是陛下的英明决策所产生的效果。”

帝尧说：“中原诸族，本系同根同族，血脉相连，竟也相互蚕食，以邻为壑；更有甚者，同族相残、兄弟阋墙之事也时有耳闻，这又做何解释呢？”

“物欲膨胀所致也。”虞舜说，“如今，各地选拔诸侯的古制已经少有实行，世袭之法大行其道。因此国君良莠不齐，其中不乏奢侈贪婪、野心勃勃之徒。他们欺上瞒下，利用权力盘剥治下之民，使用武力抢掠别族财富和青壮男女，供其挥霍和役使。京畿之外，朝廷鞭长莫及之地，就是这些豪族强梁的天下。若此祸不除，其危害更甚于夷蛮之乱，陛下想必已有察觉。”

“卿对大势分析，多与寡人相合，甚为客观。”帝尧进一步考问说，“对此，卿有何治理方略呢？”

“发挥朝廷威严，惩凶除奸，以儆效尤，这是必不可少的举措。”虞舜说，“但是，最根本的方法是实施教化，开启民智，推行陛下所崇尚的敬天爱民、仁义孝悌等理念，用以扭转眼下渐渐兴起的骄奢淫逸、见利忘义之风气。”

“说得好，正合我意。”帝尧离座而起说，“你大胆地去做好了。”

虞舜连忙叩首说：“教化之事，涉及诸侯百官、远近子民，工程浩大，非臣一人能胜任也，望陛下选派得力官员，与臣共襄此举，方可成功。”

“卿看谁可帮你？”

“弃。”

“其他人呢？”帝尧问。

“都在民间。”虞舜说，“帝都四门管理严格，民间贤才、四夷之士，都被拒之门外，难见龙颜。”

“噢？竟有此事？”帝尧说，“天下并不安宁，四门还是要严。这样吧，你去接管四门，负责稽查奸宄，迎见宾客，接纳四方贤士，为朝廷所用，如何？”

“遵命。”说罢，虞舜叩首告退。

高辛氏帝喾有两个最小的儿子，是一对孪生兄弟，哥哥叫阏（yān）伯，弟弟叫实沈。兄弟俩身材相貌极其相像，外人很难分辨。他们自幼形影不离，亲密无间，又同师学艺，都是具有神通的高手，是族人引以为自豪的天之骄子，周围聚集了一大批追随者。他们所在的家族以务农为生，兼搞养殖，近几年从孟亏那里引来养鸡技术，成为牛、马、羊、猪、狗之外的又一项家庭副业。这些鸡多为散养，村边田头、山林牧场，处处可见一只雄赳赳的公鸡率领着一群母鸡在觅食。鸡群给主人贡献了鸡蛋，也招来了狐狸和黄鼠狼。

狐狸以鼠类为主要食物，对鸟类虽然垂涎已久，但很难靠近，捕捉不易，只能偶尔捉些幼鸟打打牙祭。后来发现，家养的母鸡越来越笨，成群地露宿在树上或简陋的鸡窝里，很容易混进去。但母鸡块头肥大，咬死后背回去很是吃力，弄出动静来还会惊动主人。带着这个难题，狐狸去请教黄鼠狼。因为狐狸见黄鼠狼竟然能骑在鸡的身上，无声无息地把它赶回家去。黄鼠狼是狐狸的近亲，个头比狐狸小一半，有同样的习性和嗜好。当初，狐狸还教给小老弟一项独门绝技，就是在肛门里储存一些臭气，当遭到天敌捕杀时突然喷出，使其嗅而却步。利用这种先进的化学武器，黄鼠狼往往绝地逢生，因此对狐狸常怀报恩之念。今见恩师不耻下问，便痛快地道出了自己的诀窍。

这是一个绝妙的、匪夷所思的发明，让人类也相形见绌、自叹弗如。入夜，黄鼠狼钻进鸡群，一口咬住一只鸡的脖子，力道拿捏得恰到好处，让鸡既不能叫出声来，也不会窒息，然后跳到鸡背上，用尾巴赶着鸡回家。鸡如果稍有反抗，它会把牙关咬紧一点，使鸡感到脖子处疼痛难忍，喘不过气来，只好乖乖地走路。狐狸掌握了黄鼠狼传授的秘诀，鸡的运输就方便多了。狐狸不会让鸡背着自己慢腾腾地走，而是咬着鸡脖子迫使它跟上自己的步伐，快速脱离危险区。由于鸡肉肥美，货源充足，捉鸡的过程又很刺激，于是狐狸们招亲引故、呼朋唤友，天天摆起鸡宴来。

祸福相依，一点也不含糊。狐狸的口福终于招来杀身之祸。为保护勤劳善良的母鸡们，阏伯和实沈牵头成立了猎狐队，对狐狸进行大力围剿，黄鼠狼也在劫难逃。狐狸再狡猾也躲不过猎人，于是死的死、逃的逃，一时销声匿迹。

一日，阏伯在野外遇见一只白狐，引弓急射，正中其背。白狐带箭落荒而逃。阏伯追寻到一棵古柳树下，已不见白狐踪影。

“这支箭是您的吧？”阏伯正在寻找，身后传来女子的问话声。他回身一看，立即像只呆鸭立在那里，竟忘了回话。

那女子容颜妖冶，身材风骚，抿嘴一笑，摄人魂魄，双手捧着羽箭款款地送上前来。

阏伯自言自语、答非所问地说：“真漂亮，从来没有见过。”情不自禁地接过她白嫩的手，握住不放。

女郎自称是有扈（hù）氏女子，名叫扈娴，闲来外出踏青散心，正好撞上阏伯，想是有缘。

阏伯与扈娴一见钟情，言语投机，相互爱慕。扈娴当即脱下衣裙，铺在地上，竟是一方毛茸茸的狐皮地毯。阏伯早已忍耐不住，哪管这些，抱着扈娴柔若无骨的胴体，好一番激动。两人做成好事，相约定期在柳树下幽会。

正当痴男情女频频幽会、如火如荼的当口，阏伯在山崖上追赶野兽摔折了腿，躺在家里。他让弟弟实沈到大柳树那里去，折下一条柳枝挂在树干上。这本是阏伯和扈娴事先约好的暗号，表明一方有事暂不能赴约。但是，阏伯并没有把真相告诉实沈。实沈爬上柳树，很费劲地把一根柳枝折断，倒挂在树身上，然后歪倒在大树杈间小憩，竟不知不觉地睡着了。

“你躲在树上干什么？”树下传来女子的声音，把实沈唤醒，她就是扈娴。显然，她把实沈当成了阏伯。

实沈见一位绝色女子迷人地望着他笑，早已骨酥腿软，跌跌撞撞地爬下树来，还没站稳脚跟，就被女子扑倒在地。

一番云雨过后，实沈心满意足，稍作喘息，便想和身边的女子交流一下个人情况。这时扈娴忽然站起身来，说：“明天酉时三刻按时到就行了，别早早来了没事干毁坏这棵树，以后我们还指望它遮风避雨呢！”扈娴说完，披上衣裙飘然而去，丢下实沈在那里回味这次不寻常的艳遇。

在以后的几次幽会中，扈娴总是来去匆匆，竟连一次交谈的机会也没有。实沈揣摩，这个漂亮浪漫的女子可能周旋于好几个男人之间；或者，她是哪个头面人家的小妾，在外时间长了怕被发现。当时流行多偶婚和一夫多妻制，实沈的推测是有道理的。“这样可人的女子万不能和别人分享，总有一天我要把你娶回家里去。”实沈自言自语地说。

实沈还没有实施他的计划，就有人打上门来了。此人就是他的孪生兄弟阏伯。阏伯痊愈后第一件事，就是到柳下去会扈娴。当他看到实沈和扈娴缠绵时，怒气掺和着醋劲儿一并涌上心头，上去一把拽起实沈，左右开弓就是两个耳光，用力把他掼倒在地，然后抱起赤裸裸的扈娴就走。

实沈正在兴头上，突然遭人棒打鸳鸯，被扇了个满脸花。他终于回过神儿来时，发现竟是哥哥抢走了自己的女人。实沈勃然大怒，一个箭步赶上，双掌砍向阏伯的肩头。阏伯听到耳后生风，放下扈娴，转身挥拳迎上。原本亲密无间的兄弟俩，一时间竟成了你死我活的仇人，不要命地打作一团。两人从黄昏打到夜半，从夜半打到天亮，打到鼻青脸肿、气喘吁吁，但始终没说一句话。他们都认准了一个理儿，就是对方不讲兄弟情谊，抢了自己心爱的姑娘。大概是孪生兄弟心理感应所致，两人忽然停止扭打，一个往东，一个往西，分头去找扈娴，但她早就不见了踪影。

自此以后，阏伯和实沈见面就打，从赤手空拳到持械格斗；从单打独斗到各拉一帮进行群殴。他们的追随者也分成两大派，家家兄弟反目，户户姊妹成仇，日日争吵、斗殴。田园荒芜了，还死了几个子弟，搅得有辛氏家族鸡犬不宁。真是祸不单行，这时又闹起了鼠灾，成群结队的老鼠把庄稼啃食了个精光。

有辛氏是个大部落，与“八恺”诸族同宗。“八恺”见两兄弟闹得越来越不像话，以致引起天公震怒，降下鼠灾；如不及早制止，怕会降下更大的灾害，危及有辛氏和其他部落。经多次劝导无效后，“八恺”也曾想大义灭亲，除掉这两个害群之马。但阏伯、实沈武艺高强，又各有一大批族中子弟相追随，难以下手，而且会引起更大的祸乱。于是有人提出，请出一位高人来调解纠纷，或许效果更好。

这位高人叫作契（xiè）。契的母亲是有戎氏，名曰简狄。[1]一天，简狄和妹妹在玄水洗浴，但见彩霞满天、玄鸟啾啾，很是惬意，忘情地戏水欢笑。这时一只玄鸟，贴着水面飞来，被二人捉住，罩在玉筐下。少顷，揭开玉筐看时，玄鸟趁机飞去，没有回头。简狄望着它飞去的方向作歌曰："燕燕往飞……"寄托她的怀念之情。后代研究家说，简狄的这首歌就是中国北方早期民歌的代表作。玉筐里留下两枚鸟卵，五彩相间，玲珑剔透，很是好玩儿，姐妹俩每人一枚含在嘴里，追逐嬉戏。简狄不经意之间竟将鸟卵囫囵吞下肚去。玄鸟就是燕子。简狄吞下燕卵后，随觉有孕在身，十月怀胎，生下了契，他就是殷商的祖先。《史记·殷本纪》中说，简狄是帝喾的次妃，这样，商朝和周朝一样，都被纳入了帝喾的后裔。但可信度极高的《诗经》中说到"天命玄鸟，降而生商"时，却没有提及作为天子的帝喾，不得不让人生疑。[2]

契天资聪明，生而知礼仪，不教而懂阴阳，少时遇到一位异人，经其点拨，年纪不大就修成道德真人，道术精深，神鬼莫测。契为人豁达尚义，扶困济危，好给人排解纠纷，远近闻名，因居住在玄水，人称玄王。一日，一位少年风尘仆仆地找上门来，一进门就"扑通"跪下，说："请先生快去救救我们有辛氏吧！"

少年名叫朱虎，是"八恺"的一名子弟，很有见识，没有加入阏伯、实沈两派斗争。朱虎善跑，可追马逐鹿，被族人派来请契。朱虎向契哭诉了有辛氏的不幸，最后说："父辈们对先生寄予厚望，请您务必出手相助，无论成与不成，都会感激不尽。"

[1]《吕氏春秋·音初》："有戎氏有二佚女，为之九成之台，饮食必以鼓。帝令燕往视之，鸣若谥隘。二女爱而争搏之，覆以玉筐。少选，发而视之，燕遗二卵，北飞，遂不反。二女作歌，一终曰：'燕燕往飞'，实始作为北音。"

[2]《诗经·商颂·玄鸟》："天命玄鸟，降而生商。"

此事涉及一个部落的存亡，不可不管，且契也久慕“八恺”贤名，有心结识，于是痛快地答应下来。契算了一卦，发现了其中奥妙，自言自语地嘟哝了一句：“解铃还须系铃人。”

朱虎似乎听明白了一点，问：“谁是系铃人？”

“天机不可泄露。”契说，“你先回去，要把所有的狐狸皮收集起来备用，我随后就到。”

## 玄王[1]祭狐

土丘上立着一只野象般大小的狐狸。它不是真的，是用上百张狐狸皮塑成的，不过十分传神。用绿宝石镶嵌的眼睛，在篝火映衬下闪闪发光；长长的尾巴随风摇摆，好似正在大地上追逐奔跑。它是巧垂的杰作。巧垂的祖先曾任黄帝的工正大臣，主管百工，制作百巧。巧垂继承祖业，手艺精湛，声名远播，被“八恺”请来，按照契的要求塑造了这只栩栩如生、活灵活现的巨狐。

祭天，祭祖，祭山神、土地、水伯、龙王，以祈福禳灾，是氏族经常举行的活动，如今远处来的高人要祭奠亡狐，甚为稀罕，一经传开，人们便蜂拥而至。巨狐塑像前摆放着一只柳条编的笼子，里面有十数只活鸡活鼠活兔子。它们是狐狸馋口的食物。稍远处燃起几堆干柴加松枝架起的篝火，夜空一片通明。现场气氛神秘而庄严，人们虔诚地期待着什么，连激烈对峙的两派骨干也停止了争吵叫骂，在阏伯和实沈的招呼下，分别在祭坛东、西两侧集结。

“八恺”和长老们在祭坛前列队肃立，继而山呼舞蹈，顶礼膜拜。

[1]《史记·殷本纪》注引《索隐》：“从契至汤凡十四代，故《国语》曰：‘玄王勤商，十四代兴。’玄王，契也。”

号称玄王的契，身着一领青衣，头戴黑色山冠，威仪庄重，出列读祭文曰：

狐兮，狐兮，
你是长夜的巡更，
你是大地的精灵。
你是人类的朋友，
你是鼠辈的克星。
山林因你而更绿，
五谷因你而丰登。
你天生机敏而多谋，
“狡猾”是你的尊荣。
人们的无知与狭隘，
已招致上天的严惩。
他们因觉悟而忏悔，
设三牲迎接狐君返程。
狐兮归来吧，
你的冤情已经昭雪，
你将在此获得重生。
归来吧，魂儿兮归来吧！
……

契如歌如吟，如泣如诉，对狐充满了关爱和同情。语句中还不乏旁敲侧击，点播痴迷于派系斗争的青年男女。他恭敬地将祭文点燃，一股青烟袅袅上升，飘散在夜空里。

人们预感到将要发生什么，全场鸦雀无声。忽然，阵阵阴风从四面吹来，树叶唰唰作响，夹杂着狐狸的叫声；篝火忽明忽暗，使人顿感头皮发紧，毛骨悚然！

阴风绕祭坛旋转，巨狐摇头摆尾、左顾右盼，浑身的毛皮纷纷脱落，就地一滚，变成无数只狐狸，连蹦带跳地消失在夜幕里。

篝火重新燃烧起来，照亮全场。祭坛上已空无一物，连那只装有祭品的笼子也不翼而飞。人们窃窃私语，但没人走动，似乎还在等待新的奇观出现，都把目光投向主祭者契。

嘹亮的笛声划破夜空。紧接着，琴、笙、钟、磬一齐发声。“八恺”们各显其能，合奏出一曲优美动人的交响乐。人们击节附和，连鸟、兽、蛇、虫都停下来倾听。契缓缓出列，吟咏道：

狐仙兮狐仙！
你激情似火，貌若天仙，
石榴裙下，倾倒过无数英雄汉。
“妖精”是美与智慧的化身，
恭喜你荣获此项桂冠。

英雄迷恋美女，
本也是天成自然，
但若痴迷到祸国殃民，
就会招致天怒人怨。

我相信柳下野合事件，
你并非有意挑拨离间；
但只有你亲自出面，
才可得以澄清释嫌。

此乃积德行善之举，
抵得上闭关修炼百年。
亮相吧，狐仙，

只有你的现身说法，
才能平息这场灾难性的争端。
……

吟咏和伴奏停止了，余音仍在夜空荡漾。人们把目光投向祭坛，期待着奇迹的发生。也许是契的尊重态度和坦诚、宽容的胸怀，感动了扈娴；也许是众多狐狸的重生，让这位狐仙对契心存报答，她破天荒地要在大庭广众之下登场了。

篝火不扑自灭。两盏灯笼从灌木丛中飘出，飞向祭坛。

篝火忽然不点自燃，大地一片光亮，如同白昼。

一位天仙般的女子降落在祭坛上，身披雪白的长裙，向四面观众频频施礼，接着，舒展长袖，缓缓旋转起舞。

人们伸长了脖子，瞪大眼睛，瞻仰闻名已久的狐仙。突然，阏伯和实沈分别从两边发疯似的向祭坛冲去，大声喊叫：“扈娴！我的扈娴！”

扈娴加速旋转。人们只能看到一团白云矗立在祭坛上。当阏伯、实沈登上祭坛时，云团忽然散开，出现在他们面前的，不是朝思暮想的扈娴，而是一只牛犊般大小的白狐！

阏伯与实沈目瞪口呆。白狐摇动长尾在二人脸上各扫一下，就地刮起一阵旋风遁去。阏伯和实沈眼冒金星，双手捂着脸蹲在地上。人群中一片哗然。契扫视全场，静观其变。

忽然，人群里传来凄厉的号啕声，一位老妪颤巍巍地走向祭坛，哭叫道：“我那可怜的孩子呀，你死得好冤枉啊；他们争夺狐狸精，你去掺和个啥劲啊！”

一石激起千重浪。又有六七个老妪爬上祭坛，扯住阏伯、实沈哭喊：“你们作孽啊，还我儿子来！”

场上悲声四起。兄唤弟，姊寻妹，父母找儿女，一家一家的重新团圆。亲人们互相道歉，人人自责，抱头痛哭。接下来，人们又向祭坛拥来，大声斥责阏伯、实沈，声援死了儿子的老妪们。

阏伯和实沈从惊惧中清醒过来。老妪们的控诉、父老的怒斥，让他们无地自容。两人不断地向四周叩首谢罪，但讨伐的声浪越来越高。契开始登坛，打算控制一下局面。这时阏伯和实沈突然拔刀自刎，不约而同，快如闪电。全场发出一声“啊”的惊叹，随即鸦雀无声，人们都像被钉在地上一样，一动不动。空气像窒息了一般。

场上响起契低沉的吟咏：

有辛二子，阏伯、实沈，
一母同胞，相依相亲。
为争一女，兄弟反目，
日动干戈，殃及乡邻。
天怒人怨，惊醒二子，
横刃自刎，以谢国人。
生也荒唐，死亦悲壮，
呜呼哀哉，天地良心。

契的话音刚落，响起了哀乐。在契的指挥下，人们分别把阏伯、实沈架在东西两边的篝火上，添柴加薪，火葬了他们。在人们的注目下，阏伯、实沈化作青烟，袅袅上升，汇入神秘的星空。

听说阏伯和实沈灵魂升天后，天帝怕他们见面打架，于是把阏伯迁于东方的商丘，主管辰星，因为后来商人居住在这里，故辰星也叫商星；把实沈迁到地处西方的大夏，主管参星。参星和商星彼出我隐，互不照面，避免了二人的争斗。看来，为了使这对孪生兄弟安静下来，天帝可谓用心良苦了。

# 鬼妹成亲

契离开有辛氏后，一路探幽问故、访仙会友，绕道走在归途上。一日来到鬼方国，但见沟壑纵横、林木葱茏，一条三尺宽的小道蜿蜒如蛇，在山梁上盘桓，两边就是百丈深渊。契一路走，一路兴致勃勃地欣赏高原风光，走到尽头时，忽听有人喊：“喂！来人停下，听我问话！”

契停下脚步，只见从林间钻出五个大汉，一字排开，拦住去路。这五人一律光头赤脚，身披雉鸡尾编织的斗篷，腰围虎皮裁缝的短裙，手持硬弓长箭，里里外外竟如一个模子里铸出来一样！

“刚把一对双胞胎送上天，难道又遇上了五胞胎不成？”契好奇地想。

“那汉子，你是从东方来的吗？”排在中间的那位光头问。从排位看，他好像是老大。

“不错。”契答道。

“你要到哪里去？”

“西方。”

“好了，跟我们走吧！”老大和其他人交换一下眼色，狡黠地说。

契感到其中有诈，问：“跟你们去干什么？”

其中一人抢答：“好事儿，和我妹子完婚。”

“什么？完婚？”契惊异地说，“你们还没有问我同意不同意呢！”

“你同意也得办，不同意也得办！”

“不去就抢！”光头们七嘴八舌地说。

“噢？只有抢女，哪有抢男的？”契奇怪地问。

“我妹子没人抢，因为她死啦！”一人爽快地说。

“死啦？人死了还完什么婚？”

“在阴间给她找个做伴的呗！”

“原来是叫我给你妹子陪葬呀。”契终于明白了，说，“听说有的头人、酋长开始拿活人陪葬，听起来就够残忍的了；你们的妹子同意你们干这种伤天害理的事吗？再说，随便把一个陌生人塞给她，她乐意接受吗？”

光头们大概不愿讨论这些感情问题，于是不耐烦地说：“少啰唆，你不去，我们就要动手了！”

那位老大首先出战。他把长弓挎在肩上，舒展猿臂开始运气。弟兄们也一齐发功，就地卷起一阵强风。光头老大就着这股上风头猛扑过来。契见对方来势凶猛，不敢硬碰，身体突然向侧面扑倒，抬腿轻轻一踢，老大便踉踉跄跄摔在地上，来了个嘴啃地。

“五子擒虎阵！”老大恼羞成怒，爬起来叫道。

其他四子“唰”地围过来，各自占住金、木、水、火四个方位，发力出招，把契困在中间。老大的位置是土，处于战阵中心，是主打角色。他一头撞进圈内，使出擒拿功夫去抓契，却屡屡抓空。

“严防出逃。”老大发令，“天罗地网！”

金、木、水、火迅速转动，劲风裹挟着黄沙树叶，天地一片混沌。契被围了个铁桶一般，插翅难逃。

“抓！”老大一声令下，五子一齐动手，把契结结实实地抓在手里。

黄沙落地。老大捧着头，其他四子各攥着一肢，把俘虏举过头顶，奏凯返程。

现在我们该交代一下这伙劫持者的来历了。颛顼大帝有个孙子重黎，曾任帝喾的火正，功劳甚大，能光融天下，帝喾命之曰祝融。在与共工氏作战时，祝融虽然打了胜仗，却没有斩草除根，被帝喾问罪诛杀，而让他的弟弟吴回接替了火正之职，也称为祝融。后来吴回告老致仕，投奔青要山，拜在吴正座下修炼神仙之术和吴刀刀术。他有个儿子叫陆终，因犬戎之乱辗转来到鬼方国，与鬼方国君之妹女贵成婚。女贵怀孕后到期不生，而陆终又不幸身亡。三年后，吴回路过鬼方，用吴刀剖开女贵左边的腋窝，取出三个男孩；又剖开她右边的腋窝，取出了三个男孩。[1]又三年后，女贵又产下一女，因失血过多而死。

鬼氏六子中有五人喜欢习武打猎，唯有三郎一心向往神仙之术。三郎姓篯（jiān）名铿（kēng），虽然排名老三，却是六子中的主心骨。他们的小妹人唤鬼妹，年方及笄。鬼妹天生聋哑，但心灵手巧，窈窕贤淑，人见人爱。六子更是把她视作掌上明珠，呵护有加。前几天，鬼妹爬到大树上摘野果，不慎踏空掉下地来，从此昏迷不醒，一命呜呼。六子守着妹子呼天号地，悲痛欲绝。

篯铿请来巫师作法。巫师手舞足蹈，一时招来仙家附体，口出吉言说："鬼妹命不该死，还有富贵在后头呢；如果请东方来的男子成婚冲喜，就可能活过来。"五子听后，让篯铿在家照看小妹，他们跑到国界上，在路口埋伏两天两夜，终于"请"到一位东方来的男子。

篯铿见弟兄们总也不回，怕惹出事来，于是出门寻找，正好迎着他们高高兴兴地抬着一个物件往回走。

"叫你们去请人，怎么砍了一棵树回来了？"篯铿奇怪地问。

"老三你看花眼了，明明捉住了一个人，怎么会是树呢！"老大生气地说。

但是举在头上的东西一落地，五子一个个都傻眼了：这哪里是什么人，明明是一段粗壮的树干！树干上还留着四个枝杈，被他们当作俘虏的四肢抓在手里。

---

[1]《世本·姓氏篇》："颛顼产老童，老童产重黎及吴回，吴回产陆终。陆终娶于鬼方氏之妹，剖胁而产六子，其三即为篯铿。"

五子一屁股蹲在地上，拍着树干号啕大哭。

“别哭了，你们请来高人了，妹子有救了。”筏铿兴奋地说，“他施展移花接木之术，用树干替代了自身，人不会走远。”

“还能找到他吗？”老大问。

“想是你们出言不逊，惹得客人生气了。”筏铿接着叫道，“何处高人莅临鬼方？筏铿有失远迎，在这里向您谢罪了，请现身吧！”

五子跪在地上以头撞地，咚咚有声，边哭边说：“快去救救我妹子吧，我们在这里给您磕头了！”

契从树上跳下，落地无声。他一把拉起老大，说：“刚到贵地，就受到如此抬举，让在下如何消受得起？快起来，大家快起来！”

筏铿见不速之客气宇轩昂，性情爽朗，于是说：“弟兄们先回家看护小妹去吧，我与客人随后就到。”

五子向契道声谢，争先恐后跑回家。

望着五子的背影，契感慨地说：“你的弟兄对妹子的感情至深，令我很是感动。”

“父亲在我们弟兄出生前就去世了，母亲生下小妹后也撒手人寰，留下我们兄妹七人，在族人照顾下相依为命。”筏铿接着讲述了他那充满传奇色彩的家世。当说到他的小妹时，眼窝里饱含着泪水，哽咽着说，“请先生务必屈尊相救，我们兄弟将没齿不忘。”

“此事对在下来说只是举手之劳，当然不容推辞。不过，”契顿一顿说，“在下离家日久，回乡心切，我想在此借宿一晚，明日就该返程了。”

筏铿何等聪明，立即听出了客人的言外之意，人家不愿意真的迎娶他的这个妹子。

“那是自然。”筏铿说，“按此地风俗，先生只要在小妹闺房里下榻一宿，就算是与她圆房了，仪式都可省略。不管夜里有事无事，平明即可分手，各奔西东，连姓名也无须留下。在正常情况下，女孩儿的事儿父母兄弟原本是不用过问的。只是眼下妹子还是僵尸一具，不能侍奉，让先生委屈了。”

“少女刚到花季年龄就遭遇不幸，够可怜的了，就当是我给他陪灵好了。”说到这里，契鼻子一酸，差点掉下泪来。

闺房不大，卧榻占了一大半。鬼妹平身躺在卧榻靠里面的半边上，身上蒙着洁白的丝绢，在松明的光影里，娇媚的面容绰约可见。卧榻上闪开的空位，想必是给招赘的夫婿预留的。契在卧榻上坐了一会儿，象征着尽到了男人的责任，然后和衣席地而卧。由于连日奔波，他很快进入梦乡。

一阵啜泣声把契惊醒。松明半残，他影影绰绰地发现，卧榻上的鬼妹竟然坐了起来。契心下大喜，没想到此次冲喜之举竟然轻易获得成功。他连忙爬起身来，点燃两支新松明，屋内顿时大亮。

当契转过身来时，头发“轰”的一下炸了起来，身上骤然涌出一层鸡皮疙瘩，“咚咚”倒退两步。原来，他看到的，竟然是在祭坛上亮相的那位自称扈娴的狐仙！

契毕竟修道有成，一惊之后，很快稳下神儿来，压低声音问：“扈娴，你怎么也到这儿来啦？”

“我从小就住在这儿呀！”姑娘愣一愣神儿，又惊讶地反问道，“人们都叫我鬼妹，你怎么知道我叫胡仙？你是从哪里听说的？”

“你的模样和一个狐狸精一模一样，我把你当作狐仙了。”契如实说道。

“我这个‘胡’是‘古’‘月’胡，不是狐狸的狐。”鬼妹解释说，“我爷爷说鬼方氏是胡人，小时候把我叫作‘胡仙’，他出游以后，‘胡仙’这名就再也没人知道了，我几乎也要忘记了。”

契仔细打量鬼妹，从上到下绝对和狐仙别无二致，只是少了一些妖冶，多了一些清纯。“难道狐仙是比照鬼妹的身材容貌变化了自身？”他想。

“听你哥哥说，你自幼是个聋哑儿，怎么突然变好了？”契还是无法排遣心中的疑惑。他想，不会是狐仙附体使她复活了吧？

“我还想问你呢！”鬼妹莞尔一笑说，“醒来之后忽然听到了你的鼾声；想哭，竟也哭出了声音，我都感觉自己像换了个人似的。”

“你哭什么呢？”契问。

“我梦见哥哥送来一个男人和我圆房，可是他却不愿意登我的卧榻。我想他一定是嫌我长得丑，才拒绝和我亲近。因此悲从中来。”鬼妹捋一下头发，担心地问道，“你说我像那个狐狸精，它是不是很丑陋、很吓人呀？刚才看到我时，你好像受惊了。”

“不，不，你很美，世上很少见到像你这样美丽的姑娘。”契由衷地赞美说。他想，不能过分地责怪阏伯和实沈，和这样的美女近距离接触，男人是难以抗拒的。

“那你为什么还不亲亲我？”鬼妹羞答答地说。

契再也无法自持，激情像火山一样爆发。直到雄鸡三唱，俩人才相互搂抱着昏昏睡去。

日上三竿，还不见客人走出闺房。兄弟们担心了：妹妹已经死了，请来的客人别再出了事。老大再也忍耐不住，带领大家径直推门进入闺房。鬼妹忽然惊醒，急忙拉绢布遮住赤裸的玉体，尖叫道：“哥哥！人家两口子睡觉，你们来看什么呀！害臊不害臊！”

弟兄们一怔，随即“轰”的一声大笑，扭头跑出屋门，相互弹着脑门喊叫：“好啦！好啦！小妹活啦！”“好啦！好啦！小妹会说话啦！”

为庆祝鬼妹起死回生，也是为犒赏贵客，籛铿精心准备了一席酒宴。刚刚烤制的獐狍麋鹿，鲜嫩可口的各色野果，琳琅满目，让人食欲大增。最值得一提的，是那一鼎热气腾腾的雉羹。揭开鼎盖，香气扑面而来，沁人肺腑，令人馋涎欲滴。籛铿并不急于让贵客品尝，而是取出一只青铜小鼎，满满舀上雉羹，双手捧起朝天祝曰：

下民籛铿，上达天听，
家无长物，唯此雉羹。

山鸡两只，朝露三升，
本草九味，金鼎作烹。
松木燃薪，竹管送风；
鸡鸣点火，日出即成。
唇齿留香，七日方浓；
赐我永寿，岁岁供奉。

篯铿祝罢，用柳枝蘸着雉羹向空中漫洒一回，然后再倒回大鼎。在他举行祭天仪式时，其他五子自顾大块吃肉，满瓢饮酒，不一会儿就塞饱肚皮，只等着最后那一口汤。此时也不客气，每人舀起半瓢，咕噜咕噜灌下肚去，背起弓箭上山打猎去了。这里交代一句，鬼氏六子中除老三篯铿外，其他也史上有名，老大叫作樊，后来被封在昆吾，老四封在曹地，老六季连就是楚国的先祖，后文会提到。

篯铿和鬼妹陪契慢啜细品。

“好香，好香，你应该是一位烹饪大师了。”契赞不绝口，“食物能做到如此可口，使我不禁想到，人们平时的粗制滥造无异于暴殄天物了。不过，你对大帝的要价也太高了，凭一份雉羹怎么能换来长生不老呢？”

“那就看我的雉羹在天庭众多美食中的竞争力了。”篯铿说，“只要天帝馋上了这一口，他是不讲价钱的。富人买优，穷人买贱，天上地下一个道理。何况，只要天帝点点头，就可以满足我的要求了，他根本不需要什么本钱。”

“嗯，有道理。”契点头表示赞许。

契本来说好今天要起程回乡的，看看红日偏西，他还没有动身的意思。篯铿暗想，八成是小妹的魅力把他俘虏了，还有我的雉羹。食色，性也，有这样的艳福和口福，他怎舍得离开呢？

翌日，篯铿对契说：“听说现在虞舜掌管帝都四门，招贤纳士，我是颛顼子孙，家父因为犬戎之乱才流落到异乡，很想去为朝廷做点什么，你看怎样？”

“我也要跟你去，看看外面的世界是什么样子。”鬼妹插话说。

“你俩都去，我当然也要牵马缒蹬、追随左右了。”契说，“其实我早就有意帮朝廷出点力，只是没有机会。”

篯铿说：“颛顼的子孙中有贤人‘八元’，分布在各地，我们不妨边游历，边走访联络，大家一块儿去为朝廷效力，岂不更好？”

契和鬼妹都表示赞同。

关于篯铿，我们下面交代几句。篯铿后来被尧封在彭城，因此也叫彭铿。他活了八百岁，经历了尧、舜、禹和夏、商、周三代，曾任商朝守藏史，到了周初任柱下史。因其长寿有术，被后世道家奉为开山鼻祖，号称老彭、彭祖。屈原在《天问》中问道：“彭祖把美味的鸡汤奉献给天帝，天帝感到味道可口，于是赐给他很长的寿命，他为什么还感到怅然而不满足呢？”[1] 据说，彭祖临终时遗憾地说，可能是枕头垫得过高了、唾沫吐得过远了，以至伤了元气，没有终其天年。这也算是给后来的修道者提了个醒。

# 敤手献图

虞舜看守四门，接见来访宾客，礼仪庄重，态度热情，每遇有识之士，他必虚心请教，细致考察。时间不长，他便从来访者中遴选出一批有志青年，委以重任。其中，契被留在朝廷，协助他推行教化事宜。他把篯铿推荐给帝尧，指导御膳制作。普通的五谷杂粮、禽蛋猎物，经过篯铿烹调，就变成了美食。特别是他的雉羹，让帝尧得益良多。朱虎和他的朋友熊罴善于奔跑，负责巡视山林。

[1]《楚辞·天问》：“彭铿斟雉，帝何飨？受寿永多，夫何久长？”

见多识广、性格开朗的龙，被虞舜留下协助接待宾客。有一位叫作夔（kuí）的青年，他的先祖是黄帝的臣子，善于造鼓，曾经用东海流波山的夔牛皮制成十五面大鼓，助黄帝战胜蚩尤，名声大震，由此改姓为夔。夔不仅敲得一手好鼓，还吹得一口好箫，虞舜让他拜在帝尧的乐师质的门下，继续深造乐器、乐理知识。除此之外，虞舜还把十几位有志青年分派到四岳那里，跟四岳学习天文地理，并协助他们处理四方诸侯事务。在朝廷原有的臣僚中，虞舜最欣赏的是弃，即后稷。后稷忠诚公正，文武双全，又是一位出类拔萃的农艺师，身兼大司马和司农两职，很得帝尧倚重，也是对虞舜支持最大的一位同僚。虞舜有时会想，后稷来自西戎，自己来自东夷，都能成为帝尧的股肱，说明帝尧的确是以治理天下为己任，以天下为一家，这才是虚怀若谷、囊括四海的天子风范。虞舜有意和弃增进友谊，于是提议把自己的妹妹敤手嫁给弃。弃说："敤手姑娘仙风道骨，仙子一样的人物，弃心仪已久，只是无缘相见，不知到哪里去找她？"

"妹子自幼喜好到野外写生。"虞舜说，"如今有了神鸟毕方做坐骑，更是方便了游历，每日里浪迹于山水之间，很少回家，连我也不知道她在哪里。我派人去把她找回来和你完婚，以后还希望你能拢住她的心。"

"我会主动去找她，当面向她求婚。"后稷说。

敤手的确浪迹于山水之间，不过不是在写生作画，而是在考察水情。起初她并不是为了尽什么责任，而是为了鲧。从第一次和鲧见面起，敤手就偷偷地爱上了这位英俊青年。不过她羞于启齿，一直把爱慕之情藏心里。娥皇、女英过门后，她把心事透露给了女英，希望这位嫂子能帮帮忙。女英告诉敤手，鲧曾经在人前发过誓，治水不成功绝不谈婚论嫁。"看这洪水年年发生，时大时小，哪年哪月才能消停下来？你要嫁鲧，可要有耐心啊！"看来女英私下和鲧交谈过，对他有更深的了解，于是告诫这位小姑子。

戮手不死心。她要看看，这洪水究竟难治在哪里，她需要等多长时间才能了却心愿。乘坐神鸟毕方，戮手开始实地考察洪水形势。历尽千辛万苦，走过春夏秋冬，她的足迹遍布万里长河的山山水水。这天，戮手飞经卫水上空，地面上忽然飞来一支系着细绳的羽箭，牢牢地粘住毕方的翅膀，像扯风筝一样将它迫降。毕方惊叫着缓缓着陆，立即变作一块手帕，上面画着一只毕方鸟，被戮手收起。

"戮手姑娘没事吧？"一位年轻人跑上前来问道，他威武雄壮，皮肤黝黑。

"我不认识你，你把我拽下来干什么？"戮手警惕而又生气地质问。

"我叫弃，丢弃的弃。你哥哥让我找你回去。"

"哦，原来是司农大人后稷驾到。告诉我，我哥哥没什么事吧？"过去戮手出门在外，最惦记的是虞舜，自从家中和睦以后，嫂子贤惠，哥哥又受到朝廷重用，她就无牵无挂了。忽然听说虞舜找她，一时引起了她的担心。

"虞舜整天忙活朝廷的事，还要赡养父母，同时还得为你操心，怎么能没事呢？"弃借题发挥，直接把话引向他的来意。

"他没遇到什么坎就好，还为我操什么心？"戮手问。

"你哥哥给你找了个对象，催你回去完婚。"弃说。

"谁？"戮手一怔，立即问道。她希望是鲧。或许是嫂子把她的心事告诉了哥哥，哥哥找鲧进行了沟通。

"我。"弃说。

"你？怎么是你？"戮手失望地问。

"弃的修为有哪些不足的地方，请姑娘随时指出，我会立即改正。"弃虚心地说。

"你……"戮手一下乱了方寸，不知如何对答。

"姑娘不用客气，尽管说，"弃说，"两人结合需要互相向对方靠拢。"

“司农文治武功、人品才艺已是出类拔萃了，我哪里还能鸡蛋里头挑骨头？”敤手醒过神儿来说，“只是眼下我还不想嫁人，怕耽误了你的婚姻大事。”

“男大当婚，女大当嫁，你也莫要辜负了自己的青春年华。”后稷说，“你不是喜欢外出画画吗？我不会阻拦你，随意到哪里去都行。我也是足迹遍及海内，了解五谷生产，到时候还可以当你的保镖呢！”后稷话里充满了对未来的憧憬。

“你人很好，就给我当哥哥好了。”敤手说，“我一路考察洪水，见灾民流离失所，哀鸿遍地，心里很是难过，实在没有心情谈论婚嫁，等洪水得到控制以后再说吧。”

“这是两码事。人世间曾经发生过多少灾害祸乱，都没有阻止人们相亲相爱、生男育女，你的想法太幼稚了。”弃不想放弃，劝说道，“听说鲧发过不治理好洪水不成婚的誓愿，帝尧曾批评他违背人伦。我想，作为一个肩负治水重任的大臣，以此来表达自己决心是可以理解的；你一个柔弱女子，又没有治水责任，何必如此作践自己呢？”

“鲧的责任是朝廷封的，我的责任是自己树的。他有这样的决心，难道我就没有？男人有激情，难道女子就没有？弃大哥，谢谢你对我的爱意，咱们后会有期。”敤手说罢，把手帕迎风一摆，神鸟毕方便出现在面前，她抬腿跨上鸟背，扬长而去。

弃太自信了。他以为敤手并不反对与自己的婚事，只是由于一时冲动不想完婚而已。他压根没想到，敤手心里已经有了鲧。弃后悔没有和敤手约好下一次见面的时间地点，站在河边看着流水发呆。

上空传来毕方的叫声。弃大喜过望，张开双臂迎接盘旋而下的敤手。但敤手并没有降落，只是大声叫道：“弃大哥，那边有一黄一白两条龙在恶斗，你快去射那条白龙，他是坏蛋。跟我来！”敤手说罢，顺着河道低空向上游飞去。弃飞身跨上战马，盯住敤手紧追。

黄龙是鲧，白龙是河伯。原来，河伯收买逢蒙射杀羿的阴谋，瞒过了不少人，其中包括宓妃，但是，他瞒不过山神、土地这些无处不在的下层神祇。羿死后不久，鲧就听到了有关他的死因的风声。一次，洛水上游发生地震，山体崩塌，形成堰塞湖，鲧赶去视察时，在现场邂逅宓妃。两人谈起了羿的死，不禁相对而泣、唏嘘良久。鲧把听来的消息告诉宓妃，向她求证。宓妃认为河伯有杀害羿的动机，但是否主谋还有待了解，因为逢蒙毕竟是羿的弟子，他们之间的恩怨才是引起逢蒙杀师的主因。自此以后，宓妃对河伯越来越反感，总是拒绝他的求见。河伯郁闷不已，心想，难道宓妃又有了新欢不成?

不幸的是，宓妃和鲧的那次会面被龟三郎看到了。起初龟三郎并没有在意，以为二人在诉说地震灾害，因此没有报告河伯。后来河伯让他打探宓妃的活动，他才添油加醋地描述一番，把宓妃和鲧的见面说成了肉体接触的亲密幽会。河伯听了怒火填胸，新仇旧恨涌上心头。心想，就是这个讨厌的鲧，在山泽岸边破坏了我的好事；在羿射伤自己一只眼的遭遇战中，鲧也是个帮凶，如今他又来抢我的妻子，岂不欺人太甚? 河伯发誓要置鲧于死地而后快。眇却一目的河伯，在感情生活上越来越自惭形秽，发现宓妃和任何一个男人说句话都会吃醋，何况是英俊潇洒的鲧? 此后，河伯每年都趁山洪暴发之机，亲自去毁坏鲧的防洪堤坝，以发泄心中的愤恨，这也引起了鲧的警觉。今天，两人狭路相逢，分外眼红，连话也不说一句，便化作法身打斗起来，直杀得天昏地暗，日色无光。

后稷弯弓盘马，寻机发射。他想，白龙的身份自己还没有弄明白，不能只凭斁手的一句话就伤它性命，先赶跑算了。心下已定，“嗖”的一箭飞出。后稷的弓箭是胎里带来的，是上天之物，非同寻常，只听得“当”的一声响亮，白龙的龙角被斩断一截。

河伯斗志正旺，突然遭此一击，大惊失色。他想，龙角离眼睛不远，要是再来一箭射中那唯一一只眼睛，这辈子可就全完了，于是一头扎进水里，逃之夭夭。黄龙也随即销声匿迹。

后稷和斁手正在张望，忽听有人说道：“好一对俊男俏女，大老远跑到这儿幽会来了？”

二人吃了一惊。一只巨大的葫芦从芦苇丛中漂出。葫芦上削去一块，俨然一只金光灿灿的小舟。一人头戴竹编斗笠、身披苇叶蓑衣，轻松地点水撑篙。

“鲧？”后稷惊异地叫道。他们在朝中曾多次见面。

“真的是你，鲧哥哥！”敦手惊喜异常，接着叫道，“你胡说什么呀？我是来找你的！”

“噢？你来找我，他来找谁？”鲧指一指弃问道。

“我来找她呀，”后稷黯然神伤地说，“不过她不欢迎我。”

“别难过，我欢迎你。”鲧说，“我到帝都去找你，听说你已经外出多日了，不想在这里碰到了，万幸，万幸。”

“你找我有什么事吗？”后稷问。

“事关国计民生，很重要。”鲧清一清嗓子说，“洪水每年汛期暴发，大面积农田被淹没，往往颗粒无收。我想是否可以选择一些谷物，汛期过后播种，汛期到来之前即可收割，充分利用时间差获取一些果实，以解决人们的温饱问题。这事儿只有请教你大司农了。”

“咱们想到一块儿去了。这些年我行走各地，就是在寻找、选育这样的品种。”后稷说，“如果洪水退得早，可以在寒露以前播种麦子，第二年的芒种前后，即汛期到来之前即可收割；如果到了寒露田间还无法下脚，那只好等到来年春季种些黍、稷之类的早熟作物，在汛期来时及时抢收。或者选些高秆作物，即使水漫田园，也不致被淹没，可以从水中捞回一些收成。”

“大司农未雨绸缪，急黎民所需，令人佩服。”鲧由衷地赞叹，接着问道，“你说的这些作物种子哪里有呢？”

“你忙你的事，种子就由我来提供吧。”后稷说，“播种之前，我派船沿河运往所需之地，命各国君王分配好了，保证不误农时。”

“弃为司农，黎民之福哇！鲧在这里替百姓谢谢您了。”鲧“扑通”跪倒在地，“咚咚”叩起头来。戮手也不由自主地跪在地上。

“你这是干什么？”后稷连忙拉起鲧说，“咱们都是为黎民解难，为朝廷分忧，尽量减轻洪水造成的危害，请再也不要这样了。”

“我感到很难办的事，如今圆满解决了，怎能不感谢您呢？”鲧一再抱拳致意说。

“如果你执意要感谢我，就请帮我个忙。”后稷忽然认真地说。

“请讲。”鲧说。

“虞舜让戮手回去和我成婚，她说什么也不同意，你来讲讲情吧。”后稷说。

“我说管用吗？”鲧瞄一眼戮手，犹疑地说。

“管用。”后稷说，“因为她要以你为榜样，治水不成功不成婚。”

“还有这样的事？”鲧既惊奇又好笑，对着戮手说道，“姑娘家错过花季就不好嫁人了，你俩可是天生的一对……”

“行啦！”戮手生气地打断鲧，手帕一甩，毕方立现，她“腾”地跳上去，回头道，“你先说服自己再教训我吧！”

严冬过后，春天如约而至。平原上泛起一片一片的绿色，那是入冬前播种的麦子，已经开始返青了。低洼处的空白地上，也出现了三三两两忙碌的人影。弃筹集的春播作物种子已经发下来，乡民们开始下田劳作了。

田间充满生机。但鲧却高兴不起来。他发现，人们整族整户地离开建在山丘上的城邑，开始在临河近水处建造房舍。高阜处的城邑是共工治水时开始修建的，鲧又进行了扩充，用以安置被洪水冲毁了村庄的灾民。汛期过后，城邑周围的水逐渐退去，居民无处取水，难以度日，于是只好走回头路，像祖先一样逐水草滨河而居。但如今正处于洪水频发期，汛期一到，又会房倒屋塌、人畜溺水，酿成新的灾难。但又有什么好办法呢？鲧陷入痛苦的沉思。

空中传来“毕方、毕方”的鸟叫声，戮手驾着毕方盘旋而下。鲧迎上去叫道：“好个戮手！你上次说有事找我，可当时什么也没讲，就一拍屁股飞走了，让我好一阵儿揣摩。今天来了，有事可要快点儿说呀！”

“我是来找你商讨治水事宜的。”敳手一本正经地说，“当时你只顾和后稷谈论五谷，还扯些没用的事，好像治水在你的日程上并不紧急，所以我又忙自己的事去了。”

“好了，我眼下正愁着这水没办法治理呢，就听听你的高见吧！”鲧对敳手没有抱什么希望，只是礼貌地客气一下。

“我画了一幅图画，先请你指点指点。”敳手把一幅卷轴递给鲧。

“你的画自然是不错的，不过我静不下心来欣赏。眼下有个难题困扰着我……”鲧边说边漫不经心地打开画卷。

他一下子惊呆了，眼睛瞪得像铜铃一般。

一个时辰过去了，鲧一声没有吭过，他的整个身心都沉浸在图画中。那是一幅大河流域山水形势图，是敳手几年来心血和汗水的结晶。

“这幅画可以作为我治水流程的指导图。”鲧的沉静掩饰不住内心的激动，眼眶里滚动着泪珠，勉强抑制着自己说，“我没有走过的地方这上面都有了，连大大小小的堰塞湖都标得一清二楚。看来你真的辛苦了。”

敳手的眼泪无声地流下来。她双手捧住脸，肩膀不停地抽动。几年来风餐露宿，备尝艰辛，就是为了得到他的一句赞许，为他早日治水成功尽一份心意。

“图上每一处的形势都是哪年哪月的？你还能记得吗？”鲧又把头埋在画卷里，边看边问。

“大体记得。”敳手说，“不过那也用处不大，我能让你看到眼下发生的最新情况。”

“你说什么？”鲧怀疑自己听错了，问道。

敳手也不答话，掏出她的神笔在图上描了两下。奇迹出现了。被神笔描过的地方立即被放大，变成一幅有声有色的立体画！

鲧手舞足蹈，惊叫：“神笔！好神奇的画笔！”

敷手用神笔一点，画面又恢复了原样。

“你想看哪一段，自己描出来吧。”敷手说。

鲧接过神笔描了两下，龙门和河、渭交汇处的山泽便跃然纸上。鲧神色大变，拿笔的手也颤抖起来。他看到，龙门以上的水位已经接近山顶，而山泽有向汾水湾一带泛滥的趋势。

“大河上游积水越来越多，再不排放就要危及帝都和你家蒲坂那一带的天下粮仓了。”鲧忧郁地说，“可是下游还没有做好准备，如果把上游的积水一股脑排下去，洪峰泄下，下游人们无处避难，会发生很大的惨祸。”

“疏浚河道，让洪水顺河排泻不行吗？”敷手问。

“平常年份的山洪就能使河道泛滥成灾，若上游积水倾泄，河道哪里能够约束？”鲧心事重重地说，“必须把人员迁走，留出足够大的泄洪空间来，才能把上游多年积水陆续排入东海。”

“那只有把人都收拢到山丘上的城邑里了。”敷手出主意说。

“高阜城邑太少，不足以容纳难民。”鲧说，“况且，排水工程需要时断时续地进行多年，这些城邑周围没有水源，人们还是要走散的。”鲧指一指拉家带口在田野上行走的人们，表情十分无奈。

敷手又拿出一幅图，上面画的是散布在冀中平原上的一些城邑。她直接把陶丘和沙丘两城放大在图上。陶丘临水而建，洪水退后，其上依然人影憧憧，从画面上可以看到，不断有人从河边挑水登上丘来。沙丘很大，上面炊烟袅袅，鸡犬奔逐，周围是宽阔的积满水的壕沟，只有东西两边有道路可以通行，显然是人工就近挖土把地面垫高的。

“好，好，太好了！挖壕积水，堆土防洪，平地造邑，一举两得。”鲧眼睛放亮，喜上眉梢，情不自禁地抓住敷手的手摇个不停。

一双期待的眼睛注视着他。鲧发现自己情绪失控，缩回自己的手，尴尬地说：“谢谢你，真该谢谢你了。”

戮手“扑哧”笑了，说：“你呀你，以后不要说客气话了，治水成功后不要把我忘了就行啦！”

鲧受到启发，在平原上大造城邑。他不像沙丘人那样挖土堆个大平台，而是修成城墙又高又厚的城郭，[1]这样既能防洪水，又节省人力，受到各部族的响应。在挖沟取土时又有新发现，就是壕沟挖到一定深度时，就会冒出地下水来，解决了干旱季节居民用水问题。典籍上说“鲧造城郭”，实际上老早古人就懂得修土围子防范敌人和野兽了；鲧把土围子改造成城郭，是用来防范水患的，也应该是个发明。当然，城郭后来又恢复了原来的功能。

戮手充当了修建城郭的总设计师，每天忙个不停。根据地势，她把城郭设计成方形、蛋形、乌龟形等等，还在城中设置储水池、排水沟，居住方便，很受欢迎。

一天，戮手忽然感到胸口剧痛了几下，脸色大变，对鲧说：“我哥哥那里出事了，我得赶去看看。这些图样子都在这儿，让大家参考着用吧。”

“你可要抽空回来看看呀！”鲧恋恋不舍地说。

“我会回来的。”戮手说，“如果你想我想得厉害，我也会有感觉的。”

## 张果老饮驴

舜总理内务，朝廷上下井井有条；四门迎宾，八方晋见诸侯肃然起敬，远近贤者慕名来投。帝尧见虞舜是个治国良才，心中暗喜。一天，帝尧告诉虞舜，他很想聆听师父务成子最后一次教诲，但自

[1]《吕氏春秋·君守篇》：“夏鲧作城。”

已没有力气奔走山林去寻找了。“卿替我去见师父，向他求问一句话。如果师父同意，可约定一个地点，我再亲自前往拜见。”帝尧说，“师父一年四季外出游历，三山访友，五岳朝圣，居无定所。秋天到了，他也该回到太行山采集过冬食物了。在太行的中段，南到漳水、北至滹沱一带，也许会发现师父的踪迹。你也顺便打听一下巫师有黄的消息，不知这些故人还能不能联系上，他喜欢在大麓和一些神秘的地方走动。”

由于瞽叟和嚚母年事已高，又不愿迁居帝都，虞舜只好打发妻子娥皇、女英到妫汭乡下去侍候。此时，虞舜来不及和他们告别，就直奔太行而去。

红叶如画，秋色宜人，一条羊肠小道挂在山坡上，蜿蜒入云。山道上有一头毛驴在行走，它的背上横搭着两大包货物，还倒坐着一位须发花白的老者，颤颤巍巍，摇摇欲坠。山路越来越陡，老者再也坐不稳当，于是从驴背上出溜下来，一手扶地，一手拽着驴尾巴，吭哧吭哧地攀爬。

“老人家，让我背你上去吧？”虞舜从后面赶来，搀住老者说。

“这一段路又陡又险，冲上去就到山顶了。”老者打量一下虞舜，不客气地说，“我看你蛮有力气，那就按你说的办吧！”

从交谈中虞舜得知，老者姓张名果，家住山那边的仙翁山下，以采集山货到邢国货卖为生。“趁着手脚还能动弹，得多攒点财物以备养老。我见这面坡上韭菜花开得可爱，贪心多采了些，没想到竟搞得如此狼狈。”老者说。

毛驴瘦骨嶙峋，看上去弱不禁风，但却一步一个脚印，毫无疲惫之态。虞舜暗暗称奇。

山顶上凉风习习，虞舜和老者坐在岩石上小憩。放眼远处，但见重峦叠嶂，林海苍茫，天地之间雾霭迷离，时见苍鹰盘旋、野鹤起落，想要钻到山林里去找个人，无异于大海捞针。

“前辈可认识务成子和巫者有黄？”虞舜问。

“你说的是两个修道的隐者？听说过。”老者说，“我在这条山道上来来往往几十年，也许曾与他们擦肩而过，但没有打过交道。”

“我再送您一程吧，下这个陡坡还是有危险的。”虞舜说着，伏下身来要背老者走路。

“那就不必了，你忙你的差去吧！”老者接着叮嘱说，“山林中多有怪异，险恶丛生，可要当心些啊！”

老者赶起毛驴下山，轻飘飘地竟像一片落叶一般，很快就消失在树林里了。

虞舜在人迹罕至的原始森林中穿行，所到之处古木参天，荆棘遍地，时见虎狼出没，蛇虫挡道，气氛阴森而又神秘。但对于虞舜来说，这些都不在话下。早在少年时代，师父单卷在南方的大森林里就对他进行过生存训练。他有驯服蟒蛇的技能、降龙伏虎的本领，能像猿猴一样在大树间攀缘，翻山越岭犹如行走平地。但有一样小东西却让他头痛不已，束手无策。那就是蚊子。每到夜幕降临，蚊阵就嗡嗡袭来，无孔不入，防不胜防。过去师父总会找到一种草药，全身涂抹，使蚊虫避之唯恐不及。此时虞舜也想故技重施，无奈本草知识不精，涂抹无效，蚊子肆无忌惮地我行我素。为了睡上一觉，他不得不在身上涂满泥巴，将自己埋在枯叶下。有一次，他倒在岩石上睡去，一觉醒来，竟发现身上添了一件盔甲，原来是一层密密麻麻吸饱了血的蚊子！这些蚊子吃饱了趴在身上没有飞走，形成一层保护层，才使他睡了一个安稳觉。直到这时虞舜才意识到，人类早早地把一身毛发脱掉并不是好事，相对于飞禽走兽来说，野外的生存能力明显地降低了。

有一种巨型蚊子，人称嗜血飞虫，大如黄蜂，结阵飞行，叫声震耳欲聋。虞舜不幸遭遇嗜血飞虫，感到从未有过的恐惧，拔腿便逃。嗜血飞虫发现了猎物，紧追不舍，几度包抄未果，更加凶猛疯狂。虞舜慌不择路，一头撞在一堵墙上。还好，他被弹了回来。虞舜抬头观看，不禁心惊胆战：眼前是一张宽大无比的蜘蛛网，一只车轮般大小的山蜘蛛盘踞在中央！

嗜血飞虫嗡嗡然随后赶到。它们围猎不成，自己反而被粘在大网上，成了山蜘蛛的猎物。

山蜘蛛大快朵颐。虞舜幸灾乐祸。他产生一种想法，自己能不能借这张网来对付讨厌的蚊子呢？山蜘蛛肯定不会割爱，通过武力也许能把它赶走，但那样会损坏蜘蛛网。虞舜投鼠忌器，迟迟没有动手。

一阵山风吹来，虞舜清醒了许多。他忽然有了妙计，立即跑到上风头，就地堆起枯枝败叶，压上一层青草腐土，沤起一股浓烟来。浓烟滚滚，源源不绝地向山蜘蛛袭来。起初它还不在乎，不慌不忙地继续享受它的美食，后来才感到厉害，只好悻悻地走下大网。也许是为了躲避可能发生的森林火灾，这位饱经忧患的山蜘蛛，放弃了它辛辛苦苦建造的家园。

虞舜取下蜘蛛网，把它卷成一支柔软的卷筒，束在腰间。从此，他在宿营时有了一顶可以避免蚊虫叮咬、甚至能够阻挡野兽骚扰的帐篷。当时，虞舜把粘在网上的蚊子拿来在火苗上烧烤，竟意外地得到一顿香喷喷的晚餐。

虞舜追随单卷八年，较为熟悉隐者的习性，知道他们喜欢在风光绮丽、有山有水的地方落脚，所谓仁者爱山、智者爱水是也。当然，最好是人迹罕至的世外桃源。一日，虞舜走进一条山谷，耳边百鸟唱和、泉水叮咚，一条小溪跌宕起伏，奔突而下。山坡上野花绽放，有几株核桃树点缀其间，果实累累。一个人正在树下采摘核桃。他上身赤裸，黝黑的皮肤在太阳下闪光，脸上的皱纹又深又密，配上几根山羊胡子，竟也猜不透有多大年纪，一看就知道是个地地道道的山民。

“老乡，忙哪，借光打听一个人。”虞舜走上前搭讪说，“你们这里有隐者吗？”

“隐者？这里的人很少和外面打交道，都算是隐者吧。”山民回答。他手里举着竹竿，上面绑着钩子，边说边采，竟顾不上看来人一眼。

“有没有一位叫务成子的老先生呀？”虞舜问。

“务成子？”山民回头看一眼虞舜说，“认识，最近或许来过，没打过照面。你是谁呀，到这深山老林来找他，有什么事呀？”

“我叫虞舜。务成子是当今天子帝尧的师父，帝尧命我来向他求问一句话，还想约个地点亲自来拜访。”

“老了，累了，该休息了。”山民停止劳作，收起工具席地而坐，接着说，“找他恐怕不容易，除了几位神仙朋友，他从来不见任何人，包括他的出门弟子。”

“噢？”虞舜换个话题问，“您知道有黄先生在哪里吗？”

“你是说那个巫师？”山民问。

“对。”

“前几天刚来过，好像又往北边去了。”山民说，“他倒是一位喜欢凑热闹的。”

“这地方叫什么名字？”虞舜看着四面高低错落的山头问。

“十岩沟。”山民答道，“因为周围有十个山头。天要下雨了，我该收拾收拾回去了。”

虞舜帮他把落在地面上的核桃捡成堆，告别而去。

虞舜通过一个峡谷。峡谷宽不过五丈，绝壁对峙，抬头望去，唯见一线青天。一群蝙蝠迎面飞来，吱喳乱叫，其中一只白蝙蝠竟然在他的头上撞了一下，然后受惊似的直拔上空。虞舜预感将有意外发生，加快脚步猛冲。

将到峡谷口，虞舜发现已经晚了。山洪排山倒海般地倾泻而来，峡谷轰鸣，震耳欲聋。他迅速地贴在岩壁上，施展攀岩绝技，壁虎一般向上攀爬。但上方片状石壁风蚀严重，手脚一碰便簌簌下落。虞舜上不着天，下不接地，胆战心惊地贴身在绝壁上。此时水浪已经撞进峡谷，湍急的洪流很快淹没他的双脚，一股强大的力量冲击着他。“完了，这次恐怕在劫难逃了。”虞舜想。

峡谷口冒出一只驴，把嘴伸进水里咕噜咕噜痛饮。一个声音传来：“喝吧，喝吧，这回让你喝个痛快。”

奇迹发生了。峡谷外山洪依然汹涌澎湃、浊浪滔天，流进峡谷的水却越来越少，竟慢慢见了底。原来，洪水都被毛驴吸进肚子里去了！虞舜不敢贸然下地，直到洪峰消退才急忙窜出峡谷。他快步登上山梁，只见自称张果的那位老者，倒骑着毛驴一摇三晃地向山后绕去，瞬时不见了。清风送来他的歌声：

日出了，日落了，日出日落无时了。
我来了，我去了，来来去去没个了。
天不老，地不老，谁敢让我张果老！

虞舜忙不迭地登上山巅，举目望去，只见张果的毛驴正朝着河谷撒尿呢。那泡驴尿化作滔滔洪水，向太行山下滚滚流去。毛驴撒完尿，就地变为一具纸驴，张果把它折叠起来塞进怀里，扬长而去，不见踪影。虞舜暗暗称奇，不胜感叹。

这位张果就是八仙过海中的张果老，因为八仙中他的年龄最大，被呼为张果老。张果老究竟有多大年岁？据说，唐玄宗时，张果老应召入朝，自称：“我生于尧丙子年，位侍中。”据此推算，张果老至少有三千多岁了。还有一说：唐代有一个道士叫叶静能，自称天上、地下无所不知，在唐玄宗面前很是得宠。玄宗向他问及张果老的来历，叶回答说：“张果老是混沌初分时的一只白蝙蝠精变的。”他道破了这个秘密，当时就吐血而死。由此推来，张果老应当与天地同寿，不愧称之为老了。

# 野人谷

离开大峡谷，虞舜继续翻山越岭寻找务成子，但有关他的消息越来越少，而有黄的踪迹却频频出现。“有黄肯定知道务成子的下落，找到他就好说了。”虞舜心想。一天，虞舜遇见一个巫师打扮的人，以为是有黄，高兴地上前搭话。巫师询问了他的姓名，说：“我不是有黄，有黄前几天就往丈人堎那一带去了。”他指一指远处一座高耸入云的山峰，并告诉虞舜行走的路线。

一道深涧拦住去路，上面横跨一根长长的独木桥，长满了青苔。虞舜走到桥中央，忽听“咔嚓”一声响，独木桥折断，连人带桥向下坠去。虞舜临危不惧，甩开银鞭缠住突出岩壁的树干，把身体稳稳地贴在岩壁上。紧接着，檑木滚石越过头顶哗啦啦地落进深涧。

上面传来嘈杂的脚步。一个声音说：“这下好了，即使摔不死，也被砸扁了。”

“活要见人，死要见尸，这是上边一再交代的。还是绕道下去看看吧！”另一个声音说。

原来是有预谋的暗杀！虞舜不觉惊出一身冷汗。指示人能是谁呢？在虞舜的印象中，他向来是与人为善的，即使对犯有罪过的人，也尽量从轻处罚；在证据不足的情况下，对犯罪嫌疑人宁可放过也不做出错误处理，应该没有结下你死我活的仇怨。他借助银鞭爬上悬崖，见草地被踏倒一大片，估计来人有二三十个。“看来主使人很有些来头。如果我死了，对谁有好处呢？”虞舜边走边想，开始反向思考。

他首先想到的是三苗国首领开山犀。开山犀有挺进中原、争夺霸权的野心，早年强抢娥皇、女英失败后，一直耿耿于怀，加紧扩充实力，待机而动。但刚才那帮人的口音不是南方人，而是北狄人，因此不好确定是开山犀派来的。接下来就不得不想到大舅子丹朱了。丹朱曾经是帝尧的接班人选之一，只是由于参与治水失败而被冷落。如果虞舜不在了，丹朱最有可能被重新重用，作为接班人继续培养。他毕竟是帝尧长子，朝中有舅舅放齐、丈人驩兜及生母中山公主的支持，背后又有诸如北狄、三苗乃至共工等有势力的部族为后盾，别人是很难和他竞争的。对丹朱本人，虞舜并不认为他会干出暗杀这类勾当，但他背后的人就不好说了。毕竟，丹朱继承大位，符合他们这些部族的利益。想到这里，虞舜感到一场残酷的斗争正在酝酿，心情不觉沉重起来。

丈人堝已经出现在眼前，巍峨壮观，山头俨然像个巨人的脑袋。虞舜来到一个狭窄的谷口，两旁巉（chán）岩狰狞，巍然相对，竟是一对天然的守门怪兽。一种神秘而又令人恐惧的气氛迎面扑来。“听说有黄是个神巫，喜欢探险窥秘，说不定就在这里面。”虞舜想，大着胆子走进山谷。

山谷空旷开阔，一株大树散布其间，树冠遮天，裸露在地面上的根系盘根错节，可谓独木成林。枝叶间果实星罗棋布，大小不等，青黄皆有；枝头还可以看到含苞待放的花蕾和金色的鲜花。看来，这棵树一年四季都在不间断地开花结果。虞舜在树下漫步，好奇地打量着这棵神奇的古树。一只只成熟的紫色果实倒挂下来，其大如斗，异香扑鼻。“有这么一棵树，一家人一年到头就不会饿肚子了。”虞舜想。他看看四周，不见一个人影，确定是野生山果无疑，于是伸手去摘果子，打算带回种子种植。

一个毛茸茸的脑袋从树上吊下来，在虞舜面前晃悠，几乎碰到他的脸。虞舜吃了一惊，本能地弹起身来跃后三步。他定下神来抬头一瞧，发现一个野人头下脚上倒挂下来。此君身长近二丈，遍身黑色长毛，大嘴的上唇盖着眼睛，下唇贴在胸脯前，露出一口森森白牙，嘿嘿一笑，令人毛骨悚然！

“山魈！”虞舜惊恐地叫出声来。山魈也叫山大人，他曾多次听人讲过，没想到今日竟在野人谷遇上了。

山魈见对面这个人形动物直呼其名，而没有称呼它的尊称山大人，显然有些不高兴。它把嘴噘起来，两片嘴唇合起来形成一支吸管，突然伸到虞舜胸前把他吸住，两只眼睛射出骇人的光芒。虞舜双手紧紧掐住吸管，拼命挣扎，断绝了它的吸气，才得以脱身。

此地不可久留！虞舜把一个紫果猛地扔过去，把山魈砸了个满脸花，掉头便跑。但是已经晚了。前面的大树上突然跳下一只山魈来，恰恰与他撞了个满怀。山魈抓住虞舜，又随手把他扔回去，像猫捉老鼠一般戏耍他。虞舜环顾四周，发现已经被好几个山魈包围了。刚才那位吃了亏的山魈龇牙咧嘴，首先发起攻击。虞舜甩开银鞭噼里啪啦一阵猛抽，把山魈们逼退数步，才开始定下心来，沉着应付危局。山魈们发现鞭子抽在身上虽然很疼，但还可以忍受，于是把嘴唇往上一翻，把眼睛保护好，又发动了攻击。虞舜用尽浑身解数，银鞭又快又准，劈头盖脸地猛抽。山魈们被打蒙了头，双手捂着脑袋哇哇嚎叫，不得不向后撤退。

小个子的虞舜借助兵器增强了自卫能力，与身高体壮、四肢发达的山魈对阵，以少胜多，充分体现了人类进化的优势。山魈们受到启发，忽然想到自己也可以使用工具，于是每人就地捡起一块大石头，顶在头上，步步为营，向前进逼。

别小看这块石头，它的出现一下子扭转了战场形势。山魈们一开始把它作为防守兵器顶在头上，护好要害部位，抵挡骇人的鞭挞；当进攻到投掷距离以内时，则可以作为进攻型兵器砸向敌人。

山魈的叫声惊动了街坊邻居，有几十只高高低低的山魈跳下树来，提着木棒、抱着石头加入包围圈。它们有节奏地呼喊着号子，山谷雷鸣般的轰响。

虞舜明显地感觉到，银鞭的威力遭遇到石头的遏制；而石头的威胁越来越近，说不清哪会儿就会铺天盖地地飞来，使自己遭到灭顶之灾。令人沮丧的是，在大难临头之际，他仍然没有想到脱身之计。

空中飞来一只大鸟。不，是一个飞人！

“大哥莫慌，我来了！”原来是象。象迅速把飞行衣脱下，披在虞舜身上，催促说，“赶紧穿上升空，我来掩护你！”象说罢变成一头高大勇猛的大象，扯起长鼻子昂首吼叫，向山魈们发出警告，似乎是说，请你们让开一条路，不要惹我动怒！

山魈曾经是丛林之王，豺狼虎豹遇到他，都是低声下气，唯恐惹它生气。只有高傲的大象没把山魈放在眼里。不过，大象和山魈各有领地，恪守互不侵犯原则，倒也没有发生过冲突。对山魈来说，那时的森林是自由自在的天堂。自从人类闯进来以后，投枪冷箭不时飞来，山魈的不安全感就加重了。它们不断地收缩领地，最后把部落成员集中在既险要又富庶的野人谷，算是最后的家园了。山魈们很少走出山门，也绝不允许陌生人来干扰它们宁静的生活。过去偶尔闯进个把人来，很快就被制服了，没想到今天这个来犯者竟如此顽强，使它们不得不动员全体国民进行围剿。更令其惊奇的是，它们过去的邻居大象，竟能一会儿变成鸟，一会儿变成人，莫非是修成了仙家不成？

就在众山魈惊疑、犹豫之际，虞舜穿上鸟工腾空飞起。象发起猛攻，在虞舜的配合下，很快突出重围，向谷口冲去。山魈们忽然清醒过来，不约而同地一齐出手，大石头铺天盖地砸向大象。

此时虞舜已经飞过谷口，落下地来准备接应象，忽听背后惊天动地，差点把他震倒。回头一看，吓得他六神无主，魂飞魄散——象不见了，谷口新添了一个小山似的乱石堆。山魈们鼓着掌回去了。

“象！我的兄弟！”虞舜发疯似的呼号着扑向谷口。

从地下伸出一只手，一把抓住虞舜的脚脖子。虞舜扑倒在地。

“哥哥，我穿着龙工，躲在这儿呢！”象从地底下拱出脑袋来说道，“快拉我一把。”

象的小腿骨折了，还在汩汩地淌血。虞舜急忙给他正好骨头，洗净伤口，割下一块蜘蛛网把小腿裹起来。蜘蛛网很是神奇，一贴上去就立即把血止住了。为了保护伤腿，虞舜坚持要背着象走路，尽快离开这个恐怖的鬼地方。

象告诉虞舜，听说他远赴大麓后，娥皇、女英放心不下，夜夜做噩梦，迫切希望知道虞舜的消息。但父母需要照顾，她们又不能离开，急得嘴上都起了泡。象于是穿上娥皇鸟工，带上女英的龙工就飞过来了。“刚才我动作慢了点，腿上挨了一石头，看来一时无法享受上天入地的乐趣了。”象虽然受了伤，但因为救出了哥哥，心里还是非常高兴的。

“父母还好吧？”虞舜问，“君命如山，来时匆忙，也没有来得及去给老人家请安，心里总是惦记着。”

“挺好的。父母经常叩拜天地，为你祈祷平安。”象说，“娥皇嫂子天天给母亲煎药，母亲的狂躁症基本上得到控制；女英嫂子也配制了一种眼药水，天天给父亲擦拭，父亲的眼睛竟慢慢复明了。”

“好，老人安康就是我们做儿女的幸福了。”虞舜又问道，“你老大不小了，也该成个家了。”

“别提了，都领回来过好几个了。”象说。

“好哇，都留下也行啊，多生几个子孙不好吗？”虞舜说，“咱家又不是养不起。你好像不高兴似的。”

“又都被打发回去了。”象幽幽地说。

“为什么？”虞舜着急地问。

“咱娘看不上呗！”象说，“咱娘老拿她们跟两位嫂子比，嫌她们没有嫂子贤惠、勤快。唉，天下哪里还有嫂子那样的女人啊？”

“这样下去不行，会耽误你的终身大事的。你找媳妇，你喜欢就行了。”虞舜又出主意说，“父母喜欢娥皇、女英，就让她俩陪伴老人好了。你可以和媳妇另住，让她经常拿上父母喜欢吃的食物去请安，到那里就干活，忙完就离开。这样，让母亲多多感受你媳妇好的一面，慢慢就喜欢她了。”

象连连点头。他对哥哥佩服得五体投地。

象身高体胖，壮如公牛，即使虞舜体能超群，背着他走了那么远的山路，也气喘吁吁了。看到哥哥头上冒汗，他说啥也要下地自己走。虞舜也想喘口气，于是停下来休息。

身后一彪人马赶来，一人大声呼叫：“前面就是虞舜，这回可不能让他逃掉了，都给我往上冲！”

“是暗算我的那帮人循迹跟来了，你不要动，我来对付他们。”虞舜说。

“他们追杀的是你，不是我，你还是穿上鸟工飞走吧！”象劝说道。

“不行！他们会拿你出气的，也会把你当作人质要挟我。你放心，这条银鞭是不会让他们靠近的。”说罢，虞舜抖一抖银鞭，“啪”的一声抽了过去，冲在最前面的那匹马应声倒地。那骑手长着一脸虬髯，本领高强，落地后像皮球一样弹起来，气急败坏地叫道：“都停下来，就地放箭！”

周围没有躲避之处。虞舜把银鞭甩到最长，逼敌人后退，但鞭长莫及，他和象仍然暴露在敌箭射程之内。象摇身变成大象，用三条腿支撑起庞大的身躯，为虞舜挡箭。飞来之矢已成强弩之末，碰到毛密皮厚的大象便纷纷落地。双方暂成胶着状态。

虬髯汉子又发话道：“他们已经受伤，跑不了啦。兵分两路，迂回上山，用滚石檑木把他们埋葬在谷底！”说罢，他率先向山上攀爬。

象再一次催促虞舜说：“哥哥，你赶快穿上鸟工飞走吧，咱俩总要活着回去一个，要不然，谁给父母养老呢！”

“我把龙工、鸟工分别给你穿上试试，能飞就飞，不能飞就藏到地下，你快点变回来！”虞舜说。

“不行！嫂子早就试过的，受伤的人即使能上天、入地，也会被摔死和闷死。敌人快爬上去了，不能耽搁了！”象急得要哭。

“兄弟不怕，我们一定要一块儿活着去见爹娘。”虞舜一扬手中鞭说道，“看哥哥的！”

虞舜跑到左边山坡，朝山梁上噼里啪啦一顿乱抽，把敌人打散，又掉头跑到右边山坡，驱赶另一帮敌人。如此反反复复，钟摆似的来回奔走，虽然阻滞了敌人的行动，但顾此失彼，对方仍在向他们头顶上方的山顶靠近。

虞舜已经精疲力竭，但他的信条是：只要还能坚持，就绝不放弃，最后的坚持，才是生命最耀眼的火花；只有那些勇于自救的人，上天才会救助他。

两只猛虎突然出现，分别向两边山梁上的敌人扑去。接着又有两只、两只……山谷中虎啸阵阵。敌人惊恐万状，急忙放箭抵抗。虞舜得到暂时喘息的机会。他想，兄弟俩命系于天，是上天派猛虎来帮忙了。

## 象的婚事

猛虎不是上天派来的救兵，而是敤手的画作。当然这也在天帝运作万物预设的程序之中。原来，敤手感知虞舜遇到险境之后，飞到太行山来寻找他。凭着对哥哥的特殊情谊，感知到他所在的方位，发现了他们的危险境况。但她没有功夫，帮不上忙，急得团团转。忽然，她想起了自己的神笔，于是降落在地上，挥笔画虎。神笔果然神奇，笔下之虎一只比一只凶猛，啸叫着扑向敤手指示的目标。

偷袭者首领是位虬髯汉子，他身怀绝技，有手搏虎豹的功夫。当第一只猛虎扑来时，他不闪不避，一把抓去。但他什么也没有摸着，眼看着张牙舞爪的猛虎忽然化作一团清风，消失在荆棘中。“噢，原来是幻影！”虬髯大喜。

原来，神仙造物也是有规则的。就这支神笔来说，除了灭绝动物的古岩画之外，笔下之物都不是真的，不过是幻像而已！

敌兵在首领的吆喝下，排除画虎的干扰，重新开始行动。虞舜也只好勉强应付，疲于奔命。此时，传来一阵犬吠声。欻手升空瞭望，发现一队人马在附近树林中搜索猎物，于是飞过去大声呼叫："快来救人哪！强盗要杀人啦！"

欻手的喊叫引起了猎人们的注意。一个首领模样的中年人问道："强盗在哪里？"

"在两边的山梁上，正朝山沟里推石头砸人呢！跟我来！"欻手招呼说。

"何处跑来的歹人，竟敢在我的地面上行凶！"首领发话说，"祁媛，你去攻东山梁，我去西山梁，兵分两路，把坏人赶出山林去！"

欻手引来的这队人马来自太行东麓的祁氏部落。首领名叫祁愚，他的女儿叫祁媛。祁氏部落西依太行山，东临大陆泽，资源丰富，渔猎是其谋生的主要手段。历代朝廷向祁氏部落索取的贡物，是每年若干张虎皮。因此，每到秋冬之际，他们都要组织精兵强将，进行几次规模庞大的、以虎为目标的狩猎活动。因为必须保证虎皮完整无缺，所以猎手们不敢动用投枪、弓箭之类的利器，而是以棍棒、石球和网为武器。祁愚虽然年过五旬，但勇武不减当年，矫捷犹如猎豹。他带领部下潜行到距敌不远处，一声令下，石球纷纷抛出。对方是来偷袭的，本来就做贼心虚，没想到突然遭到别人的偷袭，立刻慌作一团，抱头鼠窜。众猎手乘胜追击。祁愚没有去追赶逃敌，而是停下脚步向东山梁观望。

东山梁山势陡峭。祁媛打头，沿山岭向前冲击，早早地就暴露在敌人面前。虬髯汉子命令部下继续搬弄石块，自己三蹦两跳迎上前去，舞动双戟阻击来犯之敌。祁媛人高马大，抡起一对流星锤，不由分说，和虬髯汉子战作一团。二人狭路相逢，各逞英勇。祁媛的流星锤势如暴风骤雨，一阵紧似一阵。虬髯汉子一夫当关，两只短戟撞击在流星锤上，火花迸发，响声震天。狭窄的山巅成了两个人的战场，战戟挥舞，流星横飞。祁媛的人马受阻，既帮不上忙，也冲不过去，只能干着急。

祁愚见状，飞身从西山梁上冲下，心急火燎地去支援祁媛。当他赶到东山脚下时，山谷里回荡起阵阵清脆的鞭响。原来是虞舜冲上了半山腰，银鞭所指，敌人抱头鼠窜。山梁上的战局也随之发生了变化，虬髯汉子且战且退，掩护他的儿郎们后撤；而祁媛不依不饶，紧追不舍。山上的石头没有滚下来，险情已经完全排除。敤手也降下地来，仔细察看象的伤情。

虞舜感谢祁愚的出手救援。两人互道来历姓名，祁愚大喜，说："早闻大人大名，不期今日相逢山野，乃祁愚三生有幸也！"

"你们早不到、晚不到，怎么恰在我们弟兄危难之际赶到这里来了呢？"几次转危为安，使虞舜感到似乎上天在护佑他，于是向祁愚探问究竟。

"我们出发时请教有黄，他说泒水上游有虎迹，于是就奔这里来了。"祁愚说。

"有黄？"虞舜问，"是位巫师吗？"

"对，是位活神仙，他的卜筮是很准的。当我们来到附近时，果然听到声声虎啸。"祁愚不时四处张望，他感到纳闷儿，说道，"刚才还看到好几只虎在窜动，现在怎么一只都没了呢？"

"那不是真虎，是画虎。"虞舜把敤手和象介绍给祁愚，又对敤手说，"小妹，你再画只虎给祁先生看。"

敤手挥笔而就。一只猛虎就地跃起，大吼一声冲上山冈。祁愚本能地掷出一枚石球，准确地砸向猛虎。猛虎忽然不见，只留下一团风在原地打旋。众人哈哈大笑。

"没想到敤手的神笔竟把有黄大师也给忽悠了。"祁愚说。

“不对，是有黄预先测知在下有难，指引你来救我。”虞舜说。他相信这是上天的安排，“您知道有黄先生这会儿在哪儿吗？”

“大麓深处有他的秘密修行处，如果没有特别要紧的事，整个冬季他都会在那里闭关修炼。秋风凉了，估计他要进大麓了。”祁愚说，“据人讲，修炼期间他在洞中不吃不喝，只是塑像般地默默静坐，即所谓辟谷，其实他的灵魂已经出窍，开始神游仙界了。”

“虞舜有一事相求，不知可否？”虞舜问祁愚。

“您尽管吩咐，祁愚无不照办。”祁愚说。

“帝尧命我来找务成子和有黄，如今一个也没有找到。既然有黄有了下落，我决意前去拜访。”虞舜说，“我的弟弟折断了腿，需要休养，我想请你照顾他一下。”

“您的弟弟就是我的弟弟，这事您尽管放心。”祁愚又犹疑地说，“只是……”

“有难处你尽管讲。”虞舜说。

“不是我有难处，我怕您有危险。”祁愚说，“所谓大麓，是太行山东麓的一片原始山林，方圆百里。林中蛇虫猛兽自不必说，还另有一种神秘恐怖之处，就是进去之后再也无法走出来。”

“什么原因？”虞舜问。

“不知道。有人进去过，但没有人出来过。”祁愚说，“祖上有训，严禁子孙进去打猎。”

“那么有黄呢？”虞舜问。

“有黄是神仙，不是凡人。”祁愚说，“他从来不透露大麓的秘密，只是告诫人们不要进去。我劝您还是不要去冒险。”

“君命如山。做臣子的宁可牺牲性命也不能怠慢君命。”虞舜说，“吾意已决。请你告诉我去大麓的路线吧！”

“翻过东山梁就是大麓的边缘。”祁愚说，“我陪您一道去吧。我一直想了解大麓的秘密，活了一大把年纪了，就是死在里面也没有什么遗憾的了。”

敤手也要求在空中护驾，象提议带上鸟工和龙工，都被虞舜一口回绝。

“你跟着象走，等把他安置好了以后，回家报个信，让父母、嫂子们放心。”虞舜对敤手说，然后又蹲下来对象说道，“哥哥再背你一程就要分别了，要听祁大哥的安排，安心养伤，痊愈后早点回家见爹娘。”

“哥哥，你可要活着走出大麓啊，见不到你我就不回家！”象的眼泪唰唰地流下来，哽咽着说。

“哎，怎么像生离死别一样！为兄福大命大，我还要给你张罗取个媳妇哩，怎么就会死呢？”虞舜几句话逗得象破涕为笑，他背起象就走。

“您累了，我来背！”祁愚拦住虞舜说。

“不，我行。”

两人争执不下。

猎手们陆续返回，围拢过来看热闹。

祁媛分开人群走上前，说：“你俩别争了，让我来！”说罢抓起象的胳膊硬从虞舜背上扯下来，背起来“咚咚咚”大步走去。

众人“轰”地笑起来。

虞舜向大家告别。祁愚带领众人一直送到山梁上，目送他走进密林，才怅然离开。敤手跨上毕方，飞到山林上空鸟瞰，只见下面枝叶遮天蔽日不见人影，也只好盘旋几圈，无奈地离去。

祁媛背着象在崎岖的山道上奔走，快步如飞，好像一点也不吃力。象既惊奇又佩服，连声啧啧。她的头发又黑又密，脖颈皮肉细腻，散发着浓郁的、诱人的芳香。象陶醉了。

前面就是泜水。祁媛就着一块卧虎石把象放下，问道：“你不舒服吗？”

“不，很舒服，谢谢姑娘。”象由衷地说。直到这时，他才看清楚祁媛的面目。她满月似的大脸盘，水杏般的大眼睛，两唇丰润的大嘴巴，高高隆起的鼻梁直冲眉际，一脸的英气勃勃。此时的她发际汗津津的，面色绯红，透露出几分妩媚，在象的眼里，无异于神女天仙。

“你舒服我可不舒服。”祁媛似嗔非嗔地白了他一眼，用手捶着后腰说。

“我，我……”象打算道歉，又不知说什么好，结结巴巴地说不出话来。

看看象尴尬的样子，祁媛“扑哧”一声笑了，但随即拉下脸来严肃地说：“我这身子还没让男人挨近过，你是第一个，你得娶我做老婆。”

“什么？”象没想到姑娘会突然提出这种要求，一下子又发蒙了。要知道，找什么样的媳妇得由嚣母说了算，他哪里敢擅自做主？

象只顾胡思乱想，忽听祁媛说道：“你若是看不上就不要勉强了，我又不是嫁不出去，不会逼你成婚的。”祁媛又戏谑地说道，“反正我经常扛着老虎、野猪下山，这次就只当背了头野公驴算了！”

听祁媛如此说，象急忙辩白道：“姑娘别误会，其实我心里很喜欢你，也巴不得娶你做媳妇，只是……”

“只是什么？”祁媛问，“你家里有老婆啦？”

“没，还没有。”象老老实实地说，“只是我找谁当媳妇，需要得到俺娘的同意。”

“关你娘什么事？”祁媛感到奇怪，想一想又说道，“我还要赡养我的父母，不能跟你回家，反正丑媳妇也见不到公婆，只要你本人不嫌弃就行了。我考虑的是，你在我家养伤期间，如果咱俩结为夫妻，我陪伴照顾你会更方便一些，也省了我的爹娘为你操心。不然的话，就像刚才你那德行，咱俩都会感到尴尬。以后你要是想回去，我也不阻拦，只要把孩子留下就行了。到那时，你还有机会找一个你娘喜欢的媳妇侍候她。”

象大为感动，这样既有侠义心肠、又懂孝道的姑娘，还要到哪里去找啊！还有，祁媛豪放直爽的性格，更是让他耳目一新，备感受用。

象在祁媛和斁手等人的护送下，一路沿泜水来到祁氏家园，和祁媛结为夫妻，生儿育女。期间，象也曾回家看望父母，尽孝送终，之后又回来和妻子儿女团圆。象当时居住的地方，就在邢台市以北约四十公里的隆尧县固城镇。据清朝人撰写的碑文记述，由于上古时舜帝的弟弟象曾经在固城居住，西汉开国皇帝刘邦在这里特设象氏县作为纪念。[1] 隋朝时又改为象城县。到了唐朝中叶，象城县废，这里始称固城，沿用至今。固城镇以象命名的时间延续了近十个世纪，象在这里居住的史实不应该再受到质疑了。有资料说，湖南双牌县有个地方古称“有鼻”，有象的遗迹，那也许是他为了追寻南巡的舜帝，流落到了那里。这是后话。

## 大麓惊魂 [2]

帝尧当年在大麓历险的故事，虞舜是知道的。他越来越坚信，这次帝尧命他到太行山来寻找务成子和有黄，是对他的生死考验，也是帝尧选取继承人的最后抉择。帝尧选择接班人，遵从的是古制。从母系氏族社会到父系氏族社会初期，氏族首领的继承人是从氏族内诸子弟中选拔出来的，部落首领的继承人则是由部落中较为强盛的氏族首领接替的。至于部落集团的领袖人物，如炎帝、黄帝和蚩

---

[1]《隆尧县地名考》：“刘邦于此地初设广阿、象氏二县。”（广阿之名取意于地貌广大平衍、河渠纵横。古时“阿”通“河”，史有广河之称；象氏则以“舜弟象尝居于此”之传说而得名。）

[2]《尚书·尧典》：“帝舜曰重华，协于帝。……纳于大麓，烈风雷雨弗迷。”又，《史记·五帝本纪》：“舜入于大麓，烈风雷雨不迷，尧乃知舜之足授天下。”

尤者，则是通过不同的方式，赢得有关部落拥戴和推举的。总之，都不是父子相传的。黄帝有二十五个儿子，他统一天下后，并没有扶植自己的儿子接班，而是让少昊和颛顼相继登上天子之位。史书上说少昊是黄帝的儿子、颛顼是他的孙子云云，都是后人按照世袭制的规则推导出来的。对于商、周、秦、汉时的人来说，帝位世袭是天经地义的，传给他人则是不可思议的。实际上，黄帝是北狄人，而少昊和颛顼都属于东夷人，他们怎会有真正的父子关系呢？黄帝能把天下让给东夷人少昊和颛顼，更说明这位古帝王的英明伟大，不愧为整个中华民族的千古一帝！颛顼大帝子孙满堂，其中不乏贤德之士，如所谓“八恺”者，就颇受称道，但帝位却落在他的胞族帝喾身上。总而言之，在帝尧之前，世袭制还没有盛行起来，帝尧不传儿子丹朱，而不分族属、阶层，从民间选拔培养接班人，是有其社会基础的。

但是，帝尧的传统思想，受到一股势力的强烈挑战。这股势力，来自部落和氏族首脑。尧舜时期，正处于氏族社会向奴隶社会的过渡时期，人们的劳动成果有了节余，部落、氏族首脑们开始利用权力化公为私，侵吞公有财产，以供自己享受。更有甚者，还通过发动战争掠夺其他族落的财物、妇女和青壮劳力。为了利用权力保护和继续聚敛家族财富，世袭行为也就应运而生了。因为这些世袭诸侯都属于前世帝王的后裔，且族群势力强大，帝尧投鼠忌器，一直拿他们没办法。在帝尧的故旧和外戚中，也在酝酿封地和职位的世袭，且势头有增无减。为此，中山公主和放齐不断地给帝尧吹风，主张让丹朱继承大位，开创家天下先例。周围的环境给帝尧造成了很大的压力，但他矢志不移。而且，帝尧要选择一位能够继承他的意志的接班人，将公天下的传统坚持下去。通过长期观察试用，帝尧确信虞舜是个可靠的人，并有非凡的治理天下的能力。他决心对虞舜进行最后的考验，不仅考察他随机应变的能力、坚忍不拔的毅力，更要考察一下他的天命。农耕社会靠天吃饭，因此人们敬神畏天。在帝尧看来，如果虞舜没有做天子的命，得不到上天的护佑，即使他的能力再强，也难以掌控天下。

在帝尧身边走动多年，虞舜对这位上司的治世理念，特别是在选择接班人上的良苦用心，看得一清二楚。虞舜的想法和帝尧一样，也想借这个机会测试一下自己的天命。因此，他谢绝别人的帮助，只身闯进大麓。他想，如果自己命系于天，就能把帝尧的事业继承光大，做一任有作为的天子；若是没有这种福分，即使勉强被帝尧拉上帝位，怕也很难对付日益膨胀的敌对势力，最后求做平民而不得，死无葬身之地。与其那样，还不如葬身大麓，也落个死于王事的结局，父母还可以得到优抚，也算没有白养活自己一场。

虞舜走进大麓已有一个时辰，发现这里并没有特别的凶险。虽然不时有凶兽猛禽当道，但一见银鞭扯响，也都避之唯恐不及。与其他山林不同的是，大麓满眼都是几人合抱的高大乔木，枝叶蔽天，几乎不透阳光。地面上铺着厚厚的枯枝败叶，散发着腐朽气息，看不到荆棘之类的灌木植物，连蒿草也稀稀拉拉、毫无生机。虞舜发现，他所看到的场景几乎一模一样，少有变化：一样的大树，一样的枯枝败叶，一样的气息，一样的不见天日。他震惊了。这样的环境很容易使人迷失方向，莫非这就是探险者命丧大麓的原因？虞舜身上冒起鸡皮疙瘩，他不敢掉以轻心，急忙掏出事先准备好的司南，辨认所处的方位。虞舜的司南，是一条用磁石磨制的、纤细的小鱼，鱼脊上系着一根发丝。小鱼被提溜起来后，会不停地左右转动，当它静止下来时，鱼头所指就是南方。司南在当时是罕见之物，是师父单卷送给虞舜的实用工具。虞舜打算借助司南横穿大麓，待心里有了底，再回头搜索有黄巫师的修炼之处。

他朝东方走去，每走一段便在树上削下一片树皮作为记号。走了半日，也没有遇到什么阻碍和险情，虞舜心中暗想：看来这大麓里面也没有什么诡异之处，为什么人们传得那么恐怖呢？莫非是有黄之类的神仙，为了守住一块修炼的清净之地故意制造的舆论？

当虞舜又停在一棵树下打算做记号时，他惊呆了：树皮已经被削掉一片，而且明明出于自家之手！这就意味着，他根本没有直穿大麓，而是在打转转！他摆弄几下司南，鱼头照样指向一个固定的方向；只是不知道，它指的是不是南方。

虞舜迷惑了。他决定继续走下去，看看老天到底在这里设下了一个什么样的迷局。林子里渐渐暗下来，大概太阳快要落山了。虞舜加快脚步奔走，并时时留心闪过身边的大树。

一块刮削的痕迹赫然闪入眼帘，显然又是自己的杰作！

虞舜不再怀疑，司南失灵了，他在鬼使神差地转圈子。

除了司南，只有靠观测太阳和夜间的星座来辨别方向了。但是，这里就是在白天也望不到天空，此时天色已晚，更是什么也看不到。虞舜把蜘蛛网的两端系在树枝上，做成一个吊床，倒头便睡。他要消除疲劳，养精蓄锐，准备明天一早爬到大树顶上看日出，确定方向后再继续前行。

半夜，一声巨响把虞舜惊醒，强大的冲击波将他掀翻在地。附近一棵大树遭到雷击起火，地面上枯枝败叶轰然燃烧起来。虞舜急忙扯下他的蜘蛛网，没命地奔逃。还好，天上唰唰地下起雨来，将火扑灭了。虞舜支起网来，网到几只惊慌逃窜的野兔和獾之类的小动物，他把它们糊上泥巴，埋进还在冒烟的灰土中，焖熟了充饥。品尝着这些猎物的美味，他忽然想到，这些森林动物逃跑的方向，也许就是距离大麓边缘最近的方向，它们世代生活在这里，肯定知道到哪里去逃避森林火灾。虞舜非常懊悔，他不该见到动物就只知道猎食，而没有想到向它们学习。现在已经晚了。暴风骤雨让静谧的山林脾气大发，枝杈相互搏击，咔咔嚓嚓地直往下掉。落叶飞舞，地面上很快又铺了厚厚的一层。风声雨声雷声，震耳欲聋，周围一片混沌。

虞舜知道难有作为，只好在雨中默坐养神，屏蔽外界的疯狂，让内心保持一份宁静。狂风暴雨持续了三天两夜，虞舜也静坐了三天两夜。这期间，他想了很多，从记事起一直想到眼下的处境。他感到，他的事业才刚刚起步，而他的寿命似乎已经走到了尽头。这神秘的大麓，难道真的会成为自己的葬身之地？他不甘心。他不愿被动地任由命运安排，他要开启心智，用自身的能力摆脱困境。况且，他深信天道酬勤，只有那些自强不息的人，老天才会拉他一把，赐给他机会。对于他来说，眼下的唯一难题就是辨别方位。他记住了动物逃跑的方向，但没有了司南的指引，自己怎样才能一往直前地行走，而不会在原地绕圈呢？虞舜在苦苦思索。

风停了，雨住了，山林疲惫地停止了躁动，只有树上的水还在滴滴答答地落。原本就昏暗的山林里，夜幕又徐徐降临了。虞舜内心波涛翻滚，但形体一如木桩，丝毫不动。一条长蛇悠闲地从他身边滑过，然后掉头向左，身体弯作弓形。

“有了！”虞舜脑际灵光一闪，高兴地叫出声来。受到蛇的启发，他想到了自己的银鞭。如果扯着长长的银鞭行走，不使它有丝毫的弯曲，前进的方向不就固定了吗？

虞舜一跃而起，“唰”的一声把鞭鞘甩到百步以外。但他的脑袋立即又“嗡”的一下胀大了。眼前漆黑一团。就算他的视力超常，五步之外什么也看不清，何况是条细细的鞭绳。虞舜估计，即使在白天，鞭子在落叶间穿行，也难看清楚远处鞭鞘的位置，根本无法使它保持一条直线。

他又陷入了沉思，像一块山石矗立着。一群萤火虫扑面飞来，有一只还撞到他的脸上。

“好哇，”虞舜欢呼起来，“上天送来了希望之光！”

蜘蛛网迅速张起，不一时捕获到几十只萤火虫。虞舜把它们分成几堆，用割成小块的蜘蛛网笼起来，包装成一个个球体，等距离地系在长鞭头、尾之间。这些萤火虫组成的灯笼闪闪发光，在漆黑的夜里格外耀眼。虞舜拽着长鞭行走，犹如牵着长长的一串星星。他只要使这些萤火虫保持在一条直线上，前进的方向就不会改变。

他自制的这套司南装置，适合较为平坦的地形，如果遇到河流和山岭，其可靠性怕要大打折扣。不过，虞舜倒是希望尽快见到河流，河水总是向低处流。那样他就可以沿着河道走出大麓。他也希望遇到山岭，有山就有壑，壑的尽头总归会有河。

但是，虞舜的面前仍然只有大树。他小心翼翼地绕过它们，仔细地辨别路线，行进速度缓慢。但此时他感觉心情非常愉快，这不仅是因为看到了走出大麓的希望，更主要的是，他明白了一个道理：尽管人生路上的困难没完没了，但人的智慧也是一个取之不尽、用之不竭的宝藏，只要坚持不懈地努力搜索，总能在其中找到开启希望之门的钥匙。

黎明前的黑暗格外凝重。虞舜边走边琢磨如何改造他的指南装备，以适应白天的需要。忽然，一道红光和一道绿光，在林子里交替扫射。虞舜为之一震，断定这光束不是自然发生的，而是由人控制的。惊喜之余，他拽着长鞭一溜小跑，朝光束射出的方向奔去。红灯和绿灯迅速靠拢过来。虞舜看得清楚，来者是两位长得一模一样的姑娘，分别穿着红色、绿色服装，额头上分别镶嵌着红色、绿色宝石，抑或是她们的天眼，光束就是从那里射出的。虞舜毫不怀疑，她们是天上的仙女！

“仙姑降临此地，不知有何贵干，能否劳驾二位帮虞舜个忙？”虞舜抱拳说。

“您就是虞舜？”红衣姑娘问。

“在下正是虞舜，如今迷失山林，想请上仙指示一下走出大麓的方向。”虞舜说。

“爹爹，我们可找到您了！”二女出乎意料地呼喊着扑过来。

虞舜愕然了。他的两个妻子中只有女英生了个男孩，取名义钧，还在襁褓之中，哪来两个这么大的女儿呀？

“你们是？”虞舜一只胳臂拦住一个，疑惑地问。

“我叫宵明，妹妹叫烛光，”红衣姑娘答道，“我们住在河水流经的大泽里。”

“你们的母亲是谁？”虞舜在遇到娥皇、女英之前处过两三个女友，都被嚣母赶跑了，难道是她们怀上了孩子？因此问道。

“登比氏。”烛光答道。

“登比氏？”虞舜惊问，“我和她的相遇难道是真的吗？我还一直认为是场美梦呢！”

“怎么会是梦呢！”宵明说，“我娘说，那是她人生最美好的一段姻缘，此后再与别的男人交往时，她都感到索然无味了，干脆过起单身来。”

“我娘一胎生了我们兄妹十个，八个兄弟都成家立业、一个个做起国君来了。”烛光说，“难道你把我娘给忘了？”

虞舜从脖子上摘下金鳞心状坠递给她俩看，说：“那是我的初恋，我怎能忘记那场恩爱呢？虽然感觉上是场梦，但我心里一直希望那是真的。见到了你俩，美梦的确成真了。”拥抱着自己的亲生女儿，虞舜潸然泪下。

父女仨边走边说，不觉天光大亮。虞舜发现，四周树木稀稀拉拉，天空重现，看来现在的位置已经到了大麓的边缘。宵明告诉虞舜，登比氏已经名列仙籍了，经常参加众仙聚会，最近她在青要山武罗神那里遇到了有黄，当时有黄袖占一卦，得知虞舜闯进大麓遇险，告诉了她。因为她怕干扰虞舜的家庭生活，回避同虞舜见面，才派两个女儿前来救他。

想起登比氏的好处，虞舜一路唏嘘不已。

“不知爹爹下一步要到哪里去？”宵明问。

“我想到泒水下游先去看一下你们的叔叔，他在那里养伤。”虞舜说，“你俩跟我去吧，你们的姑姑也在那里，亲人们见见面。”

“我娘不让我们和凡人打交道，现在就只好与爹爹告辞了。”宵明把金鳞坠还给虞舜，又恋恋不舍地说道，“希望有朝一日，爹娘能和我们兄妹在一块儿过个中秋节，合家团圆一次。”

宵明、烛光哭着跪在地上。当虞舜弯腰去搀扶时，她们忽然分别变作红、绿色光球，冉冉升空，化作彩云随风远逝。

虞舜久久地仰望天空，不愿收回视线。一只大鸟进入视野，盘旋一圈，快速降落。原来是敤手。

敤手抱着哥哥喜极而泣，说：“我绕着大麓转了好几圈了，总见里面风雷滚滚、暴雨倾盆，还以为你再也出不来了呢！”

“哥哥我还惦记着小妹的喜酒呢，哪能老死山林里呢！”虞舜不喜欢悲悲切切的场面，开了一句玩笑，接着又急切地问道，“你二哥现在怎么样了？”

“他呀，都已经下地走路了。你那块山蜘蛛网很是神奇，巫医说，它是治疗骨折的特效药，很少见的。”敤手兴奋地说，“象哥哥和祁媛成婚了，你猜谁是主婚？”

“难道把咱娘接来啦？”虞舜想，象的婚事要是少了嚚母，家里非得闹翻天不可。

“你想不到吧，是帝尧！”敤手说。

“帝尧？”虞舜诧异地问。

“帝尧到大陆一带来巡视，听了祁愚的汇报，对二哥赶去救你的举动大加赞赏，说他是浪子回头金不换，还说是你的高尚情操感动了象，还要让人们效法呢！应祁媛的请求，帝尧做了他们的主婚人。这样一来，咱娘就不会再说啥了。”敤手一拍脑袋忽然惊叫，“哎呀！光唠家常了，差点忘了大事。帝尧派人到处找你，在广阿山等着召见你呢！”

帝尧有个师兄叫柏人，修炼有成，已得神仙之体，不过仍然过着凡人的生活。帝尧仰慕柏人的道行和品德，称帝后把泜水下游的陶唐之丘划给他做了封地。人称柏人城。柏人大部分时日都在乡下结庐种田，间或外出游历，很少住在柏人城。这次帝尧北巡，就住在柏人城，单独接见了九死一生的虞舜，详细询问了他的太行之行。

奏报之后，虞舜谢罪说："微臣出行历时月余，既没有找到帝师务成子，也没有遇到有黄，有误君命，请陛下处分。"

"不，你完成得很好。"帝尧说，"你已经见到了吾师，并带来了他对我的教导。"

"什么？微臣愚昧，请陛下明示。"虞舜不明所以，瞪大了眼睛请求说。

"你讲到的那位摘核桃的山民便是吾师，"帝尧说，"他说的那句话'老了，累了，该休息了'就是对我的最新指示。"

虞舜呆若木鸡。他从单卷口中早就听说过务成子的大名，本想见面后向他请教一些问题；如有可能，还欲拜他为师，不想竟然当面错过，岂不可惜！他怨恨自己的大意，详细询问一下不就行了吗？"这务成子也是，当时我明明向他打听务成子，他回答说'认识，没打过照面'，这不是撒谎吗？"虞舜心里嘀咕。

"你也不要过分自咎，"帝尧见虞舜情态尴尬，安慰他说，"真正的隐者，并不是整天躲起来不见人，而是能融入各种环境里，让人感到其言语行为合情合理，而又不轻易暴露真面目，不然还叫什么隐者？"

"噢！"虞舜恍然大悟，差点叫出声来，"务成子没有说谎，他当然'认识'自己，也肯定和他自己'没有打过照面'，隐者智慧如此，让凡夫俗子如何参得透呢！"

"你遇到的那位张果，年轻时就奔走在太行羊肠道上，倒腾韭菜为生，后来遇仙得道。我曾招他做官，但至今没有前来都城，没想到竟有如此神通了。"帝尧感叹道，"人这一生啊，机会是可遇而不可求的。"此时的帝尧当然会想到，他之所以在少年时代就能够飞黄腾达，多亏了此地的唐国君主让位给他。

"臣下有一事不明，恳请指点。"虞舜说。

"请讲。"

"微臣月余之间，错过了两次重大机遇，"虞舜说，"一次是遇到神仙而没有得其术，一次是遇到真人而没有问其道，不知是我的命运不济，还是智力低下，微臣颇感困惑，请您示下。”

“你数度化险为夷，转危为安；身陷大麓诡异之地，虽遭遇暴风骤雨而不迷，说明你既不缺天命也不乏时运，而且智能超群，无与伦比。”帝尧平常很少褒扬虞舜，而此时赞誉有加，继续说道，“天生尔才，是让你拯救众生、承担天下重任的，而不支持你去做个闲散隐者或者是逍遥神仙。你莫要辜负上苍的安排。”

广阿山根出太行，在大陆泽畔突兀而起，放眼望去，天高地广，波光浩渺。帝尧在这里召开了一次临时会议，参加会议的人中，有随他出行的几位大臣和邻近的一些诸侯。帝尧听取了鲧关于治水的进度和下一步的打算，并同大家进行了认真的研讨，总结说：“冀、兖两州的平原地带，面积辽阔，地势低下，右受山洪冲洗，左遭海水倒灌，少有高阜之处躲避洪水灾害。卿的筑城防水之法，实乃因地制宜的无奈之举，也是为应付上游大量排洪所必须。如今大河龙门以上水位逐年增高，大有漫过盂山、水淹帝都之势，必须尽早排泄。因此，下游的避洪预防工程应加快进度，有关诸侯要积极响应，全力以赴。千秋功业在此一举，卿去安排吧！” 鲧告别众位大员，匆匆赶回治水现场。

在接下来的议程中，帝尧提出了一项重大议案：他要退出朝政，提议让虞舜摄行天子之政。

在多数人心目中，尽管虞舜接班已是意料中的事，但在此时此地突然宣布，众臣还是感到了震惊。还有放齐等少数大臣，一直对丹朱接班抱有一线希望，听到这个决定，无异于石破天惊。但尧执政已经九十年，除了老态龙钟的放齐，其他官员已更换了几茬，平时几乎把尧的每一句话都当成了圣旨。虽说名义上实行的还是庭议制，重大事项听取大家意见，但几乎是帝尧说什么就是什么，没人提反对意见。

见没人说话，帝尧正要拍板，只听放齐奏道：“天子禅让是社稷重大事件，老臣以为，等返回帝都之后祭拜过家庙，设坛祈天，而后再诏告四方为妥。”

“我只是让虞舜摄行天子之政，也就是暂时让他代替我治理天下，因此没有必要请示上苍。”帝尧又对虞舜说，“让你摄政，就是向上苍推荐了你，让上苍更切实地观察、考验你的能力。天心即民心。你能否最终接替天子之位，就看你是否得民众的拥护了。”

实际上，帝尧早就逐步把绝大部分权力交给了虞舜，官员们和各路诸侯也习惯了直接向虞舜请示汇报工作，此时并没有什么好移交的。不同的是，以后虞舜可以不再向帝尧请示了，也不用再打着帝尧的旗号发号施令了。

帝尧卸下重担，立时感到一身轻松，带上纪昌和鸿钧，匆匆进山追随师父务成子去了。广阿山因帝尧的莅临而得名尧山，也因帝尧在此宣布重大政务得名宣务山，沿用至今。

# 主要参考书目


《山海经》

《史记》 司马迁

《诗经》

《尚书》

《楚辞》 屈原

《淮南子》

《庄子》 庄周

《吕氏春秋》

《孟子》 孟轲

《左传》 左丘明

《国语》

《吴越春秋·越王无余外传》 赵晔

《水经注》 郦道元

《中国古史的传说时代》 徐旭生

《中国神话传说词典》 袁珂 编撰

《古史辨》《中国上古史研究讲义》 顾颉刚 编撰

《古代社会》［美］摩尔根

《吕思勉读史札记》 吕思勉

《中国古代社会发展史论》 田昌五

《中国古代文明起源》 李学勤 主编